서청 포 허니맨

양 봉 남 을 찾 아 서

서칭 포 허니맨

양봉남을 찾아서

Searching for Honeyman

박현주
로맨스 미스터리

위즈덤하우스

일러두기

이 소설은 실제 인물과 사건, 장소를 취재하며 영감을 받았지만 모두 허구적으로 재구성되었습니다.

1장

신호는 가끔 혼란스럽다

일벌들이 할 일은 꿀이 있는 식물, 밀원을 찾는 것입니다.

밀원을 찾으면 다른 동료들에게 어떻게 알려줄까요?

방법은 바로- 춤!

꽃이 벌집 멀리 있으면 8자 모양을 그리며 춤을 춥니다.

동그라미를 그리며 춤을 추면 꽃이 가까이 있다는 신호이죠.

…… 하지만 신호가 실패한다면? 어떻게 될까요?

8월, 제주

밤의 습기가 살아 있는 동물의 숨결처럼 남자의 목덜미를 확 덮쳤다. 그는 오랜만에 느껴보는 섬의 밤기운에 움찔 놀랐다. 늦여름 밤 열기의 여운이 바람에 묻어 그의 어깨를 툭툭 치는 듯했다. 아직 가을까지는 멀었다.

제주의 개발 붐은 식지 않아서 이 동네 풍경도 많이 바뀌었다. 전에는 볼 수 없었던 예쁘장한 카페들이 꽤 생겼다. 다들 해가 떨어지기만 기다려 냉큼 문을 닫는지, 어두워진 유리창 너머로는 나무 테이블만이 어른거릴 뿐, 아무것도 보이지 않았다. 길은 가로등 하나 없이 어두워서 발밑조차 제대로 분간할 수 없었다.

3년 전에는 집으로 들어가는 골목 어귀에 어린애들이 많이 오는 게스트하우스가 있어서 늦은 시각까지 불을 휘황하게 켜놓고 시끄럽게 떠들어댔다. 게스트하우스 주인은 목덜미까지 내려오는 머리를 뒤로 묶은 40대 남자였는데, 밖에 나와 담배를 피울 때 그가 지나가기라도 하면 괜히 친한 척 말을 걸곤 했다. 그는 그렇게 머리부터 발끝까지 '나는 인생을 즐기고 있어!'라고 애써 말하는 듯한 사람들에게 뼛속부터 혐오감이 있었지만, 그저 웃으면서 상대해줬다.

지금 게스트하우스는 예전과 달리 조용했다. 망했나? 남자는 문득 생각했다. 망해도 싸지. 그가 볼 때는 그저 별거 없는 시시한 민박집인데, 웬일인지 손님들이 모여들어서 조용한 동네 분위기를 흐렸다. 수영복 위에 타월을 두른 여자애들이 게스트하우스로 뛰어 들어갈 때면 남자는 자기 신발 앞코만 보곤 했다. 그런 애들과 시선이 마주치는 건 딱 질색이었다. 밖으로 새어 나오는 불빛 하나 없었지만, 건물 자체는 최근까지 사람이 살았던 기운이 풍겼다. 집 앞에 안내문이 붙어 있는 듯한데, 귀찮아서 자세히 읽을 마음은 들지 않았다.

3년 동안 연세를 꼬박꼬박 내면서도 내버려두었더니 집의 외관은 말이 아니었다. 집주인도 외지인이라 따로 집을 돌보지 않았다. 마당에 돌소리쟁이와 토끼풀 등 각종 잡초가 자랐고, 회색 외벽은 비바람으로 얼룩져 시험에 낙제한 학생처럼 의기소침해 보였다. 도어록은 녹이 슬었지만 다행히 사각 건전지를 갖다 댔더니 무리 없이 열렸다. 전기는 들어오지 않을 것이므로 휴대전화 라이트를 켰다. 문손잡이에 손을 대는 순간, 희미한 불빛에 비친 손의 화상 흉터가 과하게 포토샵한 사진처럼 선명하게 보였다.

엉망인 외관에 비해 방 안은 놀랍도록 그대로였다. 오랫동안 나른하게 누워 있던 먼지들은 휴대전화 빛이 비치자 깜짝 놀라 펄쩍 뛰는 것 같았지만, 다른 물건들은 주인이 돌아온 걸 알고 안심하는 눈치였다. 책상,

회전의자, 구석의 침대, 스탠드형 램프. 처음부터 간소한 살림이었다.

휴대전화 라이트가 벽면을 훑자 익숙한 얼굴들이 벽면에 비친 빛의 길을 따라 그를 보고 웃었다. 화장실 거울에 비친 얼굴, 책상 위로 몸을 숙이고 태블릿 위에 뭔가 그리는 얼굴, 산책 중 찍었는지 햇볕을 받고 환히 웃고 있는 얼굴. 모두 같은 사람의 얼굴이었다. 얼굴들이 벽 한 면을 가득 채웠다. 그가 직접 보정하고 확대하고 인화한 사진들이었다.

이곳을 떠난 이후, 그동안은 이 얼굴을 생각하지 않았다. 아니, 생각하지 않으려고 애썼다. 그렇게 되면 굳이 떠난 의미가 없었으니까. 기억하기 싫은 일도 같이 떠오를 테니까. 이 여자가 내 인생을 바꿨다. 나를 이곳에서 몰아냈다.

하지만 결국엔 이렇게 돌아왔다. 이 여자가 나를 다시 돌아오게 했다.

남자는 3년 동안 그를 기다려준 얼굴을 향해 손을 뻗었다. 그 얼굴은 세상에 흐린 날은 없다는 듯 늘 웃는다.

"도로미……."

오랜만에 입 밖에 내어보는 이름이었다.

8월, 서울

「서칭 포 허니맨」 프로젝트는 도로미의 한마디로 시작되었다. 너무나 진부한 표현이지만, 그때는 그 말이 그들의 인생을 어떻게 바꾸어놓을지 아무도 예상하지 못했다. 이 사실은 새삼스럽지 않다. 세계의, 그리고 한 개인의 역사를 바꾸어놓은 어떤 말과 행동이 있었다고 해도, 그게 어떤 결과를 가져올지 짐작할 수 있는 사람은 거의 없기 때문이다. 지구 종말을 예언한 노스트라다무스와 마야인조차 틀렸다. 게다가 박하담은 원래도 인생은 한 치 앞도 예상할 수 없다는 회의적인 생각을 하는 사람이었다.

다만 그날은 미래에 올 의미와는 상관없이 하담에게 특별하긴 했는데, 한 가지 이유는 이날이 그녀의 서른여섯 번째 생일이라는 것이었다. 30대도 중반을 지나 후반에 접어든다는 기분이 드는 날. 그리고 특별한 이유가 하나 더 있었다. 물론 지금은 그 특별한 두 번째 이유를 곱씹으며 이런저런 감상에 빠질 여유는 없었다. 당장은 대기 줄이 골목까지 늘어선 인기 레스토랑에서 한 시간째 혼자 4인용 테이블을 차지하고 앉아 안절부절못하는 중이었다.

훤칠한 키에 하얀 셔츠를 입은 남자 서버는 벌써 세 번째 다가와서 물을 채워주었지만 별다른 내색을 하지 않았다. 깔끔한 외모에 어울리는 깔끔한 매너의 프로였다. 하담은 그 사실만으로도 너무 고마워서 가슴이 떨릴 지경이었다. 하지만 불운하게도 하담의 자리는 출입문을 마주 보고 있어, 문 앞에 줄 선 사람들이 하담의 앞과 옆자리가 오래 비어 있다는 사실을 눈치챌 만한 각도였다.

사람들의 초조한 눈빛을 받을 때마다 하담은 메뉴판을 펼쳤다. 그저 버티는 데도 한계가 있고 하담은 남의 날카로운 시선을 오래 버틸 만한 담력이 없었다. 메뉴판을 다 외울 정도로 열심히 연구하는 것도 이제는 끝, 샐러드라도 주문해야겠다 싶어 고개를 들었다. 그때 문으로 들어오는 반가운 얼굴이 보였다.

"로미 씨, 여기요!"

사람들 사이를 빠져나와 입구에 나타난 로미를 향해 하담은 손을 열심히 흔들었다. 로미는 긴 치맛자락을 펄럭펄럭 날리며 테이블 사이를 알파인스키 선수처럼 헤치고 다가왔다. 치마폭이 너무 넓어서 테이블 사이를 지날 때 치마 끝자락이 안경을 낀 남자의 맨팔을 스쳤다. 남자는 앞에 앉은 여자와 이야기하다 말고 팔에 뱀이라도 기어간 양 화들짝 놀라 물 잔을 치고 엎을 뻔했다. 옆자리에 청소년 아들과 딸을 데리고 온 중년 여자가 그 광경을 보더니 자기 테이블의 물이 엎어진 것도 아닌데 덩달아 소스라쳤다. 로미는 뒤에서 그런 작은 소동이 일어난 걸 전혀 모르는 채, 해맑게 하담에게로 직진했다. 하담은 로미의 뒷모습을 향해 혀를 차는 중년 여자와 눈을 마주치지 않으려고 애썼다. 로미가 물 잔을 엎은 줄로 오해하는 모양이었지만, 바로잡아줄 도리는 없었다.

"하담 씨, 늦어서 미안해요. 이렇게나 늦어버리다니, 그것도 하담 씨 생일날인데, 제가 정말 미쳤나 봐요. 진짜 미안!"

로미의 얼굴에 떠오른 미안한 기색은 14K 금의 순도만큼이나 순수했다. 하담은 로미가 약속 시간에 종종 늦는다는 것을 알고 있었기에 늘 대비하는 편이었지만 지난 한 시간은 좌불안석이었다. 일행이 나타났다는 것만으로도 원망이나 짜증보다는 일단 안도감이 찾아왔다.

"아니에요, 제가 미안해요. 괜히 저희 집 근처로 약속 장소를 잡아서. 찾기 힘들었죠?"

로미는 손사래를 쳤다.

"무슨 말이에요. 하담 씨 생일이니까, 우리가 당연히 이쪽으로 와야죠. 다만 제가 왠지 전철에서 둔촌행을 타는 바람에."

"네? 여기 동부이촌동인데요?"

"그러게요, 가다가, 아 이촌역으로 가야지, 하면서 내려서 돌아왔어요. 그런데 이촌역으로 와서는 레스토랑 이름을 까먹은 거예요."

"에? 어제 핸드폰으로 약도 보내줬잖아요."

"그런데요, 오다가 보니까 핸드폰 배터리가 떨어진 거예요. 아까 4호선으로 갈아타면서 조금 늦겠다고 문자 보낸 다음에 글쎄 배터리가 간당간당하더니 혹 꺼진 거 있죠. 그래서 이촌역에서 내려서,

레스토랑 이름이 뭐였더라? 하고 고민하다가 지나가는 사람에게 여기 세시봉이라는 이탈리아 레스토랑 있냐고 물어보니까 근처에서 못 들어봤다는 거예요. 그래서 또 한참 헤맸죠."

"여기 이름은 봉 비방Bon Vivant인데⋯⋯. 그래도 어떻게 찾으셨네요."

로미는 메뉴판을 펼치면서 태연하게 대답했다.

"근처를 막 돌아다니면서 물어봤죠. 근데 아는 사람이 하나도 없는 거예요. 다섯 번째 사람, 이 앞에서 개랑 산책하던 분이 세시봉은 없지만 아무래도 봉 비방인 것 같다면서 알려줬어요."

"네⋯⋯."

하담은 말꼬리를 흐렸다. 약속 시간에서 30분이 넘어간 시점부터 이미 그럴 거라고 각오는 하고 있었다. 애당초 전철역에서 만나서 같이 오지 않은 자기 자신을 탓했다.

"근데 차경 씨는요?" 로미가 물었다.

"아, 차경 씨는 처음부터 좀 늦는다고 그랬어요. 내일 임원들이 참석하는 회의가 있어서 자료 만들고 체크하고 온다고."

그때 하담의 휴대전화 문자가 띠링 울렸다.

"지금 다 왔대요. 골목 들어섰다고." 하담은 고개를 들고 웃었다.

"다 같이 시작할 수 있겠네요, 잘됐다!"

윤차경이 레스토랑 문으로 다가가자 대기자들이 새치기하지 말라는 듯 경계에 찬 눈빛을 보냈다. 늦여름 더운 날씨에 오래 서 있던 사람들의 얼굴은 땀에 젖어 번들거렸고, 그 때문에 더욱 날카로워 보였다. 자, 나를 원망하지 마요. 나는 기다리는 일행이 있다고 요…….

차경은 뺨으로 떨어지는 머리카락을 귀 뒤로 넘기며 문을 열었다. 레스토랑 한구석에서 익숙한 두 얼굴을 찾아냈다. 턱선 근처에서 떨어지는 금발이 눈을 가리지 않도록 계속 귀로 넘기면서 메뉴판을 외워버릴 듯 열심히 들여다보는 긴 치마 차림의 여자, 그리고 옆에는 한 손으로 휴대전화를 만지고 있는 짧은 머리에 청바지 차림의 여자. 차경이 다가가자 짧은 머리의 여자, 하담이 고개를 들고 차경을 향해 손을 들어 보였다.

"차경 씨, 금방 왔네요!"

"금방은요, 이렇게나 늦었는데요. 미안해요."

로미가 눈이 보이지 않도록 헤실헤실 웃으며 옆자리를 가리켰다.

"에, 저도 많이 늦었어요."

차경은 자리에 앉으면서 손에 든 물건을 테이블 위로 밀었다. 검은 리본을 맨 하얀 쇼핑백이었다.

"자, 하담 씨 생일 축하해요."

"엇, 선물 증정 지금 하는 거예요? 그럼 나도!"

로미는 바닥에 놔둔 큰 가방을 뒤적거려 커다란 분홍색 꾸러미를 꺼내 하담에게 내밀었다.

"아, 다들 고마워요……."

하담은 둘 다 받고는 잠시 어쩔 줄 모르다가 자기 옆자리에 내려놓았다.

"이따가 식사하고 후식 먹을 때 풀어봐요. 일단 주문부터 해요.

아, 배고프다."

서버가 다 먹은 접시를 치운 후, 차와 커피를 가져왔다. 하담은 찻잔을 입에 대지도 않고, 받은 선물을 풀어보았다. 분홍색 포장지 속 로미의 선물은 실이 고운 분홍색 목도리였다. 계절을 생각하면 약간 놀랍기는 했지만 내색하지 않고 손으로 목도리를 쓸어보았다.

"목도리…… 감촉이 좋네요!"

로미는 계절 감각 따위는 아랑곳하지 않았다.

"색이 하담 씨랑 어울릴 것 같아서. 지금 여름이지만, 캐시미어 혼방이어서 에어컨 쌀쌀한 곳에서는 두를 수 있어요."

차경의 쇼핑백에는 작은 상자와 차경이 다니는 회사에서 홍보하는 화장품 신제품 샘플 꾸러미가 들어 있었다. 노란색 상자에는 곡물 향의 향수병이 들어 있었다. 하담이 지난봄 해외 촬영을 갔을 때 면세점에서 보았던 브랜드의 제품이었다. 그때는 가격이 비싸서 그냥 내려놓았었다.

"하담 씨에게 이런 향이 어울릴 거 같아서 골라봤어요. 그렇게 자극적이지 않고, 출근할 때도 좋을 것 같아서요."

하담의 가슴속에 뭔가 치미는 것 같았지만, 애써 눌러 참으며 향수를 손목에 뿌려보았다. 잉글랜드 들판 어딘가에서 영감을 받았다는 은은한 향기가 코끝을 간질였다. 눈물이 날 것 같은 기분이 드는 건 향수 때문이지. 하담은 친구들에게 털어놓기 전에 마음을 다잡았다.

"향기가 정말 좋네요. 하지만 출근할 때 뿌릴 순 없겠어요. 저 프로덕션 오늘부로 그만뒀거든요."

잠시 침묵이 흘렀다. 남이 전한 심각한 소식에 어떻게 반응해야 할지 결정하는 시간 20초.

"쉽지 않은 결정이었을 텐데, 잘했어요."

차경이 먼저 입을 열었다. 어려운 시작을 남에게 미루지 않는 건 차경 성격의 장점이었다.

"그럼요! 이제 좀 쉬고 자기 작품을 찍으면 되죠!" 로미가 말했다.

"미안해요. 이런 날에 뜬금없이. 하지만 30대도 이제 후반부에 접어드는데, 지금 독립하지 않으면 영영 못 할 것 같았어요."

하담이 다큐멘터리 피디로 프로덕션에서 일한 지도 7년이었다. 코끼리부터 사마귀까지 많은 동물을 찍었고, 히말라야에서 부에노스아이레스까지 가봤다. 남극에 가서 펭귄만 찍으면 이제 두려울 것이 없었지만, 외주 받아 작품을 찍는 일은 그만하자고 생각했다.

"하지만 직장 그만둘 때 기분 나쁜 일이 있었어요."

"뭔데요?"

아직 사연을 말하지도 않았는데, 벌써부터 분개하는 목소리로 로미가 물었다.

"이번 달에 결혼하는 남자 동료 피디가 있는데, 제가 직장 그만둔다니까 남자 선배가 그 친구 결혼하는 것 때문이냐고 하는 거예요."

"그 선배란 사람은 무슨 개소리를 그렇게 정성스럽게 하죠?"

보이지 않는 선배를 노려보기라도 하듯이 차경의 눈매가 엄격해졌다.

"그러게요, 둘이 평소 잘 어울려 보였다나. 같은 나이에 입사 동기라서 다른 사람들보다는 사이가 좋았고 작년에 남미 관련 다큐 찍을 때 완전히 삽질하길래 제가 몇 번 도와준 적은 있지만, 친했다고 도 할 수 없는데. 비슷한 연령대의 싱글들이 있으면 마음대로 짝짓 는 사람 많잖아요."

하담은 한숨을 지었다. 그간 사회생활을 하면서 숱하게 겪었던 일이었다.

"그래도 본인을 좋아한다고 착각하지 않아서 다행이잖아요. 저는 그런 경우도 너무 많아서." 로미는 얼굴을 찡그렸다.

"아니, 그 결혼한다는 동기도 와서 그런 비슷한 말을 흘리는 거예요. 너한테는 내가 결혼한다는 말을 직접 전했어야 하는데 소문으로 듣게 해서 미안하다고. 대체 왜?"

하담은 청첩장을 건네던 동료의 얼굴을 떠올렸다. 미안하다는 표정 뒤에는 미안하다는 말을 할 수 있는 사람이 자기여서 다행이라 는 표정이 떠올라 있었다.

"제정신 못 챙기고 사는 사람이 많네요. 그런 회사 그만두어서 잘 됐어요."

차경은 커피 잔을 내려놓으며 어조를 부드럽게 바꾸었다. 본심으로는 퇴직도, 이직도 쉬운 일은 아니라고 생각했지만 지금은 친구를 격려할 때였다.

하담은 잠시 생각에 잠겼다.

"저도 그렇게 생각하긴 하지만……. 제가 뭔가 잘못된 신호를 준 걸까요? 착각하게 만들었나?"

"제가 볼 때 하담 씨는 그런 사람 아니에요. 마음은 약하지만, 태도는 분명한데." 차경이 잘라 말했다.

"그럴까요? 무척 불쾌했지만, 내 잘못이 있나, 라는 생각부터 들어서."

"아뇨, 친절하게 대해줬다고 해서 착각하는 사람이 종종 있는 거죠. 인간적 예의와 개인적 관심을 구분할 줄 모르는."

차경의 말은 가끔 공기도 자를 만큼 단호하게 들리지만 이럴 때는 무척 위로가 되었다. 냉철하게 위로를 해줄 줄 아는 사람. 하담이 처음 차경과 친구가 되고 싶다고 생각한 것도 이런 이유였다.

"그래서 제가 제주도에 가서 양봉을 하면서 살 뻔했어요."

맥락과는 아무 상관 없어 보이는 뜬금없는 말 던지기, 이건 또 도로미의 특기였다. 하담이 로미와 친구가 되고 싶다고 생각한 이유도 이것이었다. 하지만 이번에는 너무 예상치 못한 말이었다.

"거기 왜 '그래서'가 들어가요……?"

하담이 물었다. 반면 차경은 놀라지도 않았다.

"친절과 관심을 구분하지 못해서 제주도에서 양봉하면서 살 뻔했다는 거예요?"

"네, 바로 그거예요."

도로미는 명랑하게 말했다.

"3년 전의 일이었어요."

도로미의 회상

제가 제주에 간 건 3년 전 9월쯤이었나? 당시 합동 상품 전시회에 초대받았거든요. 독립 일러스트레이터들과 업체를 연결해서 컬래버레이션 제품을 만드는 프로젝트에 참여하고 있어서. 저보고 전시장 해당 부스에 앉아서 작품 설명을 해달라고 하더라고요. 2박 3일 일정에 저는 이틀 동안 참가하는데, 계속 부스에 붙어 있을 필요는 없어서 제주도 구경도 하고 온다는 마음으로 간다 그랬어요. 결국 구경은 거의 못 했지만. 어쨌든 그때 저의 인스타그램에 팔로어가 꽤 많은데, 제가 제주에 간다는 글을 올렸어요. 간 김에 제주 맛집도 소개받고, 오가는 길도 물어보고.

그런데 그 사람이 행사장으로 저를 찾아왔어요. 처음 봤을 때는 일할 때 입는 얇은 여름 점퍼에 청바지를 입고 있어서 말끔한 인상이라고 생각했죠. 나이는 한 30대 초중반? 저랑 비슷한 또래처럼 보였어요. 그 사람 말로는 자기가 저의 일러스트 팬이라는 거예요. 오래전부터 인스타도 팔로하고 있었고. 그래서 제주 온다는 글을 보고 만나보고 싶어서 왔대요. 저는 뭐 기분 좋았죠. 위험한 사람처럼 보이진 않았거든요. 그 사람이 도넛이랑 커피를 사가지고 와서, 잠깐 마시면서 이야기했어요. 한 30~40분 정도? 그때 자기가 양봉을 하고 있다는 거예요. 제가 양봉을 하시는 분은 처음 만났어요, 했더니 처음에는 좀 당황하다가 곧 천천히 얘기를 하더라고요. 양봉의 현대화를 위해 여러 가지 생각을 해보고 있는데, 일러스트를 이용해서 브랜드 이미지를 만들면 어떨까, 그런 말을 했어요.

거기까지였다면, 저도 그냥 이 사람이 저의 팬이고 궁금해서 만

나러 왔나 보다, 했을 거예요. 일러스트를 의뢰하려고 그런 게 아니
냐고요? 뭐 그럴 수도 있는데, 제 얘기도 좀 더 들어보세요. 그 사람
은 다음 날에도 찾아왔어요. 다시 오겠다고 약속도 하지 않았는데,
점심시간 지나서. 이번에는 옷도 정장까지는 아니지만, 깨끗한 재킷
에 면바지를 입고 왔더라고요. 단정했지만 좀 비싸 보인달까? 어딘
가 선이 날렵해 보인달까? 암튼 그런 옷이었어요. 머리요? 아, 헤어
스타일까지 달라졌는지는 모르겠지만……. 그러고 보니 좀 더 깔끔
하게 정돈되었던 것도 같고. 아무튼 이번에는 초콜릿을 선물로 주는
거예요. 그냥 마트나 백화점에서 파는 게 아니라, 수제 초콜릿 같은?
나중에 제가 인스타에 사진을 올렸더니 누가 그게 제주 시내에 있는
유명한 초콜릿 가게, 무슨 상도 받은 가게의 제품이라고 했어요. 이
때도 근처 카페로 가서 한 시간가량 이야기를 나누었죠. 참, 그 전날
에는 오래된 큰 차, 뭐라고 하죠? SUV, 아, 그런 차를 타고 온 것 같
았는데, 두 번째 날에는 세단으로 바뀌었어요. 전날은 SUV를 타고
가는 걸 봤고, 둘째 날에는 세단을 타고 이동했거든요. 저는 속으로
차를 다른 걸로 빌려 왔나? 이렇게 생각했었거든요. 그 사람은 전날
과는 달리 양봉에 관한 말은 별로 꺼내지 않았어요. 다만 제주 생활
에 대한 이야기 정도? 날씨가 어떻다든가, 여기 풍경을 좋아한다든
가. 저는 그 사람 얘기를 들으면서 가슴이 두근두근하고 이마에 열
이 오르는 기분을 느꼈어요. 미남이었냐고요? 그런가, 첫날보다는
확실히 더 좋은 인상이었지만……. 키는 중간 정도고, 얼굴은 검은
편이었나, 아니었나. 그래도 제가 좋아하는 인상이었어요! 저는 왠
지 그날 그런 예감을 느꼈어요. 아, 나는 이 사람과 결혼해서 제주도

에서 양봉을 하며 살게 되는 건가. 이렇게 난 장거리 연애를 하다가 결혼하는 건가. 왜 다들 그러잖아요. 결혼할 사람은 처음 본 순간부터 안다고. 제게 바로 그런 느낌이 찾아온 거예요.

헤어질 때는 그저 인사만 했어요. 손도 잡지 않았고……. 연락처 교환도 없었어요.

왜 연락처를 받지 않았느냐면…… 저는 자연스레 인스타그램으로 연락이 될 거라고 생각했어요. 디엠을 보내면 되잖아요? 다시 만난다는 예감이 강하게 있었거든요. 처음부터 저의 팬이었다고 하고. 제가 서울 와서 '다정한 분을 만나서 더 즐거웠던 제주'라고 포스트도 올렸는걸요. #즐거운추억 #초콜릿달콤해 해시태그도 많이 붙였어요. 그 포스트에는 하트도 댓글도 많았어요. 하지만 그 사람만은 아무 댓글도 달지 않았어요. 심지어 디엠도 오지 않았고! 저는 혹시나 해서 #제주양봉 해시태그로 찾아보려 했지만 그런 사람은 없었어요. 그렇게 그 사람을 영영 찾을 수 없었죠. 그 사람은 그 후로 연락을 하지 않았어요.

네, 저는 그 사람을 기다렸어요. 제 마음이 착각일지 모른다 해도.

"음…… 이건 확실히 하담 씨 경우와는 다르네요. 이 정도라면 착각이 아닌 것 같은데."

차경은 '설부를 순 있지만'이라는 뒷말까지는 입 밖으로 내지 않았다.

"그렇죠?" 로미는 눈을 반짝 빛냈다. "제가 그렇게 무작정 착각하는 사람은 아니라고요!"

차경이 말했다.

"네, 일반화는 위험한 거지만, 보통 남에게 연애 관계적 관심이 있을 때, 그중 이성애 관계에서 남성이 여성에게 관심이 있을 때 보이는 행동적 특질이 있지 않나요?"

로미는 자기도 미리 생각했다는 듯 고개를 끄덕였다.

"그렇죠."

"자, 보세요. 잠깐."

차경은 가방에서 태블릿 PC와 펜을 꺼내더니 메모 앱을 켰다.

"여기 봐요."

차경은 프레젠테이션하듯이 깨끗하게 써 내려가며 이야기를 시작했다. 로미는 얼굴을 태블릿에 가져다 대고 경청했다. 하담은 차경을 보면서도 계속 휴대전화로 무언가를 치고 있었다.

'나는 너에게 관심이 있다'는 여러 가지 신호에 대하여

(1) 한 번이 아닌 두 번 만나러 왔다

"그저 SNS에서 알던 사람이면 한 번 인사한 걸로 충분했을 텐데, 두 번이나 왔죠. 이건 그냥 단순한 호기심은 아니란 거예요. 한 번 만남은 우연이지만, 두 번 만남은 의지죠. 게다가 처음 만났을 때 별로였다면 두 번은 안 왔을 거 아니에요. 그리고……."

(2) 두 번째 만나러 올 때 약간 더 차려입고 왔다

"첫날에는 점퍼에 청바지, 편한 차림 같은 인상이었지만, 둘째 날에는 좀 더 깨끗한 차림으로 왔다는 것. 관심이 있었다는 뜻이죠. 상대에게 더 멋지게 보이고 싶은 마음, 그게 호감의 첫 단계라는 신호죠."

(3) 첫날에는 커피였지만, 둘째 날에는 초콜릿이었다

"커피는 아는 지인에게 사다 주는 물건 같은 느낌이지만, 초콜릿은 좀 더 선물 같은 느낌이잖아요. 굳이 두 번째 만남에 초콜릿을 준다면? 그것도 그냥 아무 데서나 구입할 수 있는 게 아니라? 신경 쓴 선물을 전하기. 보통 전통적으로 호감을 사려는 행동이죠. 그러니 첫날 호감을 느껴서, 둘째 날 다시 만나러 왔다고 추론할 수는 있죠."

(4) 차가 바뀌었다

"하루 만에 차가 바뀌는 사람은 없잖아요? 분명 둘째 날에 차를 바꿔 타고 왔다는 건, 로미 씨와 어딘가 갈 생각을 하고 누군가의 차를 빌린 게 아닐까요? 아무래도 SUV보다는 세단이 누굴 태우기 쉬우니까. 그리고 차를 빌린다는 건 쉬운 일이 아니고 쉽사리 생각할 수 없는 것이기 때문에, 이건 큰 호감이 있다는 뜻으로 해석해도 무리는 아니지 않겠어요? 분명 신호라고 생각하는 게 맞겠죠."

차경은 여기까지 말하고 한숨 돌렸다. 로미가 만족스러운 프레젠

테이션을 들은 관객처럼 손뼉을 쳤다.

"맞아요, 둘째 날 분위기가 확실히 좋았다고요. 눈도 몇 번씩 마주쳤어요."

로미는 곧 생각에 빠졌다.

"하지만 이걸로는 확실하지 않은 것 같기도 하고……."

"아뇨, 그 당시에 호감이 있었다는 건 확실한 거 같아요. 초콜릿."

차경이 브리핑하는 동안 말없이 옆에서 휴대전화를 들여다보던 하담이 중얼거렸다. 차경과 로미가 동시에 쳐다보았다. 하담이 입을 열었다.

"로미 씨, 전시장이 어디였어요?"

"전시장이 어디더라……? 지명은 모르겠고, 호텔 많은 데, 신라호텔이나 롯데호텔이 있고. 근처의 큰 전시장."

"거기는 아마 중문이고, 로미 씨가 말한 데는 컨벤션센터였을 거예요. 당시에 컨벤션센터에서 그런 전시가 있었다는 제주 신문 기사를 찾았어요."

하담은 남의 기분에 민감한 사람이 가끔 그러하듯, 일벌이 꿀을 모으듯 정보를 잘 모았고 그걸 패턴이 보이도록 배치하는 데 재능이 있었다. 로미와 차경이 친구로서 늘 감탄하는 점이었다.

"그리고 로미 씨가 선물받았다는 그 초콜릿 가게는 제주시 한가운데, 시청 근처에 있어요. 그 사람은 양봉을 하니까 굳이 제주 시내에서 근무할 것 같진 않아요. 하지만 로미 씨에게 초콜릿을 사다 주기 위해 제주시를 들렀다가 중문까지 온 거죠."

하담은 휴대전화를 들어 모바일 지도를 보여주었다. 초콜릿 가게에서 전시장까지 제주를 횡단하는 굵은 파란 선이 그어졌다.

"42킬로미터 남짓. 마라톤코스만큼 길고 차로도 한 시간이 넘게 걸리는 거리. 다시 그만큼 돌아가야겠죠. 꽤 긴 여정일 것 같지 않아요? 단지 호의 있는 SNS 지인에 대한 노력치고는 꽤 가상하죠. 게다가 두 번째 만남인데."

"그렇다면 정말 제게 관심이 있었네요!"

로미는 박수를 치려고 두 손을 들었지만 맞부딪치는 않은 채, 생각에 빠졌다.

"그렇다면 왜 다시 저한테 연락하지 않았을까요? 저도 나름대로 신호가 가도록 '다정한 분'이라고 썼는데."

청신호를 준 사람이 있다. 분명히 나 또한 다가오라는 신호를 주었다. 하지만 상대는 그 직후에 사라진다. 더는 접근하지 않는다. 왜일까? 많은 연애에서 흔히 일어나는 진부한 미스터리. 우리 모두 답을 안다고 생각하는 수수께끼이다. 지난 세기를 휩쓸었던 유명한 말, 그 사람은 나에게 그만큼은 반하지 않았다.

차경은 하담의 표정을 살폈다. 하담과 차경의 눈이 마주쳤다. 차경이 조심스럽게 입을 열었다.

"둘째 날에 만나서 얘기해보고 뭔가 실망했다……일 수도 있지만."

하담은 곰곰이 생각했다. 과연 단순히 반하지 않아서일까? 두 번째 짧은 만남을 위해 먼 길을 찾아온 사람이? 호감이 없더라도 예의는 차릴 수 있다. SNS에 인사말 정도는 슬쩍 남길 수도 있다. 호감이 없다면 더더욱 그럴 수 있지 않나?

"그건 아닐 것 같아요. 로미 씨가 이 사람이랑 결혼할 수도 있겠다, 라고 생각했다면. 보통 그런 느낌은 한쪽만 오는 건 아니라고요. 두 사람 사이에 무언가 통했기 때문이지. 안 그래요, 차경 씨? 찬민 씨랑 만났을 때 어땠어요? 이 사람이랑 결혼하겠다는 생각을 했을 때?"

하담은 오래전 일을 떠올리며 자기가 한 말을 곱씹었다. 정말 그럴까? 좋아한다는 기분은 한쪽만의 착각일 리가 없을까?

차경도 약혼자인 찬민을 떠올리며 하담의 말을 생각했다. 결혼하겠다는 생각이 든다면 역시 둘 사이에 무언가 있기 때문인 걸까? 우리 둘 사이에 무언가 있을까? 차경은 대답하지 않았다.

로미는 딱히 별다른 생각이 없었다.

"제가 뭔가 실수해서 금방 싫어졌다는 느낌은 없었어요."

차경은 태블릿에 아까 썼던 메모를 초기화하고 다시 펜으로 써 내려갔다.

"그린 라이트를 전제한다면, 몇 가지 가설은 있을 수 있죠."

나에게 분명한 호감을 표시한 남자가 다시 연락하지 않은 이유

(1) 로미 씨가 마음에 들었지만, 자기가 자신이 없었다

"보통의 남자들이 흔히 저지르는 거예요. 자신 없다고 우물쭈물하는 것. 의견을 물어보지도 않고. 게다가 로미 씨가 전화번호를 물어보지 않았으니까요."

(2) 로미 씨가 마음에 들었지만, 아직 일이 더 중요했다

"1번과 마찬가지예요. 자신 없는 마음을 일 핑계를 대며 감추는 거죠. 무척 흔한 이유."

(3) ……유부남이거나 애인이 있다

"……아마도?"

잠시 침묵이 흘렀다. 봉 비방은 손님들이 하나둘 테이블을 떠나고, 이제 실내조명도 침침해졌다. 어느새 테이블마다 촛불이 놓였다. 서버들은 발소리를 죽이고 걸으며 빈자리를 정리했다. 폐점 시간까지 얼마 남지 않은 고요한 밤. 세 여자는 얼굴 모르는 그 남자를 각각 나름의 방식대로 그려보고 있었다.

유부남일 수도 있다. 하담도 아까부터 생각하던 가능성이긴 했다. 분명히 호감으로 해석될 신호를 뿌려놓고 더는 접근하지 않는 많은 경우에 추론할 수 있는 이유. 세상엔 그런 무책임한 사람들도 존재한다. 아무리 무책임하고 비열한 의도를 가진 사람이라도 타인에게 좋은 인상을 줄 수 있다. 하지만 그렇다면 3년 동안 그 사람을 좋은 기억으로 간직했을 로미가 안타까웠다. 침묵을 깨고 로미가 말했다.

"여러분은 아까부터 여러 추측을 하시는데, 왜 가장 그럴듯한 이유는 생각하지 않는 거예요?"

차경이 물었다. "뭔데요?"

"기억상실증에 걸렸을 수도 있잖아요. 저를 만나고 가던 날 밤에

사고 나서."

로미의 말투가 너무 진지해서 한국 드라마식 농담인지, 아니면 2백 퍼센트의 진심인지도 분간이 되지 않았다. 차경은 하마터면 웃음을 터뜨릴 뻔했지만, 로미의 진지한 얼굴을 보고 입을 꾹 다물었다. 어차피 다시 만나지 못할 사람이라면 나를 잊어버린 이유가 유부남보다는 기억상실증인 편이 낫기도 하다. 세상은 그렇게 평화로울 것이다.

"뭐, 그럴 수도 있죠." 차경은 올라간 입꼬리를 내리며 말했다. "세상엔 다양한 가능성이 있으니까요."

하담은 차경과 로미의 대화를 듣고 있었지만 머릿속에는 다양한 장면들이 스쳐 갔다. 회전판 위에 올라서서 바라보는 세상처럼 장면들이 빙글빙글 돌아갔다. 벌 떼, 들판의 노란 꽃, 푸른 바다와 초록 산, 그리고 도시를 떠나는 사람들, 제주로 들어오는 사람들⋯⋯.

하담은 테이블을 탁 쳤다. 그 바람에 찻잔이 덜그럭거리자 로미와 차경이 놀라 쳐다보았다.

"우리가 알아보죠."

"뭘요?" 로미가 물었다.

"그 남자가 로미 씨에게 다시 연락하지 않은 이유."

"어떻게요?"

차경이 다시 물었다. 질문은 육하원칙을 따라가고 있었지만 아무도 '왜'는 묻지 않을 것이었다. '어디서'에 대한 답은 하담이 할 것이었다.

"제주로 직접 가서요. 양봉한다는 그 사람, 양봉남을 찾아서요."

하담은 분명 식사 때 와인을 한 잔밖에 하지 않았다. 물론 그 전

에 회사를 나온 후 다른 프리랜서 친구들을 만나 낮술을 좀 했다는
건 이미 잊어버렸다. 지금 하는 말은 술 취한 소리라는 것을 자기도
미처 깨닫지 못했다. 하지만 가끔 술은 우리에게 예상치 않은 선물
을 준다. 하담의 마음속은 그 순간만은 진정한 열의와 순수한 호기
심, 예술적 영감으로 가득 차 있었다. 하담은 엄숙하게 선언했다.

"이 프로젝트의 이름은 「서칭 포 허니맨」이에요."

2장

살아 있는 존재는 모두 일한다

꿀벌 한 마리는 하루 최대 3천 송이의
꽃을 찾아갈 수 있습니다.

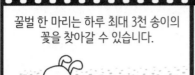

물론 하루에 한두 번 꿀을 따러 가는
느긋한 벌도 있고,

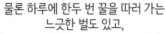

오늘 할 일은 끝났다고~

하루에 열 번 이상 수집하러 나가는
워커홀릭도 있습니다.

그럼 다시
출동해
보실까?

간다!!

또?!

일벌의 수명은 최대 6개월까지,

6개월

봄여름에 태어난 일벌의 수명은
40~50일이라죠.

일벌로 태어나면 평생 일만 하다가
가는 것입니다……

8월, 서울

택시에서 내렸을 때 이미 공기에서 EDM의 진동이 느껴졌다. 8월도 마지막 주말을 앞둔 목요일, 주변의 번쩍이는 간판에 열기가 달라붙어 있는 것만 같았다. 그러나 남자는 요란하게 떠다니는 비트 속에서도 그다지 기대할 게 없다는 기분이었다. 평일이라 일반 입구로 들어가려 했더니, 처음 보는 가드가 한 손을 들면서 험악한 표정을 지었다. 귀찮다는 생각이 들었지만 전화를 해보려 주머니에 손을 넣었다. 그때, 담당 엠디가 허겁지겁 계단을 뛰어올라 오는 모습이 보였다.

"이런, 찬민 형님!"

엠디는 가드를 향해 무언의 의미가 담긴 눈짓을 했다. 가드는 상황을 파악한 듯 뒤로 몇 걸음 물러섰다. 그의 마음 아래 불쾌한 기분이 침전물이 되어 짙게 깔렸지만, 표정으로 나타내지 않고 고개를 끄덕였다. 안내 데스크 앞에서, 엠디가 헤실헤실 웃으며 노란 밴드를 건넸다.

"굳이 밴딩하실 필요는 없는데, 저희 요새 물이 갈려서요. 이런 눈새들이……."

"그래."

구구절절한 얘기를 들을 필요가 없어서 찬민은 말을 잘랐다. 이런 데서 시간 낭비를 하는 건 질색이었다.

3층 룸으로 들어섰더니 하얀 가죽 소파, 유리 테이블을 배경으로 익숙한 얼굴의 남자 셋과 낯선 얼굴의 여자 셋이 보였다. 벌써 2라운드씩은 돈 모양이었다. 옆에 앉은 여자의 드러낸 어깨 위로 떨어진 머리카락에 코를 묻고 있던 친구 명진이 그가 들어오자 머리를 들었다.

"야, 양 박사. 왔냐. 내일 학회인가 있다고 못 온다며 뻗대더니. 앉아, 앉아."

명진이 찬민을 박사라고 부를 때는 늘 지나치게 강조한다는 인상이었다. 그게 뭐 대단하다고, 라는 투였다. 명진에게는 별게 아니겠지. 그의 그룹은 사학 재단도 하나 가지고 있고, 명진의 아내가 곧 이사장직을 물려받을 테니까. 그는 직접적으로 대꾸하진 않고 건너편 좌석에 앉았다. 벌써 뒤로 한참 물러난 명진의 이마 선을 보자 귀찮고 불쾌한 기분이 물러나는 듯했다. 돈으로도 살 수 없는 게 있다는 걸 알 수 있기 때문이었다.

찬민은 딱딱하게 말했다.

"다음부터는 미리 날짜 좀 확인해. 오늘 사람이 왜 이렇게 많나 했더니 무슨 유명 디제이인가 내한했다며. 음악을 들을 것도 아니면서."

대형 교회 목사 아들이지만 옷은 폭력 조직의 새끼 보스처럼 입고 다니는 성호가 테이블 너머로 잔을 밀며 말했다.

"네가 언제부터 클럽 오면서 요일 따졌냐. 클러빙으로 우리를 이끈 전도사님이."

"찬민이, 이 녀석. 이게 배신자야. 사람이 변했어. 이렇게 재미없는 녀석이 아닌데, 얘가 날을 잡더니만 소심해져서……."

키가 180센티미터를 훌쩍 넘고 덩치도 큰 철규는 고등학교 때부터 눈치 없기로 유명했다. 아까 엠디가 쓴 눈새라는 표현이, 그가 추측하는 뜻이 맞다면, 그에 딱 맞는 녀석이었다. 그래도 피트니스 클럽 네댓 개를 물려받은 덕분에 딱히 눈치를 발휘할 필요도 없이 살아가고 있었다. 철규가 계속 지껄일 기세를 보이자, 명진이 철규의 입을 막았다.

"야, 넌 분위기 좀 봐라. 그냥 술이나 마셔. 니들이 실컷 마시고 싶다며. 오늘은 디제이도 예약 안 했으니까."

친구들을 보면서 찬민은 배 속에서 아까 가라앉았던 불쾌한 물이 다시 솟구치는 느낌이었다. 이 익숙한 풍경에 무언가 노이즈가 낀 것처럼 초점이 맞지가 않았다. 눈치가 없는 건 철규가 아니었나? 친구들의 놀이가 어느덧 즐겁지 않다면 혼자라도 졸업할 때가 된 것이다.

그때 찬민은 자신을 보는 눈길을 느꼈다. 언제부터인지 오른쪽 옆에 앉아 있던 여자. 인스타그램에서 가끔 보는 미인형으로 눈이 크고 얼굴이 갸름한 여자였다. 머리카락은 자연산일 리가 없는 검은색이었다. 여자는 빈 자기 잔을 들어 보였다. 그는 아무 말 없이 한 잔 따랐다.

"친구분들이 많이 취하셨어요. 저희가 룸에 왔을 때 벌써."

직장에서 상사에게 업무 보고라도 하는 듯한 말투였다.

"그렇군요."

여자는 받은 잔을 쭉 들이켜고 내려놓았다.

"말씀 편하게 하세요. 예전에는 그러셨으면서."

여자의 사무적인 말투에 장난기가 섞이면서 대화의 장르가 달라졌다. 갑자기 방 안의 풍경이 초점을 맞춘 듯 또렷해졌다. 찬민은 여자를 다시 찬찬히 보았다. 그러고 보니 어딘가 알 듯 말 듯했다. 설마 저번에 명진의 어린 파트너가 데리고 왔던 친구인가? 아니, 그럴 리가 없는데. 그는 술에 취했을 때 만난 사람들의 얼굴은 잘 기억하려고 특히 주의했다. 나중에 다른 상황에서 만날 때 실수하지 않기 위한 나름의 전략이었다. 하지만 지금은 몸도 얼굴도 새 옷을 갈아입듯 바꿔 끼울 수 있는 시대라는 건 기억해야 했다.

"어디서 봤었나?"

"양찬민 박사님, 정말 기억 안 나세요?"

여자는 머리카락만큼 검은 눈으로 그를 가만히 보았다. 여자가 부른 호칭이 그의 몸속에 불안함과 호기심을 동시에 주입했다. 이런 감정들은 핏속에 들어오자 가라앉았던 어두운 침전물과 결합하며 뭔가 뜨거운 것으로 바뀌려 하고 있었다.

"글쎄……"

찬민이 무어라고 말을 더 하려는 순간, 테이블에 올려놓았던 그의 전화기가 울렸다. 그와 여자는 동시에 화면을 보았다. 그의 몸속에서 올라오던 기운이 신호등의 노란불을 본 것처럼 속도를 줄였다. 화면에는 '차경'이라고 떠 있었다. 전화는 그에게 계속 무슨 말이라도 걸듯이 울리고 또 울렸다.

"야, 너는 매너 없이 애들이 있는데, 전화도 끄지 않고 있냐."

성호가 잔으로 찬민을 가리키며 얼굴을 찡그렸다. 녀석의 실크 셔츠속 금목걸이가 쩔렁거렸다. 찬민은 전화기를 내려다보며 망설였다.

찬민 옆의 여자가 ASMR처럼 잠기는 목소리로 말했다.

"전화 안 받으세요?"

그는 화면을 옆으로 쓸었다. 나중에 보기.

"지금은 괜찮고."

전화는 실망해서 기가 죽은 듯 잠잠해졌다. 차경은 한 번 연결이 되지 않으면 집요하게 전화를 거는 성격은 아니니 괜찮을 거라고, 그는 생각했다.

여자가 빙긋 미소를 지었다. 그게 무슨 신호라도 된 것처럼 찬민은 좀 더 몸을 앞으로 내밀었다. 몸속의 기운은 다시 속도를 냈다.

"웃는 얼굴은 확실히 익숙한데."

여자도 웃음기를 잃지 않은 채로 좀 더 가까이 다가앉았다.

"그럼 한 번 더 보세요."

찬민은 아까 잃었다고 생각한 흥미가 여전히 죽지 않았다는 걸 깨달았다. 몸이 오래 배었던 습관을 잊지 않고 있다. 새로운 음악처럼 새로운 사람은 늘 전율을 준다. 여자와의 거리가 가까워질수록 그는 몸 안의 전율이 마치 룸 바깥의 음악처럼 점점 커져가는 것을 느낄 수 있었다.

오래된 기억을 다시 재현해보려는 시도를 다시 한번 방해한 것은 역시 전화기였다. 그가 전화를 진동으로 바꾸지 않은 이유.

여자가 입을 찬민의 귀에 가까이 대고 속삭였다.

"나중에 보기."

그는 화면을 내려다보며 발신자를 확인했다. 이번엔 빨간불이었다.

허니맨.

그는 일어섰다.

"아니, 받아야 하는 전화라서."

여자가 항의하듯, 입으로 쳇 소리를 냈지만 찬민은 돌아볼 겨를이 없었다. 그는 화면을 밀어서 전화를 받으며 방 밖으로 나갔다. 몸 안에서 어떤 음악이 흐르더라도 그 소리를 꺼버리고 해치워야 할 일이 있는 것이다. 그에게는 지금 이 전화가 그러했다.

8월, 서울

9시에 시작한 아침 회의가 너무 길어지고 있었다. 벌써 참석자들의 얼굴에 지루하다는 기색이 가득했다. 차경은 앞에 놓인 노트북에서 시간을 확인했다. 12시가 다 되어가는 시각이었다. 다른 팀의 프레젠테이션은 오늘따라 눈치 없이 길었고, 임원들은 같은 질문을 표현만 바꿔서 반복했다. 남이 말할 때 듣지 않는 높은 사람들의 특징이었다. 최근 상승세로 인기를 모았던 배우 모델이 SNS 라이브에서 다른 국가 비하로 들릴 수 있는 발언을 하는 바람에 해당 국가 광고를 내려야 하는 사건 하나만도 큰데, 지금 바이럴 중인 네일 케어 제품 영상이 유명 그룹의 뮤직비디오와 유사하다는 의혹까지 터졌다. 해당 팬덤이 지금 그 일을 공론화하겠다고 실트총공 중이었다.

"그런데 실트총공이라는 게 뭡니까?"

김개진 상무가 지그시 감았던 눈을 뜨고 물었다. 그는 눈이 작다는 이점을 이용해서 회의 시간에 당당하게 졸다가 어느 순간에 깨면 뒷북치는 질문을 하는 것으로 유명했다. 담당 팀장이 대답하려던 찰나, 윤경원 이사가 끼어들었다.

"아까 하 부장님이 설명했잖아요. 트위터에서 팬들이 문제되는 내용을 해시태그로 달아서 쓰면, 그게 인기 트윗 순위에 올라서 다른 사용자들에게도 보이는 방법이라고. 인원이 많은 팬덤은 그렇게 해서 생일 축하도 하고 문제를 고발하기도 하고 그런다고요."

하지만 이 설명으로 김 상무가 이해할 거라고 생각하는 사람은 아무도 없었다. 그 자리에 앉은 사람들 중에서도 그런 용어들을 이해하지 못할 이들은 많았다. 하지만 차경은 김 상무가 자기가 모른다는 사실을 길게 티 내는 임원은 아니라는 것을 다행스럽게 여겼다. 김 상무는 무관심하게 말했다.

"그래, 그렇다고 치고. 어떻게 하기로 했다고?"

담당 팀장이 대처 방안을 길게 설명했지만, 요지는 광고 제작 대행사와 협의해서 해결하고 공식 SNS 계정에서 피드백을 한다는 말일 뿐이었다.

그다음이 차경의 프로젝트 기획 피티였다. 일상적인 업무인데도 막상 피티를 하러 걸어갈 때면 귀에서 피가 콸콸 흐르는 소리가 들리는 것 같았다. 회사 중역들과 팀장들의 눈이 모두 이쪽으로 쏠리고 있었다. 하지만 긴장감도 잠시, 슬라이드가 켜지는 순간에는 아무 소리도 들리지 않고 오로지 자신 앞에 놓인 발표 노트에만 집중하게 된다.

"네, 올해 메세나 프로그램 진행 상황입니다. 저희는 우리 회사의 고유 유산 재료를 홍보하기 위한 문화 산업을 후원, 자연 친화적인 기업 이미지를 높이는 프로젝트를 지속적으로 해오고 있었는데요. 하반기에는 독립 창작자들이 한국의 자연 재료를 탐사하는 다큐멘터리를 후원할 계획입니다."

시작은 무난했고 참석자들은 차경의 슬라이드에 집중했다. 직접적 광고 효과가 없는 프로젝트들에 대해서 보수적인 임원들도 있지만, '문화'와 관련 있는, 대외적으로 그럴듯한 사업을 후원하고 생색내기 좋아하는 임원들도 있는 법이었다.

"올해 지원 대상은 소재발굴팀에서 주목하는 빙하수와 더불어 전통 재료인 동백, 벌꿀입니다. 알래스카의 빙하와 환경, 동백꽃의 원래 형태를 유지하며 낙화를 줍는 할머니들, 그리고 양봉을 소재로 한 자연과 사회인류학적 의의가 있는 다큐멘터리들이 기획 중에 있습니다. 이번에는 직접적으로 고유 유산 소재 발굴 탐사를 노골적으로 부각하지 않고 좀 더 독립적인 작품처럼 보이게 하고, 완성작은 케이블 채널이나 모바일 플랫폼을 통해서 상영하도록 협의 중에 있습니다."

차경이 처음 하담의 「서칭 포 허니맨」 프로젝트를 들었을 때부터 구상한 아이디어였다. 이 기획을 통해 하담의 독립을 돕자는 건 차경의 의도와 멀지는 않지만 가깝지도 않았다. 내년에 론칭할 벌꿀 유래 성분 프리미엄 스킨케어 라인은 회사의 주요 사업 중 하나였으므로, 마침 시기상 적절하기도 했다. 제주라는 배경도 지속적으로 작업해온 브랜드 이미지와 맞아떨어졌다. 하담의 프로필도 지금 진행 중인 신인 창작자를 후원한다는 취지에 어울렸다. 자신과 남에게 동시에 이로운, 그렇지만 자신에게 특히 이로운 일을 한다. 차경의 노동 원칙이었다.

프로젝트 피티는 그럭저럭 긍정적인 인상을 남기며 끝났다. 차경의 기획안은 통과될 것 같았다.

자리로 돌아오자 몇 주 동안 밤을 새워가며 일했던 피로가 이제야 파도처럼 밀려왔다. 차경은 프레젠테이션을 위해 단정하게 묶었던 머리카락을 풀어 어깨에 늘어뜨렸다. 머리카락을 계속 묶고 있노라면 두피가 따끔하고 머리카락이 더 빠지는 기분이었다. 요새는 퇴근 시간을 지키라는 지시에 회사에서 야근하는 게 쉽지 않아서 일거리를 가지고 귀가할 때도 있었다. 어깨와 목이 뻐근했다. 오후에는 일찍 퇴근해서 근처 타이 마사지 숍이라도 갈 생각이었다.

점심시간이 넘어서 대부분 직원들은 식사를 하러 나가고 없었다. 차경은 한산한 사무실을 좋아했다. 사람들이 남기고 간 소란의 그늘 속에 혼자 잠겨 있는 기분을 즐길 때도 있었다. 그렇지만 지금은 피로 때문에 평소의 즐거움조차 찾아오지 않았다. 지금이라도 점심을 하러 가야 할까 고심하며 차경은 휴대전화를 들여다보았다. 찬민에게 전화 한 통, 문자 한 통이 와 있었다. 아까 피티 중에 보낸 것 같았다.

'어제 일찍 자서 전화 못 받았어. 무슨 일 있었던 건 아니지? 걱정되네.'

그러고 보니 어젯밤, 기획안 PPT 수정 도중에 찬민에게 문의하고 싶은 부분이 있어 전화를 했었다. 벌꿀과 관련해서 찬민이 있는 연구소의 자문을 넣으면 좋을 것 같다는 생각을 했었지만, 그가 전화를 받지 않았고 어차피 임원들에게 전문적인 인상을 주는 것 외에는 딱히 필요 없는 부분이어서 더는 연락하지 않았다.

일찍 잠들어서 전화를 못 받았다는 그의 말이 사실이 아닐 수도 있다는 느낌은 막연히 들었다. 근거는 딱히 없었다. 어딘가 차경에게 말할 수 없는 모임 같은 데 갔는지도 모른다. 그가 차경이 좋아하지 않는 고등학교 친구들과 아직도 어울린다는 것도 알고 있었다. 그룹 총수 아들에, 대형 교회 목사 아들에, 키 큰 사람은 강남과 판교에서 피트니스 클럽을 한다고 했던가. 사회적 인맥으로 보아서 나무랄 데가 없는 사람들이었다. 다만 차림새에서 풍기는 분위기부터 차경의 친구들과는 너무도 다른 기질들이었다.

차경은 찬민과 함께 그들을 두어 번 보기는 했으나 대화에는 전혀 흥미를 느낄 수 없었다. 피트니스 클럽에 다니는 여자들의 몸매에 대한 평을 노골적으로 할 때는("예쁜 애들은 좀 깎아주고 그래라. 남자 손님 꼬이게" 등등) 다시는 이들과 만나는 자리에 가지 않겠다고 생각도 했었다. 그러나 결혼을 한다면 상대의 소셜 서클을 지켜주고, 필요하면 참여도 해야 한다는 것이 두 사람이 합의한 관계의 기본이었다. 친구 선택에 관여할 수는 없다. 차경은 이것이 두 사람 사이의 존중이라고 생각했다. 각자의 영역을 지키는 합리적인 애정이라는 게 존재할 수 있다. 아직은 그렇게 믿었다. 차경은 답장 문자를 보냈다.

'별일 아님. 이따가 퇴근 후 전화할게.'

기지개를 켜다가 누가 어깨에 살짝 손을 대는 바람에 깜짝 놀라 뒤를 돌아보았다.

"아, 이사님."

윤경원 이사는 회사 내에서는 젊은 임원에 속했다. 입사 초기에 차경이 인사를 드리자 "어머, 같은 윤 씨네. 본관이 어디야?"라고 물어본 적이 있었다. 두 사람의 본관은 달랐지만, 같은 성이라는 이유만으로 사내에 윤 이사가 차경의 고모라는 소문이 돌기도 했을 만큼, 윤 이사는 차경을 친근하게 대하는 편이었다. 차경은 그 친근감에 너무 기대지 않도록 적당한 거리를 두고 대했다.

"아까 기획안 괜찮던데, '갓띵작'을 만들어봐."

윤 이사는 갓띵작을 말할 때 손가락으로 따옴표를 만들며 강조했다.

"네, 감사합니다."

차경은 12년 차 직장인답게 정석 미소를 띠고 당황스러운 표정은 감췄다. 윤 이사는 직관과 트렌드를 읽는 눈이 빨라서 팀장들이 편하게 대하는 상사이긴 했지만, 뜬금없이 저렇게 인터넷 신조어를 쓰는 습관이 있었다. 차경은 아마 고등학생인 딸이 신조어 리스트를 뽑아주는지도 모른다는 의심을 하고 있었다. 자연스럽게 세련된 방식은 아니지만, 이 또한 윤 이사를 밀고 나가는 투지의 일부분이다. 세상 흐름에 뒤처지지 않으려는 끊임없는 노력. 트렌드를 창조하는 업계에서 살아남는다는 건 남보다 먼저 뛰어야 한다는 뜻이다.

차경은 자기가 얼마나 직장 생활을 더 할 수 있을까 헤아려보았다. 어느 나이가 지나면서부터는 매일 언제라도 퇴사할 수 있다는 각오로 일하고 있다. 윤 이사처럼 여성 임원으로 살아남는 것도 오로지 운과 성실함을 함께 가진 사람만이 갈 수 있는 길이다. 차경은 끝까지 일해야 자기를 지킬 수 있다고 믿었다. 자기를 지키기 위한 노동, 차경이 일을 하는 이유였다. 차경은 결국 점심은 이따가 마사지를 받으러 가는 길에 간단히 때우기로 하고 노트북의 파워포인트를 켰다.

찬민에게 전화하지 않았다는 것을 차경이 깨달은 건 어느덧 새벽 1시가 넘은 시각, 그날 오전에 있을 광고 대행사와의 미팅 자료 점검이 끝났을 때였다. 그도 전화하지 않았다.

9월 초, 대구

9월에 접어들었는데도 대구는 한여름처럼 뜨거웠다. 저녁 바람에도 식지 않은 땀이 귀와 목 뒤에 맺히자, 하담은 손수건을 꺼내 닦았다. 검은 옷을 입어야 한다는 생각에 가을 바지를 입었더니 바지자락이 다리에 축축한 미역처럼 감겼다. 위에 입은 검은 블라우스와 재질도 달라서 되는대로 이것저것 주워 입은 인상이 전체적으로 풍겼다. 상영회가 열리는 작은 극장으로 발걸음을 옮기니 검은 옷을 입은 사람이 많지 않아서 더욱 후회스러웠다. 개중에는 보통 영화를 보러 온 관람객처럼 티셔츠에 청바지, 심지어 반바지를 입은 이들도 있었다. 가족과 친지들만이 아니라 일반 관객도 있는 모양이었다. 안내 데스크에 앉은 여자도 가슴에 작은 검은 리본을 달았을 뿐이었다.

"초대장 받고 오셨어요?"

데스크 직원인지 가족인지는 알 수 없지만 명단을 앞에 놓고 하담에게 물었다.

"네, 학교 후배예요. 박하담이라고……."

하담은 가방에서 초대장과 부의금 봉투를 허겁지겁 꺼냈지만 멈칫했다.

"저기 이거……."

상황에 맞지 않는 행동일까 걱정스러웠지만 여자는 봉투를 공손하게 받으며 동시에 티켓을 건넸다.

"감사합니다."

흑백 티켓에는 '신현석 추모 상영회'라는 글자 아래 상영작 제목이 쓰여 있었다. 「강철은 어떻게 단련되는가—불꽃의 삶」. 가족은 장례식에 외부인들은 부르지 않았고, 상영회로 대신한다고 안내장을 보냈다.

사람들이 드문드문 떨어져 앉은 좌석들 사이를 내려가 앞쪽에 앉았다. 하담은 다른 관객들 머리를 보지 않아도 되는 앞자리를 좋아했다. 불이 꺼지고 영화가 시작되기 직전, 누군가 옆에 쓱 들어와 앉았다. 깜짝 놀라 돌아보니 대학 동기 강유진이었다.

"너 올 줄 알았어. 그리고 여기 앉을 줄 알았다."

유진이 소리 죽여 말했다.

하담은 고개를 끄덕이면서도 손가락을 입술에 갖다 댔다.

"쉿!"

끝나고 얘기하자는 뜻이었다. 지금은 오로지 선배의 영화에만 집중하고 싶었다.

현석 선배의 다큐멘터리는 한국 철공과 공구상들의 역사를 한 가문의 여러 세대에 걸친 삶 속에서 비춰보며 따라가는 내용이었다. 일제 강점기 대구 북성로에서 공구상을 하던 할아버지, 서울 청계천, 용두동으로 흘러가서 공구업을 하는 아버지. 그리고 그들의 삶을 이제 문래동 거리에서 창작 활동을 하는 손자가 재구성한다. 한국 공업의 흥망성쇠와 근대사가 인서트되고, 사양길에 접어든 철공소 골목들의 풍경이 스쳐 간다. 손자는 문래동에서 북성동으로 옮겨와 미디어아트 작업을 하다가 병을 알게 되었다. 선배는 자신의 작업 과정을 동시에 다큐멘터리로 찍었고, 그가 떠난 후에는 동료들이 뒷부분을 마무리했다. 노인이 된 아버지가 병으로 자기보다 더 초췌해진 아들의 휠체어 옆에 서서 아들의 전시 작품을 보는 장면에는 비극적 아름다움이 스며 있었다.

하담이 문득 자기 뺨에 손을 대어보니 눈물로 젖어 있었다. 유진이 말없이 손수건을 건넸다.

뒤풀이는 극장 근처 대학가 호프집에서 열렸다. 하담은 상영회만 보고 서울에 바로 올라갈 생각이었지만, 유진이 끈질기게 권해서 따라갔다.

"야, 박하담. 너 진짜 오랜만이다."

"그러게요. 정민 선배랑은 한 9년, 10년 만인가?"

"그래, 넌 요새 뭐 하고 사냐? 소식이 없다."

하담의 잔을 채우는 이정민 선배는 작년 해외 영화제에서 촬영상을 받고 세계 비평가들의 찬사를 받고 있었다. 하담은 그의 스타일을 그렇게 좋아하지는 않았다.

"언니, 회사…… 그만두세요?"

화영이 말했다. 머리에 단 하얀 리본이 화영의 맑은 얼굴과 검은 머리에 대비되어 눈에 띄었다. 하담은 수긍의 뜻으로 그냥 웃었다.

"편집실은 소식이 늘 빠르구나."

하담의 영화과 2년 후배인 전화영은 현석의 이번 영화 편집을 맡았다고 했다. 하담은 두 사람이 이전에 잠깐 사귀던 사이였던 건 알았지만 중간에 헤어진 줄 알았다. 그 후로는 두 사람이 어떤 관계였는지 알 수 없었지만 하얀 리본을 보고 짐작만 할 뿐이었다. 이런저런 생각과 더불어 안타깝고 애틋한 감정이 피어올랐다.

"그래서 이젠 뭐 할 거냐? 다른 데 스카우트?"

정민 선배가 갑작스러운 질문으로 훅 치고 들어왔다.

"아뇨, 그런 건 아니고……."

"혹시 결혼하나?"

선배의 스타일을 좋아하지 않는 건 개인적인 감정이 반영된 것일지도 몰랐다. 하담은 그의 촬영 스타일이 그의 말투처럼 남의 영역을 존중하지 않고 침범하는 스타일이라고 생각했다.

"작품 준비하고 있어요. 다큐멘터리요."

이런 데서 미래의 계획을 갑자기 얘기하게 될 줄은 몰랐다. 하지만 사생활을 길게 얘기하는 것보다는 나았다. 먼저 「서칭 포 허니맨」 프로젝트를 제안한 건 자기였지만, 거기에 다큐멘터리 촬영을 결합할 생각은 차경과 로미에게 말하지 않고 속으로 했을 뿐이었다. 그래서 차경이 자신과 똑같은 착상을 하고 제안해줄 때는 기뻤다.

"그래? 무슨 내용인지 지금 말해줄 수 있어? 실례인가?"

유진이 해물 파전을 젓가락으로 가르면서 물었다.

"괜찮아. 일단 큰 주제는 제주 양봉……. 귀농과 제주 이주를 조망하는 내용도 같이 모아서."

로미가 양봉남을 묘사했을 때 하담은 막연하게 그 남자가 귀농인일 거라고 추측했다. 어딘가 모르게 그 사람의 프로필이 대대로 양봉을 해온 사람이 아니라 새로이 시작한 사람 같은 인상을 주었다. 그 후 제주 양봉 관련 블로그나 SNS를 돌아보며 비슷한 프로필의 사람이 있나 찾아보았지만 찾을 수 없었다는 것도 이 가설을 뒷받침해주었다. 차차 어떤 방식으로 이 다큐멘터리를 찍어야 할지 머릿속에 그림이 그려지기 시작했다. 개인의 이동과 지역의 자연사회적 환경의 변화를 같은 궤도로 묶어 그려낼 수 있을 것 같았다. 그때 차경이 「서칭 포 허니맨」의 펀딩이 가능할 것 같다고 제안서를 보내달라고 해 큰 기대 없이 급하게 써서 보냈다. 어차피 사비를 털어서라도 이 프로젝트를 진행할 작정이었으니까. 차경이 기획안이 통과되었다고 알려주었을 때는 오히려 얼떨떨했다.

"오, 제주. 그러면 필현이가 도와줄 수 있겠네."

정민 선배는 맥주잔으로 옆 테이블에 앉아 있는 사람을 가리켰다. 호프집의 조명이 침침해서 하필현 선배가 그쪽에 앉아 있는 것도 몰랐다. 선배도 먼저 아는 척하지 않았다. 처음부터 데면데면한 사이였다. 9년 전 촬영장의 그 밤 이후로 길게 얘기한 적도 없었다. 우연히라도 부딪친 적이 있었는지 기억도 나지 않았다.

필현 선배는 하담의 테이블 쪽에 시선을 돌렸지만 별말 하지 않았다.

"참, 선배 제주 살죠. 이번에 제주 비엔날레에 작품 낸다며."

유진이 끼어들었다. 하담은 그조차 처음 듣는 얘기였다. 필현 선배가 상업 영화보다 순수 미술에 가까운 작업을 하고 있다는 것도 몰랐다.

"그러게, 필현이가 제주 간 지 좀 됐으니까 하담이 좀 도와줘라. 가이드도 해주고."

여전히 물색 모르는 정민 선배의 말에 필현 선배가 무뚝뚝하게 대답했다.

"양봉이라며. 그러면 나보다 재웅이가 낫겠네. 걔 제주시청 축산과에서 일하잖아. 재웅이가 훨씬 잘 도와줄 수 있을걸."

그 이름에 하담은 맥주잔을 든 손을 잠깐 멈칫했다. 아무도 즉각 대답하지 않았다. 화영은 하얀 리본을 단 머리카락을 귀 뒤로 넘기며 얼굴을 찡그렸다. 유진은 말없이 안주 접시를 사람들 앞으로 밀었다. 필현은 별로 표정이 바뀌지 않았다. 그도 모를 리가 없을 텐데 굳이 이야기를 꺼낸 건 너무 오래전 일이라서 괜찮을 거라 여긴 건지, 아니면 하담이 도와달라고 매달릴까 봐 이런 식으로 끊는 건지. 영화를 보고 고인을 기념하는 자리라고 해서 왔지만 예상대로 자잘한 불쾌감은 부록처럼 따라왔다. 오래 헤어졌다가 다시 만난 사람들이 늘 반가울 수는 없다. 반가웠더라면 이미 만났을 테니까.

왕복 기차표를 예매했었지만 취소하고, 유진의 차를 타고 돌아갔다. 하담은 차창 너머를 바라보았다. 한밤의 차들은 어딘가를 향해서 전속력으로 달려가는데도 왠지 모르게 쓸쓸한 데가 있다. 아니, 그들이 모두 빠르게 자기 갈 길을 아는 것처럼 달려가기 때문에 갈 곳 모르는 자기만이 쓸쓸해하는지도 몰랐다. 차 안의 스피커에서는 젊은 남자의 목소리가 흘러나왔다. 오늘 밤은 춤을 추자, 내일 새벽이 되면 나도 멀리 가버릴 테니. 내일 새벽이 되면 너도 멀리 가버릴 테니. Long gone. 하담은 대학 때 떠들고 놀며 새우던 수많은 밤들을 떠올렸다. 우리 함께 춤추던 사람들도, 앞으로는 하나둘 사라져가는 걸까. 저 새벽이 오기 전에.

"새로 하는 작품 잘됐으면 좋겠다."

단순하지만 경쾌한 비트 위로 유진이 말을 꺼냈다. 유진도 오랫동안 시나리오를 써왔지만 벌써 몇 번째 선제작 단계에서 뒤집어졌다.

"응, 열심히 해보려고."

"음…… 조심스럽긴 한데, 나한테 재웅이 연락처 있으니까 필요하면 말해."

"그렇구나."

하담은 잠깐 생각했다. 축산과에 있다면 양봉 취재에는 확실히 도움을 받을 수 있을 것이다. 무엇보다 로미의 양봉남을 찾으려면 정보가 필요했고, 지금은 과거의 인연으로 주저할 상황은 아니었다.

"재웅이 제주 간 지 오래됐어?"

"한 5~6년쯤? 걔 고향이 원래 제주잖아. 부모님이랑 형도 아마 거기 살고 있을걸. 그 전에는 자기 작업 계속했는데, 잘 안 되기는 했지만 영화는 계속할 줄 알았는데. 제주 간다고 할 때도 필현 선배처럼 작업하려고 간 줄 알았어. 그런데 어느 날 갑자기 공무원이 됐다고 해서 동기들, 선후배들 다 놀랐지, 뭐."

"나만 몰랐나 보네."

"그냥 너도 알 거라고 다들 생각했었나 봐."

반복되는 풍성한 멜로디가 말소리 대신 차 안을 채웠다. 가로등들이 차창을 스쳐서 빨리 달아났다. 차 안 그늘 속에서 유진의 목소리가 명상에 잠긴 듯 들려왔다.

"현석 선배 작품 좋았지."

"응, 너무 좋았어. 구조적이면서도 정서가 깊고."

"그게 마지막 작품이라는 게 안타깝더라……."

유진의 말이 남긴 여운 속에서 하담은 선배를 기억하려고 해보았다. 이제 이 세상에 없는 사람을 떠올리려니 눈 뜬 채로 꿈을 꾸는 기분이었다. 모두가 영화에 대한 희망으로 함께하던 사람들, 그 시절을 회상할 때면 저마다 영화를 말할 때 짓던 표정들이 생각난다. 현석 선배는 언제나 눈이 웃고 있었다.

"선배, 삶의 끝까지 아름다운 작품을 만들었어. 웃으면서 만들었을 거야."

그건 하담의 바람이기도 했다. 생을 마칠 때 아름다운 것을 이 세계에 내놓았다고 말하고 싶다. 하담이 일을 하는 이유였다.

9월 초, 서울

핑 울리는 휴대전화 알림 소리에 로미는 잠에서 깼다. 졸음이 뚝

뚝 묻은 손가락으로 알림을 터치해보니 잡지 편집자의 메일이 떴다. 낮에 보낸 일러스트를 수정해달라는 내용이었다. 전화기 상단을 보니 새벽 2시였다. 누가 이불을 홱 걷고 잠자리에서 끌어낸 것처럼 짜증이 났지만, 이 시간까지 일할 편집자를 생각하니 안타깝기도 했다.

메일 답장은 어떻게 할지 당장 생각하고 싶지 않아서, 대신 인스타그램을 열었다. 요새는 '이야기가 있는 한 컷'이라고 짧은 글과 일러스트를 며칠 간격으로 하나씩 올린다. 팬들의 반응이 나쁘지 않아서 하트 수가 많고 댓글도 적지 않았다. 로미는 하나씩 읽으면서 '히히, 고맙습니다' 같은 댓글을 달았다. 그중에는 더 빨리 올려달라고 재촉하는 댓글도 적지 않았다. 그림이 아니고 음식 사진을 올린 포스트에 '이런 데 다닐 시간에 그림 한 장 더 올려주세요'라고 쓴 댓글을 보고 상처도 받았다. 이런 댓글에도 '알겠습니다'라고 써주고, 하트 이모티콘을 달았다.

디엠 보관함에 메시지가 몇 통 들어 있었다. 작품으로 위로받았다는 글도 있었고, 길게 무어라고 썼지만 결국은 재능 기부라는 명목으로 무료로 그림을 그려달라는 내용도 있었다. 로미는 미소를 지었다가 한숨을 쉬었다가 하면서 하나씩 탭해나갔다. 그중 한 메시지에 눈길이 갔다.

'안녕하세요, 작가님! 어제 오후 3시경 이마트에 가시지 않았어요? 고양이 사료 사던데.'

타인에 대한 관심을 표현하는 방식에는 여러 가지가 있다는 건 오랜 경험으로 알고 있었다. 사람들이 자기의 그림을 좋아해주는 것도 고맙고 순수하게 기뻤다. 호감은 아무런 계산 없이도 소중하다.

하지만 내가 모르는 상황에서 누가 나를 지켜보고 있다는 상황이 늘 즐거울 리만은 없었다. 게다가 집요한 메시지를 보내거나 하는 사람들도 적지 않았다. 5~6년 전의, 그때부터 한동안 집요했던 그 사람은 특히 심했다. 로미는 그 생각을 하며 잠깐 몸서리를 쳤다. 로미는 대부분의 디엠에는 대답하지 않기로 했다.

잠이 깬 김에 남은 작업을 해야겠다고 생각하며 침대에서 일어났다. 침대 옆 자기 쿠션 위에서 웅크리고 자고 있던 고양이가 갸르릉거리며 네발을 뻗었지만 눈은 뜨지 않았다. 로미는 고양이를 깨우지 않도록 살금살금 책상으로 갔다. 자잘한 삽화 작업들도 있고, 11월에 열리는 합동전 준비도 계속해야 했다. 시에서 주관하는 아티스트 후원 프로그램에 낼 포트폴리오도 준비해야 했다. 쉽게 입금되는 일은 하나도 없었다. 삽화는 책이 나와야 받을 수 있고, 전시회는 자비를 들여야 하는 것이다. 수입과 지출을 따져보면 잠으로 멍했던 머리에 갑자기 물을 끼얹은 것만 같았다.

하지만 태블릿 펜을 슥슥 움직이다 보면 이런 생각들은 하나둘 사라졌다. 머리는 손을 움직이는 근육에 명령을 보내는 것에만 집중했다. 다른 생각이 들지 않는 이 시간이 좋기 때문에 계속 일을 해나갈 수 있는 것만 같았다. 카드값도, 냉혹한 평도, 담당자의 무리한 요구도 다 마음속 잡동사니 바구니로 들어가버린다. 작업을 마쳤을 때는 어느덧 블라인드 틈으로 푸르스름한 새벽빛이 새어 들고 있었다.

로미는 펜을 놓고 기지개를 쭉 켰다. 그래, 생활은 빠듯하지만 이전에 디자인 회사에서 근무할 때보다는 훨씬 자유로우니까. 그때는 심지어 실장이 소시오패스였다. 그는 다른 사회생활이란 없고 자기가 워커홀릭인 만큼 남에게도 똑같이 일할 것을 요구했다. 직원들이 먼저 퇴근하면 화를 냈다. 집에 가지 말란 말은 대놓고 하지 않았지만, 직원들이 하나둘 퇴근한 이후에는 컴퓨터 키보드 치는 소리가 커진다거나 "허 참!" 같은 볼멘소리를 계속 내뱉곤 했다. 다음 날 아침에 작업물 출력본을 가져오라고 해놓고 폭언을 하며 막 찢어버리는 경우도 있었다. 실장에게 험한 말을 듣는 게 싫어서 지금처럼 새벽빛이 스며드는 시간까지 야근을 하다가 첫 지하철을 타고 울면서 집에 돌아온 적도 있었다. 정신과 몸이 다 피폐했던 날들이었다.

회사에 마지막으로 출근한 날 실장이 커피를 갖다달라고 하자, 소금을 왕창 타서 주었다. 실장이 길길이 뛰자, 남은 커피를 그가 기르던 몬스테라 화분에 조르르 부어버렸다. 화분을 깨버리고 싶었지만, 불쌍한 몬스테라는 죄가 없고 그걸 치워야 하는 청소 직원은 더 죄가 없으니까. 그렇게 회사를 그만두고 나올 때는 속이 다 후련했다. 평생 누구의 눈치도 보지 않겠다고 굳게 결심했는데, 이제는 독자와 담당자의 눈치를 본다. 로미는 다시 침대에 들기 전에 아까 미뤄두었던 메일 답장을 쓰기로 했다.

'수정 반영해서 오후에 보내드리겠습니다. 하지만 이번이 마지막 수정이라는 것 양해해주셨으면 좋겠습니다.'

『오씨 매거진』이라는 잡지에 연재를 한 지도 1년이 넘었다. 신비로운 사건들을 다루는 이 잡지에서 일러스트 의뢰가 왔을 때는 다달이 공과금을 해결할 수 있는 정기적 수입원이 생긴다는 생각에 기쁘고 고마웠다. 하지만 그만큼 매달 다해야 할 책임이 생긴다는 뜻이기도 했다. 담당자와 의견을 조율해야 하는 일도 간단하지 않았다.

일을 하면 늘 누군가의 눈치를 본다. 로미는 프리랜서가 되면 타인의 눈치를 보는 일에서 자유로워질 줄 알았다. 하지만 프리랜서는 자유롭다는 뜻이 아니라 아무에게도 묶여 있지 않으므로 모두에게 매여 있다는 뜻일지도 모른다. 그래도 가장 중요한 건 자신의 눈치를 살피는 것이다. 그래야 오래 일을 할 수 있다. 그렇게 하면 언젠가는 남의 눈치를 덜 보게 되겠지. 언젠가는.

메일함에는 아직 체크하지 않은 한 통이 더 있었다. 분류가 여행으로 되어 있어서 알림이 오지 않았나? 클릭해보니 하담이 보낸 제주 여행 일정이었다.

'로미 씨, 내일모레 출발해요! 비행기표 일정 다시 보내요! 확인하고 공항에서 출발 한 시간 30분 전에 만나요. 「서칭 포 허니맨」 곧 시작합니다.'

하담 씨, 신나 보이네. 로미의 얼굴에도 미소가 스며들었다. 로미는 허니맨의 얼굴을 떠올려보았다. 뚜렷한 이미지가 그려졌다가도 역시 금방 바람에 밀린 듯 쓸려가버렸다.

하긴, 상관없지. 만나면 알아볼 수 있을 테니까. 로미는 이불 속으로 들어갔다. 꼭 다시 만난다, 꼭 다시 알아본다는 예감이 잠과 함께 찾아들었다.

3장

찾기 위해서는 떠나야 한다

벌은
작은 날개에
비해
몸이 통통합니다.

그래서 날기 힘들어야 하지만……

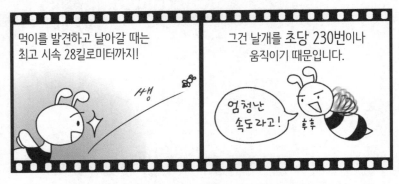

먹이를 발견하고 날아갈 때는
최고 시속 28킬로미터까지!

그건 날개를 초당 230번이나
움직이기 때문입니다.

멀리 빠르게 날기 위해서는

꿀 먹던 힘을 다해
파닥거려야 하는 것입니다.

9년 전, 여름

불길이 점점 거세졌다. 사람들의 고함 소리도 함께 높아졌다. 하담은 그 소리에 더 정신이 나갈 것만 같았다. 손이 덜덜 떨리고 가슴이 두근거렸지만, 어떻게든 불을 꺼야 한다는 생각뿐이었다. 하지만 비치된 소화기는 녹이 슬어서 제대로 작동하지도 않았다.

"하담아, 가까이 가지 마, 위험해!"

뒤에서 유진이 소리쳤지만 하담의 귀에는 그 소리조차 잘 들리지 않았다. 누군가 옆에서 불 속으로 뛰어들려다가 맹수처럼 덤벼드는 불길에 뒤로 물러섰다.

"어흑!"

얼굴에 먼지와 흙이 잔뜩 묻어 있었지만 필현이라는 걸 알아볼 수 있었다. 필현은 땅바닥에 뒹굴며 옷자락에 붙은 불을 끄려 했다. 하담은 당황해서 우는 소리로 말했다.

"선배, 어떡해요!"

유진과 현석, 정민도 달려가서 자기들 옷을 벗어 필현의 몸에 붙은 불을 껐다. 유진이 그를 일으키며 물었다.

"선배, 괜찮아요?"

필현은 손목을 잡고 고통스러운 듯 얼굴을 찡그렸다. 현석이 고개를 절레절레 젓더니 하담에게도 손짓을 했다.

"하담아, 물러서!"

소방차는 언제 오는 걸까? 외진 곳이고 현장까지는 좁은 산길이라 차가 들어오려면 시간이 더 걸릴 것 같았다. 연기가 더 자욱해져 앞이 잘 보이지 않았다. 기침은 발작처럼 멈추지 않았고, 여기저기서 소음이 들렸지만 무슨 소리인지 제대로 분간조차 되지 않았다.

이래서는 안 되겠어. 나라도……!

하담은 입고 있던 여름 셔츠를 벗어 머리를 감싸고 건물 안으로 뛰어들려고 했다.

"안 돼!"

뒤에서 여러 사람이 괴성에 가까운 소리를 질렀지만 하담의 머릿속은 스태프들이 고생한 결과물을 구해야 한다는 생각으로 가득했다.

카메라를…… 그게 아니면 필름이라도 어떻게…….

정신없이 문손잡이에 손을 대려는데, 누가 확 하담을 잡아채더니 질질 끌어냈다.

"이거 놔! 카메라 꺼내 와야 한다고!"

하담이 손을 뿌리치고 다시 건물로 돌아서자 바람이 불어 불길이 확 일었다. 불이 하담을 덮치기 전에 남자가 뒤로 돌아 그녀를 막아섰다. 다음 순간, 하담의 몸이 공중으로 훅 떠올랐다. 그가 어깨 위에 둘러멘 것이다. 하담은 어깨 위에 얹힌 채로 발버둥 쳤고, 남자는 성큼성큼 걸어갔다.

"야, 구재웅! 내려놔! 내려놓으라고!"

그는 그 말대로 했다. 건물로부터 50여 미터 떨어진 잔디밭에, 그것도 그렇게 부드럽지 못한 방식으로. 하담은 잔디 위에 굴렀다. 남자는 호스를 들어 하담의 몸에 물을 마구 뿌렸다. 물이 피부에 닿자 자기도 모르는 화상이 실감되며 온몸이 따끔따끔했다.

"정신 차려! 하마터면 죽을 뻔했다고!"

하담은 쏟아지는 물을 두 손으로 막았다. 물줄기가 약해지자 고개를 들어 남자 친구를 올려다보았다.

"가서 카메라랑 필름 가져와야지. 어떻게 찍은 건데!"

하담이 몸을 일으키자 온몸에서 물이 뚝뚝 떨어졌다. 얼굴에 달라붙은 머리카락을 떼어내니 시야가 선명해졌다. 아까보다 불이 더 거세진 것만 같았다. 재웅은 손도 내밀어주지 않았다.

"아무튼 나는 다시 가서……."

"화영이가 다쳤어!"

재웅이 이렇게 소리를 지르는 건 처음 보았다.

"뭐?"

"2층에서 뛰어내리다가 다리가 부러졌다고! 하마터면 죽을 뻔했어!"

화영이 펜션에 남아 있었다는 건 몰랐다. 지금 누가 나오고 나오지 못했는지 그것도 다 모른다는 깨달음이 처음으로 찾아왔다. 불이 났다고 뛰어나왔을 때부터 재웅도 화영도 모습을 보지 못했었다.

"아무리 그래도 사람부터 챙겨야 하는 거 아니야? 그깟 필름이 중요해? 네가 감독이라면서!"

집 쪽에서 불길이 치솟았고 누군가 괴성을 질렀다. 그 사이로 익숙한 소리가 들렸다. 소방차의 사이렌이 점점 가까워지고 있었다.

"다들, 다들 괜찮아?"

하담은 거대한 불의 그림자에 비친 재웅의 얼굴을 바라보았다. 그도 관자놀이 아래에 허물이 벗겨지고 온갖 그을음이 얼굴에 묻어 있었다. 하담은 재웅의 손을 잡으려고 했다. 그 순간에는 누구의 손이라도 잡고 싶었다. 재웅은 움찔하더니 하담이 내뻗은 손을 뿌리쳤다. 얼굴 표정만큼이나 굳은 말투로 그가 말했다.

"네가 직접 봐."

하담은 그 후로도 오래, 어떤 좋아했던 영화의 인상적인 장면보다도 그 장면을 오래 기억했다. 어두운 산그늘 아래 주홍빛으로 타오르던 건물, 잔인한 빛을 배경으로 떠오르는 검은 얼굴. 자기를 향해 화를 내던 그 얼굴. 마지막으로 손에 남은 뜨거운 감촉. 뜨거웠지만 어느 때보다도 서늘했던 감각. 후끈한 공기가 다 날아간 후에도 한동안 몸에 묻어 떨어지지 않았던 느낌.

「서칭 포 허니맨」 프로젝트 제1일, 제주

제주는 오랜만이었다. 하담은 비행기 창문 너머로 낯설게 느껴지는 풍경을 보았다. 낯설다는 건 기대와 두려움의 다른 말이다. 무슨 일이 일어날지 몰라 두렵지만, 모르는 일이 일어난다는 기대가 있다. 하담은 자기 마음속에 기대가 스며 있다는 것을 발견하고 기묘한 기분이 들었다.

렌터카 셔틀버스가 공항 정류장에서 막 출발하려던 시점에 올라탔다. 차량 운전사는 명단에서 박하담과 도로미의 이름을 확인하고 시원하게 캐리어를 들어다 주었다. 이번 일정은 사전 조사 같은 거라서 숙소도 첫날 외에는 정해놓지 않았다.

계획이 없는데, 그나마 더 어그러질 때도 있다. 렌터카 센터에 갔더니 하담이 신청해놓은 차가 전날 사고를 당하는 바람에 다른 차종으로 바꿔야 한다고 했다.

성수기가 지났는데도 남은 차가 그리 많지 않았다. 담당 직원이 말했다.

"국산 소중형이 거의 다 나갔어요. 남은 차 중에는 신청하신 후방 카메라와 주차 시스템이 장착돼 있는 게 없고, 그 외에는 전기차가 좀 있는데. 전기차가 조금 싸기도 하고요."

하담은 잠깐 고민하다가 로미에게 물었다.

"로미 씨는 어떤 게 좋아요? 운전은 주로 제가 할 테지만, 만에 하나 로미 씨가 할 수도 있으니까요."

"소중형이 좋지 않을까요?"

로미의 거침없는 대답에 하담은 약간 당황했다.

"아, 그럴까요. 그런데 국산 차가 보험료는 싸지만……."

"역시 소중하다는 건 센터에서 관리를 잘하고 있다는 뜻 아닐까요?"

"네?"

무슨 말인지, 하담은 잠시 문맥을 잃고 방황했다.

"소중형이라면서요? 그러면 렌터카 회사에서 소중하게 여기는 모델이라는 거 아니에요?"

"아…… 그게 아니라, 소형, 중형……."

두 사람의 대화를 듣고 있던 직원이 웃음을 참으려고 입술을 꽉 깨물었다. 대놓고 웃지 않은 것으로 보아 점잖은 분이었다.

결국 두 사람은 전기차로 결정했다. 로미가 운전할 때를 대비해서도 새 차가 편할 것 같았다. 전기차가 요금이 싸다는 것도 결정에 큰 영향을 주었다.

　의외로 시내에 진입하기까지는 수월했다. 아직까지는 대형 관광
버스나 관광객용 차량이 눈에 많이 띄지는 않았다. 다들 시내가 아
닌 관광지 어딘가로 가버렸을지도 모른다. 두 사람의 첫 번째 목적
지는 공항에서 멀지 않은 시내 호텔이었다. 일단 체크인해서 짐을
내려놓고 그다음 스케줄을 처리해야 했다. 그다음 스케줄이란……

　"그러면 하담 씨는 구재웅 씨? 그 구남친을 얼마나 못 본 거예
요?"

　운전대를 잡은 하담 옆에서 로미가 불쑥 물었다. 아무래도 스케
줄을 공유해야 할 것 같아 하담은 비행기로 내려오는 동안 간단히
사연을 말했다.

　"제가 학교를 졸업하기 전부터 못 봤으니까 8년이나 9년쯤 됐을
까요."

　"그럼 그 촬영장 화재 사건 이후에 바로 헤어졌어요?"

　"그렇게 바로 딱 헤어진 건 아닌데…… 저도 걔한테 서운한 게 있
었고, 걔도 저한테 뭔가 못마땅한 게 있었던 거겠죠. 펜션 화재 때문
에 제가 경찰서에도 가고 마음고생이 심했어요. 크고 작게 부상을
입은 사람들도 많고, 누구 잘못이냐로 펜션 주인이랑 갑론을박이 있
어서. 결국 배선이 낡아 누전된 것으로 결론 나서 저는 크게 책임은
물지 않았지만……"

　하담은 그 시절의 일들을 기억 속에서 더듬었다.

　"많이 싸웠어요. 저도 피곤하고 힘드니까. 그쪽도 나름대로 바빴

고, 저한테 질리기도 했겠죠."

이별까지는 짧은 시간이 아니었는데, 그날들을 이제 와 돌아보면 하나의 덩어리처럼 구분이 되지 않았다. 비슷비슷한 다툼, 순간의 화해, 다시 시작되는 갈등. 서로가 싫어서라기보다 자기 자신의 생활이 싫었기 때문에 이어나갈 수 없는 관계였다.

누가 먼저 꺼낸 건지 알 수 없는 '이제 그만하자'. 처음에는 싸움을 그만두자는 말이었겠지만 나중에는 관계를 그만두게 되었다. 그렇게 학교를 떠나고 서서히 멀어졌다. 이별의 의식도 없었다.

'내가 서운해서, 그에게 응석을 부리고 싶은데 먼저 부려도 된다고 말해주지 않아서 투정을 부렸다'는 말까지는 로미에게 차마 할 수 없었다.

"9년이나 지난 일이니까, 이젠 다 지나가버린 거죠. 이젠 아무런 사이도 아니고……."

하담은 짐짓 태연한 어투로 말했다.

"아무런 사이가 아니라고 아무렇지 않은 게 아니죠. 아니, 아무런 사이가 아니니까 다시 만나면 더 아무렇지 않을 수 없는 거 아닐까요."

로미가 생각에 잠겨 말했다. 하담은 더는 뭐라고 말하기 힘들었다. 그래봤자 어지러운 기분만 더 표가 날 것 같았다.

"그런가요."

"고마워요. 하담 씨."

"응?"

"저 때문에, 제가 허니맨을 찾고 싶어 해서 하담 씨가 무리하게 됐네요. 차경 씨에게도 폐를 끼쳤지만."

"아니, 그런 거 아니에요!"

하담은 자세히 설명할 수가 없었다. 다큐멘터리를 찍는 건 재웅의 도움 없이도 가능할지 몰랐다. 하지만 도움이 있다면 더 수월할 것이다. 무엇보다 로미의 양봉남을 찾으려면 현지인의 협조가 필수적이었다. 유진이 보내준 메일 주소를 들여다보면서, 영화 촬영 협조를 해달라는 메일을 몇 번이나 썼다 지웠다 반복하면서, 자기 자신을 설득했던 논리였다.

로미 때문인지, 로미를 핑계 삼아서인지. 미련이 남아 있다고는 생각하지 않았다. 굳이 일부러 피하거나 하며 미련이 남아 있는 것처럼 보이고 싶지 않았을 뿐이다.

그래도 그에게서 답장이 왔을 때는, 자세한 얘기는 만나서 하고 싶다는 말에는, 두 가지 다른 감정이 스쳤다. 이제 우리 둘 다 그 시절을 지나왔다는 안도 90퍼센트, 그리고 이제는 정말 아무런 사이가 아니구나 싶은 허전함 10퍼센트가 섞인 감정이었다.

재웅은 퇴근하고 호텔 근처로 오겠다고 했지만, 하담은 사양한 후 세심하게 포털 지도와 블로그를 뒤져 시청 근처에서 가깝고 조용한 카페를 골라 거기서 만나자고 답장했다. 그러지 않아도 이미 신세를 지는 건데, 사소한 일에까지 더 빚을 지고 싶지는 않다는 마음이었다.

하담은 약속 시간보다 10분 정도 먼저 나가서 기다리기로 하고 호텔을 나섰다. 보통 약속에 나갈 때 자기가 걸어 들어가는 모습을 상대방이 바라보는 걸 불편해했다. 늘 자신이 기다리는 사람인 쪽이 편했다. 이제껏 누구를 만나도 그랬다. 그렇게 기다리다가 지치면 그때 자기가 먼저 그만두었다.

하지만 공교롭게도 재웅이 먼저 와 있었다. 하담은 카페 문을 열고 들어가다가 꼿꼿한 자세로 앉아 책을 읽고 있는 그의 모습을 보고 가슴이 덜컥했다. 시간이 이렇게 오래 지났는데, 카페로 들어섰을 때 익숙한 눈빛이 있다는 것을 알았다. 그는 책에서 고개를 들더니 하담을 보았다. 아까 로미가 한 말이 맞았다. 아무런 사이든 아니든 아무렇지 않은 게 아니었다. 하담은 자리에 앉을 때까지는 눈을 마주치지 않으려 했다. 문부터 테이블까지의 거리가 언제까지나 좁혀지지 않을 듯 길게 느껴졌다.

"안녕."

인사를 할 때까지도 차마 얼굴을 보지 못했다. 그는 책을 접어 옆으로 치우며 말했다.

"안녕, 오랜만이다."

목소리는 약간 잠겨 있었다. 그제야 하담은 고개를 들어 그를 마주 보았다.

"이전이랑 똑같네. 금방 알아봤어."

재웅의 말에 하담은 어설프게 웃었다.

"너도 그러네."

하지만 하담은 자기 모습이 이전과 같지 않듯 그의 모습도 이전과 같지 않음을 알았다. 길에서 못 알아볼 정도는 아니었고, 머리숱이 심각하게 적어지거나 체중이 확연히 불거나 하지는 않았다. 그래도 머리카락은 군데군데 이르게 희끗해졌고, 주름 잡히도록 잘 웃던 눈가에는 무표정할 때도 까마귀 발자국 같은 흔적이 남았다. 그러나 사람에게는 외양이 어떻게 변하든 간에 그 사람으로 남아 있게 하는 중심이 있고, 그것만은 그대로였다.

학교 다닐 때 재웅은 연기 전공이 아니었는데도 이상하게 배우로 나와달라는 요청을 많이 받는 편이었다. 그는 화면에서 보았을 때 배경에 잘 녹아드는 면이 있었다. 일상을 벗어나지 않으면서도 그 일상이 좀 더 깔끔하게 보이도록 하는 힘이 있는 사람. 지금도 하얀 셔츠와 면바지를 입은 재웅은 좀 더 나이 들었지만, 여전히 그런 인상이 남아 있었다. 이곳 제주의 카페에서도 튀지 않고 자연스럽게 어울렸다.

주문한 아이스커피가 나온 후에는 할 말을 쉽게 찾을 수 없었다. 처음 어색한 분위기를 깨는 용도로 했어야 할 이야기는 이미 메일로 해버려서 서로 아는 이야기를 반복할 따름이었다. 재웅이 먼저 말을 꺼냈다.

"그래, 현석 선배 그렇게 갔다고."

"응……."

"그랬구나……. 못 가봐서 부의금은 보냈는데."

선후배를 잘 챙기던 재웅치고는 묘하게 담담하게 들리는 말투였지만, 이제 모두 각자의 삶으로 바쁘다. 하담은 어색하게 말을 이어갔다.

"거기서 선배며 후배며 여럿 만났는데, 네가 여기서 일한다고 해서."

"그래, 그렇게 오래된 건 아니야."

잠시 말이 끊겼다. 실내에 「이파네마에서 온 소녀」의 피아노 커버 버전이 흘렀다. 섬에 잘 어울리는 음악이었다.

"그래, 네가 말한 거 조사해봤는데."

메일로 양봉에 대해서 영화를 찍을 생각이며, 동시에 어떤 사람을 찾고 있다고도 말해두었다. 로미에 관한 말은 자세히 하지 않았다. 그저 친구가 아는 사람이라고만 했다.

재웅은 가방에서 노란색 메모 패드를 꺼냈다. 용건만 얘기하는 게 서로 간에 마음이 편하겠지. 하담은 생각했다.

"무리한 부탁을 해서 미안."

그는 하담의 사과에는 아랑곳하지 않고, 노란 패드를 한 장씩 넘기면서 적어 온 글을 읽었다.

"제주 전체 양봉 농가는 200가구 정도 돼. 그중에서 벌통을 열 개 이상 둔, 일종의 산업으로 하는 가구는 160곳 정도라고 생각하면 되지."

"그렇구나, 생각보다는 많지 않네. 금방 할 수 있을 것 같은데."

처음 각오보다는 일이 쉬울 것 같다는 예감에 하담의 목소리가 높아졌다. 재웅은 하담을 건너다보았다. 그가 살짝 입꼬리를 올린 것도 같았다.

"160가구가 많지 않냐. 그냥 다니면 몇 달이 걸릴 텐데. 그걸 다 할 생각을 하다니 예전처럼 쓸데없이 열심이네."

하담은 움찔했다. 정말로 열심이던 때가 있었다. 열심과 성심, 야심을 구분하지 않던 시기가 있었다.

"그랬네."

재웅은 메모 패드를 테이블에 내려놓더니 두 손을 깍지 끼며 심각한 표정을 지었다. 부드러워졌던 분위기는 다음에 이어진 말로 아이스커피 속 얼음처럼 차가워졌다.

"하지만 각 가구 양봉업자의 자세한 프로필은 알려줄 수 없어."

"뭐?"

하담은 커피 잔을 휘젓던 손을 멈췄다. 얼음들이 부딪치며 항의하듯 딸깍딸깍 소리를 냈다.

"나 공무원이야. 일반 통계라면 모를까 도민의 신원을 당사자 동의 없이 공개할 수는 없다고."

하담은 그제야 재웅과 자신의 입장을 깨닫고 얼굴이 달아올랐다. 옛날 인연으로 쉽게 부탁할 수 있는 일이 아니었다.

"그렇겠구나……. 미안."

"하지만 그건 공식적인 입장이고. 개인의 신원이 아니고, 네가 감독 입장으로 직접 가서 보는 것까지 말릴 순 없지."

하담은 붉게 물든 실망을 감추었다. 재웅은 진지하고도 평온한 얼굴로 천천히 설명을 시작했다.

"네가 말한 프로필의 사람, 30세에서 40세 사이쯤의 남자는 정말 적어. 양봉은 여기서도 주로 50대 이상이 하니까. 게다가 다른 지역에서 와서 귀농했을 것으로 짐작되는 사람까지 하면 그 범위는 훨씬 줄지."

재웅은 깍지 낀 손을 풀고 메모 패드를 집었다. 그는 다시 한 장을 넘긴 후, 새로 나온 메모지를 쭉 찢어 테이블 위로 밀어 보냈다.

"이건 제주도 축산과 공무원 구재웅이 영화감독 박하담에게 제공할 수 있는 최대한의 정보야. 도내 양봉 산업 활성화에 도움이 되는 촬영에 적합하다고 추천할 만한 세 곳의 양봉장."

하담은 그 종이를 받았다. 딱 세 곳의 양봉장. 이곳에 우리가 찾는 허니맨이 있을지도. 내 일도 아닌데 가슴이 뛰었다. 그녀는 재빨리 그 이름들을 훑어보았다.

"160곳보다는 훨씬 할 만하지?"

이제까지의 긴장과 어색함이 다 사라질 정도로 활기찬 목소리였다. 하담의 입가에 자기도 모르게 미소가 떠올랐다. 그녀는 두 손을 맞잡고 고개를 세차게 끄덕였다.

"응!"

"그것도 똑같네."

재웅이 한 손가락으로 하담을 가리켰다. 하담은 순간 어리둥절해졌다.

"기뻐서 웃을 때 두 손 꼭 잡는 습관, 이전하고 똑같아."

그 말을 하는 재웅의 목소리도 이전과 똑같았다. 장난스러우면서도 기분 나쁘지 않을 정도로 부드러운 목소리. 문득 옛날 기억이 섬의 기슭을 핥는 파도처럼 밀려왔다. 하담 혼자 미래의 계획을 말하며 들뜰 때면 놀리던 그 목소리였다. 우유 아가씨가 알에서 나오지도 않은 병아리 세듯, 하담이 공상을 늘어놓으면 재웅은 놀리면서도 다 들어주었다. 두 사람은 그렇게 이런저런 먼 미래의 이야기를 신나게 나누었었다. 같이 보고 찍을 영화. 같이 가볼 먼 나라. 같이 할 수많은 일들. 지금은 다 물거품처럼 가라앉은 꿈들이지만 그래도 아직 물에 쓸려가지 않고 떠오르는 게 있는 기분이었다.

하담의 눈이 오늘 저녁 처음으로 진정한 의미로 재웅과 마주쳤다. 그도 하담을 똑바로 쳐다보았다. 그렇게 눈길이 부딪치자, 그는 싱긋 웃었다.

하담의 머릿속에 처음 떠오른 말은 '곤란하다'였다.

옛 남자 친구가 한 번 웃었다고 안도감과 허전함만 남은 줄 알았던 마음속에 돌 던진 듯 물결이 일면, 그 상황에 적당한 단어는 '곤란하다' 말고는 없었다.

텔레비전 채널을 여기저기 돌려봐도 시간대 때문인지 제주 지역 방송밖에 나오지 않았다. 로미는 깨끗하고 시원하게 서걱거리는 호텔 침대 시트에서 뒹굴거리며 시내 행사와 지역 산업에 대한 뉴스를 보았다. 곧 열릴 해녀 축제를 맞아 해녀의 집에서는 준비가 한창이다. 해녀들이 거친 조류에 떠내려온 수영객을 구조했다. 곧 닥쳐올지 모르는 태풍에 대비해서 항구에서는 시설 정비를 시작했다. 지난여름 성수기 관광객이 예년에 비해 약간 감소했다. 그중 흥미를 끈 건 지역 텔레비전 광고였다. 여기는 저런 사소한 개인 경조사도 텔레비전에서 광고를 해주는구나.

지역 내 결혼식이나 장례식 정보가 텔레비전에서 흘러나왔다. 제주시에 위치한 무슨 상사의 대표 삼남이 어떤 웨딩홀에서 결혼을 한다, 무슨 유통에 다니는 아무개가 모모 회관에서 결혼을 한다는 소식들이 줄줄이 이어졌다.

"혼인율이 아무리 낮다고 해도 할 사람은 다 한다니까. 봐, 이번

달에만도 이 제주에서 이렇게 많이 하는데."

로미는 혼잣말로 중얼거리며 그 목록을 줄줄 읽었다. 결혼 소식을 이런 데 알리는 사람들은 누굴까? 로미의 눈이 그중 한 줄에 가서 멎는 순간, 전화가 울렸다. 하담이었다.

"아, 하담 씨? 아니에요. 두 분만 저녁 먹고 와요. 아니, 친구분도 오신다고 해도 셋이 먹고 와요. 저는 벌써 먹었어요."

딱히 거짓말도 아니었다. 저녁까지는 아니라도 아까 간식을 먹어서 별로 배가 고프진 않았다. 두 사람이 다시 만났으니 옛 감정을 살릴 기회를 주려는 것도 아니었다. 잘되면 좋지만 성인들이 알아서 할 일, 게다가 다른 대학 친구도 올지 모른다니까. 어쨌든 며칠 동안은 계속 남과 함께 여행을 할 테니 잠깐이라도 혼자 있고 싶었다. 호텔을 독차지하는 시간도, 낯선 곳에서 잠깐 혼자 있는 시간도 나쁘지 않았다.

로미는 전화를 끊고 잠시 화면을 보다가 리모컨을 들어서 껐다. 방금 무언가를 봤고 하담에게 전할 말이 있었는데 못 한 것 같지만 생각이 나지 않았다.

창밖을 보니 늦은 해가 지는 시간이었다. 호텔 바깥으로 나가면 저녁 바다를 볼 수 있는 곳까지 걸어갈 수 있나? 해가 수평선 너머로 지는 그림 같은 장면과 마주할 수 있는 거 아니었어? 아, 그러려면 서쪽 바다로 가야 하나. 서울과 다르게 제주의 저녁 공기는 상쾌하겠지. 어쨌든 나가서 주위를 걸어보기로 했다. 이곳은 여행자를 위한 도시, 혼자 들어갈 만한 곳은 많겠지.

문 옆에 꽂아두었던 카드키를 빼 들고 나갈 때는 아까 중요한 것을 발견해낸 듯했던 기분은 로미의 머릿속에서 사라졌다.

차경이 해외 출장을 여러 번 다니며 터득한 생존 비법, 짐은 무조
건 가볍게 싼다. 아무리 적은 짐을 들고 떠나도 올 때는 무언가 늘어
나기 마련이므로 심지어 버리고 올 수 있는 물건으로 챙기기도 했
다. 그녀에겐 단출하면서도 필요한 건 모두 챙기는 기술이 있었다.
출장의 달인으로서 차경의 자부심이었다. 하지만 직장인의 삶에서
개인 원칙이 무너지는 일은 흔하다.

호놀룰루 공항에 도착하자 차경은 택시 기사의 도움을 받아 거대
한 골프 가방을 꺼냈다.

"어, 윤 차장. 하와이 다음에 바로 제주 출장 가기로 했다며. 잘됐
네. 나도 주말 골프 가는데. 내 가방 좀 제주로 바로 트랜싯해줘." 라
면서 김 상무가 억지로 떠맡겨버린 애물단지였다. 업무 출장 와서
골프 가방을 새로 샀다고 자랑하더니, 그 짐이 무겁다고 생각했는지
바로 차경에게 슬쩍 밀어버렸다.

"그래도 귀한 골프 가방인데 집에 가져갔다가 제주로 가시는 게
좋지 않을까요?"

차경이 이를 악물고 말했지만, 김 상무는 미안한 기색도 없었다.

"아, 나는 하와이에서 이것저것 샀더니 짐이 많아져서. 개인 수하
물 용량을 초과하더라고. 윤 차장은 기내용 캐리어 하나밖에 없잖
아."

결국 얄팍한 돈을 아끼려고 이런 짓까지 시키는 것이다. 비즈니
스 탈 거면서 뭘 얼마나 많이 샀길래. 이럴 줄 알았으면 하와이에서

쇼핑이라도 잔뜩 하는 건데. 회의가 연속으로 이어지고 저녁에도 미팅이 있어서 그럴 시간도 없었다. 김 상무가 갑자기 자료를 수정하라고 해 호텔에서는 밤새워 그것도 만들었다. 차라리 하와이 출장 끝에 소재발굴팀과 함께 하는 프로젝트 겸 이벤트 진행을 위한 제주 출장으로 바로 이어지는 스케줄이라고 말하지 말걸. 아니야, 김개진 상무라면 제주 가는 사람을 어떻게든 찾아내서 맡겼을지도 몰라. 차경은 김 상무가 승진하지 않기만을 빌었다. 마음껏 개진상이라고 부를 수 있는 지금 이름과 직함의 조합이 딱 어울렸다.

가벼운 골프백이라는 것도 거짓말이었지. 골프 가방이 든 카트를 끌고 차경은 수속 카운터로 향했다. 하와이에서 인천까지 부친 후에 다시 찾아서 제주까지 가져가야 한다고 생각하니 한숨이 나왔다.

수속 카운터 줄에 섰을 때 앞사람도 자기만큼 커다란 스포츠 가방을 카트에 실은 걸 보고 눈길이 갔다. 티셔츠에 반바지를 입은 키가 큰 젊은 남자. 머리카락은 햇볕에 탄 갈색이었지만 뒤에서 골격을 봐서는 어느 나라 사람인지 쉽게 분간이 가지 않았다. 전 세계의 사람이 모이는 곳이 하와이다. 한 가지, 그가 눈에 띄는 체격의 소유자라는 것만은 확실했다. 수속을 마치고 출구로 향하는 사람들의 눈이 그에게 닿으면 평소보다 길게 머물렀다 가고는 했다.

남자가 먼저 수하물 컨베이어 벨트에 짐을 올려놓았다. 얼핏 보이는 옆얼굴의 둥근 윤곽으로 봐서는 웃고 있는 듯했다. 직원은 30대 초반쯤의 하와이 현지인 여성으로, 남자가 무언가 말하자 갑자기 확 웃음을 터뜨렸다. 남자가 짐을 다 부치고 무어라 손짓을 해 보이자, 직원도 주먹을 쥐고 두 손가락만 펴서 비슷한 동작을 해 보였다. 남자가 출구로 나가면서 고개를 돌렸을 때 차경과 눈이 마주쳤다. 한국인인지 일본인인지는 잘 모르겠지만 동양인, 동아시아인처럼 보였다. 처음 보는 사이에도 남자는 여전히 웃는 얼굴로 차경에게 고개를 끄덕였다.

붙임성 좋은 사람이네. 차경은 생각했지만, 경계심도 들었다. 잘생기고 잘 웃는 사람은 그의 의도와 상관없이 늘 경계심을 준다. 나쁜 의도가 있으면 이쪽을 해하지 못하도록 조심해야 하고, 좋은 의도라면 이쪽에서 해하지 않도록 조심해야 한다. 그런 사람이 아무 의도가 없을 때 제일 상처받기도 한다. 경험으로 쌓은 경계심이었다. 물론 예외도 있다. 찬민 씨도 처음에는 그런 종류의 사람이라는 느낌을 주었는데, 그가 잘 웃었던가? 그러고 보니 출장 전날 잠깐 만나고 어제는 통화하지 못했다. 하와이 출장 후 제주로 바로 간다는 말도 못 했는데, 이따가 호텔에 체크인한 후에 연락을 해야겠다고 마음속으로 적어두었다.

비좁은 좌석 사이로 기내용 캐리어를 들고 들어갔다. 차경의 좌석은 중앙 통로 쪽이었다. 출장 일정을 나중에 변경한 터라 좌석 선택권이 많지 않았다. 평소에는 장거리 여행도 잘하는 편인데, 오늘은 이륙도 하지 않았는데 벌써 피곤이 밀려들었다. 늦게나마 제트래그가 찾아오는 걸까. 갑자기 핑 도는 바람에 평소 번쩍 들어 올리던 캐리어가 너무나 무거웠다. 몇 번 끙끙댔지만 쉽게 들어 올려지지 않았다.

지나가는 통로를 막고 있으니 어떻게든 빨리 해야 했다. 한숨을 내쉬며 허리를 숙이는데 불현듯 캐리어가 번쩍 들렸다. 놀라 뒤돌아보니 튼튼한 갈색 팔이 가방을 선반에 올리고 있었다. 차경은 얼결에 머리를 숙이며 미소를 지어 보였다.

"Thank you."

"No Problem."

아까 공항 카운터에서 본 사람, 의도와 상관없이 경계심을 주는 남자는 대수롭지 않다는 듯 대답하더니 차경을 잠시 바라보았다. 그는 차경에게 미소를 짓더니 건너편 선반에 자기 배낭도 가볍게 올리고 자리에 앉았다. 차경이 자기 좌석에 앉아 안전벨트를 맬 때, 체구가 작은 동양인 부인이 큰 가방을 힘겹게 들고 통로로 들어와 머뭇거렸다. 남자는 부인의 자리가 창가 좌석임을 알아차리고 다시 자리에서 일어나 부인이 들어갈 수 있도록 비켜주었다. 그가 차경의 바로 옆에 서서 부인의 짐도 선반에 올려줄 때는 넓은 등을 약간 뒤로 기울였다. 차경은 그와 닿지 않도록 조심스레 몸을 옆으로 뺐다. 그때 미처 끄지 못한 전화가 울렸다. 차경은 서둘러 전화를 꺼내 화면에 뜬 이름을 보고 속으로 욕설을 뱉었다.

"네, 상무님. 네네, 일단 잘 가지고 탔고요. 아, 어제 드린 자료에 빠진 부분요. 네, 한국 가는 대로……. 지금은 비행기 안이라서. 곧 이륙하는데요."

곧 이륙이라고 말했지만 김 상무의 말은 끝나지 않았다. 차경은 잠시 전화를 귀에서 떼고 얼굴을 찌푸리다가 다시 말했다.

"네, 상무님. 지금 비행기 이륙해서요. 제가 확인하고 연락드리겠습니다."

김 상무가 뭐라고 더 말하는데도 불구하고, 일단 전화를 끊었다.

하지만 공교롭게도 두 번째 전화벨이 울렸다. 옆에 서 있던 남자가 차경을 힐긋 돌아보았다. 차경은 한숨을 쉬었다. 화면에 뜬 이름은 목동 어머니, 찬민의 어머니였다. 차경은 잠깐 망설였지만, 결국 전화기의 화면을 밀었다.

"네, 어머님."

"응, 그래 차경아. 바쁘지? 아직 미국이니?"

"네, 어머님. 제가 지금 비행기 안인데요……."

"어머, 그럼 큰일이다."

그래도 전화를 끊지는 않았다.

"내가 빨리 용건만 얘기할게. 니들 신혼집에 들일 가구 말인데. 내가 평소 봐둔 수입 가구상이 있었거든."

"네, 어머님. 근데 결혼까지는 아직 여섯 달도 더 남았는데……."

"그건 그런데 거기가 엄청 비싼 데인데, 다음 주에 세일을 한다는 거야. 그래서 미리 좀 봐두었다가……."

"어머님, 너무 죄송한데, 지금 비행기가 이륙할 것 같아서요. 통화를 오래 못 할 것 같아요."

"아니, 그래. 너는 근데 애가 왜 전화를 자주 안 하니. 그래야 평소에 이런 일을 의논하고……."

"어머님, 너무 죄송한데, 이륙을 한다는 방송이 나와서요."

"그래, 알았다. 서울 오는 대로 전화해라."

차경은 전화를 끊고 손으로 이마를 짚었다. 찬민의 어머니는 벌써부터 이것저것 참견하는 시어머니는 아니었지만, 결혼에 대한 당신의 환상을 아들의 결혼으로 실현하려는 경향이 있었다. 그것도 드문 케이스는 아니었다.

뒷줄로 이동하는 승객들이 점점 늘어났다. 차경의 편두통은 좀 더 심해졌다. 머릿속에 작은 카나리아가 살고 있어서, 머릿속을 톡톡 쪼아대는 것 같았다. 차경은 눈을 감았다. 사람들의 말소리가 흩어져 분절되지 않는 연속음이 되었다. 여러 언어가 뒤섞여서 어느 나라 말인지 알 수 없었다. 이어서 안전 안내가 끝나고 비행기가 서서히 대기로 떠오르는 느낌이 들었다.

안전벨트 표시등이 켜지는 소리에 차경은 눈을 떴다. 머리는 비행기와 함께 허공에 뜬 기분이었고, 카나리아의 부리가 더욱 뾰족하고 세진 것 같았지만, 일단 김 상무가 지시한 자료 수정은 해놓아야 할 것 같았다. 차경은 발밑에 놓인 가방에서 노트북을 꺼내고 접은 테이블을 펼쳐 올려놓았다. 비행 중에 업무를 하는 것도 하루 이틀의 일이 아니었다. 하지만 오늘 비행은 여느 때와 다르게 기류 변화가 심해서 기체가 요동쳤다. 하마터면 노트북을 두 번이나 떨어뜨릴 뻔했다. 아무래도 안 풀리는 날이다 싶어, 노트북을 접어 도로 가방에 넣은 후 다시 좌석에 머리를 기댔다. 이번에는 한참 동안 눈을 뜨지 못했다.

비행 중의 수면은 질이 높지 못하다. 차경이 잠에서 깨었을 때 머릿속 카나리아는 앵무새만큼 커져 있었다. 차경은 어깨에서 떨어질 것 같은 목을 들어 주위를 둘러보았다. 기내식을 제공하는 시간이 가까워진 듯 승무원들이 부산하게 움직이고 있었다. 차경은 이번에 나오는 기내식은 건너뛰기로 하고 주위를 둘러보며 손을 들었다. 승무원이 급히 다가왔다. 앳된 얼굴이었지만 철저하게 상냥한 미소를 띠며 어린 티를 가리고 있었다. 아직 직장인으로서 마일리지가 많이 쌓이지 않은 말간 얼굴이었다.

"기내식은 생략할게요."

차경의 말에 승무원은 마치 스위치를 바꾸듯 부드러운 미소를 그만큼이나 철저한 우려의 표정으로 바꾸었다.

"손님, 괜찮으시겠습니까? 과일이나 다른 메뉴로 바꾸어드릴까요?"

"아니요, 그게 아니라 머리가 좀 아파서. 그럼 진통제를 부탁드릴게요."

승무원이 자리를 뜨자 차경은 다시 눈을 감았다. 앵무새야, 계속 잠들어 있어라.

승무원은 곧 물과 진통제를 함께 들고 돌아와서 차경 앞에 조심스레 내밀었다. 차경은 무거운 눈꺼풀을 살며시 떼고 물과 약을 받았다. 승무원이 지나가려 할 때 옆자리 남자가 나지막한 저음으로 불러 세웠다.

"저기요."

한국 사람이네. 차경은 알약을 목으로 넘기며 그를 힐끔 보았다. 남자는 너무도 스스럼없이 접은 종이쪽지를 승무원에게 건넸다. 말간 얼굴의 승무원은 여전히 상냥한 웃음을 지은 채로 그 쪽지를 받아 들더니 총총 가버렸다.

뭐지, 내가 지금 본 건. 차경은 남자를 빤히 바라보았지만 그는 옆에 앉은 부인과 태연하게 이야기를 나누고 있었다. 지금 마음속에 슬며시 올라오는 실망감의 근원을 차경도 잘 설명할 수는 없었다. 정중하고 친절한 남자가 승무원에게 수작이나 거는 사람이라는 것은 인류에 대한 회의가 더 깊어지는 사건인 건가? 그렇게 드문 경우도 아니지 않을까? 나이 지긋한 부인과 천연덕스럽게 이야기하는 이 청년에게는 아까 근무 중인 승무원에게 쪽지를 건네던 뻔뻔스러움은 쉽게 찾아볼 수 없었다.

어쩌면 내가 고리타분한 건지도 몰라. 이런 일들이 그렇게 사회 규범에 크게 어긋나는 일이 아닐지도 모르지. 마음에 들면 때와 장소를 따지지 않고 접근을 하고……. 머릿속의 새가 다시 깨어나서, 지금의 이 감정을 모이 삼아 콕콕 찍는 것만 같았다. 차경은 눈살을 찌푸렸다.

그가 차경의 시선을 느꼈는지 고개를 통로 쪽으로 돌렸다. 남자와 순간 시선이 마주친 것 같았지만 차경은 재빨리 눈을 감았다. 분명 어색했겠지만, 상관없다. 이 비행기만 나서면 다시는 만나지 않을 사람. 오히려 그 남자에게는 누군가의 시선을 의식하는 편이 좋을 수도 있었다. 그렇다면 더는 근무 중인 승무원에게 수작을 거는 등의 무례한 행동은 하지 않을 테니까.

눈꺼풀 안쪽을 떠다니는 작은 깃털 같은 무늬를 세며, 차경은 다시 꿈 같은 생각에 빠졌다. 요즈음의 연애에서 접근과 허락의 방식에 대해 업데이트가 안 되어 있는 건지도 모른다. 찬민과 3년 전 정식 데이트를 시작한 이후로 그들의 관계는 꽤 사회 양식에 맞춰 진행되었다. 그의 애프터 신청, 별말 없는 주기적인 데이트, 적당한 시기의 양가 인사. 준비되지 않은 우연한 만남 같은 방식의 연애는 은퇴한 지 오래. 차경의 데이터베이스에는 무언가 오류가 있을 수도 있다.

　로미의 양봉남에 대해서도 마찬가지였다. 그의 방식이 일반적 관심과 접근의 양식을 띠고 있더라도 연락이 더는 오지 않았다면 무언가 다른 신호를 놓친 게 있었으리라. 하지만 있다고 해도 그게 무얼까? 차경의 호기심을 자극한 건, 자기가 모르는 그 수수께끼였다. 잘 모르는 사람에게 끌리고 용기를 내어 접근하지만 거기서 멈춰버리는 그 이유.

　하담과 로미는 벌써 제주로 갔을 것이다. 탐색을 시작했을까. 설마 벌써 양봉남을 만나서 그 미스터리를 풀었으려나. 아니야, 그렇게 쉽게 풀릴 것 같지는 않았다. 친구들이여, 내가 갈 때까지 기다려요.

　여러 생각들은 제멋대로 풀린 실뭉치처럼 또르르 굴러가다가 어딘가에서 얽혀버렸다. 생각은 희뿌연 안개 속에서 꿈이 되었다. 귓가에서 벌들이 날갯짓하는 소리도 들리는 것만 같았다.

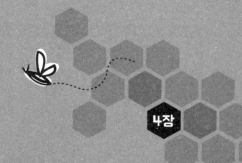

4장

그러다 길을 잃기도 한다

남자는 처음에는 자기 눈을 믿을 수 없었다. 전 세계에서 온 관광객을 포함해서 워낙 여러 사람들이 오가는 동네라 비슷한 사람인가 싶어 눈을 비비고 보았을 정도였다. 하지만 다시 보아도 도로미가 맞았다. 머리를 금발로 염색해서 단번에 알아채지 못한 것이었다. 가슴이 뛰었다. 의외의 일격을 맞은 듯 머리가 멍해져서 자기도 모르게 다가가 말을 걸 뻔했다.

로미는 집 앞에 마실이라도 나온 사람처럼 티셔츠에 헐렁한 긴 치마를 걸친 편안한 차림이었다. 설마? 하지만 그럴 리가 없었다. 한동안 SNS를 자세히 살피지 않았지만, 제주로 이사 온 건 아니겠지. 로미는 사람들 틈에 섞여 걸으며 새로 생긴 베이커리의 쇼윈도를 들여다보거나 했다. 딱히 목적지가 있는 것 같지는 않았다.

남자는 원래 가던 길에서 벗어나 10여 미터 거리를 유지하며 로미의 뒤를 쫓았다. 그녀는 지그재그로 걸으며 꽃에 내려앉는 벌처럼 이곳저곳 상점들 앞에 멈췄다 다시 걸었다. 들킬 걱정은 할 필요가 없었다. 관광객이 워낙 많은 동네였고 오래전에 본 습관으로 봐서는 걷다가 뒤를 돌아볼 리 없었다. 한참을 걷던 그녀는 끝내는 어떤 분식점에 이르렀다. 제주 해산물로 내는 어묵 국물로 인터넷에서 유명한 곳이라고, 남자도 이전에 다른 사람에게 들어본 적 있었다. 한 번도 간 적은 없지만.

남자는 로미가 도로 나올 때까지 참을성 있게 기다렸다. 초조했지만 힘들지는 않았다. 이전에도 그녀를 기다린 적은 있었다. 비가 올 때도, 찬바람이 부는 날에도, 다른 남자를 만나고 있을 때도. 남자는 로미가 돌아갈 때도 뒤쫓아 호텔로 들어가는 걸 보았다. 역시, 여행이었군.

집에 돌아온 후, 남자는 회전의자에 앉아서 벽에 붙은 로미의 사진들을 가만히 바라보았다. 다시 돌아왔을 때 떼어버리지 않은 이유는 스스로도 알지 못했다. 이제는 이런 만남을 예감했기 때문이라는 확신이 들었다. 이렇게 재회할 운명이었군. 오랜만에 로미의 인스타그램에 접속해 보았다. 주소는 바뀌지 않았다. 제주라는 것을 알 수 있는 사진은 등장하지 않았다. 방금 먹은 떡볶이와 튀김 사진만이 유일한 제주 흔적이었지만, '떡볶이 맛있어 보여요!'라는 답글이 무수히 달렸음에도 제주라는 말은 없었다.

다음 날 아침 일찍 렌터카 센터에 가서 장기로 차를 빌렸다. 언제까지 필요할지 모르기 때문에 넉넉하게 빌려두는 게 좋다고 판단했다. 차는 호텔 주차장 입구에 세워두고, 안으로 들어갔다. 곧 나타날 거라는 예상이 가능했다. 남자는 신문을 펴 들고 로비 소파에 앉아서 데스크 쪽을 바라보았다.

종일도 기다릴 각오였는데, 의외로 로미는 로비에 일찍 나타났다. 다른 사람과 함께. 놀라서 하마터면 벌떡 일어설 뻔했지만 간신히 자제한 덕에 들키지 않을 수 있었다. 두 사람은 체크아웃을 하고 호텔을 빠져나갔다. 남자는 두 사람의 뒷모습을 면밀히 관찰했다. 그는 자리에서 일어나지 않고 가만히 앉은 채로 잠시 생각했다. 오늘은 확인을 했으니 바로 따라가지 않아도 된다.

이 모두가 미리 예상하지 못한 일이었다. 3년이 지난 이 시점에 다시 로미를 만나고, 다시 그 뒤를 이전처럼 쫓게 되다니. 남자조차 몰랐던 사실이었다. 그는 자기도 모르게 오른손으로 왼손에 남은 과거의 흔적을 쓰다듬고 있었다. 당장은 마음의 갈피를 잡지 못했다. 로미는 이번에는 혼자가 아니니까 이전보다 더 위험하다. 하지만 동시에 더 유리하다. 이제 그녀가 어디 가든 위치를 파악할 수 있는 끈을 잡았다. 그는 드디어 우위를 선점했다는 걸 알았다. 사냥하듯 뒤쫓는 게 아니라 그물을 치고 기다릴 수도 있는 상황이었다. 길을 잃지 않고 똑바로 그녀를 따라갈 수 있다.

3년 전의 일에 대한 보상이겠지. 남자는 생각했다. 잘못되었던 것을 돌려놓을 기회였다. 운명의 바람이 그를 로미에게로 밀어주고 있다.

남자는 소파에서 일어서서 로비를 걸어 나갔다. 오늘 제주의 아침은 햇빛이 강하고 맑았다. 자신의 기분과 비슷했다. 가차 없이 내리쬐는 태양은 피할 수 없다는 기분까지도 들었다.

무엇보다 가장 중요한 것. 로미는 그의 존재를 아직도 모른다. 지금까지는 그편이 좋았다. 어쩔 수 없기도 했다. 하지만 이제 곧 그녀는 그의 존재를 알게 된다. 그리고 영원히 잊지 못할 것이었다.

「서칭 포 허니맨」 프로젝트 제2일, 제주

나이는 50대 중반쯤 되었을까. 햇볕에 그을린 피부는 야외 활동을 많이 한다는 증거였지만 한편으로는 학구적인 인상도 풍겼다. 서글서글한 눈매나 곧은 자세를 보아서는 한창때 인기도 많지 않았을까, 하담은 막연히 추측했다.

"처음 뵙겠습니다."

남자는 정중한 태도로 하담에게 명함을 건넸다. 하담은 명함을 공손히 받아 들어 읽었다.

"제주 양봉 연구회…… 김만섭 부회장님이시네요. 처음 뵙겠습니다."

하담과 로미는 길 한복판에 세워놓은 차 앞에 서서 꾸벅 인사했다. 주위에 인가 하나 보이지 않는, 그야말로 허허벌판이었다.

"저도 명함을 드려야 하는데, 요새 소속이 바뀐 지 얼마 안 되어서……."

명함을 주고받던 습관이 남아 있는 하담이 난감해하자, 남자는 점잖게 대답했다.

"재웅 군에게 말씀 들었지요. 영화감독님 되신다고."

"네, 네. 그게 그렇네요." 하담은 자세히 설명하지 않아도 되어 다행이라 여겼다. "이쪽은 화가인 도로미 씨예요."

"안녕하세요, 그림 그리는 도로미입니다."

"예술 하시는 분들이 어째서 이런 곳까지 오셨는가. 양봉이 뭐 재미가 있다고."

하담과 로미는 서로 눈빛을 교환했다. 재웅이 소개해준 김만섭 부회장은 오늘 하담과 로미에게 제주 양봉을 간단히 소개하고, 첫 번째 양봉장으로 데려다줄 사람이었다. 첫 번째 양봉장은 직접 소개가 없으면 보기 힘들다는 말도 덧붙였다. 산속에 있는 양봉장에 따로 지명이 있거나 표지판이 있는 것이 아니라서 내비게이션만으로는 찾아가기 힘들었다.

"저희가 지역 농업에 관심이 있어서요. 양봉 분야에 귀농인이 많다고 해서 그런 쪽도 조망해볼 생각이고요."

"그렇군요. 귀농인이 조금 있기는 하지."

그다음 말이 조금 더 솔깃했다. 혹시 이분이 허니맨을 알고 있다면? 무척 개연성 높은 추측이었다.

"오늘 갈 제주 쪽 양봉장도 귀농인이오."

하지만 하담과 로미가 무언가 더 묻기 전에 부회장은 다시 자신이 타고 온 하얀 박스형 차에 올라탔다.

"따라와요. 일단 가서 얘기합시다. 산이라서 일찍 가는 게 좋아요."

어디로 가냐고 묻기도 전에 부회장은 차에 올라탔다. 하담은 운전석 문에 손을 댔다.

"저희도 타요. 따라가보면 알겠죠."

하지만 로미가 하담 옆으로 오더니 말했다.

"운전은 제가 할게요. 어제도 종일 하담 씨가 했잖아요. 그리고 하담 씨는 중간에 촬영도 해야 하고."

"하지만 뒤따라가는 운전 쉽지 않은데……."

"그러면 상황 봐서 올 때는 하담 씨가 하세요. 빨리요. 벌써 출발하려고 하시는데."

정말로 부회장은 시동을 걸고 떠나가기 직전이었다. 주소라도 미리 알려주시지. 하담은 어딘가 모르게 불안한 마음이 들었지만, 지금은 우물쭈물할 시간이 없었다. 길게 말하기를 꺼리는 분일 수도 있으니까. 로미는 운전면허를 딴 지 얼마 되지 않았지만, 일상적으로 운전하는 사람처럼 운전석으로 자신만만하게 걸어갔다. 하담이 조수석에 올라타자, 로미가 서둘러 차의 시동을 걸었다.

제주의 아침 하늘은 관광 안내 책자에 나오는 푸른색이었다. 하담은 하늘을 바라보면서 이 색감을 영화에 넣어야겠다고 다짐하며 카메라를 들었다. 차는 한참 인적 드문 산속 도로를 따라갔다. 여름의 끝으로 향하는 산은 햇살을 받고 원숙한 초록을 빛냈다. 시간이 좀 지나면 곧 다른 빛으로 바뀌리라. 하담은 이렇게 계절이 지나는 여러 흔적들을 카메라에 담는 게 좋았다. 차는 점점 한적한 길로 접어들었다.

"경치가 참 좋네요. 제주에 여러 번 왔어도 이렇게 멋있는 데가 있는 줄 몰랐네."

로미의 말에 하담은 동의했다.

"정말요. 섬이라서 바다 풍경만 생각했는데, 산이 참 아름다워요."

머리 위로 '서귀포시'라고 표시된 도로 표지판이 지나갔다. 우리가 가는 양봉장이 서귀포였나, 아까 제주라고 하신 것 같은데, 라는 의구심이 하담의 마음에 찾아들었지만, 아마 지름길이 있을지도 모를 일이었다. 아니면 다 통틀어서 제주라고 부르는 건지도 몰랐다. 하담은 촬영을 하면서도 후에 재촬영이 필요할 때를 생각해서 동선을 기억해두었다.

한참 도로를 달리던 중에 앞차에서 눈을 떼지 않은 채 로미가 물었다.

"어제 만난 건 어땠어요?"

하담은 재웅 얘기라고 짐작하면서 조심스레 대답했다.

"아, 그냥 정보 받고…… 저녁 먹었어요. 근처에 사는 선배가 있어서 셋이 같이 만나려고 했는데, 선배는 온다고 했다가 갑자기 다른 일 있어서 못 온다고 해서."

"음, 그래서 둘만 먹었군요."

로미의 '음'이 약간 의미심장하게 느껴졌지만, 하담은 못 들은 척 했다.

어제저녁, 로미가 식사를 거절하자 재웅과 단둘이 있는 걸 피하려는 마음에 하담은 필현에게 문자를 보냈다. 필현은 온다고 하다가 갑자기 일이 생겼다며 취소했다. 결국은 재웅과 둘이서만 근처에 있는 제주 토속 음식점에서 전복 돌솥밥을 먹었다. 두 사람 사이에 남아 있던 어색한 분위기가 차츰 따끈한 밥 위에 얹은 노란 마가린처럼 녹아들었다.

그때까지는 분위기가 자연스러웠다. 하담의 입가에 묻은 밥알을 재웅이 떼어주려고 하기 전까지는. 신호를 주었는데도 하담이 쉽사리 밥알을 찾지 못하자 재웅은 자기도 모르게 습관처럼 손을 뻗었다가 거두었다. 하담도 눈치채고 휴지로 입가를 톡톡 닦았다. 재웅이 하담의 뺨으로 내밀던 손가락에 희미하게 남은 화상 흉터를 보자, 불이 났던 날 밤이 다시 떠올랐다. 그때는 화상을 입었는지도 미처 몰랐었다. 불꽃 속에서 바로 꺼냈는데도 그렇게 차갑게 느껴졌던 손이었다.

9년 전과 어제의 일들이 한데 뒤섞여서 밀려오자, 하담은 몸에 달라붙는 기억을 떨쳐버리고 싶어서 몸을 부르르 떨었다. 운전하던 로미가 곁눈질로 쳐다보았다.

"추워요? 에어컨 끌까요?"

늦여름의 햇볕이 앞 유리창을 넘어 들어와 두 사람을 찌르고 있었다. 하담은 서둘러 말했다.

"아니에요, 괜찮아요."

잠시 화제가 바뀌었다 싶었는데, 로미는 포기하지 않았다.

"그래서 어제 친구분하고는 무슨 얘기 했어요? 계속 양봉장 얘기만 하진 않았겠지만."

하담은 머릿속으로 어젯밤 일을 전부 리플레이하고 싶지 않아서,

로미와 관련 있는 화제를 골랐다.

"뭐, 이것저것 옛날 얘기랑. 참, 그 친구가 로미 씨 안대요."

로미는 눈을 둥그렇게 떴다.

"저를요?"

"네. 누구랑 같이 왔냐고 물어봐서 일러스트레이터 친구랑 왔다고 하고 로미 씨 이름을 말하니까, 로미 씨 이전 블로그 시절부터 팬이었다고. 댓글도 몇 번 달고 그랬대요."

"아, 그렇군요. 누구였을까. 그게 언제쯤이래요?"

"한 4~5년? 3~4년 전쯤? 아마 로미 씨는 기억하지 못할 거라고 하던데요."

"그렇군요. 4년 전쯤이라니. 그때 워낙 블로그에 사람들이 많이 왔어서."

로미가 별안간 말이 없어지자, 그제야 하담은 이것이 안전한 화제가 아닐 수도 있다는 걸 깨달았다. 로미는 SNS 활동이 활발한 편이었지만, 그 때문에 골치 아픈 일도 많이 겪는다는 것을 알고 있었다. 몇 년 전에는 집요하게 따라다니던 사람 때문에 괴롭다는 뜻을 비친 적이 있었다. 며칠 전에도 인스타그램에서 모르는 사람이 먼저 알은체하고 신분을 밝히지 않아서 찜찜했다는 말을 했다. 모르는 사람은 신비롭기도 하고 찾고 싶기도 하지만, 동시에 일정한 두려움을 내포하고 있다. 낯선 사람이 아는 사람이 되려면 그 두려움의 허들을 넘어서야 했다. 그리고 모두가 그 허들을 넘을 만큼 간절히 만나고 싶은 사람은 아니다. 괜한 이야기를 꺼냈나 싶었을 때, 로미가 차분하게 앞차를 따라 핸들을 꺾었다.

"나중에 아이디 알려주세요, 제가 누군지 찾아보게."

하담이 뭐라고 대답하기도 전에 로미는 화제를 바꾸었다.

"참, 하담 씨, 제 가방에 있는 선글라스 좀 주세요."

이제 아침을 지나 낮에 가까워지자 햇살도 더욱 뾰족해졌다. 하담은 뒷좌석에 놓인 로미의 캔버스백에 손을 뻗었다. 안전벨트 때문인지 손이 쉽게 닿지 않았다. 하담은 뻣뻣한 손을 뻗다가 안 되겠다 싶어 안전벨트를 풀었다. 차에서는 바로 삑삑 소리가 났다.

"조수석 안전벨트를 풀면 소리가 나는 차인가 봐요."

로미가 계기판을 들여다보더니 말했다. 경고음은 지속적으로 울리며 차 안을 채웠다.

"가방 안 어디에 있는지……."

"아, 그거 안쪽 주머니 파우치에 있는데."

"아하, 여기 있네요. 자암깐……."

로미는 잠깐 뒷좌석을 돌아보았다. 그 순간 사거리의 왼쪽에서 커다란 트럭 한 대가 별안간 나타나 전속력으로 질주했다. 하담이 소리를 질렀다.

"로미 씨, 조심해요."

로미는 급히 브레이크를 밟았다. 두 사람이 탄 렌터카는 위태롭게 멈춰 섰고, 트럭은 제멋대로 검은 연기를 피우며 쌩하니 지나가 버렸다.

하담이 로미의 선글라스를 든 채로 숨을 크게 내쉬었다.

"휴, 큰일 날 뻔했어요."

로미는 예상외로 대수롭지 않게 대꾸했다.

"그래도 거리는 약간 있었어요."

차는 다시 출발했다. 로미는 하담이 건넨 선글라스를 받아 쓰면서 말했다.

"차는 어디로 갔죠?"

"우리 기다리실 텐데, 전화를 해볼까……."

하담이 휴대전화를 꺼내 들 때, 로미가 차창 앞을 한 손가락으로 가리켰다.

"저기 있네요."

역시 아무 인적도 없는 텅 빈 차로를 하얀 박스 차가 앞에서 빠르게 달려가고 있었다. 두 사람은 그 차 뒤로 따라붙으려 했다. 하지만 거리가 많이 좁혀지지는 않았다. 앞차는 여전히 내비게이션에도 명확히 표시가 되지 않는 도로로 달려갔다. 그러다가 갑자기 차로가 분명히 보이지 않는 산길을 오르기 시작했다.

"이 길로 따라가는 거 맞는 거겠죠? 왠지 점점 으슥한 데로 가는 것 같은데……."

하담이 약간 불안하게 물었다.

"아까 양봉장은 산에 있다고 하셨잖아요. 맞을 거예요."

그랬었지. 하담은 자기의 조급한 성격을 탓했다. 계획을 짠다고 하지만 예상외의 일이 벌어지면 너무 허둥대고 당황해버린다. 잘 모르는 길이나 처음 맞닥뜨리는 상황에서는 쉽게 불안해지는 성격. 옆에 앉은 로미의 태연한 태도가 믿음직스러웠다. 앞차가 막 달려가는데도 로미는 처음 오르는 산길을 거침없이 달려갔다. 그래, 인간에 대한 신뢰가 있을 때 사람은 앞으로 나아갈 수 있는 거지……. 하담은 그 옆에서 마음을 살짝 놓았다.

그래도 앞차는 멈출 생각을 하지 않았다. 이렇게나 오래 갈 일인가. 시계를 보니 이미 50분 가까이 달려왔다. 제주도가 이렇게 넓은 곳이었나? 산을 오르길래 산에 있는 양봉장을 가나 했는데, 차는 도로 내려가 큰 도로에 접어들었다가 양쪽에 밭과 돌담이 있는 좁은 길 안쪽으로 들어갔다.

"왜 이렇게 빙빙 도는 것 같죠?"

하담의 불안이 다시 고개를 쳐들었다.

"글쎄, 저희에게 제주 구경을 시켜주려는 게 아닐까요?"

그렇게 여유로운 분처럼 보이진 않았는데. 아무래도 지금은 전화를 해야 할 시점 같았다. 하담은 아침에 걸었던 부회장의 전화번호를 찾아 다시 걸었다. 하지만 이 일대는 전화가 제대로 터지지 않는 것인지, 아니면 하담의 휴대전화가 이상한 것인지, 전화는 신호가 몇 번 울리더니 저절로 끊겨버렸다.

"어떻게 된 거지……."

"괜찮아요, 제가 잘 따라가고 있으니까. 너무 걱정되면 저희가 앞질러서 가볼까요?"

하담이 말릴 틈도 없이 로미는 속도를 냈다. 하지만 앞차는 쉽게 따라잡히지 않았다. 차는 속도를 내며 제주를 관통하는 중산간도로로 올라섰다. 로미도 역시 액셀을 세게 밟으며 그를 뒤따랐다. 거리가 좁혀졌다가 멀어지기를 반복했다. 처음에는 유인하는 것만 같았는데, 지금은 묘하게도 원치 않은 추격전의 양상이었다. 그러다가 차는 나무들이 빽빽이 줄지어 선 작은 길에 접어들었다. 아까보다도 좀 더 나무 그늘이 짙어진 것만 같았다. 길은 포장도 되어 있지 않았다. 하담은 여기서 로미를 말려야 하는 게 아닐까 생각했다. 낯선 사람을 따라갔다가 공포스러운 일을 겪는 사람들이 나오는 스티븐 킹 소설들이 생각났다. 지금이라도 돌아서면 생명이라도 건질 수 있어…… 하지만 로미는 거침없이 그 사이로 들어갔다.

나무 사이를 헤치고 나아갔을 때 그 끝에는 커다란 집이 서 있었다. 이런 장소에 어울리지 않게 거대한 콘크리트로 지어진 현대식 건물이었다. 각 층은 여러 칸으로 나뉘어 있었다. 하담은 어리벙벙했다. 이게 뭐지? 병원인가? 건물 앞에는 무어라 영어와 한글로 쓰인 세련된 회색 간판이 세워져 있었다. 차가 멈춘 곳은 그 간판 앞이었다.

"여기가 양봉장일까요?"

로미가 묻자 하담은 주위를 둘러보면서 대답했다.

"글쎄…… 벌통은 보이지 않지만……."

두 사람이 차의 속도를 줄이는 순간, 앞차에서 운전석 문이 열리며 누가 확 튀어나왔다. 하담과 로미는 어안이 벙벙해서 창문을 내렸다.

앞차에서 내린 사람은 소리를 지르면서 그들 차로 뛰어왔다.

"당신들 뭐예요! 뭔데 사람을 미행하는 거야!"

로미와 하담은 옛날 미국 코미디 쇼에 나오는 2인조처럼 동시에 입을 벌렸지만 아무 말도 하지 못했다. 그제야 하담의 전화기에 문자 수신음이 핑 울렸다.

'지금 어디십니까? - 제주 양봉 연구회 부회장 김만섭'

하담은 차 앞을 가로막고 선 사람을 보았다. 짧은 머리를 묶어 머리띠를 하고, 회색 리넨 셔츠를 입은 작은 체구의 여성.

"왜 사람 뒤를 계속 따라오냐고!"

"아니, 저희는……."

여자는 두 사람의 차 앞에 주저앉더니 울음을 왈칵 터뜨려버렸다. 하담은 어떻게 해야 하나 싶어 로미를 쳐다보았다. 로미는 오늘 들어 처음으로 당황한 표정을 지어 보였다. 그제야 하담의 눈에 간판이 들어왔다.

Guesthouse Honeycomb. 허니콤 게스트하우스.

"참 얄궂네, 모로 가도 서울만 가면 된다고 하지만……."

김만섭 부회장은 집 안으로 들어오면서 혀를 끌끌 찼다. 로미와 하담은 시원한 거실에서 감귤 주스를 느긋하게 마시고 있다가 그가 들어오자 벌떡 일어났다.

"저희가 차를 착각해서. 죄송해요."

하담이 사과하자 부회장은 손을 흔들었다.

"아니, 살펴보지 않고 막 간 내 잘못이지. 경치 구경시켜주려고 일부러 좋은 길로만 갔는데."

"아, 어쩐지…… 길이…… 예쁘더라고요."

하담이 말했다. 풍경을 보여주려고 돌아간다는 로미의 말이 터무니없다고 생각했는데, 부회장은 정말로 그렇게나 따뜻한 배려가 있는 분이었다. 물론 그 사실을 미리 말해주는 배려까지 없었던 건 아쉬웠지만. 그게 제주식 친절일지도 몰랐다. 부회장은 여전히 딱하다는 듯 말했다.

"중간에 못 따라오나 싶어서 전화를 해봤는데, 전화가 안 되더라고."

"그러게요. 전화 거니까 연결이 안 되더라고요."

하담은 연결망 사정도 자기의 잘못인 양 사과해야 할 것만 같았다. 그리고 부회장은 그 사과를 받아주듯이 너그러운 어조로 말했다.

"뭐 어쩔 수 없는 거고. 그나저나 잘못 따라간 차가 여기로 오다니, 될 사람은 되는 게지."

"저희도 깜짝 놀랐네요."

로미가 대답했다. 하지만 깜짝 놀란 사람치고 로미는 대체로 평온했다. 로미는 차에서 우는 여자를 달래고 일부러 미행한 게 아니라고 설명해서 오해를 풀었다. 하담도 낯선 사람의 차를 따라가는 것만으로도 불안을 느꼈던 만큼, 모르는 차에게 쫓기는 여성의 두려움이 짐작되어 무척 미안했다. 하지만 여자도 따라온 차에서 내린 사람이 여자들이라서 조금 안심했다고는 했다. 얘기를 나누다 보니, 여자는 이 허니콤 게스트하우스를 남편과 함께 운영하는 주인이었다. 안으로 들어간 하담과 로미는 부회장과 통화했고, 거기서 여기가 원래 목적지인 첫 번째 양봉장에서 운영하는 게스트하우스임을 알고 그 우연에 놀라던 차였다.

로미와 하담과 비슷한 또래인 여주인은 김수미라는 이름으로 자기를 소개했다. 그녀는 쟁반에 새 음료와 허니 토스트를 담아 들고 왔다. 착각과 우연이 빚어낸 공포에서 벗어나 지금은 한결 안정되어 보였다. 수미는 테이블 위에 다과를 놓아둔 후, 거실 한쪽 구석에 걸린 노란 종이 등으로 걸어가 먼지를 조심스레 털어냈다. 오래되어 보이는 등이라 그런지, 손길이 세심했다. 등을 다 닦은 후 수미는 돌아서서 조용히 말했다.

"저야말로 진짜 놀랐어요. 어떤 차가 저를 미행하는 줄 알고. 떨치려고 길도 이리저리 바꾸고 험한 길도 들어갔다 나왔는데 쭉 따라오는 거예요."

"저희는 앞차가 그냥 양봉장에 가시는 줄 알았죠. 정말 죄송하게도."

하담이 다시 사과했다. 로미도 머쓱하다는 듯 웃음을 지어 보였다. 수미가 고개를 저었다.

"아니, 놀라게 해드려서 제가 죄송하죠. 이전에 비슷한 일이 있었어서 과민 반응을 보였네요."

부회장은 자동차 미행 소동에는 관심이 없다는 듯 음료 컵을 입에 가져다 대며 물었다.

"그래서 양봉장은 돌아보셨나?"

"네, 주인분이 안내를 해주셨어요. 감사하게도."

하담은 아내의 뒤를 따라 들어오는 남자를 보고 말했다. 40대 초반에 마른 체격의 남자였다. 양봉장 주인, 서정문 씨는 서울에서 건축 회사에 다니다가 귀농을 결심, 4년 전쯤 제주로 내려와 게스트하우스를 짓고 양봉을 시작했다고 했다. 처음 그를 보았을 때, 하담은 로미를 돌아보았지만 로미는 고개를 저었다. 로미가 찾는 사람이 이 남자가 아닌 건 모든 면에서 다행이었다.

9월의 제주 양봉은 이제 겨울을 준비한다. 제주는 지금 여름 혹

서기를 지나 채밀을 거의 마무리한 시점이었다. 벌통은 이제 좀 더 따뜻한 서귀포로 옮긴다. 월동 식량을 준비하고 포장도 해야 한다. 할 일이 많아도 너무 많다. 내가 얼마나 고생을 하는지 아냐. 하지만 그만큼 보람이 있는 일이다. 벌들을 보면서 인간 사회의 원리를 배운다. 자연의 섭리는 심오하다. 허니콤 주인이 열을 올려가며 한 이야기였다. 하지만 한편으로 주인은 여름에는 채분을 해서 제주 꽃가루를 상품화하므로 수익이 많다는 말도 잊지 않았다. 그는 파리채로 벌통을 향해 덤비는 말벌을 탁탁 쳐가며 이 모든 이야기를 의기양양하게 했다. 확실히 규모가 크고 관리가 잘된 느낌이 있는 양봉장이었다. 이 정도로 양봉장을 키우고 동시에 게스트하우스까지 운영하려면 여간 큰일이 아니었겠지. 하담은 생각했다.

"야, 그만 좀 웃어."
"아니, 그래도 무슨 로버트 올트먼식 코미디 영화 같잖아. 운전하는 사람이야 집중하느라 착각했다고 해도 어떻게 너도 못 알아보냐고."
재웅은 눈물까지 닦으며 웃음을 멈추지 못했다. 그 소리가 허니콤 게스트하우스 앞뜰을 가득 채웠다.
"로미 씨가 원래 사람이며 물건이며 비슷한 걸 잘 구분 못 하기는 하는데, 조수석에 앉은 사람이 잘 봤어야 했어. 내가 정말 바보야."
재웅의 웃음에 하담도 자신의 어리석은 행동을 비웃을 여유가 생겼다. 밤바람과 두 사람의 웃음소리가 부드럽게 뒤섞였다.
전해줄 자료가 있어서. 재웅이 낮에 전화해서 밤에 가도 되냐고 물으며 한 말이었다. 거리가 먼데. 하담은 말했다. 하담과 로미는 주인의 권유로 제주 시내에서 멀리 떨어진 여기 게스트하우스에 묵기로 결정한 참이었다. 주인은 자기 말을 진지하게 들어주는 청중인 하담이 생겨서 몹시도 흐뭇한 듯했다. 수미 역시 이렇게 만난 것도 인연이니 여기서 묵었으면 좋겠다는 뜻을 비쳤다. 영업은 아니지만요. 수미는 덧붙였다.

하담은 이런 사정을 전하며 재웅이 차를 타고 오기에는 거리가 멀다고 걱정했지만, 그는 상관없다고 했다. 재웅이 도착한 건 밤이 깊은 시각이었다. 이 근처에는 달리 갈 곳도 없어서 하담이 직접 커피를 내려 정원으로 들고 나왔다. 두 사람은 벌집처럼 작은 육각형을 모아놓은 형태의 벤치에 앉았다.

"그리고 여기 건물을 봐. 주인이 너무 벌을 사랑해서 게스트하우스 건물도 벌집 모양으로 지은 거래. 진짜 벌을 얼마나 사랑하는지 몰라. 그 부인 말로는 남편이 벌을 거의 자식처럼 여긴다고 하더라."

"그렇군. 이런 데가 다 있었네."

두 사람은 육각형의 창문들이 반짝이는 건물을 올려다보았다. 성수기 때도 손님이 많을까 싶은 외진 위치여서 그런지, 몇몇 방에만 불이 들어와 있었다. 벌 몇 마리만이 껍데기만 남은 벌집을 지키는 것 같은 분위기가 감돌았다. 정원에 설치한 스피커에서는 낮은 보사노바 음악이 흘렀다. 이번에는 「이파네마에서 온 소녀」의 보컬 버전이었다.

"크고 멋있긴 한데, 관리하기 힘들 것 같은 집인데."

"응. 양봉장은 주로 남편이 하고 게스트하우스 관리를 주로 수미 씨, 부인이 맡는대. 서울 살 때 은행에서 근무했던가 봐. 그래서 그런지 어쩐지 인상이 차분하더라고. 여기 운영도 잘 해나가시는 것 같고."

"그렇게 차분한 사람이 무척 놀랐겠다. 낯선 차에 쫓기다니."

"너무 미안했어. 그래서 거의 무릎 꿇고 빌었지 뭐야."

하담이 손을 맞잡고 비는 자세를 취해 보이자, 재웅은 다시 머리를 젖히고 웃었다.

"너 예전부터 그건 잘했잖아. 누구보다 빨리 사과하는 거."

"그랬지, 지금도 그런 것 같아."

그 웃음이 별에 걸린 음표처럼 밤하늘에 울렸다. 그 소리의 여운이 날아간 후에야 용건이 생각났는지 재웅은 손에 든 서류철을 하담에게 건넸다.

"이거, 제주 양봉 월별 일정 및 시내 양봉 포함 귀농 인구 관련 통계야. 이런 테크니컬한 것까지 작품에 필요할 리는 없겠지만, 알아두면 좋겠지. 양봉이 주요 주제라고, 네가 하는 다큐에서 그것만 다룰 리는 없잖아. 고향으로 돌아와서 정착하는 제주 이주의 흐름도 같이 넣으려는 거겠지. 주거와 환경의 생태에 미치는 영향도."

하담은 자신의 의도가 재웅에게 읽혔다는 사실에 은근히 놀랐다.

"어떻게 알았어?"

"나라면 그렇게 찍고 싶을 테니까. 그리고⋯⋯."

재웅은 앞을 보던 얼굴을 돌려 하담을 보았다.

"감독 박하담이라면 그럴 테니까."

목에서 뭔가 울컥 치밀어 오르자 하담은 괜히 눈을 들어 하늘을 보았다. 오랫동안 자기 작품이 아닌, 남이 맡긴 작품만 찍던 하담에게는 따뜻한 격려가 되는 말이었다. 하늘에 뜬 별을 몇 개 세면 이 이상한 기분이 가라앉을 것만 같았다.

하담이 다시 고개를 내린 건 재웅이 자기 팔을 찰싹 쳤을 때였다.

"이런, 모기가 많네."

팔꿈치 위가 벌써 벌겋게 부어오르고 있었다. 재웅은 팔을 손바닥으로 쓸었다. 하담은 그의 팔에 손을 대고 빨간 자국을 들여다보았다.

"어, 어떡해. 한두 군데가 아니네. 왜 말을 안 했어. 나는 하나도 안 물려서 모기가 있는지도 몰랐네."

"그러게. 모기떼가 나만 집중 공격이다."

"옛날부터 그랬잖아. 둘이 같이 있으면 여름에는 늘 너만 물렸잖아."

여름의 기억들이 떠올라 두 사람의 입가에 미소로 걸렸다. 하담은 여름밤의 산책을 좋아했다. 저녁을 먹은 후에 두 사람은 강이든 공원이든 한참을 걸었었다. 열대야가 이어지는 더위에도 팔짱을 끼고 다니던 시절이었다.

"그랬다. 모기가 나만 좋아해서, 너 따로 모기향 피워놓고 잘 필요 없다고."

"그래, 너 나의 인간 모기향이었잖아."

서로 너무나 의미심장한 단어들을 내뱉고, 두 사람이 이 사실을 깨달았을 때는 여전히 하담의 손이 재웅의 팔에 놓여 있었다. 하담이 그 손을 내려놓은 순간, 두 사람의 눈이 마주쳤다. 하담은 한동안 남의 눈과 마주쳤다는 기억이 없었다. 하지만 이틀 만에 다른 사람의 눈을 너무 많이 쳐다본 느낌이었다. 한때 너무 익숙했기에 지금은 낯설다는 것조차 잊고 있었다. 재웅은 다음 순간 눈을 돌려버리고 보이지 않는 모기를 찾아 허공에 말을 걸었다.

"제주 모기 독하다니까."

곧이어 짧은 침묵이 흘렀다. 하담은 잠시 학교 다닐 때 배운 말들을 떠올렸다. 영화사 수업의 강사가 한 말이었다. 프랑스어로 천사가 지나간다는 말 유명하지. 하지만 영어에서는 회전초의 순간이라고도 해. 서부 영화에서 침묵이 흐를 때면 풀이 굴러가기 때문이지. 지금 이 순간 제주의 풀들이 동그랗게 뭉쳐 사락사락 굴러가는 감각이 퍼져갔다. 하담은 어제의 곤란한 감정이 다시 찾아오는 걸 느꼈다.

"그럼 나는 갈게."

벤치는 깨끗했지만, 재웅은 괜스레 바지 자락을 털며 일어났다.

"어, 그래."

하담도 허겁지겁 따라 일어났다. 게스트하우스 카페는 문을 닫았고, 근처에는 달리 갈 만한 데도 없으며, 산책을 할 만큼 밝은 길조차 없었다. 그리고 무엇보다도 이 늦은 시간에 용건이 없이도 계속 같이 있는 두 사람 사이에는 의미가 생겨버린다. 의미는 꿀벌과 같았다. 달콤해질 수도 위험해질 수도 있었다.

"내일도 바쁘겠다."

재웅이 혼자 중얼거렸다. 내가, 네가? 하담은 그냥 응, 대답했을 뿐이었다.

"오늘도 로미 씨 소개는 못 했네."

하담이 게스트하우스의 창문을 올려다보았다. 2층 창문에는 아직 불이 들어와 있었다.

"그러게. 다음에는 좀 더 이른 시간에 뵈어야지."

다음이 또 있을까, 하담은 막연히 생각했다. 다음은 그저 지금 이후로 오는 시간의 순서가 아니다. 누군가 만드는 의지적인 사건인 것이다. 누가 한 발을 내디뎠을 때, 멈추지 않고 나아가는 사람에게만 오는 일. 옛 연인이란 다음이 늘 이어질 거라고 생각했다가 어느 날부터 그 다음이 없어질 수도 있음을 실감하게 했던 사람이다.

"전화할게."

재웅은 차에 올라타기 전 그렇게 말했다. 언제일지는 말하지 않았다. 하담은 그저 고개를 끄덕이고 손을 흔들었다.

"재웅 씨는 갔어요?"

방에 들어가자 침대 위에 배를 깔고 엎드려서 노트북을 두드리고 있던 로미가 고개를 들고 물었다.

"네, 로미 씨에게 인사하고 싶어 했는데, 너무 늦은 시간이라서."

"저도 일단 씻은 후라서 인사하고 싶진 않더라고요."

로미는 침대에서 일어나 앉았다.

"그런데 왜 왔어요?"

하담은 손에 든 서류철을 방 안 테이블 위에 올려놓았다.

"이거 준다고요."

"그런 거라면 메일로 줘도 될 텐데."

그 말에 담긴 속뜻을 하담도 모르는 바는 아니었다.

"그러네요. 전자 파일이 없었나."

"내일도 또 온대요?"

"아니, 그런 말은 없었는데……. 달리 용건도 없고."

"흐음."

로미는 노트북을 덮어서 파우치 안에 넣었다. 그동안 하담은 가방에서 세면도구를 챙겨 욕실로 향했다. 그때 로미가 어깨 너머로 다트를 던지듯 말을 흘렸다.

"하담 씨, 내일 저녁 일정은 걱정 마세요. 저는 혼자서도 전혀 아무렇지 않으니까."

하담은 욕실 손잡이를 잡은 채로 돌아보았다.

"로미 씨, 진짜 그런 거 아니에요."

로미는 첫눈에 확 들어오는 강렬한 인상의 사람은 아니었다. 하지만 그녀에게는 한참 바라보고 있으면 남다르게 느껴지는 면이 있었다. 그녀를 만난 사람들이 헤어지고 돌아가서도, 적어도 그 밤 동안에는 그녀를 계속 생각하게 하는 면. 그건 바로 언젠가 차경이 체셔 고양이 미소라고 했던 웃음이었다. 즉, 고양이 없는 미소처럼 그녀의 얼굴을 기억하지 못해도 그 웃음만은 다들 기억했다. 그리고 그 미소에는 딱히 대답할 말을 찾을 수가 없기에 더욱 오래 남았다. 지금 이 순간처럼.

"네, 저는 하담 씨의 말을 다 믿어요. 진심으로."

차경은 자신의 판단력을 대체로 믿었다. '대체로'는 예외가 있다는 것을 인정하는 겸손한, 하지만 그 예외를 세심히 돌아보지 않는 무신경한 부사이다. 지금과 같은 예외 상황이 일어날 수 있으니까. 하와이에서 제주까지 바로 가기로 한 결정이 잘못된 판단이었음이 드러난 상황.

이미 인천공항에 도착할 때부터 기진맥진했다. 착륙도 평소보다 거칠었다. 거기다 골프 가방까지 찾을 생각을 하니 한숨만 나왔다. 그런 후에 다시 김포로 가서 제주행 비행기로 갈아타야 했다. 마음 같아서는 당장 서울 집으로 돌아가고 싶었지만, 지금은 항공편을 바꿀 마음도 들지 않았다.

비행기가 완전히 멈추고 안전벨트 사인이 꺼진 후, 전화기를 켜자 모바일 메신저 상단의 알림 숫자가 차곡차곡 쌓이기 시작했다. 알림음은 경고처럼 계속 울렸다. 당신은 지금 대한민국에 들어서기 직전입니다, 조심, 조심. 차경은 메시지를 모두 탭해서 읽음으로 바꾸었다. 사람들이 하나둘 빠져나갈 때, 차경도 자리에서 일어났다. 머리 위 짐칸에서 캐리어를 꺼내려다가 가방이 뚝 떨어지는 바람에 손을 찧었다.

"아얏!"

건너편 좌석의 젊은 남자가 통로에 서서 동양인 부인의 가방을 내리다가 돌아보았다.

"괜찮으세요?"

"네, 뭐."

차경은 평소보다 더 퉁명스럽게 대답했다는 것을 깨달았지만, 지금은 친절을 발휘하기가 힘들었다. 손의 통증과 두통이 합쳐져 내가 어디 있는지도 모를 지경이었다. 한시라도 빨리 비행기에서 나가고 싶어서 캐리어를 자기도 모르게 서둘러 앞으로 밀었다. 그때 좌석에서 나오던 동양인 부인의 발에 캐리어가 부딪쳤다. 부인은 중국어로 무어라 비명을 질렀다.

"어머, 저……."

차경이 사과하려고 했지만, 뒤에서 누군가 차경을 또 밀었다. 그 바람에 차경은 부인 뒤에 서 있던 젊은 남자에게 바짝 붙어 서야만 했다. 근육의 모양을 따라 잡힌 티셔츠의 주름이 보일 정도로 가까운 거리였다. 타인의 존재감이 지나치게 크게 느껴지는 순간이었다.

"어, 뭐예요."

차경은 몸이 너무 달라붙지 않도록 손등으로 그 사람과의 간격을 벌렸다. 사실상 손등으로 그를 밀친 셈이었다. 남자는 당황스러운 표정을 지으며 차경을 내려다보더니 먼저 말했다.

"죄송합니다."

차경은 그 남자 잘못이 아니라는 걸 알았지만, 미처 사과할 겨를도 없었다. 앞에서 사람들이 빠져나가면서 남자도 앞에 선 동양인 부인을 챙기며 통로를 지나갔다. 차경은 한숨을 내쉬고 자기 캐리어를 다시 세게 붙잡고는 비행기를 빠져나왔다.

공항철도가 있는데도 김포행 공항버스는 오늘도 사람이 많았다. 수하물이 늦게 나오는 바람에 (망할 골프 가방!) 앞차를 이미 놓친 터라, 버스에 올라탔더니 그다음 비행기를 타고 온 사람들이 계속 올라탔다. 트랜싯까지 대기 시간이 길었지만 차라리 김포에 가서 기다리는 편이 낫다. 차경은 일찌감치 창가 자리를 잡고 창밖을 바라보았다.

서울의 저녁, 빗방울이 떨어지고 있었다. 비가 유리창에 점선을 그었다. 비행기를 타면 시간이 길다. 거리만 이동하는 게 아니라 건너야 할 시간도 있다. 지금 내리는 비가 시간의 절취선처럼 느껴졌다. 이제 다른 시간이 시작된다.

마지막으로 버스에 오른 사람이 빈자리를 찾아 두리번거리다가 달리 자리가 없는지 차경의 옆 좌석에 털썩 앉았다. 차경은 그에게 자리를 내주려고 몸을 좀 더 창 쪽으로 붙이다가 옆자리에 앉은 남자를 확인했다. 한 번의 우연은 연못 위에 돌이 떨어지는 것처럼 그저 확률의 문제였다. 하지만 그렇게 우연히 돌이 떨어져도 물은 흔들린다.

"엇, 아까!"

옆자리의 남자가 먼저 아는 척을 했지만, 차경은 그저 눈인사만 하고 다시 고개를 돌렸다. 뜻이 명확한 제스처였다. 나는 우연으로 친교를 가장할 생각이 없어요, 라는.

공교롭게도 전화벨이 또다시 울렸다. 차경은 허겁지겁 휴대전화를 꺼내며 옆자리 남자의 눈치를 보았다. 그는 에어팟을 귀에 꽂고 있었다. 차경은 조심스레 전화를 받았다.

"네, 어머님. 아뇨, 서울에 왔는데 다시 제주로 출장을 가야 해서 또 공항으로 이동 중이에요. 네, 회사 일이니까요. 어머님, 죄송한데 지금 버스 안이라서……. 밤에야 제주공항에 도착해서요, 나중에 연락드릴게요."

늘 죄송할 만한 일이 있는 사이. 차경은 한숨이 나왔다. 왜 가구를 반드시 지금 사야 하는 건지, 그리고 그걸 왜 조금도 기다리시지 못하는 건지.

전화를 끊고 급한 문자 몇 개에만 빠르게 답장한 후에 전화기를 내려놓았다. 옆자리의 남자는 차경의 대화를 들은 것 같지도 않고 무엇을 하든 전혀 신경 쓰는 것 같지 않았다. 차경은 자기 쪽에서만 그를 의식하는 것 같아 더 불편했다. 그러다 잠이 들었다.

깨어났을 때는 머리가 뜨거웠다. 열이 있나······. 모래밭에 얼굴을 처박고 넘어졌다 일어난 사람처럼 피부도 따갑고 입 안도 깔깔했다. 어떻게 일어났는지도 알 수 없었다. 누군가 살짝 흔든 것 같기도 했지만 옆자리는 이미 비어 있었다.

차에서 내려 짐을 찾을 때 골프 가방을 들다가 휘청했다. 차경은 또다시 김 상무를, 아니, 상사의 말에 아니라고 못 한 자기의 회사원 근성을 마음속으로 저주했다. 그때 골프 가방이 휙 들렸다. 아까 비슷한 일이 있지 않았나, 기시감이 들어 돌아보니, 비행기에서처럼 그 남자가 가방을 들어 자기 카트, 커다란 가방 위에 싣고 있었다.

"이봐요!"

차경이 자기도 모르게 소리를 질렀다.

"공항 안 카운터까지 들어드릴게요."

남자는 놀라지도 않고 말하고, 차경의 캐리어도 자기 카트에 실었다. 이미 그의 커다란 짐까지 해서 카트는 만원이었다.

"제가 어디 가는 줄 알고요? 아니, 그리고 대체 누구신데 이러는 거예요?"

"어딜 가는지는 몰라도 카운터는 같을 거잖아요. 같은 항공사 비행기 타고 왔으니까. 아니라면 거기까지 실어다 드리고요. 거리 얼마 되지도 않고."

남자는 표정의 변화 없이 카트를 밀면서 덧붙였다.

"어차피 제주 가실 거잖아요. 저랑 같은 비행기인 것 같고. 그냥 비행 동지라고 생각하세요."

차경은 이 남자가 어떻게 그 사실을 아는 건지 잠깐 의아했지만, 아까 전화 통화를 했다는 생각이 곧 머릿속을 스쳤다.

"왜 남의 통화를 듣고 그러시죠? 무례하게?"

남자가 카트를 밀고 쑥쑥 걸어갔다. 차경은 그 뒤를 총총 따랐다.

"통화는 제가 들은 게 아니라 들렸습니다. 어쨌든 지금 편찮으시잖아요. 제가 볼 때만 해도 벌써 세 번은 쓰러지려고 하셨어요. 끙끙 앓기도 하셨고. 나중에는 혼수상태인 줄 알고 승무원 부를 뻔했어요. 아까 버스에서도 못 내릴 뻔하셨고."

그럼 깨운 사람이 이 사람이었나. 낯선 사람에게 자신의 상태를 들킨다는 건 늘 당황스럽다. 그리고 특히 당황스러운 사람도 간혹 있다. 차경은 지금 그런 사람을 만난 기분이었다.

남자는 순식간에 카운터까지 도착했다. 그리고 한 손을 들며 뒤따라온 차경에게 순서를 양보했다.

"수속 먼저 하세요. 불편하실 테니까."

남이 일행으로 볼까 봐 배려해주는 것 같았다. 차경은 고맙다는 인사도 제대로 못 하고 남자 앞에 섰다. 그가 자기를 내려다볼까 봐 신경이 쓰였지만, 그는 딱히 차경에게 눈길을 두지 않았다. 순서가 되자 차경이 먼저 수속을 마쳤다. 짐을 부치고 돌아설 때 남자에게 인사라도 하려 했으나 그는 옆 카운터에서 수속 중으로 그녀를 돌아보지 않았다. 짧게 깎은 머리 아래 길고 굵은 목만 보일 뿐이었다.

보딩 게이트에서도 제주로 가는 비행기 안에서도 남자는 보지 못했다. 어느덧 작은 비행기 창밖 하늘은 어두워지고 있었다. 좌석에 앉았을 때에야 찬민에게 문자라도 넣어야겠다고 생각했지만 전화기를 보니 배터리가 닳아 있었다. 아까 공항 내에서 충전하는 걸 잊은 탓이었다. 이륙하기 전까지 충전할 수 없을 것 같아, 차경은 휴대전화를 집어넣었다.

불편하게 시작된 여행이 원만하게 끝나는 행운은 쉽지 않다. 불운은 불운을 불러일으킨다. 제주공항에 도착했을 때 차경은 수하물을 찾으려고 컨베이어 벨트 앞에 서서 기다렸다. 하지만 다른 가방들이 다 나오는데도 골프 가방은 나올 기미도 보이지 않았다. 참을성 있게 기다리기를 30분, 차경은 컨베이어 벨트로 다가오는 직원에게 물었다.

"저기, 지금 1265편 수하물이 이게 다인가요?"

남자 직원은 이미 항의를 각오한 듯 비장한 표정이었다.

"죄송합니다. 지금 수하물 일부가 지연 도착한답니다. 안내를 지금 띄우는데요. 다른 국제선 환승 연결할 때 수하물이 많이 적재되는 바람에 그렇게 되어서, 정말 죄송합니다."

무거운 종처럼 뎅, 울리는 진동이 차경의 머리를 흔들고 지나갔다.

"그럼 언제쯤 오는 거죠?"

"한 시간이나 두 시간 후에? 잘 모르겠습니다. 안내를 해드리겠습니다."

아니, 이게 선진 항공의 대한민국에서 있을 수 있는 일인가? 정말 마음 같아서는 울고 싶었다. 공항을 빠져나갔다 돌아오고 싶은 마음이 굴뚝같았지만, 가방을 잃어버리기라도 했다간 김 상무의 구박이 차경을 폭격할 것이었다. 공항 안으로 나오기는 했지만 어떻게 할지 생각할 수 없었다. 휴대전화를 충전해야 하는데, 온몸에 식은땀이 나서 더는 걷기도 싫었다. 차경은 공항의 딱딱한 플라스틱 의자에 앉아서 기둥에 머리를 기댔다. 여기 더 있다가는 그대로 잠에 빠져들 것만 같았다. 그때 뭔가 부드러운 것이 차경의 몸을 덮었다. 햇빛 냄새가 나는 무엇. 손으로 더듬어보니 커다란 수건, 비치 타월이었다.

"그대로 쓰세요. 빨아서 깨끗한 거니까."

불필요하게 상냥한 낮은 목소리. 차경은 눈을 가늘게 떴다.

"저도 아직 짐이 안 왔어요. 어차피 같이 기다려야 하는 처지니까. 지금 얼굴이 너무 창백해요. 땀을 흘리시는데 몸도 떠시고."

차경은 가는 소리를 쥐어짜서 말했다.

"모르는 사람에게 부탁하지 않은 도움은 필요 없어요."

"네, 부탁하지 않았는데 다가가는 건 좀 무례하죠. 제가 지금 무례하고."

남자는 말의 내용과는 달리 막 변성기를 지난 소년 같은 목소리였다. 갑작스럽게 굵고 낮아져버린 목소리. 그 얼굴에서 연상할 수 있는 느낌이 그 말에도 있었다.

"그래도 저는 도움이 필요한, 모르는 사람에게만 무례해요."

차경은 그의 얼굴을 보았다. 여행길에 만난 낯선 남자. 아무리 해도 경계심을 풀기 힘들었다. 그는 그저 친절한 사람일지도 몰랐다. 하지만 여성에게 낯선 이의 친절은 덫이 될 수도 있다는 것. 이 세계에서 여성으로 살기 위해 습득한, 약간은 서글픈 진실이었다. 하지만 그의 진실은……. 차경은 그가 승무원에게 건네던 쪽지를 굳이 떠올렸다. 적어도 자기에게는 다른 관심은 없을 것 같았다. 여행자와 직장인의 피로가 동시에 치고 간 처참한 몰골의 사람에게는.

차경은 정말 잠이 들었던 것 같았다. 얼마나 지났을까. 누군가 자신의 이름을 부르고 있었다.

"윤차경 씨?"

차경은 화들짝 잠에서 깼다. 몸을 덮었던 비치 타월이 스르르 떨어졌다. 눈을 뜨니 그 목소리의 주인이 무릎을 꿇고 앞에 앉아 있었다. 그는 걱정스러운 눈으로 차경을 올려다보았다.

"짐이 나왔어요. 제가 무례하게도 대신 짐을 찾아왔어요."

그는 일어서더니 카트에 실은 짐을 손가락으로 가리켰다.

"확인하기 위한 이름 외에 다른 건 보지 않았어요. 걱정 마세요. 저의 무례는 오늘 여기까지."

그 말과 함께 그는 의자 옆에 놓인 차경의 캐리어도 같이 카트에 실었다. 차경은 기둥을 짚고 후들거리는 다리로 자리에서 일어났다.

"그리고 저의 호의는 차 타는 데까지 바래다드리는 걸로 하죠."

벌써 자정이 넘은 시각이었다. 공항 문을 나서자 섬의 공기가 아직 덜 말린 이불처럼 차경의 몸을 감쌌다. 그가 밖에 서 있던 택시의 트렁크에 차경의 짐을 싣고 뒷문을 열어주자, 차경은 그제야 말할 수 있었다.

"오늘…… 고마웠습니다. 저야말로 좀 무례했던 것 같아요. 비행기 안에서부터……."

"무례하시긴 했지만."

남자는 여전히 미소를 지우지 않고 말했다. 장거리 여행은 차경 혼자 한 것만 같았다. 그는 비치 타월처럼 아직 호놀룰루의 햇빛을 잃지 않은 것만 같았다.

"하지만 무례한 사람을 이해할 수 있을 때도 있죠."

말과 말 사이의 모든 간격에는 기대감이 스며든다. 그가 잠깐 말을 골랐을 때, 차경은 자기 안에 퍼져가는 어떤 감정을 느꼈다. 하지만 남자의 다음 말은 담백하고, 심지어 친절하기까지 했다.

"피곤하지 않았을 때는 환히 웃을 수 있는 사람이라면."

그는 웃는 얼굴 그대로 고개를 숙였다. 차경은 무슨 말인지 제대로 이해하지 못한 채로 그를 따라 고개를 숙였다.

택시가 공항을 나설 때 차경은 뒤를 한 번 돌아보았다. 그는 아직도 택시 정류장에 서 있었다. 커다란 가방과 함께. 그리고 수하물로 부치는 가방에는 항공사에서 달아준 이름표가 달려 있었다는 걸 차경도 이미 보았다. Han Sooeon. 어떻게 읽는지는 정확히 모르겠지만 모음이 많은 이름이었다. 모음은 부드럽지만, 바람 소리와 함께 스쳐 가고 어디에도 닿지 않는다. 그의 이름이 그러했다. 지금 알았지만 스쳐 갈 것이고, 어디에도 닿지 않아 머무르지 않을 것이다.

차경은 아까 했던 생각을 수정했다. 불편했던 여행이 원만하게 끝나는 경우는 흔치 않지만, 어떤 의미를 남기는 경우는 있다고. 그러나 여행에서 스친 남자가 만들어준 의미는 예쁘게 나오지 않은 사진이 남은 졸업 앨범 같다. 버리지 않고 소중하기도 하지만 굳이 꺼내보지 않는다.

5장

가깝고 달콤한 것을 원하기 마련

들판엔 꽃이 많지만

벌은 어떤 특정한 꽃을 골라 다가갑니다.

가장 가까이에 많이 모여 있는 꽃

가장 달콤한 꽃

그리고 전기가 느껴지는 꽃

전기가 없으면 그냥 지나치기 마련입니다.

3년 전

(전화벨 울린다.)

(소리 죽여) 여보세요?

나야. 지금 통화 괜찮아?

괜찮아요. 옆에 아무도 없어요.

응, 그래. 얘기는 잘되고 있어. 일단 선금을 계좌로 입금할 것 같아.

(잠시 침묵) 그래요. 잘됐는데. 그럼…….

(동시에) 그러니까…… 먼저 말해.

아니에요. 먼저 말해요.

우리 쪽에서도 계획을 짜야지. 네가 유인하면 내가 차를 가지고 대기할게.

(대답 없다.)

왜? 자신 없어?

아무래도…… 큰일이니까.

이제 와서 마음 약해졌어? 지금이라도 그만두고 싶으면 그만둬도 돼.

그만두고 싶다는 건 아니지만…….

하지만?

그걸…… 그렇게 소중하게 여기는 애를 빼앗기면 그 사람 어떻게 될지.

왜 이제 와서 그런 말을 해. 나라고 아무 감정이 없겠어? 하지만 우리
가 겪은 일들은 생각 안 해? 우리도 계속 이렇게 있으면 고통스럽지 않
을까?

그렇다고 해서 쉬운 일은 아니잖아요. 그렇게…….

쉽진 않지. 마음으로도 쉽지 않고 행동으로도 쉽지 않으니까. 그러니
까 그렇게 큰돈을 주는 거잖아.

…….

여보세요?

듣고 있어요.

마음 단단히 먹어야 해. 그렇지 않으면 우리는 늘 똑같이 살게 돼.

알아요.

일이 준비되면 얘기할게. 그때까지는 전화로 연락하자. 너무 얼굴에
티 내지 말고.

그럴게요. 그런데…….

왜?

그 사람, 그 돈 준다는 사람. 정말 믿을 수 있어요?

자기 이름까지 걸고 하는 건데 설마 우리를 속일까.

이거 범죄잖아요. 그런 사람이 이런 범죄까지 저지르면서 왜…….

내 말 잘 들어. 치밀하게 계획하면 우리 들키지 않을 거야. 무엇보다 아무도 다치지 않을 거라고.

정말 그랬으면 좋겠네요. 누구든 다치는 건 싫어요.

(강한 어조로) 모두 괜찮을 거야. 듣고 있어?

듣고 있어요. 생각 좀 하느라고.

있잖아, 이건 모두 우릴 위해서 하는 거라고 생각하자.

…….

우리가 같이 있으려고 하는 거야.

알아요.

알아?

우릴 위해서잖아요.

그래, 그러니까 우린 뭐든 할 수 있을 거야.

「서칭 포 허니맨」 프로젝트 제3일, 제주 동북부

"우리 돌미용 제주는 국내 최고 품질의 꿀을 생산하는 건 물론, 로열젤리 앰플, 꿀 녹즙이나 프로폴리스를 넣은 간편 식사 대용 꿀가루 음료까지 개발 중입니다. 피부 미용에 좋은 꿀을 이용한 레시피들도 공모해서 요리책도 만들고 있습니다. 또, 감귤 벌꿀, 포도 벌꿀처럼 벌꿀과 다른 과일 맛을 결합시켜 향이 나는 제품을 개발 중이기도 하죠. 2022년까지는 벌꿀 과일 절임 같은 병조림, 꿀 과자, 꿀 식초, 꿀 샐러드드레싱 등등 음식 사업까지 확장할 계획이에요. 화장품 라인도 구상 중입니다. 바로 이것이 6차 산업이죠."

일벌처럼 성실하고 해바라기처럼 환한 인상의 50대 여성은 연극 대사처럼 줄줄 읊어대며 크고 작은 병들이 쭉 늘어선 전시장 안으로 들어갔다.

"말만 들어서는 거대한 프로젝트네요."

하담이 여자의 말에 맞춰 고개를 끄덕이자 들고 있던 카메라까지 같이 까딱거렸다.

"그런데 6차 산업……."

"그렇습니다. 저희는 인간 생활의 모든 분야에 파고드는!"

여자가 갑자기 감정을 실어 웅변하듯 목소리를 높이자 로미가 깜짝 놀라 들고 있던 로열젤리 앰플의 샘플을 떨어뜨릴 뻔했다.

"꿀벌의 위대한 생산력을 이용한 6차 산업의 선두 주자이죠."

오늘 저 단어를 한 서른여섯 번은 들은 것 같다고 하담은 생각했다. 대체 6차 산업이 뭐길래. 4차 산업혁명이라는 말을 들은 지도 얼마 안 되는데, 언제 6차까지 갔단 말인가?

"그야말로 꿀벌 제국이네요."

로미가 앰플을 조심스레 진열대에 내려놓았다.

여자, 강현복 씨는 제주 북부에 위치한 양봉 식품 회사 돌미용 제주의 이사라고 했다. '돌미용하다'는 제주도 사투리로 달콤하다는 뜻이었다. 오늘 설명한 제품만도 50여 종이 넘을 것 같았다. 앞으로 개발 중인 제품까지 다 하면 어마어마한 규모였다. 김만섭 부회장이 하담과 로미를 영화 촬영하러 온 분이라고 미리 전화로 소개해주었기에 두 사람은 비교적 수월하게 여러 양봉 제품과 생산 라인을 관찰할 수 있는 기회를 얻었다. 물론 허니맨을 찾을 수 있는 기회도 여기 있을지 모른다.

"맞아요!"

강 이사는 꿀벌 제국이라는 표현이 꽤 마음에 드는 듯했다.

"우리 돌미용 제주는 1차 산업에서 발생하는 농수산 제품과 2차 산업인 제조업, 3차 산업인 관광을 결합한 6차 산업의 대표 기업이죠. 이렇게 양봉 파생 상품은 물론, 양봉을 체험하거나 밀랍을 이용한 양초와 비누를 만드는 공방도 함께 운영하고 있으니까요. 또, 도시 양봉이나 귀농해서 양봉을 하고자 하는 사람들을 위해서 양봉 입문 교실도 한답니다."

드디어 6차 산업이 뭔지 수수께끼가 풀렸다. 1+2+3=6. 1차, 2차, 3차를 더해서 6차라고 부르는 모양이었다. 아니, 곱하기인가? 1×2×3=6. 뭐가 됐든 하담에게 더 중요한 건 설명의 뒷부분이었다. 하담은 로미의 얼굴을 쳐다보았다. 로미의 얼굴에는 별다른 표정이 없었다. 로미는 여전히 포도 맛 벌꿀 가루라는 라벨이 붙은 병을 골똘히 들여다보고 있었다. 하담은 강 이사가 다른 설명으로 옮겨 가기 전에 재빨리 물었다.

"아, 그래서 여기 돌미용 제주에도 젊은 양봉인이 많다고 들었는데요. 상품 기획이나 마케팅을 담당하시는 분들도 있고. 뭐, 상품 캐릭터를 만드신다던가?"

재웅이 알려준 후보자 중 한 사람이었다. 하담은 젊은 나이의 양봉인은 물론, 양봉을 직접 하는 사람 외에도 그와 관련된 식품 개발이라든가 교실을 하는 사람까지도 포함해야 한다고 생각했다. 그 추측에 가장 적합한 곳이 돌미용 제주에서 운영하는 공방과 교실인 허니비 스쿨이었다. 로미에게 양봉 관련한 캐릭터를 개발한다고도 했으니 아마 이런 회사가 아닐까 싶었다.

"캐릭터는 이미 있네요."

로미가 들고 있던 포도 맛 벌꿀 가루 병의 라벨을 가리켰다.

"누가 그리셨나 봐요."

강 이사는 눈을 가늘게 뜨고 라벨을 보았다.

"아, 그거, 우리 부 실장이 그린 건데. 그 사람이 은근히 손재주가 있어서."

"네, 그림이 좋네요. 이미지가 분명하고."

로미는 포도 맛 벌꿀 가루 병을 내려두고 옆의 시식용 유채꿀 병을 들었다.

"글게, 부 실장이 이것저것 잘해요. 대학에서 전공은 경영학이라고 했던 것 같은데. 젊은 친구가. 지금 우리 허니비 스쿨 양봉 클래스도 맡고 있죠. 엇, 조심해요. 그거 아까 병마개가 잘 안 맞아서 좀 깨져서 그렇게 들면 흐를지도⋯⋯."

"그러네요⋯⋯."

로미는 왼손에 묻은 꿀을 핥으며 말했다. 어느새 검은 원피스 앞자락에까지 끈적끈적하게 묻고 말았다.

"저런, 죄송해라. 아까 아침에 보고 바꿔놓는다는 것이 손님이 오셔서 정신이 없는 바람에. 뭐 닦을 게 없으려나."

하담은 카메라를 든 채로 한 손으로 가방에서 물티슈를 꺼내 로미에게 건네고 자기도 손에 묻은 꿀을 닦았다.

"저희가 오늘 그 부 실장이라는 분을 인터뷰할 수 있을까요? 왠지 젊은 시각에서도 제주 양봉에 대해 설명을 들으면 좋을 것 같은데. 그⋯⋯ 6차 산업으로서 제주 양봉의 미래에 대한 전망도 담고."

"어머, 그게 좋겠네요. 그럼 일단 별관으로 가볼까요. 지금 때마침 서울시에서 도시 양봉 관련한 사업을 진행하는 분들이 와서 견학

중일 텐데. 그런 것도 넣으면 그림이 좋겠죠?"

강 이사는 두 사람을 옆에 있는 3층 건물 뒤편으로 데리고 갔다.
뒤에는 꽤 널찍한 공터가 있고, 거기에는 벌통이 열 개 가까이 놓여
있었다. 벌통에서 벌들이 웅웅대는 소리가 마치 배경음악처럼 흘렀
고, 10여 명의 사람들이 방충복을 입고 벌통 앞에 동그랗게 모여 있
었다. 가운데 서 있는 남자는 방충복 없이 평범한 폴로셔츠와 면바
지 차림에 방충모만 쓰고 있었다. 훤칠한 키에 약간 마른 체격의 남
자였다. 나이는 30대 초반이나 중반일까? 얼굴은 방충모에 가려서
잘 보이지 않았다.

"분봉은 벌집을 나누어서 두 개의 봉군으로 나눠지는 거죠. 즉, 쉽
게 말하면 집이 좁다고 생각하면 한 무리가 둘로 나뉘어져서……."

남자는 주먹 쥔 두 손을 한데 모았다가 양쪽으로 갈랐다.

"그중 한 무리가 집을 나가 이사를 가버리는 겁니다. 보통 5~6월
이 자연 분봉이 많이 일어나는 시기지만, 어느 때에도 일어날 수 있
으니 조심은 해야 합니다. 너무 좁으면 인공적으로 나눠주어서 각각
공간을 확보해줘야 합니다. 하지만 가을쯤 되면 되레 개체수가 줄
수 있으니 9월에는 각 봉군을 보고 겨울 못 나겠다 싶은 벌들은 합
봉을 해야죠. 즉, 같은 집에 넣어준다는 겁니다."

남자는 다시 갈라진 두 주먹을 한데 합쳤다. 벌도 분가도 하고 합
가도 하다니, 역시 집이 있는 동물은 다 이사하게 마련. 하담은 전세
재계약이 얼마 남지 않았다는 사실을 문득 떠올렸다. 이번에는 얼마
나 보증금을 올리려나, 지금 직장도 없는 상태에서 전세 보증금을

올리면 부모님이 그야말로 집으로 다시 들어오라고 할지도. 합봉, 아니 합가는 아무리 생각해도 싫었다.

하담의 심란한 마음과는 달리 방충모를 통해서 들리는 남자의 목소리는 차분했다. 옆에서 강 이사가 그 남자를 가리켰다.

"저분이 부화철 실장님이에요. 일단 보시고, 수업이 끝나면 얘기를 해야겠네요."

하담이 로미에게 눈짓을 했다. 로미는 남자를 잘 살폈지만 어깨를 으쓱하며 잘 모르겠다는 표정이었다. 남자는 멀찍이 떨어진 곳에선 이사와 여자 손님들을 보았지만, 별다른 내색을 하지 않았다. 수업 시간 중이어서? 아니면?

"좀 더 가까이 가서 봐야겠어요."

로미가 하담에게 속삭였다. 그러더니 수업을 듣는 사람들 뒤로 살살 걸어갔다. 부 실장이라는 사람은 계속 설명을 이어갔다.

"그리고 7월부터 출현하는 말벌이 10월까지는 계속 돌아다니고 9월에 피크이기 때문에 항상 말벌을 조심해야……. 아, 여기도 몇 마리……. 이런."

말벌 두 마리가 그의 몸 주위를 빙빙 돌면서 어깨에 앉으려 했다.

"이래서 여러분은 절대 방충복을 입지 않고 벌통에 접근하시면 안 됩니다. 저는 아까 방충복이 벌집 모서리에 걸려 찢어지는 바람에 벗었는데……."

말벌들이 위협적으로 돌자 부 실장은 옆에 두었던 봉솔로 몸에 붙은 말벌을 살살 떼어내려 했다. 로미는 그가 고개를 돌린 순간에, 옆으로 다가가서 얼굴을 확인하려 했다. 그가 봉솔로 말벌을 쓸어낸 순간 갑자기 말벌 한 마리가 옹기종기 모여 선 사람들 쪽으로 날아갔다.

"어머!"

"아이고, 벌이 크네!"

말벌이 무시무시한 소리와 함께 날아오자 사람들은 그 자리에서 펄쩍 뛰었다. 나름대로 일정한 형태를 유지하던 대형이 순식간에 흩어졌다. 부 실장이 봉솔을 쥔 한 손을 들면서 사람들을 진정시켰다.

"괜찮습니다. 방충복도 입고 계시고, 말벌이 흥분하지만 않으면……."

그 순간 남자의 눈이 로미와 마주쳤다. 아니, 눈은 잘 보이지 않았지만, 그런 것 같았다. 로미가 다른 생각을 하기도 전에 로미 앞을 막고 있던 사람들이 홍해 갈라지듯 양옆으로 비켜서면서 말벌이 로미를 향해 직진했다.

"어머, 아까 꿀을 흘려서 그런가 봐. 벌들이 꿀 냄새를 맡았나."

강 이사는 흔한 일이라는 듯 대수롭지 않은 투로 옆에 선 소나무에 기대섰다. 하담은 질겁해서 처음에는 나무 아래로 물러섰다가, 말벌이 로미를 향하자 그리로 뛰어갔다.

"로미 씨!"

"다들 비키세요, 위험합니다!"

부 실장이 로미 앞으로 다가가며 이렇게 말한 순간 말벌인지 꿀벌인지가 더 나타났다. 웬일인지 말벌들은 로미에게만 덤벼들었다. 사람들이 우우 소리를 질렀다. 벌 몇 마리가 순식간에 로미를 에워쌌다.

"엄마!"

"로미 씨!"

하담은 빙빙 도는 벌들 때문에 로미의 앞에서 발만 구를 뿐이었다. 로미는 눈을 감고 마구 손을 휘저었다. 하담은 어쩔 줄 모르고 주위를 두리번거렸다. 하담에게서 가장 가까운 소나무 옆에 벌집을 짓고 남은 각목을 세워둔 것이 눈에 들어왔다. 하담은 카메라를 내려놓은 후, 일단 각목 하나를 집어 로미에게서 열 걸음 정도 떨어진 자리에서 휘둘렀다. 이러면 자기에게로 주의가 분산될까 싶어서 한 행동이었다.

"그러시면 안 됩니다! 벌을 흥분하게 해서는 안 돼요!"

부 실장이 스프레이를 한 손에 들고 천천히 다가오면서 하담에게 뒤로 물러서라고 손짓했다. 하담은 막대기를 높이 든 채로 물러섰다. 그는 방충복을 입지 않은 로미가 약에 피해를 입지 않게 하려는지, 이리저리 각도를 쟀다. 뒤에 선 사람들은 다들 어쩔 줄 모르고 구경만 하고 있었다.

"저기, 손과 머리 흔들지 말고 가만히 좀 계셔보세요. 자, 그럼 쏩니다……."

치익 소리와 함께 로미가 앗! 하는 소리를 내며 그 자리에 주저앉았다. 스프레이가 분사되는 순간 말벌들이 훅 사방으로 흩어져 날아갔다. 사람들이 우르르 한쪽으로 쏠리며 우우 소리를 질렀다.

"괜찮습니까?"

부 실장이 로미에게로 가까이 가서 허리를 굽히고 내려다보았다.

"검은 옷을 입으셔서 천적인 곰인 줄 알고 말벌이 흥분했나 봐요.

135

여기서 나가시면……."

로미는 부 실장의 양팔을 잡고 얼굴을 빤히 들여다보았다. 부 실장은 로미가 쓰러지려는 줄 알고 질겁해서 로미의 팔을 잡았다. 로미는 입을 떼었다.

"아니네요."

어딘가 모르게 밀크티 속 타피오카 펄을 연상하게 하는 둥글고 매끈한 얼굴. 부 실장의 사람 좋아 보이는 얼굴에 어리벙벙한 표정이 떠올랐다.

"네?"

"당신은 아니라고요."

그때 부 실장의 뒤쪽 나무 밑에 서 있던 하담이 말했다.

"로미 씨……."

로미가 부 실장의 팔을 잡은 채로 일어서며 하담을 보았다.

"하담 씨, 이 사람은 아니에요."

하지만 하담은 로미의 말을 듣지 않고 한 손을 들었다.

"로미 씨…… 저 쏘였나 봐요……. 목에 따끔……."

하담이 허공에 쳐든 손으로 목덜미를 감싸는가 싶더니 풀썩 쓰러졌다. 서울시 도시 양봉을 위한 양봉 체험단은 코러스처럼 입을 모아 어머나, 어쩌나, 소리를 질렀다. 지금까지 느긋하게 나무 밑에 서 있던 강 이사가 하담의 머리가 땅에 넘어가기 전에 달려와 안았다. 로미가 하담에게로 뛰어가서 두 손으로 하담의 얼굴을 감쌌다.

"하담 씨, 하담 씨, 정신 차려요. 어떡해. 말벌에 쏘였나 봐! 기절까지 하고!"

부 실장도 다가와 그 옆에 무릎을 꿇었다. 그는 하담의 얼굴을 살피면서 옆에 주저앉은 강 이사에게 다급한 목소리로 말했다.

"일단 가서 얼음과 약통을 가져올게요. 그동안 119에 신고해주세요. 빨리 주사를 맞아야……."

"119는 부르는 게 좋겠지만, 괜찮을 거 같아요."

"네?"

강 이사는 이런 위급 상황을 365일 당하는 사람처럼 침착하게 말했다. 로미는 이곳에서는 정말 365일 일어나는 일이 아닌지, 의심이 들었다.

"괜찮을 거 같아요. 말벌에 쏘인 게 아니니까."

로미는 부아가 치밀어 소리를 질렀다.

"아니, 어떻게 알아요? 사람이 쓰러졌는데. 그리고 말벌이 아니라도 벌에 쏘이면 다 위험하죠!"

"어쨌든 꿀벌에 쏘인 것도 아니에요."

강 이사는 땅에 쭈그려 앉아 치맛자락을 척척 접은 후 무릎에 누인 하담의 목을 옆으로 슬슬 돌렸다.

"목덜미가 깨끗하고……."

하담의 목에는 붓거나 붉게 솟아오른 자국 하나 없었다. 다른 흔적도 보이지 않았다.

"물린 자국이야 나중에 올라올 수도 있는 거잖아요!"

로미가 항의의 말을 내뱉은 순간 솔방울 하나가 하담의 머리 뒤에서 떨어져 나와 또르르 굴렀다.

"제가 저기서 보고 있었는데, 들고 있던 막대기가 나무에 걸려서 솔방울이 목으로 떨어진 거예요. 따끔했는지 벌에 쏘인 줄 알고 펄쩍 뛰더라고요."

로미와 부 실장은 어리둥절해서 한쪽으로 돌린 하담의 얼굴을 바라보았다. 얼굴에 붉어지는 부분이나 눈 주위가 붓거나 하는 기색은 없었지만……. 강 이사는 하담의 옷깃에서 뾰족한 솔잎을 두 개 떼어냈다.

"놀라서 기절한 거예요."

차경이 허니콤 게스트하우스의 주차장에 도착했을 때는 햇살이 비스듬하게 떨어지는 초저녁이었다. 렌터카들을 포함, 차들이 몇 대 서 있었다. 차경은 재빨리 커다란 SUV 옆에 차를 세우고 내렸다. 허니콤 게스트하우스 문손잡이에 손을 대는 순간, 차경은 깜짝 놀랐다. 손잡이가 생각보다 차가워서이기도 했지만, 그것보다는 막 제대한 것 같은 짧은 머리에 얼굴 골격이 두드러진 남자가 문밖으로 나왔기 때문이었다. 고등학교 미술 시간에 스케치 연습으로 그렸던 조각상 같은 느낌이었지만 일반적으로 '조각상 같다'고 말할 때는 잘생겼다는 뜻이라서 이 경우와는 모호하게 차이가 있었다. 조각상 남자는 고개를 숙이고 차경이 들어갈 수 있게 옆으로 비켰다. 차경도 한쪽으로 물러섰다.

"먼저 나가세요."

"아니, 먼저."

그때, 남자의 바로 뒤에서 로미가 모습을 드러냈다.

"어, 차경 씨."

"로미 씨."

로미는 남자를 보고 살짝 미소를 지으며 고개를 숙였다.

"그럼, 안녕히 가세요."

남자도 로미를 향해 어색한 미소를 지으면서 짤막하게 고개를 숙였다.

"네, 그럼, 또."

남자의 눈이 차경을 향하더니 잠깐 머물렀다가 가볍게 인사했다. 차경도 얼결에 눈으로 인사했다.

남자는 차경의 차 옆에 선 SUV까지 느릿느릿 걸어갔다. 차에 올라타는 그의 뒷모습까지 차경은 눈으로 좇으며 물었다. 로미는 문지방에 서서 문손잡이를 잡고 서 있었다.

"누구예요?"

"아, 하담 씨 선배라는 분요."

로미는 갑자기 목소리를 낮췄다.

"하담 씨 옛날 남자 친구랑 같이 왔어요. 하담 씨 쓰러졌다니까."

그럴 필요가 없는데도, 차경은 로미의 목소리에 맞춰서 소리를 죽였다.

"하담 씨는요, 괜찮은 거예요? 병원은 갔다 왔고?"

"괜찮대요. 넘어질 때 좀 쓸린 거랑 놀란 것뿐이지만 그래도 검사도 다 하고 혹시 몰라 알레르기 약도 처방받았어요."

"구남친은 왜 온 거예요? 아니 어떻게 온 거예요?"

"그게…… 그러고 보니 저도 이상하네요. 어떻게 알고 왔지?"

로미는 고개를 갸우뚱했다. 그때 안쪽에서 하담의 목소리가 들려왔다.

"두 사람 거기서 뭐 해요, 더운데 들어오세요."

차경과 로미는 눈으로 신호를 주고받으며 안으로 들어갔다. 게스트하우스는 차경의 생각보다 컸다. 작은 호텔이라고 해도 될 정도였다. 지금 로미가 차경을 안내한 곳은 일종의 응접실로, 벽에는 육각형 모양의 책장과 각종 장식품들이 놓인 선반들이 있고, 한쪽 구석에는 미니 축구 게임 테이블이 놓여 있었다. 그 옆에 걸린 노란 종이등은 현대적인 분위기 속에서 조금 이질적으로 보였다. 하담은 동화속에 나오는 병약한 소녀처럼 소파에 다리를 올리고 이불을 덮은 채로 앉아 있었다. 테이블 건너편의 등받이가 높은 의자에는 쌍꺼풀이 없는 눈 아래로 뻗은 콧대가 깨끗해 보이는 남자가 꼿꼿이 앉아 있었다. 차경이 들어가자 하담이 손을 뻗었다.

"차경 씨 왔어요?"

남자는 자리에서 그대로 일어났다. 그의 턱 아래쪽은 어딘가 모르게 지폐 인물을 연상하게 하는 분위기가 있다고 차경은 생각했다. 천 원보다는 오천 원짜리 쪽? 꼬장꼬장하기보다는 걱정스러운 느낌?

하담이 서 있는 사람들을 올려다보며 소개했다.

"이쪽은 내 친구이고 화장품 회사에서 일하시는 윤차경 씨. 그리고 이쪽은 내 옛날 대학 동기인 구재웅."

차경이 손을 내밀었다.

"처음 뵙겠습니다."

만나서 반갑다거나 얘기 많이 들었다거나 하는 쓸데없는 말은 덧붙이지 않았다. 재웅은 차경의 손을 상당히 어색하게 살며시 잡았다.

"네, 구재웅입니다."

모두가 다시 자리에 앉았을 때, 차경이 하담의 얼굴을 들여다보았다.

"하담 씨, 머리가 아프거나 열이 나거나 그러지는 않아요? 속이 메슥거리거나?"

하담은 머리를 짚으면서 말했다.

"그렇진 않고…… 메슥메슥하기보다는 머쓱머쓱하네요."

분위기를 띄워보려고 한 농담이겠지만, 다들 어떻게 반응을 보일지 몰라서 오히려 분위기가 더 가라앉을 뿐이었다. 그때 재웅이 쿡 웃었다. 차경은 언젠가 인터넷에서 본 농담이 생각났다. 지폐에 주름을 잡아서 접으면 엄숙한 얼굴이 웃는 얼굴로 변한다. 재웅의 얼굴은 그 웃음과 함께 그렇게 바뀌었다. 눈가에 주름이 잡히면서 걱정스러운 오천 원짜리 인물이 온화해지는 인상으로. 좋은 사람이네, 차경이 생각했다. 누군가의 썰렁한 농담에도 웃어주면 좋은 사람이다. 아니면 누군가를 좋아하는 사람이거나.

"그래도 이상한 증세가 나타나면 병원에 오라고, 선생님이 말씀하셨어요."

로미가 두 손으로 무릎을 짚으며 심각한 표정을 지었다.

"그래야죠."

하담이 조심스레 말했고, 차경과 로미, 재웅은 모두 인자한 부모님처럼 고개를 끄덕였다. 그다음에는 처음 만나는 조합의 사람들이 흔히 그러듯 말이 끊겼다. 차경은 문득 입을 열었다.

"재웅 씨는 하담 씨가 쓰러진 걸 어떻게 알고 오셨어요?"

약간 따지는 어조인가 싶었지만, 재웅은 선선하게 대답했다.

"아까 왔던 필현 선배가 알려주더라고요. 하담이가 쓰러졌다는데 같이 가봐야 하지 않겠느냐고. 타지에서 응급실까지 갔다니, 아는 사람 도움이 필요할 수도 있어서. 허니비 스쿨에 아는 사람이 있어서 오늘 소동을 들었다고 합니다."

"그렇군요. 그럼 병원으로 바로 가신 거예요?"

"처음에는 말벌에 쏘인 줄 알고 저도 선배도 크게 걱정이 되어서. 처음에 전화를 받지 않길래, 허니비 스쿨 쪽에 확인했더니 도립 병원 응급실로 갔다고 해서."

"아, 전화를 무음으로 해둔 채로 가방에 넣어둬서 전화 온 걸 몰랐나 봐." 하담이 멋쩍게 말했다.

"그럴 정신이 없었겠지."

그 말이 너무 부드럽게 들려서 차경은 살짝 놀랐다. 두 사람 대화에 끼어들기 어려운 느낌이었다. 그 후에는 잠시 침묵이 흘렀다.

그때 로미가 문득 생각난 것처럼 말했다.

"재웅 씨, 이전에 제 블로그에 오셨었다면서요?"

"네, 가끔 가서 구경하고 그랬죠. 로미 씨 그림 좋다고 누가 소개해줬는데 누구였더라……. 아무튼 올리시는 일러스트 보러 갔었죠."

"댓글도 달고 그러셨어요? 아이디가 뭐였어요?"

"아주, 몇 번 단 정도일까요. 제 아이디는 모르실 거예요. 저는 블로그 업데이트도 잘 하지 않고 그런 편이어서."

"아아, 네. 그래도 궁금하네요."

그 대화 끝에, 재웅은 손목시계를 들여다보았다. 차경은 생각했다. 태그호이어네, 새거고. 신종 모델. 시계에 돈을 쓰는 취향인가. 차경은 자기도 모르게 계속 재웅을 이리저리 평가하고 있다는 것을 깨닫고 스스로 민망해졌다. 재웅은 그런 시선을 아는지 모르는지 담담하게 옆에 놓인 가방을 집어 들었다.

"저는 이제 가보겠습니다."

그가 일어서자 로미와 차경도 같이 의자에서 일어섰다. 로미가 말했다.

"벌써 가시게요. 저녁이라도 함께 하고 가시죠?"

"아닙니다. 오늘은 저녁에 약속이 있어서."

"그래, 그럼. 오늘 바쁜데 와줘서 고마웠어."

하담이 자리에서 일어나려고 하자, 재웅이 한 손을 저으며 말했다.

"조심하고 있어. 필요한 거 있으면 연락하고."

"그래."

차경과 로미는 문밖까지 재웅을 배웅했다. 게스트하우스 여주인, 수미 씨가 뒤뜰에서 산더미 같은 빨랫감을 안고 나오다 그들과 마주쳤다.

"남자 손님 오늘은 일찍 가시네요. 저녁을 몇 명 드실 거냐고 물어보려 했는데."

로미가 천천히 말했다. "그러네요. 오늘은 일찍."

"이렇게 큰 게스트하우스에 저녁 서비스까지, 정말 일이 많으시겠어요."

저녁 식사 후 차경이 테이블에 앉은 채로 수미에게 말을 건넸다. 수미는 막 설거지를 마치고 앞치마를 풀면서 부엌에서 나오다가 미소를 지었다.

"평소에 저녁은 안 하는데, 오늘은 쓰러지셨다고 하니 어디 나가서 드시기도 불편하실 것 같고, 간단하게만 차린 거예요."

"간단하다니요, 정말 잘 먹었어요. 이전에 은행 다니셨다고 들었는데 전문 요리사인 줄 알았어요."

"손님 치러야 하니까, 잠깐 배우기는 했어요. 남편이 여기 일을 철저히 하는 걸 좋아해서."

그 철저한 걸 좋아하는 남편은 저녁 후에 어디론가 사라져버렸다. 그는 식사 내내 양봉에 관한 것 말고는 별다른 말이 없는 사람이었다. 다만 양봉에 대한 이야기를 너무 많이 할 뿐. 아내는 세 사람에게 이런저런 질문도 하고 사교적으로 접대한다는 인상을 주었다. 수미는 차경이 다니는 화장품 회사 이야기에 약간 관심을 보였다.

수미가 차를 내리는 동안 차경은 잠깐 서성거리면서 게스트하우스의 부엌과 식당을 둘러보았다. 소금, 후추 통 하나까지 공들여 고르고, 쿠션들도 분위기에 맞춘 것이 느껴지는 곳이었다.

"정말 예쁘네요."

차경은 식탁 위에 놓인 꽃병을 자세히 들여다보며 말했다.

"곳곳에 애정이 느껴져요. 평생의 꿈을 이렇게 실현하는 것도 좋을 듯싶네요."

수미는 고개도 들지 않고 말했다.

"남편의 평생의 꿈이었죠."

'남편의'라는 말에 약간 강조가 들어간 것 같은 기분에 차경은 수미의 얼굴을 바라보았다. 수미는 차경과 시선을 마주치지 않고 손을 바쁘게 움직이며 말했다.

"세 분이야말로 꿈을 실현하시는 것 같은데. 어디든 원하는 데 다니시면서."

차경은 손사래를 쳤다.

"저야 평범한 회사원이죠. 위에서 가라고 하면 가고, 오라고 하면 오고."

"그래도 세계 여기저기로 출장 다니시잖아요. 하담 씨도 영화 찍으러 전 세계를 다니시고." 수미는 발꿈치를 들어 높은 선반에 있는 찻잔을 꺼내어 아일랜드 식탁 위에 내려놓았다.

"로미 씨는 제주 여행인가요? 아까 말을 들어보니까 누굴 찾으신다는 것 같기도 하던데."

차경은 은근히 놀랐다. 로미와 하담이 「서칭 포 허니맨」 프로젝트의 진정한 의도에 대해 얘기했을까? 물론 수미라면 적당한 후보자를 알 가능성이 높았다. 그러나 설사 로미가 그랬대도 자신이 말할 건 아닌 듯했다. 자신은 아직 아무 말도 듣지 못했다.

"로미 씨는 하담 씨의 조사를 도울 겸 해서 따라온 거기도 해요."

수미는 고개를 끄덕이더니, 찻잔과 찻주전자가 놓인 쟁반을 가리켰다.

"자, 이거 가지고 올라가세요. 세 분만 하실 이야기도 있을 텐데."

수미가 건네준 쟁반을 들고 차경은 3층까지 조심스레 올라갔다.

방문을 열자 로미와 하담이 침대에 걸터앉아 있었다. 연한 노란색 벽지를 바른 방에는 트윈베드와 작은 화장대, 작은 테이블과 등받이 의자 하나밖에 없어서, 차경은 쟁반을 테이블 위에 놓고 자연스레 하나 남은 의자에 앉았다.

"그래, 「서칭 포 허니맨」 프로젝트는 어떻게 되어가고 있어요?"

"세 명의 후보자 중에 두 명은 찾았는데…… 아시다시피 둘 다 아니었어요."

하담이 짤막하게 어제와 오늘의 일을 설명했다. 차경은 그 얘기를 찬찬히 들으며 마음속에 기록했다.

"그럼 이제 한 명만 남았네요."

"네, 내일 찾아가볼 생각이에요. 서귀포에서 양봉을 하신다고."

"이런 얘기는 너무 섣부르지만, 그 사람도 아니면 어떻게 하실 생각이에요? 하담 씨 구…… 옛 대학 친구가 추린 기준이 잘못되었을 수도 있는데."

차경은 하담과 로미를 번갈아 보았다. 생각에 잠긴 하담에 비하면, 로미는 딱히 신경을 쓰는 표정이 아니었다.

"일단 저는 다큐멘터리를 계속 진행할 거라서 아무 상관이 없지만, 로미 씨는……."

하담은 로미의 눈치를 슬쩍 보았다. 로미는 수미가 올려 보낸 차를 후후 불어 마시고 있었다.

"저는 하담 씨 도우면서 있을 만큼 있다가 서울 돌아가려고요."

"아쉽지 않겠어요?"

차경의 말에도 로미의 표정은 여전히 덤덤했다.

"아쉽긴 한데, 사실 그 사람은 원래도 찾을 수 없었던 사람이니까요. 찾을 수 없다는 게 새로운 사건은 아니니까."

차경은 이전부터 품었던 질문을 비로소 꺼냈다. 이제는 너무 늦은 말일 수도 있겠지만, 차경에게는 늘 찜찜한 기분과 함께 있었던 물음이었다.

"로미 씨는 애초에…… 그 사람을 찾고 싶었나요? 우리가 막 밀어붙여서 여기까지 온 건 아닌지……."

로미는 무척 의아하다는 듯 눈을 크게 떴다.

"왜 그런 생각을 하세요? 제가 싫어했다면 안 따라왔을 텐데. 그리고 저는 찾을 수 있다면 찾고 싶죠."

하담도 옆에서 끼어들었다.

"로미 씨가 그 사람이랑 다시 만나면 잘될 수 있을까, 저도 그런 생각은 했어요."

로미는 쟁반에 놓인 과자의 껍질을 벗기면서 말했다.

"그건 일단 가봐야 아는 거고요. 저는 뭐 다시 잘해보고 싶다는 생각으로 찾겠다고 한 건 아니에요."

"그럼요?" 차경이 물었다.

"그냥 알고 싶었어요." 로미는 과자를 입에 넣으며 아작아작 깨물었다. "그 몇 년 전에 유행했던 유명한 말 있잖아요. '그는 당신에게 그렇게 반하지 않았다'인가. 히스 낫 댓 인투 유He's Not That into You, 라고."

차경은 처음 로미의 이야기를 들었을 때 그 말을 떠올렸던 걸 기억했다. 연애를 다룬 상담책 제목으로 꽤 히트하고, 영화로도 만들어졌다. 로미는 말을 이었다.

"거기서 남자가 연락하지 않은 이유는 '그렇게' 반하지 않아서라고 했는데, '그렇게'가 어느 정도인지 알고 싶었어요. 어느 정도가 되어야 'that'이 되는 건지. 그걸 물어보고 싶었어요."

모두 마음에 둔 이유였다. 누구도 답을 쉽게 알 수 없는 질문이었다. 다시 연락을 하려면 정말 얼마나 호감이 있어야 하는 걸까? 아니면, 반하지 않은 것 이외에 또 다른 이유가 있는 걸까? 그를 만나기 전까지는 알 수 없는 답이었다.

"그리고 뭐 이유가 하나 더 있다면……."

로미는 과자를 다 삼킨 후 바닥에 떨어진 과자 부스러기를 손가락으로 하나하나 주웠다.

"재미있을 것 같아서요."

그 말에 차경과 하담은 잠시 말문이 막혔다. 하지만 우리 인생에서 가장 중요한 동기라면 재미보다 더한 게 뭐가 있겠는가? 재미있는 일이라면 한다. 그보다 더 단순 명쾌한 동기는 없었다.

로미는 다 주운 부스러기를 과자 비닐에 도로 넣고 손가락을 비벼 털었다.

"하담 씨는요?"

갑자기 이야기가 자기에게로 돌아오자 하담은 당황했다.

"에, 저 뭐요?"

"구남친하고는 어떻게 하려고요?"

더없이 솔직한 직구로 가운데에 꽂아 넣는다. 로미의 화법은 급습 직진이었다.

"아니, 뭐, 어떻게 한다고 하기엔……."

"제가 없을 때 무슨 일이 있었는지 말 좀 해봐요."

차경도 아까 분위기로 어렴풋이 짐작하던 바였다. 하담은 두 손을 흔들었다.

"아니, 그런 말씀 마세요. 저희는 첫날에 정보를 공유하면서 저녁을 같이 먹은 것뿐이에요."

"하지만 쓰러졌다고 하니까 병원까지 헐레벌떡 뛰어왔잖아요. 무슨 큰일 난 사람처럼."

로미가 의미심장하게 말했지만, 하담은 두 손을 저었다.

"필현 선배도 같이 온걸요. 아는 사람이 쓰러졌다고 하니까 도와줄 일이 있나 와본 거겠죠."

차경이 끼어들었다.

"그 친구가 그렇게까지 남의 일에 신경을 잘 쓰는 사람이던가요?"

하담은 일말의 망설임도 없이 말했다.

"네, 그런 사람이에요. 그게 우리가 헤어진 이유이기도 해요."

하담은 이전 촬영장 화재에 대해서 간단히 설명해주었다. 화재 때 느꼈던 차가운 기분, 그 이후에도 쌓여간 소원함.

"다른 사람들 다 생각해주는 건 좋았는데, 그때 저에게도 큰일이 있었는데 너무 몰라준다는 섭섭한 기분이 있었나 봐요. 그리고 저도 화재 뒷수습이며 못다 한 촬영이며 정신이 없었는데, 그 친구도 뭔가 바쁜 일이 있었는지 연락이 안 되고. 답답한 마음을 하소연하려고 해도 그럴 기회도 없고. 줄곧 어긋났다는 느낌이에요. 그래서 큰

싸움은 없었지만 자연 소멸처럼 헤어졌죠. 이제 와 다시 만난다고 해도⋯⋯."

"오늘 병원에 와서 하는 거 봐서는 하담 씨 많이 생각하는 것 같던데. 그 사람이 과거의 서운했던 점을 고치고 다시 돌아온다고 하면 어쩌려나."

로미의 말이 끝나기가 무섭게, 차경이 바로 말했다.

"제 생각은 로미 씨와는 달라요. 보통 헤어진 연인을 아쉬워하면서 그 점 하나만 나빴고, 대체로 좋았다고 기억하기 마련이죠. 그리고 그 중요한 단점만 그 사람이 고쳐주면 다시 만날 수 있다고 생각해요. 하지만 헤어질 만큼 중요한 단점이었다면, 그게 그 사람의 본질이거나 두 사람이 근원적으로 안 맞는 점이기 때문에 고치긴 힘들어요. 대체로 그렇게 만나도 또 헤어지고."

하담도 고개를 끄덕였다. 그가 마음을 바꾼다면 다시 만날 수 있을지도 몰라. 서로 노력하기로 한다면 관계가 이어질 수도 있어. 이제까지 생각해본 적이 없었던 게 아니었다. 헤어진 직후 3년 동안은. 그 이후에도 곱씹던 생각이었다. 혼자 밥 먹기가 싫었던 날에, 두 사람이 같이 좋아했던 옛날 영화를 재상영한다는 기사를 읽었을 때, 그 후에 만났던 남자가 옛날 연인과 몰래 만나고 있었다는 걸 알았을 때, 그가 가끔은 떠오르기도 했다. 하지만⋯⋯.

"그 친구 입장에서는 굳이 자기를 바꿀 이유도 없겠죠. 그렇게까지 해서 저를 다시 만날 이유는 없다는 거예요."

차경은 차를 한 모금 마셨다.

"하기는요. 그리고 이제는 서로 사는 곳이 너무 다르기도 하네요.

일단 이어지려면 절대적으로 거리가 가까워야 하니까……."

"어머, 차경 씨는 그렇게 생각하세요?"

로미가 고개를 갸웃하며 물었다.

"네, 그럼요. 사람은 아무래도 주위에 가까이 있는 사람 중에서 상대를 고르기 마련이니까요."

"차경 씨, 찬민 씨와는 대학 연합 동아리에서 만났다고 했죠."

차경이 자기 이야기를 구구절절 털어놓는 성격은 아니었지만, 하담은 두 사람의 역사를 언뜻 들어서 알고 있었다.

"네, 그렇지만 그때는 사귀지 않았고 얼굴만 알던 사이……. 그 사람한텐 달리 좋아하는 여자애가 있었을걸요. 그리고 어울려 다니는 친구들 인상도 좋은 편은 아니었어요. 하지만 회사 들어와서 저희 화장품 개발 때문에 연구소에 컨설팅해서 기획서 쓰는 프로젝트가 있었는데, 그때 만났어요. 일터에서 자주 부딪치면서 보니까 생각보다 성실한 사람이라는 것도 알게 되고. 게다가 그 사람이 저희 아파트 옆 단지에 살 때라서, 일 끝나고 같이 돌아가면서 얘기를 많이 나누게 됐죠."

확실히 거리감은 중요하다. 점심도 먹을 수 없을 만큼 바쁜 일상에 데이트까지 하려면 옆에 있는 사람이 아니었으면 힘들었을 것이다. 요즈음 두 사람이 살며시 소원한 느낌이 든 것도 이제는 사는 집이 멀어졌기 때문이라는 생각도 가끔 든다.

"차경 씨 말이 맞긴 한데 옆에 있는 사람이라고 다 좋아지는 건 아니잖아요. 저는 촬영을 하니까 같이 밤샘도 하고, 해외 촬영도 몇 날 며칠 같이 다니는데 그런 감정 전혀 안 드는 사람도 많아요. 가까이에 있는 것만으로 애정이 생긴다면 제가 지금 싱글은 아니겠죠."

하담은 옛날 직장 동료들을 떠올리며 부르르 몸서리를 쳤다. 나쁘기만 한 사람들은 아니었지만 무신경하기도 했고, 불쾌한 농담을 친하다는 이유로 서슴없이 건네기도 했다. 물론 모두가 그런 건 아니었다. 이따금…….

"중요한 건 다정한 거, 스위트한 게 아닐까. 그런 사람을 좋아할 수 있는 거잖아요."

하담이 '스위트'라는 말을 꺼내자 로미와 차경도 눈으로 동감을 표시했다. 하지만…….

"스위트하다는 거 뭘까요."

차경이 한숨처럼 내뱉은 말이었다. 로미와 하담은 이제까지 차경이 흘리는 말을 들으며 그녀의 약혼자가 스위트하다는 평과는 어울리지 않는 사람이리라는 것 정도는 짐작했다. 하지만 차경이 노골적으로 그런 얘기를 한 적은 없었다.

"음, 상대방의 편함과 불편함을 미리 알아차려주는 거? 그래서 그 사람이 편할 수 있도록 미리 도와주는 거?"

하담은 차경의 말에 대답을 내놓으면서 아까 허니콤 게스트하우스의 주인이 식사 시간에 했던 얘기를 되짚고 있었다. 일벌은 꿀을 자기 몸에 품었다가 다시 꺼내놓기를 여러 번, 그러면서 날갯짓을 열심히 해서 수분을 날린다. 그렇게 자연 숙성을 거친 꿀은 더 달아진다. 남에게 다정하다는 건 그런 일이다. 자기 안에 오래 품었던 것을 꺼내놓으면서 열심히 움직여야 가능하다. 스위트해지려면 여러 번 날갯짓하는 노력이 필요하다.

"하지만 아무리 가까운 데 있는 사람이라고 해도, 다정한 사람이라고 해도 다 좋아지는 건 아니에요."

로미가 두 개째 과자를 집으며 단언했다.

"역시, 전기가 통해야죠. 그렇지 않으면 다 소용없어요. 자기장이 두 사람을 함께 감쌀 때만이……."

로미는 과자의 포장을 쭉 찢었다. 종이에서 찌익 소리가 났다.

"사랑에 빠지는 거예요."

차경은 너무 늦기 전에 호텔로 돌아가려고 9시경에 허니콤 게스트하우스에서 나왔지만, 이미 섬의 어둠은 암막 커튼처럼 무겁게 깔린 후였다. 중문으로 향하는 산속 도로에는 가로등이 없었고 지나가는 차도 한 대 없었다. 앞에 야생동물이라도 튀어나올까 싶어 차경은 조심해서 차를 몰았다. 빗방울이 하나둘 떨어지기 시작했다. 비감지 시스템이 달린 와이퍼가 자동으로 까딱거렸다. 제주를 렌터카로 돌아다니는 일이 처음은 아니었지만 흐린 밤에 산길을 가는 건 늘 부담스러웠다.

점점 굵어지는 빗방울 속에서 커브를 돌았을 때, 뒤에서 트럭 한 대가 다가왔다. 차가 속도를 내자, 차경은 앞서 달리는 게 부담스러워서 트럭이 추월할 수 있도록 옆으로 비켜주었다. 차경은 두 차가 옆을 스칠 때 운전석을 보았지만, 어두워서 상대가 남자라는 것 말고는 알아볼 수 없었다. 먼저 보내주는 게 안심되었다.

차는 옆 차로로 잠깐 이동했다가 앞으로 갔지만, 처음에 달려온 속도와는 달리 무작정 질주하지는 않았다. 차경의 차와 일정한 거리를 유지하며 달리는 것 같았다. 비가 더 거세져서 그쪽도 조심하는지도 몰랐다.

차경은 깜빡이는 와이퍼 사이로 앞선 차의 뒤꽁무니를 보았다. 짐칸에 무언가 실려 있었다. 어둠 속에서는 미등이 부릅뜬 붉은 눈처럼 보였다. 빨리 갈 수도 있을 텐데. 아니면 다른 의도가 있는 걸까? 차경은 불안해져서 너무 가까이 다가가지 않으려고 노력했다. 트럭이 급정거라도 하면 어디로 피할 건지 안전거리는 확보해야 한다고 생각했다. 하지만 앞차가 있고 그 빛을 따라간다는 생각에 아까보다 어둠이 무섭지 않았다.

트럭은 큰길에 이르자마자 속도를 냈다. 붉은 눈은 곧 멀어져 보이지 않게 되었다. 문득 차경은 여기서부터는 가로등이 줄지어 서 있어서 길이 훤히 보인다는 것을 깨달았다. 혹시나 앞차가 빗속에서 뒤차가 잘 따라올 수 있도록 비춰준 걸까. 알 수 없다. 길에서 우연히 만난 사람의 호의라고 해도 매번 알 수는 없다. 하지만 우리의 어두운 길은 가끔 알아채지 못한 타인의 다정함으로 밝혀지는지 모른다. 차경은 모르는 자신에게 다정했던 누군가, 무언가를 떠올리면서 우리가 아직은 그런 세계에 산다고 믿고 싶었다.

6장

원하는 것은 찾고 만다

벌들에게는 태양이 나침반이 되지만,

구름이 많이 낀 날에도 길은 찾습니다.

태양빛이 작은 입자들과 충돌할 때 만들어지는 진동

편광을 감지해서 태양의 위치를 알아낼 능력이 있기 때문입니다.

맑은 날에도, 흐린 날에도 하늘의 파편이 있는 한

벌들은 원하는 길을 찾을 수 있습니다.

3년 전

빗줄기가 굵어졌다. 천장을 두드리는 빗소리가 오래 깔렸던 침묵을 밀어내고 차 안을 가득 채웠다. 아내는 떨어지는 눈물을 닦을 생각도 하지 않았다. 남자는 아내가 흘리는 눈물의 의미를 알 수 없었다. 지금 그 눈물에 대한 자신의 감정도 정확히 느껴지지 않았다. 앞 유리창에 떨어지는 비가 마음을 탁탁 내려치는 것 같았지만 아프지도 않았다.

"여보……."

아내가 떨리는 목소리로 말하자, 그는 조용히 대꾸했다.

"일단은 집에 가서 얘기하자."

남자는 운전하는 아내를 방해하고 싶지 않았다. 제주로 내려온 후 수도 없이 지나다녔던 길이지만, 오늘은 새삼 낯설고 위험해 보였다.

어느 순간, 뒤에서 쏘는 불빛이 눈에 거슬렸다. 뒤차가 상향등을 켠 모양이었다. 가로등도 없고 날씨가 궂으니 그럴 수 있다고는 생각했지만 불쾌하기도 했다.

아내는 뒤차에게 길을 내주려 도로 오른쪽으로 붙었다. 하지만 차는 쉽사리 앞서 나가려 하지 않았다. 신경 쓰일 만큼 거리를 좁혀 따라오면서 상향등 불빛을 쏠 뿐이었다.

"미쳤나, 왜 저래."

남자가 평소와 다르게 욕설을 내뱉자, 운전대를 잡은 아내가 움찔했다. 하지만 지금은 절제된 말로 점잖게 대응하기란 힘든 상황임을 알았기에 아내도 뭐라 타박하지 않았다. 아내는 속도를 높였지만, 뒤차도 바로 따라붙었다. 그렇다고 추월할 생각은 하지 않는 듯 바짝 붙어서 올 뿐이었다. 어쩔 수 없이 차의 속도를 줄일 수가 없었다. 방금 전까지 그의 머릿속을 차지하던 생각은 이제 사라졌다.

긴장감이 차 안에 퍼져갔다. 그는 아내의 팔을 잡았다.

"여보, 속도 좀 줄이자. 너무 위험해."

좁은 길에서 시속 100킬로미터가 넘다니. 아내는 차선을 바꾸어가며 뒤따라오는 차를 떨치려 했지만 상대는 집요하게 쫓는 기분이었다. 비가 아까보다 더 거세게 쏟아져서 앞도 잘 보이지 않았다. 이렇게 빠르게 가다가는 곧 사고가 날 것만 같았다. 남자는 아내가 옆에서 오돌오돌 떠는 것을 느꼈다. 그의 등골에 식은땀이 흘렀다.

갑자기 뒤차가 옆으로 빠져나와 속도를 냈다. 이제는 정말 지나가려는가 싶어 차 안의 두 사람은 한숨을 내쉬었다. 아내는 속도를 줄였다. 하지만 차는 옆에 나란히 서더니 그들이 탄 차를 옆으로 밀어붙였다. 아내는 깜짝 놀라서 도로에서 벗어날 정도로 차를 빼며 달렸지만 옆에 선 차는 끈질기게 따라붙었다. 차가 나뭇가지들을 스치면서 비에 젖은 나뭇잎이 앞 유리에 달라붙었다. 조수석에 앉은 남자는 옆 창문으로 나무들이 물귀신처럼 그들의 차를 잡아당기는 것을 느꼈다. 아내는 갑자기 창문을 내리고 옆 차를 보고 소리를 질렀다.

"이봐요, 왜 그래요! 당신 미쳤어?"

남자는 아까 자기도 같은 욕을 했지만, 평소 차분한 아내가 남의 면전에 대고 소리를 지르자 가슴이 철렁했다.

"여보, 위험해!"

남자가 말렸지만, 아내는 계속 소리를 질렀다.

"당신 운전을 어떻게 하는 거야!"

남자는 조수석에 앉은 채로 얼굴을 앞으로 내밀며 옆 차를 살폈다. 오늘 처음 보는 차였다. 검은색 SUV. 비와 짙은 선팅 때문에 안에 탄 사람은 잘 보이지 않았다. 하지만 정신이 나간 기세로 따라붙던 차는 왠지 주춤한 기색이었다. 그 차는 갑자기 속도를 줄이는 듯싶었다.

이 틈을 타서 아내는 속도를 내서 옆 차를 지나쳤다. 옆의 나무들이 한데 뭉쳐 스쳐 지나갔다. 남자는 정신없이 그저 좌석에 붙어만 있을 뿐이었다. 그때 뒤에서 오던 차가 이번에는 오른쪽 옆으로 따라붙었다. 아내는 핸들을 왼쪽으로 돌리며 그 차를 따돌려 앞으로 나아가려 했다. 남자가 뒤를 돌아보다가 고개를 앞으로 돌린 순간 앞에 거대한 그림자가 보였다.

"여보, 반대편에!"

맞은편에서 큰 트럭이 다가오며 경적을 크게 울렸다. 두 사람이 탄 차가 중앙선을 넘어 반대로 달려가고 있었다. 차는 이제 통제력을 잃은 것 같았다. 아내의 비명 소리가 그의 귓가에 울렸다. 그는 아내를 감싸려 했지만 아내는 차를 다시 자기 쪽으로 꺾었다.

차는 방향을 잡지 못하고 한참 달려가다가 밭을 두른 돌담을 들이받고 두 번 구르고 뒤집힌 후에야 멈췄다. 에어백이 터지며 압력이 그의 가슴으로 밀려들었다. 그는 잠시 정신을 잃었다가 금방 깨어났다. 저만치 앞에 불빛이 보였다. 앞에 자기들을 쫓아오던 SUV가 멈춰 서 있었다. 그는 눈을 뜨고 그 차를 기억하려 했지만 비는 거셌고 눈은 피 때문에 잘 보이지 않았으며, 불빛은 금방 사라졌다.

"여보……."

아내는 대답이 없었다. 거꾸로 매달린 채로 그는 한 번 더 불러보았다.

"여보…… 정신 들어?"

여전히 대답이 없었다. 간신히 고개를 돌려보니 아내의 고개가 푹 꺾여 있었다.

그는 겨우 안전벨트를 풀고 차 밖으로 기어 나왔다. 비틀비틀 걸어 아내가 앉은 운전석으로 걸어가서 문을 열려고 했다. 문은 쉽사리 열리지 않았다. 그는 두 손으로 차 문손잡이를 잡고 흔들었다.

"여보, 혜영아, 일어나, 일어나라고!"

일그러진 보닛에서 스파크가 튀었다. 하얀 연기가 피어오르다가 빗속으로 사라졌다. 그는 정신이 나가 손잡이를 마구 잡아당겼다. 머리에서 흐른 피가 비와 함께 섞여서 눈이 잘 보이지 않았다. 아니, 비는 이미 그치고 눈물이었을 수도 있다. 그는 계속 아내의 이름을 부르며 차 문을 흔들었다.

그때 첫 번째 폭발음이 들렸다.

「서칭 포 허니맨」 프로젝트 제4일, 서귀포

어젯밤부터 내리던 비는 그치지 않았다. 일본을 지나는 태풍의 영향이 여기까지 미치는 건지 알 수 없었다. 호텔 창 너머 바다는 수평선이 흐려져 하늘과 경계선 없이 이어졌다. 아침 식사도 하지 않은 이른 시간이었다. 차경은 머리에 수건을 감은 채로 휴대전화를 들여다보며 오늘 일정을 점검했다.

오전에는 제주 출장의 주목표인 그린티 스킨케어 라인 프로모션 준비를 위해 녹차 다원에 가야 했다. 점심 후에는 동백 다큐멘터리팀과 잠깐 미팅을 하기로 했다. 아직 꽃이 피는 시기는 아니지만, 9월 하순부터 동백 씨앗 줍기가 시작되기 때문에 촬영팀도 벌써 제주에 와 있었다. 그런 후에 겨울에 동백꽃이 피고 지면 다시 할머니들이 동백 꽃송이를 줍는다. 영상이 아름다운 다큐멘터리가 될 것 같아서 차경은 가슴이 두근거렸다.

휴대전화가 울리며 화면이 바뀌었다. 화면에 떠오른 이름, 양찬민. 제주에 와서 문자는 남겼지만 처음 하는 통화였다. 차경은 재빨리 화면을 밀었다.

"응."

"뭐 하기에 통화가 이렇게 안 돼."

"누가 할 소리인데. 내가 몇 번이나 전화했는데."

"논문이랑 발표 준비하느라고 전화를 좀 꺼놨더니. 내가 할 땐 또 안 받더라고."

"그럼 서로 주고받은 걸로 해."

"그래. 제주는 어때?"

"음…… 비 와."

"날 흐려서 안 됐네. 그래도 간 김에 바다 구경도 하고 재밌게 있다가 와. 내가 갈 때까지."

"자기 온다고?"

"저번에 말했잖아."

"그랬어?"

언제 그런 말을 했지. 이 사람은 매번 일정을 일방적으로 통보하고도 미리 의논한 것처럼 말한다.

"응, 다음 주에 학회 발표 가잖아."

"아…… 나는 그 전에 서울 올라갈 것 같은데."

"저런, 아쉽네."

"그러게. 미리 말했으면 날짜 맞춰서 오는 건데."

"말했다니까."

두 사람 말이 다 사실일 수 있다. 그는 말했지만 내가 듣지 못했거나, 그는 말했다고 생각한 방식이 내가 들을 수 있는 방식이 아니었거나. 차경은 그렇게 이해하기로 했다. 대신에 서로 불편할 이야기를 꺼냈다.

"어머님이 여러 번 전화하셨어."

"아, 그래. 가구 말씀하시던데."

"응. 그러시더라고……. 그게, 내가 지금 당장 갈 수 없어서 할인 판매에는 못 갈 것 같다고 말씀드렸더니 그럼 대신 가서 사주시겠다고. 전화로 사진 보낼 테니 마음에 드는 거 고르면 된다고, 돈만 나중에 어머님 계좌로 입금하면 된다고 하시더라."

찬민은 잠깐 말이 없었다. 그는 어머니와 차경의 의견이 맞지 않을 때면 끼지 않고 침묵하는 편을 택했다. 차경은 이제까지는 그게 좋다고 여겼다. 차경도 자기 의견을 찬민 어머니에게 전할 수 없는 사람이 아니었다. 할 수 있는 말은 찬민을 통하는 대신 직접 하는 편이 좋았다. 그렇지만 어머니가 지금까지 이렇게 몇 번이고 설득해도 우길 만큼 고집을 부리신 적도 없었다.

"어머니한테 가구는 우리 둘이 천천히 고르겠다고 말씀드렸어. 지금 집을 구한 것도 아닌데 가구를 미리 사도 둘 데도 없다고. 그랬더니 보관해주는 데를 아신다더라고."

"응."

단답형 대답을 원한 건 아니었지만, 이쪽도 그만 말하라는 신호일 수 있었다. 하지만 차경은 자기도 모르게 나머지 말까지 다 해버렸다.

"괜찮다고 말했는데도 끈질기게 권하셔서, 이건 아니라고 말씀 드렸어. 가구가 아무리 할인을 한대도 돈이 적게 드는 것도 아니고…….."

"그래, 어머니에게 들었어."

진짜 들었을까. 아니면 듣기 싫다는 걸까. 서로 해야 할 이야기들이 점점 구멍처럼 하나둘 빠지고 있었다.

"응, 어머님 불쾌하시지 않게, 찬민 씨가 잘 말씀드려줘."

"이미 불쾌해하시던데……. 뭐, 어머닌 그런 분이니까."

굳이 이 말을 전하는 이유는 뭘까. 같이 불쾌하자고? 차경은 어머니가 찬민에게 어떤 방식으로 이야기를 구성해서 말했을까 의심스럽긴 했지만, 자신이 알 이유는 없다고 생각했다.

"어머니한테 문자나 하나 넣어드려. 죄송하다고. 아무튼 나는 이제 출근해야겠다."

남 일처럼 말하는 찬민의 말투에 내가 왜, 라는 말이 전화기 스피커 바로 앞까지 나왔지만, 출근하는 사람을 불쾌하게 하고 싶지 않아서 도로 밀어 넣었다. 차경은 내가 불쾌하기 때문에 남에게도 그 불쾌감을 전달하는 사람이 되고 싶진 않았다.

"그래, 나중에 전화할게."

찬민은 마지막 말 없이 전화를 끊었다. 하지 못한 말이 허공에 걸려 있는 느낌이었다.

차경은 가만히 자리에 앉은 채로 창문 너머 바다를 보았다. 아침을 먹어야겠다는 생각은 이미 사라지고 없었다. 하늘과 바다, 비, 모두가 다 같은, 그러나 조금씩 다른 회색을 띠고 하나가 되어 있었다.

　이른 시간이고 비가 내려서 해변은 한적했다. 근처에 차가 몇 대 서 있기는 했지만, 주변에 사람의 모습은 보이지 않았다. 차경은 우산을 받치고 모래사장으로 향하는 길을 따라 내려갔다. 이번에 제주 와서 처음 보는 바다였다. 제주 출장은 종종 있었지만, 마음 편하게 바다 구경을 한 적은 드물었다. 비 때문에 오전 녹차 다원 견학은 취소되었기에 미팅까지는 여유가 있었다.

　플립플랍을 하나 챙겨 온 건 다행이었다. 젖은 모래를 그대로 밟았다간 구두가 다 망가지기 십상이었다. 천천히 백사장을 밟으니 신발 밑창으로 모래의 움직임이 느껴졌다. 차경은 해변 앞까지 나갔다가 수평선을 따라 길게 걸었다. 물이 백사장 위까지 높이 차올라 발목을 간지럽히다 도로 물러갔다. 파도는 생각보다 높게 일고 바람이 불었다. 차경은 해변 중앙을 지나 사람이 없고 바위들이 더 가파른 절벽까지 계속 걸었다.

　처음에는 아무도 없는 줄 알았는데, 별안간 알록달록한 점들이 나타났다. 바닷속에는 사람들이 있었다. 높은 파도 뒤에서 갑자기 형체가 나타나더니 파도 꼭대기에서 빙그르르 돌았다. 서퍼들이네. 차경은 생각했다. 지나가다 서핑 숍을 본 적은 있지만, 서핑을 구경한 것 자체는 처음이었다. 비가 오는데도 파도를 탈 수 있다는 것도 몰랐다. 빗속에서 보드 위에 올라선 서퍼들은 파도의 넓은 면을 타고 쭉 미끄러져 내려와 아래에서 돌기도 하고, 물속에 빠지기도 했다. 차경은 모래 위로 밀려왔다 밀려가는 파도 속에 선 채로 저 멀리에 윤곽만 보이는 그들의 모습을 눈으로 좇았다.

보드 위에 엎드린 채로 손을 저어 나아가다가 일어선다. 파도를 따라가다 오르고 내려오다 물에 빠진다. 그들이 순간 어디로 갔는지 놓쳤다가 다시 수면 위로 떠오르면 보는 이에게도 쾌감이 느껴진다. 빗속에서 거대한 힘과 대결하는 사람들. 자연을 정면으로 맞닥뜨리되 그의 일부가 된다. 오랜만에 보는 가슴 트이는 광경이었다.

서퍼들은 그렇게 몇 번 파도를 타다가 바다와 함께 부서져서 내리기를 반복했다. 파도가 좀 더 낮아지자 그들은 해변으로 다시 보드를 타고 돌아왔다. 차경은 그 사람들을 너무 오래 구경하고 있었다는 것을 깨닫고 돌아서려고 했다. 그들만의 시간에 침입한 기분이 들었다. 하지만 발걸음을 옮기려는 순간 멈칫했다. 그중 한 사람이 가운데 세 손가락을 접고 손목을 돌리는 동작을 해 보였다. 다른 남자들도 똑같은 동작을 취하더니 서로 웃음을 터뜨렸다. 어디선가 저런 동작을 보았는데, 차경은 생각했다. 그리고 저런 동작을 한 사람도…….

지금 바다에서부터 노란 보드를 끼고 올라오는 남자처럼. 웨트슈트를 입었지만 각진 어깨와 긴 목이 낯설지 않았다.

그가 고개를 돌리더니 해변에 선 차경 쪽을 바라보았다. 차경은 빨간 우산을 살짝 든 채로 그를 바라보았다. 그가 자기를 알아보는지는 알 수 없었다. 그는 곧 무심하게 고개를 돌리더니 한 손으로 머리를 털었다. 그런 후에는 얼굴을 찡그리는 동시에 웃으면서 무어라고 외쳤다. 잘 들리지는 않았지만 입 모양으로 보아 "으으, 차가워!"가 아닐까 싶었다. 동료들도 웃음을 터뜨렸다.

그는 다른 두 명의 서퍼와 함께 보드를 끼고 모래사장을 걸어 올라왔다. 차경은 우산을 잠깐 기울여 얼굴을 가리고 먼 바다를 쳐다보고 서 있었다. 바다가 철썩이는 소리가 몸 안에서 울렸다. 시간이 좀 더 느릿한 걸음걸이로 지나갔다.

다음 순간 우산이 까닥까닥 흔들렸다. 누가 우산을 톡톡 두드린 것이다. 차경은 우산을 천천히 들었다. 앞에 웃는 얼굴이 있었다. 그는 허리를 살짝 구부리고 우산 속 차경을 보고 있었다.

"안녕하세요. 무례하고 피곤하신 분."

차경은 마치 그의 존재를 지금 막 알아차린 양 좀 더 놀란 표정을 지어볼까 했지만 그저 담담하게 인사했다.

"안녕하세요. 무례하고 친절하신 분."

차경은 우산을 조금 더 뒤로 젖혔다. 코앞으로 빗방울이 떨어졌다. 이미 젖은 그의 머리카락에서도 비처럼 물방울이 똑똑 떨어졌다.

"제 이름은 한수언입니다."

그가 처음으로 자기 이름을 말했다. 그렇게 읽는 이름이었구나.

"윤차경이에요."

"알고 있어요." 그가 다시 한번 웃었다.

"서프보드였군요."

차경은 손가락으로 그가 들고 있는 빨간 줄무늬가 있는 노란 제비 꼬리 모양 보드를 가리켰다. 수언은 보드를 내려다보았다.

"아아, 맞아요. 하와이에서 가져온 그 짐. 장인급 셰이퍼가 있다고 해서 사가지고 오느라고."

새로운 장난감을 자랑하는 소년 같은 활기가 차경에게까지 전해져왔다.

"그런데 비 오는 아침부터 여기는 웬일로. 서핑하러 오신 건 아닐 것 같고."

그는 짐짓 심각한 척 바다를 두 손으로 쭉 가리켰다.

"여기는 골프 치기에도 좋지 않은데."

그는 차경의 짐을 기억하고 있었다. 차경은 굳이 자기 것이 아니란 말을 할 필요는 없다고 생각했다.

"오늘은 그 무엇을 하기에도 좋은 날씨가 아닌데요."

"글쎄요, 대화 정도는 괜찮지 않을까요?"

차경은 수언의 얼굴을 처음으로 똑바로 보았다. 그가 소년같이 느껴지는 것은 실제로 나보다 나이가 적어 보이기 때문만은 아닐 거야. 차경은 생각했다. 그냥 내가 더 피곤하기 때문이야. 차경은 그저 어깨를 으쓱했다.

"바다와 비와 대화는 그렇게 어울리는 조합은 아니······."

수언이 차경의 어깨를 감싸며 자기 쪽으로 홱 끌어당겼다. 당황한 것도 잠시, 누군가 하마터면 서프보드로 자기를 칠 뻔했다는 것을 차경은 깨달았다.

"어머, 죄송해요."

커다란 형광색 보드로 차경을 치려고 한 사람은 덩치가 큰 젊은 남자 쪽이었다. 그러나 남자는 그냥 돌아만 보았을 뿐, 사과는 그와 같이 걸어가던 여자가 대신 했다. 차경은 얼굴을 찡그렸다. 수언은 차경을 놓아주고 미안한 표정을 지어 보이는 여자를 향해 고개를 끄덕이면서 말했다.

"조심하세요. 지금은 파도가 높아요."

사과 한 마디 안 해서 입이 없는 줄 알았던 남자가 그를 곁눈질로 돌아보며 내뱉었다.

"쳇, 자기가 뭐라고."

남자가 성큼성큼 걸어가 버리자, 여자가 한 번 뒤돌아보고 총총 걸음으로 그 뒤를 따라갔다. 남자가 "로컬이라고 잘난 척하네"라고 투덜거리는 소리까지 그대로 들렸다. 수언은 그들의 뒷모습을 보며 혼자 중얼거렸다.

"초심자들이 탈 수 있는 파도가 아닌데……."

"초심자라는 걸 어떻게 알아요?" 차경이 물었다.

"웨트슈트나 보드 둘 다 새거예요. 남자는 몇 번 타본 것도 같지만. 빌린 것 같진 않고. 피부도 서퍼치고는 햇볕에 타지 않았고, 패들링도……. 그런데 쇼트보드를 쓰네요."

두 사람은 보드 위에 배를 깔고 바다 바깥을 향해 헤엄쳐가는 남자를 보았다. 여자는 일단 해변에 서서 남자를 구경하고 있었다. 바람이 불고 파도가 아까보다 좀 더 높게 일었다.

"오늘은 파도가 거칠어요."

수언이 손가락으로 파도를 재면서 말했다. 비도 여전히 내리고 있었다. 그들에게서 몇 미터 떨어진 자리에서 수언의 동료들도 해변을 걸어가다가 멈추고 파도를 타는 사람을 바라보고 있었다.

차경은 원래 낯선 사람의 일에 참견하지 않는 편이었다. 도움을 청하는 사람이 있다면 도와주지만, 굳이 앞서 끼어드는 건 일종의 침입이다. 도움이나 경고를 주는데도 무시하는 사람은 어쩔 수 없다. 하지만 수언이 자기와는 다른 사람이라는 것을, 차경은 이미 알고 있었다. 그 다른 면이 신경 쓰였다. 이제 자기도 이 해변을 쉽게 떠날 수 없게 되었다. 풋내기 서퍼가 무사히 바다에서 나오기 전까지는.

하지만 파도는 높고 오만한 남자의 기술은 역시 얄팍했다. 남자는 한 번 작은 파도를 타는가 싶더니, 그 후로는 계속 아무 파도도 타지 못했다. 제대로 일어서지도 못하고 넘어지기도 했다. 그러다가 다시 파도가 일었을 때 남자는 비틀거리면서도 보드 위에서 일어섰다. 1미터 정도 되어 보이는 파도에 올라타는 것까지도 성공했다. 하지만 파도가 일시에 부서져버리고 말았다. 남자는 앞으로 넘어지며 물속에 빠져버렸고, 보드는 물 위로 솟더니 아래로 뚝 떨어졌다. 해변의 서퍼들이 동시에 "엇" 소리를 냈다. 그리고 남자의 모습은 다시 물 위에 나타나지 않았다.

수언의 동료 중 한 명이 소리를 질렀다.

"머리가 보드에 부딪친 거 아니야?"

지금은 해수욕장 개장 기간이 아니고 이른 시간에 비도 내리고 있는 데다가 이곳은 중앙 해변에서 좀 떨어진 자리라 구조대원의 모습은 보이지 않았다. 백사장에 선 여자가 불안하게 돌아보았다. 2분, 3분. 여전히 남자는 떠오르지 않았다. 여자가 해변에서 발을 동동 구르다가 물속으로 정신없이 몇 걸음 들어갔다.

"위험해요!"

수언이 해변을 달려갔다. 동료들도 그 뒤를 쫓았다.

수언은 물속으로 들어선 여자를 제치고 파도가 밀려오는 바다에

170

몸을 던졌다. 그는 순식간에 저 먼 바다까지 나갔다. 형광빛 보드가 뒤집어진 난파선처럼 둥둥 떠 있는 자리였다. 수언의 동료들이 그 뒤를 따라 헤엄쳤다.

곧 수언의 머리도 사라졌다. 시간이 느릿느릿 떠갔다. 차경은 귀에서 피가 콸콸 흐르는 소리를 들은 것만 같았다. 마침내 수언이 의식을 잃은 남자를 안고 다시 수면 위로 떠올랐고, 주변의 바다에 떠 있던 동료 서퍼들이 수언을 도와 남자를 물 밖으로 끌고 나왔다.

남자를 모래밭에 누이자, 동행했던 여자가 그 옆에 주저앉았다. 수언의 동료가 심폐소생술을 시도하고 있을 때, 해변에 사이렌 소리가 울렸다. 모두 고개를 들었다. 119 구급대가 도착해서 들것을 들고 모래사장으로 달려왔다. 서퍼들은 구급대원들에게 자리를 내주었고, 다친 남자는 들것에 실려 갔다. 여자가 그 뒤를 따랐다. 서퍼들이 그들의 보드를 맡아주기로 한 모양인지 보드를 끌고 다시 해변으로 올라왔다.

수언은 차경에게로 다가오더니, 미소를 지었다.

"신고하신 거예요?"

차경은 고개를 끄덕였다.

"어떤 일이 생길지 몰라서, 제가 했어요. 빨리 오네요."

"덕분에 응급처치를 빨리 할 수 있었어요. 괜찮으셔야 할 텐데."

"그 사람이 무사하다면 제가 아니라 한수언 씨 덕분이겠죠."

두 사람은 다시 해수욕장 쪽, 해변 오르막길을 향해 걸어갔다. 차경은 수언 쪽으로 우산을 기울였다. 그는 이미 젖었지만, 계속 비를 맞게 두는 건 마음에 걸렸다. 왜 같이 걷고 있는지는 알 수 없었다.

지금은 딱히 해야 할 말도, 뭔가 나눌 일도 없는데.

"서핑 위험한 스포츠네요."

차경이 한 손에 우산을 든 채로 허리를 숙이고 발에 묻은 모래를 해수욕장 수도에서 씻어냈다. 발가락 사이사이에 금빛 모래가 끼어 있었다. 수언은 차경의 손에서 우산을 빼앗아 들었다. 차경이 고개를 들자 비를 그대로 맞은 수언이 차경 위로 우산을 씌워주며 말했다.

"아니에요. 규칙을 잘 지켜서 한다면 어렵지 않아요. 전문적인 지식이 있고, 어려울 때 도와줄 수 있는 사람과 함께 한다면."

차경은 발을 다 씻고, 치맛자락을 움켜쥐며 주저앉으려 했다. 신발에 붙은 모래를 씻어낼 작정이었다.

"가령, 그쪽 같은 전문가."

수언은 말없이 우산을 차경에게 도로 건넸다. 차경은 자기도 모르게 우산을 건네받았고, 수언이 비를 맞으면서 그녀의 신발을 집었다. 그는 빗속에서 차경의 플립플랍을 공기 호스에 쐬어 모래를 털어내고 흐르는 물에 한 번 씻었다.

"네, 가령, 저 같은."

그는 신발을 차경의 발 앞에 가지런히 놓아주었다. 얼굴을 숙이고 있어 보이진 않았지만 그가 웃고 있는 건 알 수 있었다.

주차장 앞까지 올라왔을 때, 수언이 손가락으로 어깨 너머를 가리키며 말했다.

"저는 일행이 기다리고 있어서 돌아갈게요."

그가 등을 돌리고 몇 걸음 뗐을 때 차경이 뒤에서 불렀다.

"저기요."

수언이 돌아보았다.

"궁금한 게 있어요."

"뭔데요?"

차경은 하와이 공항에서 본, 아까 해변에서 본 손동작을 해 보였다. 엄지손가락과 새끼손가락을 들고, 가운데 세 손가락을 접고.

"이거 무슨 뜻이에요?"

"아아."

수언은 웃으면서 손가락을 그렇게 접은 후 손목을 돌려 손등을 보였다.

"샤카사인이라고, 서퍼들의 인사예요."

"의미는요?"

"그냥 뭐든. 침착하게 하라는 뜻일 수도 있고. 너 잘한다는 뜻일 수도 있고. 고맙다고 할 때도. 그리고 헬로, 안녕이라고 할 때도."

"잘 가라고 할 때?"

"그렇죠."

"네, 그럼."

차경은 손목을 돌려 그처럼 손등을 보였다. 그도 웃으며 손을 든 채로 다시 한번 웃었다.

"의미는요?"

차경은 어깨를 으쓱했다.

"뭐든요."

뛰어가는 수언의 뒷모습, 비에 젖은 머리를 차경은 바라보았다.

어떻게 보면 '전화해'와 비슷하게 보이는 손동작이었다. 이건 아무에게나 할 수 있는 동작은 아니었다. 전화번호를 아는 사람들만이 나눌 수 있으니까. 보통은 전화번호를 안다고 해도 전화하지 못하기도 한다. 전화하지 않기도 하고. 전화해, 라고 말해도 전화가 오지 않기도 하고. 그러니까 차라리 연락처를 모르는 편이 나았다. 전화해, 라고 말할 이유도 없고, 전화를 기다릴 이유도 없고, 할 수도 없고.

하지만 그래도 '전화해'라고 말하고 싶은 사람도 있는 거지. 차경은 접은 손가락을 들어보았다. 그는 벌써 해변으로, 친구들 곁으로 돌아가 있었다.

차창 너머 바다는 여전히 청회색이었지만, 눈앞에 보이는 산봉우리 위에는 파란 하늘의 파편이 걸렸다. 비는 그쳐서 시야는 훨씬 맑았다.

"해안 도로 드라이브를 해보는 게 로망이었어요."

오늘의 운전은 로미가 맡았다. 하담이 아무리 괜찮다고 말해도, 로미는 다친 사람에게 운전을 맡길 수 없다고 엄격하게 말렸다.

"오늘은 드라이브하기에 날씨가 괜찮네요. 날이 개어서 다행이에요."

하담이 카메라를 들어 먼 하늘에 포커스를 맞췄다. 날이 갠다면 누군가를 만나기에도 나쁜 날이 아니었다. 하담은 오늘 만나러 가는 세 번째의 허니맨은 진짜이길 바랐다. 이번에도 어긋난다면 이제는 어디에서 시작해야 할지 모른다. 하지만 초조해하는 건 하담뿐, 로미는 태연해 보였다.

"지금 나오는 음악 좋은데요, 누구라고요?"

로미가 음악에 귀를 기울이며 물었다. 새소리가 낭랑하게 울려 퍼졌다. 하담은 자기 휴대전화 화면을 들여다보았다.

"아, 이거, 노헬라니 사이프리아노라고 읽나 본데요. 제목은 「리휴」. 하와이 뮤지션이라고 했던 거 같아요."

제주에 간다고 했을 때 유진이 자료와 함께 보내준 플레이리스트 중에 포함되어 있었다. 바다에서 듣기 좋은 음악이지. 그녀는 그렇게 말했었다.

"그럼 영화과 동기? 어제 만난 재웅 씨랑 그 필현 씨라는 선배랑 모두?"

"네. 필현 선배도 선배라고는 하지만, 다른 일 하다가 학교에 입학해서 실제로는 그냥 동기예요. 오빠라고 하긴 뭐해서 선배라고 부르는 것뿐."

"그분은 여기 제주에서 뭘 하세요?"

"아, 원래는 우리랑 같은 영화 전공이지만, 지금은 영화를 찍진 않고요. 몇 년 동안 해외에서 활동했는데, 이번에 제주에는 비엔날레랑 무슨 전시가 두 개나 있어서 참가 작가로 왔다고 하네요."

"미술가세요? 어떤 장르 하시는데요? 그림?"

"지금은 설치미술 쪽에 더 초점이 맞춰져 있어요. 설치미술과 미디어아트 결합. 유기체와 메카닉을 결합한 설치미술을 영상화하는 작업이라는데 그게 무슨 말인지 저도 잘 몰라요. 전시는 곧 시작한다는 거 같으니 같이 가봐요."

"그러게요. 가보면 좋겠네요."

말은 그렇게 했지만 로미는 딱히 흥미로워하는 말투는 아니었다. 그와 똑같이 무덤덤하게 들리는 어조로 로미는 다음 질문을 이어갔다.

"그럼 그…… 재웅 씨란 분은 왜 영화를 그만둔 거예요?"

하담은 고개를 저었다.

"저도 몰라요. 영화…… 잘 찍는 친구였는데."

하담은 더는 말을 이어가지 않았다. 음악이 대답 대신 공간을 채웠다.

"흠. 뭐 각자에게는 각자의 사정이 있겠죠."

"그렇겠죠. 모두에게는 모두의 사정이 있으니까요."

한참 동안 노래만 들으며 두 사람은 해안선을 따라갔다. 하늘에도, 바다에도 파란색이 점점 번져가는 오후였다.

"그 사람에게도 사정이 있겠죠."

로미가 생각에 잠긴 투로 불쑥 말했다.

"그 사람요?"

"우리가 찾는 사람. 어쩌면 못 찾을 그 사람요."

"아, 네. 당연히."

"오늘 만약 만나면 뭐라고 할까 생각하고 있었거든요."

로미는 옆길에서 코를 들이민 차가 먼저 들어가도록 양보하면서 잠깐 기다렸다.

"뭐라고 할 건데요?"

"글쎄요, 모르겠더라고요. 아무 말 안 하는 게 좋을 수도 있고."

앞차가 들어가며 비상등을 세 번 깜빡거렸다. 고맙다는 표시였다. 로미도 잠시 후 차를 출발시켰다.

"그 사람 사정을 모르니까."

"그렇죠, 사정을 알아야 뭐라고 얘기할 텐데."

"다른 건 상관없지만 사정은 알았으면 좋겠네요."

하담은 속으로 이 말을 더듬어보았다. 사정을 안다면 더는 상관
없는 사람이 되지 않는다. 너무나 많은 일들이 상관있게 된다. 하담
은 프로젝트를 시작한 후 처음으로 가벼운 두려움을 느꼈다. 허니맨
을 만약에 찾지 못하면 어떻게 되나 하는 두려움. 만약에 찾으면 어
떻게 하나 하는 두려움.

세 번째로 찾아가는 집은 바다가 멀리 보이는 언덕 위에 있었다.
주변에 잔디가 깔려 있어 특히 상쾌한 느낌을 주었다. 재웅의 말에
따르면, 이곳은 젊은 귀농인들과 이주자들, 장기 여행자들이 묵는
셰어하우스라고 했다. 여러 사람들이 함께 생활하며 서로 정보를 나
누고 일도 돕는 일종의 공동체에 가까웠다. 재웅이 찍어준 사람은
이 커뮤니티가 주소지로 되어 있다고 했다.

커뮤니티하우스 '놀'은 디귿 자 모양의 하얀 2층 건물로, 각 세대
마다 다른 입구가 있는 공동주택 단지였다. 가운데는 유리 지붕을
얹은 중앙 정원 형태로 사람들이 어울리며 같이 식사도 하는 장소였
다. 전면의 카페는 서핑 콘셉트로 가게 안에는 색색의 보드를 포함
한 다양한 서핑 장비들이 전시되어 있고, 해먹이나 빈백 같은 편안
한 좌석들이 여기저기 널려 있었다. 카페 지붕에 걸린, 파도가 넘실
거리는 간판에는 이탤릭체로 '딜라Dilla'라고 쓰여 있었다. 걱정 없고

신경 쓰지 않는 태도나 사람을 가리키는 말이라고 여자 운영자가 설명해주었다. '놀'도 논다는 뜻을 연상케 하지만, 큰 파도를 가리키는 말이기도 했다.

카페 주인은 디즈니 애니메이션 「모아나」의 주인공을 닮았다고, 로미는 생각했다. 어깨 아래로 떨어지는 구불거리는 긴 머리와 건강하게 그을린 피부 때문에, 그저 그렇게 연상하는 것인지도 몰랐다. 카페의 푸른색만큼이나 시원시원한 사람이었다.

"제주의 새로운 삶을 조망하는 다큐멘터리라니 저희 집만큼 적격인 곳이 없죠."

공교롭게도 제주 모아나의 이름은 모아영이었다. 아영은 로미와 하담을 반갑게 맞으며 집 구경을 시켜주었다.

"저희 놀인―우리는 여기 거주자분들을 그렇게 불러요―들은 직업도 연령도 다양해요. 주로 싱글이나 아이가 없는 가족이 많지만요. 여기서 농업에 종사하거나 회사를 다니는 분들도 있고, 예술가들도 있고, 서퍼들도 있고. 그리고 옷이나 책 같은 걸 만드는 분들도 있어요. 부엌은 커다란 공동 주방에서 같이 쓰고요. 음식뿐만 아니라 많은 것들을 공유하죠. 주말마다 믹싱 앤드 버징Mixing and Buzzing이라고 해서 서로 어울리는 행사도 있고, 가끔은 강연자를 초청해서 강연도 하고 공연도 해요. 여름엔 서핑 교실도 하고, 겨울엔 요가 교실도 하고요. 일종의 북유럽식 공동체랄까요."

하담은 흥분된 마음으로 집 안 곳곳을 촬영했다. 마음에 드는 화면을 발견했을 때의 희열이 이 공간에서 느껴졌다. 애초에 다큐멘터리를 기획할 때 담고 싶었던 그림이 여기에 있었다. 이제까지 없었던 새로운 주거 형태와 전통적 삶의 방식이 어떻게 조화를 이루는지를 다큐에서 보여주는 것이 하담의 목표 중 하나였다.

서핑 카페에서 중앙 정원으로 이어지는 복도는 하얀 벽으로 되어 갤러리 같은 느낌이었다. 거기에는 그동안 이곳을 거쳐 간 사람들의 컬러사진과 흑백사진들이 쭉 걸려 있어서 전시회처럼 보였다.

"저는 나중에 이곳이 하나의 전시관 혹은 박물관이 되었으면 좋겠다고 생각해요. 사람들의 역사가 얽혀서 어떻게 섬의 역사가 되는지를 보여주는 곳이죠."

아영은 하얀 복도를 씩씩한 걸음걸이로 지나가면서 설명했다. 하담이 카메라로 복도를 멀리서 한 번에 담는 동안, 로미는 사진들을 한 번 둘러보다가 어떤 흑백사진 앞에 멈추어서 자세히 들여다보았다. 로미는 하담에게 무언가 말하려고 했지만, 하담은 아영과 대화를 나누느라 정신이 없었다.

"여기 여신 지 얼마나 되셨어요?"

"이제 5년 차 정도? 겨우 자리 잡아가는 정도예요."

"그러면 여기 오래 거주하시는 분들도 계세요?"

"2년 이상 장기로 머무는 분도 계시고 1개월 단기로 머무는 분도 계세요. 하우스를 계획할 때 유동성을 주자는 게 저, 그리고 같이 운영하는 친구의 목표였어요. 그래서 단지를 나누어서 각기 정해진 세대수가 있어요. 각 세대별 주차장도 있고요."

"지금은 모든 세대에 입주자가 있나요?"

"다는 아니고요. 주로 봄에서 가을까지 많고 겨울에 가시는 분들이 있어서 비어 있을 때도 있어요. 그래도 요새는 6개월 이상 장기 거주자가 많은 편이라서, 지금 비율 조정이 필요할 것 같아요."

하담은 원래 용건을 조심스레 꺼냈다.

"저희가 양봉에 대한 이야기도 함께 다루고 있는데요."

아영은 시원스레 고개를 끄덕였다.

"네, 그렇지 않아도 김만섭 부회장님에게 들었어요. 여기 양봉하시는 분도 계세요. 그분 만나보시면 좋을 것 같아요. 정말 열성적인 양봉인이거든요. 저희 커뮤니티에 오래 계시기도 하셨고. 지금 저기 계시니까 금방 만나볼 수 있겠네요. 그런데……."

그동안 로미는 복도를 지나 중앙 정원으로 들어가는 유리문에 이르렀다. 그 안에는 진짜 정원과 유사한 분위기를 내기 위해 다양한 초록 식물 화분이 군데군데 놓여 있었다. 푸른빛이 공기 속에 감도는 곳이었다. 한가운데에는 커다란 자작나무 테이블이 놓였고 그 양쪽에 기다란 벤치가 있었다.

지금 중앙 정원에 있는 사람은 단 한 명뿐이었다. 체크무늬 셔츠를 입은 짧은 머리의 남자. 그는 테이블에 앉아서 영어로 된 학술지 같은 것을 읽는 중이었다.

로미가 유리문을 열자 남자가 고개를 들어 로미를 바라보았다.

"한 가지 문제가 있어요."

아영은 하담의 소맷자락을 잡으며 목소리를 낮췄다. 하담은 카메라를 든 손을 내리고 아영을 돌아보았다.

아영이 무어라 말을 하려던 순간, 로미가 테이블을 향해 곧바로 걸어갔다. 흐린 구름이 걷히고 날이 갠 후, 하늘이 비친 유리 지붕은 그 자체로 푸른색이었다. 남자의 눈동자에도 그 파란색이 어렸다.

로미는 그 앞에 서서 남자를 내려다보았다. 로미가 입을 열었다.

"찾았어요."

아영의 말에 귀를 기울이던 하담이 심상치 않은 기색을 느끼고 로미를 보았다. 로미가 고개를 돌리고 더 목소리를 높여 하담에게 말했다.

"찾았어요. 이 사람."

하담은 로미와 체크무늬 셔츠의 남자를 바라보았다. 두 사람 머리 위로 유리 천장을 통해 햇볕이 쏟아졌다. 로미와 그 남자는 떠오르는 햇빛 속에서 그렇게 서로 마주 보았다.

아영이 작게, 그렇지만 귀를 기울인다면 누구나 들을 만한 소리로 하담에게 속삭였다.

"그런데 3년 전에 사고로 기억을 잃었어요."

하담이 눈을 크게 뜨고 다시 아영을 돌아보았다.

"네?"

아영은 비극을 전하는 사자다운, 위엄 있는 태도로 말했다.

"네, 교통사고 때문에 그 전의 일을 기억 못 하세요. 그때 아내가 죽은 충격으로."

7장

기억하지 못해도 거기 있다

벌들은 의외로 기억력이 좋습니다.

색깔 정보는 며칠씩 보관할 수도 있고

사람의 얼굴을 구분하기도 하지요.

벌들도 카페인을 마시면 기억력이 좋아진다구요!

남자는 바닥에 찍 소리가 나도록 의자를 거칠게 끌어당겼다. 그렇지만 거기 앉을 생각도 하지 않고 책상을 주먹으로 쾅 내려쳤다. 마음에 갑자기 활화산이 터진 양 뜨거운 게 솟구쳐 올라 걷잡을 수가 없었다.

서귀포 게스트하우스에서 자기 집까지 어떻게 왔는지도 기억이 잘 나지 않았다. 로미가 다른 남자와 나오는 걸 보고 게스트하우스인지 서핑 카페인지 뭔지 하는 그곳을 들이받을 뻔했지만 간신히 흥분을 억누르고 돌아서 나왔다. 멍청한 렌터카 운전자들 두엇과 부딪칠 뻔했지만 그들은 겁먹은 쥐새끼처럼 차를 싹싹 돌렸다.

로미가 3년 전 그놈을 찾으러 제주에 온 거라니. 아직도 못 잊고 있을 줄은 생각도 못 했다. 두 사람이 함께 있는 모습을 상상만 해도 다시 피가 끓다가 식다가를 반복했다. 남자는 책상을 몇 번이고 내려쳤다. 통증도 느껴지지 않았다.

잠시 후, 거친 호흡이 잠잠해지고 화가 차츰 마음 바닥으로 내려앉자 남자는 의자에 앉아서 고개를 뒤로 젖히고 차가운 정신으로 곰곰이 따져

보기 시작했다.

일단 로미가 그놈을 다시 만나는 꼴을 눈앞에서 두고 볼 수는 없었다. 자기가 몰랐다면 모를까, 알게 된 후로는 가만히 놔둘 수 없었다. 로미가 놈을 찾으러 왔다는 것부터 참을 수 없는 일이었다.

하지만 이번에는 더 신중해야지. 지난번 같은 실수를 하면 안 돼. 남자는 3년 전의 일을 기억했다. 로미의 전시장 주변을 서성거리면서 그녀에게 다가갈 기회를 노렸지만 선수를 빼앗겼다. 그리고 그 사고. 전시장에서도 사고 후에도 자기를 주시하는 사람은 없었지만, 지금은 알 수 없었다. 로미에게 가까이 갈수록 위험은 더 커질 것이었다.

하지만 그 위험은 감수할 가치가 있었다. 혈관에 짜릿한 흥분이 퍼져갔다. 그는 일어나서 책상 위에 놓인 사진 서너 장을 벽의 보드에 붙였다. 요 며칠 뒤를 밟으며 찍은 로미의 사진들이었다. 아무것도 모르는 맑은 웃음이 사진 여기저기서 묻어났다.

사실이잖아. 남자는 사진을 들여다보며 로미의 얼굴을 집게손가락으로 톡톡 쳤다. 아직 아무것도 모르잖아. 아직 아무도 찾지 못했고.

로미가 아직은 진실을 다 모른다는 것이 그에게는 기회였다. 내가 직접 기억을 되살려줄 수도 있지. 그는 사진 속 로미와 눈을 맞추었다. 화를 낼 일은 아니었다. 아직 시간이 있다. 자기를 두고 다른 남자를 찾는 로미에게 상을 줄 수도, 벌을 줄 수도 있는 시간이.

킬킬대는 소리가 그의 입술에서 흘러나왔다. 웃음은 한참 동안 멈추지 않았다.

저녁이 되어서야 놀 커뮤니티하우스에 도착한 차경은 로미와 하담을 보자마자 숨도 쉬지 않고 물었다.

"그래서 그분이 진짜로 기억상실증이었단 말이에요? 그…… 무슨 K드라마처럼?"

"네, 제 말이 맞았잖아요. 기억상실증일 수도 있다는."

로미는 깍지 낀 두 손을 배에 올려놓고 빈백 의자에 누워 있었다. 얼굴 표정은 보이지 않았다. 하기는 비밀을 맞혔다고 해서 의기양양할 일은 아니었다.

"그리고…… 유부남이기도 했네요."

소파에 걸터앉은 하담이 조심스럽게 말하며 로미 쪽을 쳐다보았다. 차경은 한숨을 쉬었다.

"무엇이든 다 말이 될 수 있죠. 내게 관심이 있었다. 내게 관심이 없었다. 내게 관심이 있었지만 자신이 없었다. 동시에 유부남이었다. 동시에 기억상실증이었다."

로미는 노래 가사를 읊듯 말하면서도 여전히 천장만 바라보고 있었다. 기분이 언짢다거나 하는 느낌은 말투에서 묻어나지 않았다. 생각에 잠긴 것 같았다.

하담이 조심스럽게 그 남자에 대한 정보를 알려주었다. 서경운. 36세. 서울에 있는 대학에서 축산학을 전공하고 일반 직장에 다니다가 대학원 박사과정에 있던 아내와 함께 제주로 내려왔다. 전통 양봉을 개선하는 여러 실험을 하며 제주에서 산 지 3년 정도. 그때 사고가 나서 아내를 잃었다. 한동안 서울에서 치료를 받고 양봉은 다른 사람에게 맡겨두었다가 몇 달 전에 돌아왔다고 했다.

차경도 단어를 하나하나 골라가며 물었다.

"로미 씨는…… 그 사람 첫눈에 알아본 거죠? 그 사람은 로미 씨를 기억 못 하지만."

로미는 손깍지를 풀고 팔꿈치를 대고 윗몸을 일으키려 했지만 빈백 의자가 모양이 잡히지 않아서 낑낑댔다. 하담이 가서 로미의 손을 잡고 일으켜주었다.

"휴." 로미는 의자에 제대로 기대앉았다. "3년이나 지났고, 그 사람도 좀 변해서, 저도 바로 알아보긴 힘들었어요. 사고의 흔적이 얼굴에 옅게 남아 있어서. 처음엔 긴가민가했지만…… 카페에서 들어오는 복도 있잖아요. 거기 사진 쭉 걸린."

"저는 저녁인 데다가 급하게 들어와서…… 사진이 걸려 있는지도 몰랐어요."

"거기 이제까지 여기 거주했던 사람들 사진이 걸려 있거든요. 그중 한 사진 속에서 3년 전 이 사람을 봤어요. 저를 처음 만나러 왔을 때 입고 왔던 옷, 그러니까 그 점퍼를 입고, 처음 온 날 탔던 차 앞에 서 있는 남자가 있어서 자세히 봤어요. 그랬더니 바로 그 사람이 중앙 정원에 앉아 있는 거예요."

로미는 낮에 경운을 봤을 때를 떠올렸다. 로미가 내려다보고, 그가 올려다보고. 두 사람은 그렇게 마주 보았고, 햇살을 받은 그의 머리카락이 이마 위로 떨어졌다. 남자는 읽던 영어 잡지를 내려놓고 입을 열었다. 무게감 있는 저음은 낯설었지만 익숙하게도 들렸다.

"저를 아십니까?"

로미는 한동안 대답을 할 수 없었다. 이 사람은 나를 잊은 것일까? 아무런 기대도 없었다고 생각했는데, 마음속에 실망이 피어올랐다. 기대는 형태가 없지만, 실망이 생기면 원래 그 자리에 있었다는 걸 깨닫는다.

경운은 로미의 실망감을 알아차린 듯했다.

"죄송합니다. 제가 사고로 기억을 잃었어요."

충분히 사과하는 말투였지만, 자신의 상태에 대해서는 더도 덜도 말하지 않은 담백함이 있었다. 베이스 음악 같은 그의 목소리를 로미의 심장이 귀보다 먼저 알아들었다.

로미는 차경을 똑바로 보고 말을 이었다.

"그 사람 목소리를 듣고 심장이 뛰더라고요. 그게, 위아래로 콩콩 뛰는 게 아니라 막 어디론가 달려간달까. 줄달음질하는 기분이었어요. 그래서 기억이 났죠. 이 사람이."

차경과 하담은 눈길을 교환했다. 싱글인 여자가 싱글인 남자에게 심장이 뛰었다면 복잡할 게 없는 일이다. 그러나 이 경우에는 미진한 점이 남아 있었다.

"로미 씨는 3년 전에 그 사람이 유부남이었다는 것 괜찮나요?"

차경이 직접적으로 문제를 지적했다.

하담도 옆에서 날카로운 눈으로 로미를 바라보았다. "그러게, 기분 나쁘진 않아요?"

로미는 빈백 의자 위로 벌러덩 누웠다.

"음……."

다시금 생각에 잠긴 침묵이 흘렀다. 한참 뒤 로미는 대답했다.

"모르겠네요."

"네?" 하담과 차경이 동시에 물었다.

"기분 나쁜 것도 같고, 나쁘지 않은 것도 같고."

하담은 목소리를 높였다.

"그래도 그 사람 로미 씨를 속였잖아요. 유부남인데도 관심을 표현하면서."

"꼭 그랬었는지는 알 수 없죠." 로미는 누운 채로 말해서 고양이처럼 갸르릉거리는 소리가 났다. "그 사람은 유부남이라고도 아니라고도 말하지 않았고."

"반지를 끼고 있지는 않았어요?" 차경은 집게손가락을 들어 보였다.

"3년 전에는 알아차리지 못했지만 없었던 것 같아요."

차경은 아무 반지도 끼지 않은 자기 손을 보며 생각했다. 결혼을 하고도 반지를 끼지 않는 사람도 많다. 일부러 빼고 가는 사람도 있겠지.

"일하다 와서 빼고 온 걸 수도 있겠죠."

하담은 차경의 생각을 읽은 듯 혼잣말처럼 중얼거렸다. 하지만 차경은 하담의 말투에서 못마땅해하는 기색을 읽을 수 있었다. 차경도 비슷한 기분이 들기도 했다. 하지만 한편으로는 차경이 나설 수도 없는 일이었다. 3년 전에도, 지금도 마음이 뛰는 사람을 만나기란 쉽지 않다. 차경은 최근에 그런 떨림을 새로이 감각한 적 있다는 느낌이 문득 들었지만, 애써 눌러버렸다.

"그리고 그 사람이 나를 찾아왔다고 해서 관심이 있었다는 뜻으로 볼 순 없었다는 거예요."

로미는 누운 채로 덤덤하게 말했다.

"그 사람의 신호에 대한 우리의 분석이 틀렸다면, 그 사람은 아무것도 속이지 않았던 게 되죠. 나는 속지 않았던 게 되고."

로미는 마지막 문장에 종지부를 찍듯 힘을 주었다.

차경은 그렇게 믿는 편이 나으리라는 것을 알았다. 하지만 한편으로는 믿기지 않았다.

우리의 분석은 틀리지 않았어. 그는 분명히 호감이 있었어.

그렇지만 알 수 없다. 지금의 허니맨은 아무것도 기억하지 못하니까. 호감이 있었다고 해도, 기만이 있었다고 해도, 혹은 적당한 호기심뿐이었다고 해도. 과거는 영원히 미지의 늪 속에 잠겨버렸다.

기억하지 못하는 감정은 존재하지 않았던 거나 다름없는 걸까? 잊혀버린 감정은 처음부터 없었다고 발뺌할 수 있는 걸까?

그 누구에게도 답은 없었다.

하담과 로미는 며칠 동안 놀에 묵을 작정이었다. 하담은 그동안 놀을 열심히 취재해서 다큐멘터리에 녹여 넣을 계획이었다. 하담은 로미에게 불편하지 않냐고 물었지만, 로미는 태연하게 아니라고 했다. 놀은 원래 단기로는 방을 빌려주지 않지만, 성수기가 끝난 후에는 떠나는 사람들이 있어서 빈방이 났다.

"차경 씨도 이리 오세요. 원래 가족이 있던 곳이라 방도 두 개고. 전에는 엄마와 초등학생 남매가 있었대요. 거실도 넓고요. 밤에 같이 놀 수 있잖아요."

로미의 말에 차경도 잠간 그럴까 생각해보았다. 친구들과 같이 지내면 여행 기분이 나고 즐겁겠지만, 며칠 동안이나 세 사람이 방 두 개에 살아야 하는 건 쉽지 않았다. 차경은 차차 생각해보겠다며 말을 흐렸다.

놀의 저녁 식사는 식당 겸 중앙 정원에서 한다고 아영이 알려왔다. 원래는 공동 주방에서 음식을 해서 각자 먹거나 가지고 와서 나누지만 일주일에 하루는 아영이 식사를 제공하고 거주민들이 돕는다.

소위 힙하다는 표현을 들을 만한 공간이군, 차경은 놀의 실내 인테리어와 사람들을 둘러보며 생각했다. 중앙 정원 겸 식당은 카페에서 연결되는 갤러리 통로, 식당 옆 공동 주방 뒤쪽으로 들어갈 수 있는 작은 문, 그리고 사람들의 주거 단지로 빠지는 문, 세 길로 연결되어 있었다. 건물 구조 바깥은 잔디밭이 깔려서 야외 뜰 역할을 하고, 작은 벤치들도 몇 개 놓여 있었다. 중앙 정원과 식당은 여름에는 햇볕이 잘 들고 겨울에는 눈 내리면 운치가 있을 만한 공간이었지만 냉난방은 꽤 까다로울 것 같았다. 하지만 중앙 정원에 유리 지붕을 덮어 선룸 역할을 하게 한 것도 괜찮은 아이디어였다. 이곳에는 대중이 지향할 만한 새로운 기운이 흘렀다. 이렇게 한번 살아보고 싶다는 생각이 드는 곳. 차경은 이곳에 대해 개인적 동경이라기보다 사무적 흥미가 일었다. 나중에 사업 제휴를 하여 프로젝트로 만들어볼 수 있을 것 같았다.

서귀포 매일올레시장 쪽에서 서점과 북아트 전시장 오픈 준비를 한다는 40대 부부와 서울에서 회사를 다니지만 안식월 휴가로 제주에 한 달 살기를 하러 왔다는 30대 후반~40대 초반 여성 두 사람, 직장을 그만두고 여행을 다닌다는 20대 남성이 현재 놀의 거주민들, 놀인이었다. 그리고 허니맨, 경운.

아영이 오늘의 메뉴인 구운 연어 덮밥을 쟁반에 담아 가져오자, 30대 남자가 일어서서 그걸 받고 식탁에 둘러앉은 사람들에게 나눠주었다. 남자는 체구가 작은 아영에게서 쟁반을 건네받느라고 무릎을 구부렸다. 그가 그릇을 차경 앞에 놓아줄 때, 차경은 고개를 살짝 숙이면서 화상 자국이 있는 그의 손을 보았다. 하담이 말한 바에 따르면 이 사람이 경운일 것이었다.

"고맙습니다."

그래, 이 남자가 허니맨이란 말이지. 차경은 식사를 하면서도 대각선으로 건너편에 앉은 그의 얼굴을 슬쩍슬쩍 관찰했다. 얼굴에도 사고의 흔적이 있다고 했지만, 수술을 받았다고 하고 상처 자체는 거의 희미해서 눈에 띄지 않았다. 얼굴에 어린 우수의 기운이 사고 때문인지 원래 기질인지는 알 수 없었다. 기억은 완전히 없는 건 아니지만, 사고 직전의 1년 정도는 사건이 군데군데 빠져 있다고 했다. 그는 별로 말이 많지는 않았지만 사람들이 말할 때 집중해서 들으며 고개를 끄덕이기도 하고, 부드럽게 미소를 띠기도 했다. 가끔 입을 열 때는 목소리가 차분하고 느릿했다. 차경은 로미가 호감을 느낀 부분이 무엇인지 알 것 같았다. 그래도 찜찜한 기분은 모래처럼 마음 아래에 깔려 있었다.

차경이 대화에 귀를 기울여보니, 하담이 놀인들의 제주 생활에 관해 질문하는 중이었다. 제주에 오게 된 계기라든가 감상이라든가. 「다큐멘터리 3일」에 나올 만한 사연이지만, 모두 다른 개인의 역사였다.

"여기 꽤 규모가 큰데, 보통 얼마나 계시죠? 아무래도 여름에 사람이 많겠죠?"

아영이 대답했다.

"사람마다 다른데, 아무래도 여름 두 달 동안 많이 계시죠. 해양 스포츠를 하러 오시는 분이 많고. 저희는 서핑 숍도 같이 하고 있으니까요."

"여기 놀도 관리하는 게 엄청 큰일 같은데, 서핑하우스도 같이 운영하다니 대단하시네요."

차경은 어제 만났던 허니콤 게스트하우스의 수미를 떠올렸다. 제주 이주민들의 왕성한 생활력에 감탄할 수밖에 없었다.

"서핑하우스는 저랑 같이 운영하는 친구가 해요. 저는 서핑은 전혀 알지도 못하고요. 걔는 지금 하와이에 갔어요. 서퍼들도 만나고 물건도 매입하려고요."

서점 주인이 끼어들어 물었다. "어, 테일러, 하와이에 갔어요? 서핑하러?"

대답한 사람은 아영이 아니라 경운이었다. "서핑만은 아니고, 원래 하던 비즈니스가 있으니까. 서울도 들렀다 온대."

로미가 물었다. "아, 테일러라는 분이 여기 서핑하우스 주인이에요? 미국 사람? 하와이 사시는 거예요?"

테이블에 앉은 사람들이 갑자기 웃음을 터뜨렸다. 차경과 하담은 영문을 몰라 서로 얼굴을 보았다. 염소수염을 기른 20대 남자가 장난스럽게 말했다. "미국 사람은 아니고, 별명이에요. 직업하고도 관련이 있고. 근데 지금은 직업이랑 전혀 상관없이 서핑하우스를 하는 것도 맞죠. 보면 아실 거예요."

아영이 경운을 가리켰다. "경운 씨 사촌 동생. 사람이 근데 달라도 너무 달라."

20대 남자가 다시 끼어들었다. "어, 테일러 형이 경운 형 사촌 동생이었어?"

경운은 조용히 고개를 끄덕였다. "응. 이종사촌. 그래서 성이 다르잖아."

차경은 이 대화를 가만히 듣고 있었다. 하와이와 서핑. 누군가가 생각나는 단어들이었다. 뒤에서 누가 살금살금 다가와서 어깨를 탁친 것처럼 예감이 닥쳐왔다. 하지만 그럴 리가 없지 않은가. 제주가 아무리 섬이라지만 그래도 특별자치도이다. 면적도 넓고 사람도 많다. 서퍼도 많을 것이다.

"테일러는 이러니저러니 해도 아직 서핑 쪽에서는 신참이라서, 테일러 말고 일을 도와주는 친구들이 몇 있어요. 계절 따라 여기저기 바다를 떠돌아다니긴 하지만. 여기서 머무는 다른 젊은 친구도 한 명 있고요."

아영이 설명했다. 차경은 자꾸 자기 어깨를 톡톡 치는 예감을 뒤돌아보지 않으려고 애썼다.

"어머, 호랑이도 제 말 하면 온다더니 지금 오네요."

40대 부부의 부인, 북아티스트는 무척 고전적인 속담을 말하면서 손을 들어 주방 쪽 문으로 들어오는 사람을 가리켰다. 이번에는 정말 돌아보지 않을 수 없었다.

제주는 넓다. 하지만 우연과 운명의 지도 안에서는 그 어디도 충분히 넓지 않다. 아침에 만난 사람을 오후에 또 만날 만큼.

주방 문이 낮아서 키가 큰 수언은 약간 허리를 구부리고 들어왔다. 차경은 그를 첫눈에 알아봤다. 그는 허리를 펴면서 아영과 놀인들에게 고개를 까닥이며 환히 웃었다. 그가 고개를 돌려 차경을 쳐다볼 때까지는 꽤 오랜 시간이 흐른 것만 같았다.

"어엇."

웃는 얼굴이 잠시 놀라는 표정으로 바뀌었다가 다시 웃음으로 돌아갔다. 차경은 아까 로미의 말을 떠올렸다. 심장이 뛰더라고요. 그게, 위아래로 콩콩 뛰는 게 아니라 막 어디론가 달려간달까. 줄달음질하는 기분이었어요.

아까는 그 말을 머리로 이해했다면, 지금은 그 말을 가슴으로 느낄 수 있었다.

로미는 관찰력이 자신의 강점이라고 생각한 적은 없었다. 사실
그렇지 못하니까. 그렇지만 웬만한 눈치는 있지 않을까, 라고 자신
하고 있었다. 그리고 그 눈치는 로미의 자신감과는 달리 늘 남다른
방향으로 흘렀다.

오늘은 그 눈치가 차경과 새로 온 서퍼라는 남자에게로 쏠렸다.

첫 번째, 접점이 없어 보이는 두 사람은 낯선 사이가 아니었다.

"여기는 어쩐 일이세요?"

서퍼 군은 차경의 건너편 빈자리에 털썩 앉았다.

"친구들이 여기 묵고 있어요. 저는 여기 묵지 않지만."

로미는 차경이 여기 묵을지 말지 아까 생각해보겠다고 한 말을
기억했다. 그사이에 결정했을 수도 있겠지.

"어머, 서로 아는 사이예요? 어떻게?"

아영이 수언 앞에 접시와 식기를 놓아주면서 두 사람 얼굴을 번
갈아 보았다.

"제주 올 때 같은 비행기에서 만났어요, 아니 하와이에서부터." 차
경이 재빨리 대답했다.

"어어, 태평양 바다를 함께 넘은 사이네."

40대 부부의 남자 쪽, 서점 주인이 하나 마나 한 농담으로 끼어들
었다.

서퍼 군은 젓가락을 똑바로 쥐고 구운 연어를 한 점 집어 들었다.

"오늘 아침에 중문 해변에서도 만났잖아요."

197

차경은 여전히 너무나 재빨리 대답했다. "네, 우연히."

서퍼 군은 연어를 먹기 전에 차경의 얼굴을 한 번 쳐다보더니 씩 웃었다.

"네, 일단은 우연히."

흐음. 이상한 단어네, 일단은. 그다음도 있는 걸까? 로미는 흥미롭게 생각했다.

두 번째, 두 사람은 친하게 보이는 것치고는 낯선 사람만도 못한 거리감이 있었다.

로미는 차경이 본질적으로 예의를 차리는 사람이라는 걸 알고 있었다. 오랜 친구들이지만 차경, 하담, 로미도 아직까지 존댓말을 쓰는 사이니까. 하지만 차경이 그렇다고 해서 딱딱한 사람이라고 생각하지는 않았다. 처음 보는 사람하고도 친근하게 대화를 나눌 수 있었다. 하지만 이 서퍼 군에게는 묘하게 거리를 두는 인상이었다. 남자도 여기 묵는 다른 사람들은 스스럼없이 대하는 것 같은데 차경에게는 유난히 조심하는 듯했다. 식사가 이어지는 동안에도 두 사람은 딱히 서로 쳐다보지 않고 옆 사람들하고만 말을 나누었다. 그런데 이런 건 낯선 사이에는 못 하는데. 로미는 생각했다. 오히려 낯선 사람이라면 더 말을 나누며 적당하게 가까운 척하는 법 아니야?

"참, 하와이 비행기 하니까 생각나는데, 이번에 수언이 너 타고 온 비행기에 내 친구가 같이 탔다더라. 걔 승무원이거든. 나한테 지금 사는 데가 놀 맞냐면서 너 아냐고 물어보던데."

로미가 이름을 기억하지 못하는 20대 남자가 빈 그릇에 물 잔을 포개면서 말했다. 남자는 어울리지 않는 턱수염을 기르고 있어서 로미는 이 사람을 마음속으로 염소 군이라 이름 붙였다.

"어, 그래? 누구지?"

"내 친구 한번 보면 쉽게 잊을 수 없을 정도로 되게 미인인데. 얼굴은 약간 동안이고."

염소 군은 뭔가 암시하려는 듯 싱글싱글 웃었다. 너 내가 지금 무슨 말 하는지 알잖아, 처럼. 하지만 서퍼 군은 맞장구를 치는 눈치는 아니었다.

"우리 좌석 쪽에 식사 서비스해주신 분인가? 그런데 내가 여기 있는 건 어떻게 알고?"

"넌 들어올 때 입국 신고서 써야 하잖아. 그때 본 거 같더라. 놀 커뮤니티하우스라고 써서, 나한테 들은 게 생각이 났대."

"어, 그랬나."

"승무원이 그렇게 승객 개인 정보를 보면 안 될 텐데. 프로라면 그걸 다른 사람에게 말하는 건 더더욱 안 될 일이죠." 30대 후반쯤 되어 보이는 여성 중 한 명이 재빨리 엄격하게 말했다. 그녀는 머리에 반다나를 두르고 보헤미안풍의 옷을 입었지만, 역설적으로 입매에서는 어딘가 모르게 선생님 같은 인상을 풍겼다.

다른 쪽 친구, 7부 소매의 흑백 스트라이프 티셔츠를 입고 팔이 길어서 우아한 거미 같은 느낌을 주는 여성이 팔꿈치로 친구를 슬쩍 쳤다. 로미는 이쪽을 샬롯 씨라고 마음속으로 이름 붙였다. 좋아하는 동화책에 나오는 거미의 이름이었다. 저쪽은 일단 급한 대로 반다나 씨라고 이름 붙였다. 아까 들은 이름은 잊어버린 지 오래였다.

"그냥 어쩌다 우연히 봤는데, 친구가 사는 데니까 반가워서 말했겠지."

샬롯 씨가 너그러운 표정으로 염소 군과 반다나 씨를 번갈아 보았다.

"어어, 누님들, 이해해주세요. 제 승무원 친구가 수언이 보고 관심 있어 그랬는지도 모르죠. 암튼 걔가 수언이를 엄청 칭찬하더라고요."

"무슨 칭찬을?"

모아나, 아니 아영이 일어나서 빈 그릇을 모으다 말고 물었다. 다른 사람들은 모두 이 이야기에 관심을 보이는 것 같았다. 아까 승무원의 프로페셔널하지 못한 태도를 지적한 반다나 씨의 얼굴에도 흥미롭다는 빛이 떠올랐다. 다만 차경만이 이야기에 별로 귀를 기울이지 않고 가만히 일어나서 테이블 정리를 도왔다.

"이 녀석이 또 친절이 과하잖아요. 불쌍한 사람 보면 그냥 못 지나치고. 딸 만나러 오는 중국인 부인 옆에 앉았는데, 이 부인이 글쎄 이런저런 알레르기가 있었대요. 그래서 식사도 안 먹고 넘기려 하니까 수언이가 그걸 눈치챘는지 다 일일이 통역해서 쪽지에 적어서 자기에게 주더라고."

"어, 수언 씨, 대단하다. 자기 중국어도 할 줄 알아?"

서점의 부인 쪽, 북아티스트님이 감탄을 하듯 두 손을 모았다. 서퍼 군은 쑥스러운 듯 뺨을 붉적거렸다.

"아뇨, 중국어를 조금 할 줄은 아는데 잘은 못 해서, 번역기도 썼어요. 요새 번역기가 괜찮으니까."

"내 친구는 얘가 쪽지를 주니까 처음에는 뭔가 싶었대요." 염소 군은 이 말을 하면서 반다나 씨 눈치를 쓱 보았다. "규정 위반이라서 설렜…… 아니, 떨렸는데, 보니까 그런 내용이더라고. 그래서 안심도 했는데, 스위트한 애구나, 싶었다고 하던데."

"비행기 안에서 그런 일도 다 일어나네요. 영화처럼."

하담이 이 말을 하면서 차경을 보았다. 차경은 건조하고 사무적으로 말했다.

"그러게요. 저는 피곤해서 계속 자느라 아무것도 못 봤지만."

그 말에 서퍼 군의 눈길이 차경에게로 돌아갔다. 차경은 그와 눈을 마주치지 않았다.

"아니, 아무것도 못 보신 게 당연하죠. 영화 같은 일은 없었으니까요. 저는 그저 그분을 도와드린 거고, 그 승무원님은 자기 일을 잘해주신 거죠."

서퍼 군의 말투는 염소 군이 머쓱해할 정도로 단호했다. 염소 군은 그때서야 입을 다물었지만 이따가 두 사람만 있을 때 이 화제를 이어갈지도 몰랐다.

로미는 차경의 입꼬리가 움찔 움직인 것을 본 것만 같았다. 착각이었나? 아닌가? 하지만 그 일을 오래 생각할 겨를이 없었다. 허니맨이 긴 침묵을 깨고 입을 열었기 때문이었다.

"수언이는 다정하지. 힘든 사람 보면 지나치는 법이 없고. 벌을 무서워하지만, 우리 양봉장 벌통 나르는 일도 도울 정도로."

경운은 얼굴에 부드러운 미소를 띠었다. 로미는 오늘 그의 웃음을 처음 본다는 것을 실감했다. 로미의 마음속에 떠도는 미묘한 감정들을 살살 쓸어버리는 빗자루 같은 미소였다. 수언은 과장되게 몸을 떨었다.

"으으, 그래도 벌은 진짜 무서워요. 어릴 때 필드 트립 갔다가 벌에 쏘인 적 있어서."

"그러지 말고, 내일도 할 일 없으면 나 좀 도와줘. 내일은 벌에 쏘일 일 없는 거니까."

로미는 자기도 모르게 한 손을 번쩍 들었다.

"저요."

사람들의 시선이 로미에게로 쏠렸지만 로미는 오로지 허니맨의 눈만 똑바로 쳐다보았다.

"제가 가서 도울게요. 제가 평소에…… 관심이 있었거든요."

경운의 눈에 의아하다는 빛이 떠올랐다. "양봉에요?"

로미는 고개를 힘차게 끄덕였다. "네, 양봉에."

경운이 로미를 똑바로 쳐다보자, 로미는 갑자기 그가 낯설게 느껴졌다. 자기와의 일을 하나도 기억하지 못하는 사람이니까 낯선 사람이 맞긴 하지만. 자기 혼자 들뜬 것이 무색할 정도로 생경한 기분이었다. 자기도 모르게 손이 스르르 내려갔다. 다음 순간 경운은 알겠다는 듯 고개를 끄덕였다.

"그러시군요. 어쩐지. 그러면 내일 같이 가시죠. 아침 10시쯤 출발할 건데, 괜찮으세요?"

"그럼요."

로미는 그의 말이 끝나기도 전에 대답했다. 무얼 하러 어딜 가는지는 묻지 않았다. 로미는 지금 자기가 왜 이 남자를 따라가겠다고 했는지조차도 헤아려보지 않았다. 하담과 차경의 눈길이 로미에게 쏠렸지만, 둘 다 별말을 보태지 않았다.

식사가 끝나자 모두 일어나서 부산스럽게 뒷정리를 했다. 남자들은 접시를 들고 주방으로 가고, 여자들은 테이블을 닦거나 바닥 청소를 했다. 누구도 가만히 앉아 있기에는 어색한 자리였다. 서점 주인님이 맥주를 꺼내 왔다. 친한 제주 양조장에서 새롭게 낸 브랜드라서 선물받았다고 했다. 차경은 자신이 안주를 만들겠다고 자원했다.

"학교 다닐 때 호프집에서 아르바이트를 했었거든요."

차경의 말은 사실이고 로미도 이미 알고 있는 얘기였지만 들을 때마다 늘 새삼스러웠다. 차경이 호프집에서 일하는 모습이 쉽게 상상되지 않았기 때문이었다. 차경은 아영과 재료를 상의하고 맵지 않은 골뱅이 무침과 베이컨 숙주 볶음을 만들겠다고 했다.

술잔이 서너 바퀴 돌고 나서는 모두 술기운이 올라 얼굴이 붉어졌다. 목소리의 데시벨도 점점 높아졌고, 유리 천장 때문에 소리가 울렸다. 바깥손님의 기척을 가장 먼저 알아차린 사람은 얼굴이 빨개진 반다나 씨였다.

"카페에 손님 오신 거 같은데요? 카페 문 안 닫았어요?"

"음, 오늘은 손님이 없을 것 같아서 닫았는데, 잠그진 않았나 봐요. 나가서 끝났다고 하고 와야겠다."

아영이 잔을 내려놓고 서둘러 카페로 나갔고, 곧이어 무언가 말을 나누는 소리가 들렸다.

로미는 처음에 바깥일에는 신경을 쓰지 않았다. 이 안에 신경 쓸게 훨씬 많았다. 일단 차분해 보이는 경운의 표정이 실은 불쾌한 것이 아닌가 짐작해봐야 했고, 서퍼 군이 차경에게서 안주 접시를 재빨리 받아 들면서 눈을 마주치는 광경에도 신경이 쓰였다. 차경이 그를 똑바로 보지 않는다는 것도 눈에 띄는 점이었다. 하지만 샬롯 씨가 목을 쭉 빼고 연신 카페 쪽을 살피자 로미의 시선도 그리로 향했다.

"카페 손님이 아닌가? 여기 방을 구하러 온 건가?"

카페와 정원을 잇는 갤러리 통로 너머로 사람의 모습이 언뜻 보였다. 로미도 샬롯 씨를 따라 같이 목을 뺐다. 찾아온 손님은 남자인 듯했다. 목소리가 갤러리를 통해 울렸다.

"관심도 있고, 한번 보려고……."

그 소리에 서퍼 군과 몇 마디 나누던 차경이 움찔하며 고개를 돌렸다. 차경의 낌새가 평소 같지 않았다. 어둠 속에서 무슨 소리를 들은 고양이처럼 귀를 쫑긋 세우는 듯했다. 다음 순간 아영이 손님과 함께 연결 통로를 걸어 들어오자 손님의 목소리가 더욱 가까워졌다. 각기 흩어져 앉아서 이야기하던 사람들이 모두 그쪽으로 고개를 돌렸다. 중앙 정원에 떠돌던 목소리들이 차츰 아래로 내려앉았다.

"지금 당장 묵으실 게 아니라면 일단 한번 살펴나 보세요. 나중에 결정하실 수 있게……."

새로 온 손님은 아담한 체구의 아영 뒤에 서 있어서 훤칠해 보였다. 어디를 봐도 말끔한 도시 사람 같다는 게 로미의 첫인상이었다. 다음으로는 그 안경 낀 얼굴이 익숙한 기분이 들었다. 어디서 본 것도 같고……?

"어?"

차경이 테이블 뒤에서 나와 새로 온 손님을 향해 걸어갔다. 키가 큰 남자는 차경을 보더니 입을 반쯤 벌렸지만, 아무 소리도 나오지 않았다. 그는 단지 안경만 고쳐 썼을 뿐이었다. 자기 눈을 믿을 수 없는 모양이었다.

"찬민 씨, 여기는 어떻게 알고 왔어?"

차경의 목소리에서 의아함이 배어 나왔다. 그 의아함은 주변에 선 사람들에게도 번져갔다.

찬민이라는 이름을 듣고서야 로미는 이 사람이 차경의 약혼자임을 알아챘다. 그의 얼굴을 언젠가 차경의 휴대전화 앨범에서 보았다는 것도 간신히 기억났다. 그 사진에서는 차분하고 냉철해 보이는 사람이었는데, 지금 같은 표정을 지을 수 있다니 의외였다. 무슨 표정이라고 해야 하지? 허를 찌르는 일이 생겨서 당황했는데, 아닌 척 상황을 어떻게 설명할지 두뇌를 전속력으로 돌리는 사람의 얼굴?

로미는 이 남자가 무어라고 대답할지 궁금했다. 하지만 그 대답을 금방 들을 순 없었다. 그때, 이 약혼자가 뭐라고 대답을 하든 중요하지 않다는 듯, 차경의 휴대전화가 요란하게 울렸기 때문이다.

8장

가끔은 속일 때도 있다

벌들은 영리하지만 속을 때도 있습니다.

꿀벌 난초는 암벌인 척 페로몬을 내뿜어

수벌을 유혹합니다.

그렇게 수벌은 꽃가루를 퍼뜨리고
난초는 수분을 할 수 있죠.

성공!

잘 속네 능능

찬민은 서둘러 차에 올라탔다. 차경과 다른 사람들이 게스트하우스 문간에서 바라본다는 걸 알았지만, 지체할 겨를이 없었다.

"빨리 왔네요. 좀 걸린다며."

조수석에 앉은 여자가 새카만 머리를 넘기며 뒤를 돌아보려 하자, 그는 날카롭게 말했다.

"뒤돌아보지 마!"

리사는 빨간 입술을 꾹 다물었지만 다시 몸을 돌려 앞을 향하며 어깨를 으쓱했다. "소리 지를 것까진 없는데. 그렇게 뭐에 쫓기는 사람처럼 굴지 마요."

찬민은 아무 말 없이 차를 출발시켰다. 차가 사계북로 위로 올라서서 한참 달릴 때까지 그는 입을 꾹 닫고 머릿속으로 이런저런 변명을 굴려 보았다. 차에 같이 타고 온 사람의 정체에 대해서는 둘러댈 수 있겠지만, 놀 커뮤니티하우스에 갔던 이유에 대해서는……. 봄에 갈 워크숍 답사 차 들러봤다고 할까. 차경이가 믿어줄까. 그렇게 쉽게 속일 수 있는 여자가 아니었다. 하지만 차경이 믿어주는 척할 수 있는 변명을 만들어야 한다. 어떻게든 해내야 한다. 그의 혈관 속에 차올랐던 압력이 점점 빠져나가고 있었다. 그는 핸들을 쥔 손의 힘을 풀었다.

찬민은 옆에 앉은 리사를 곁눈질로 보았다. 표정은 싸늘해 보였지만, 지금까지 차를 타고 오는 동안 아무것도 묻지 않았다. 이 여자의 좋은 점은 상대가 먼저 말하고 싶지 않을 때는 아무 말 하지 않는 것이었다.

"미안, 내가 좀 예민했네."

찬민의 사과에도 리사는 표정을 바꾸지 않았다. 그래도 대수롭지 않은 척했다.

"뭘요. 원래 박사님 예민한 사람인 거 모르는 것도 아니고. 그 안에서 누구 아는 사람이라도 만나서 괜히 쫄렸던 거겠죠."

찬민은 그 질문에는 대답하지 않았다.

"내일은 제주 동쪽으로 돌아볼까 봐. 서쪽엔 별로 볼 게 없는데."

"저는 오후에는 팀원들 만나서 대회에서 할 패널 토론 준비해야 해요. 박사님도 만날 사람 있다고 하지 않았나?"

이 여자의 또 다른 좋은 점. 리사는 단지 클럽에서 만난 여자가 아니라, 이전 프로젝트팀에 같이 있었던 대학원생이라는 점이었다. 처음 클럽에서 자기를 알아봤을 때는 당황했지만, 한편으로는 잘된 일이었다. 차경에게 사실 아닌 거짓말을 하지 않아도 되었다. 학회에 같이 참석했다고 해도 그럴 만했다. 차경이 제주에 있는데, 제주에서 만나기로 한 건 너무나 위험한 모험이었나 생각도 했지만 제주가 넓어서 설마 하고 방심했다. 방심은 늘 일을 그르친다.

"잠깐만 만나면 돼. 안 만날지도 모르고."

"그럼 저녁이나 먹든가요."

저녁은 안 될걸, 차경을 만나지 않는 것도 이상하니까. 하지만 리사에게는 이런 변명을 할 수 없다. 찬민이 머릿속에서 저글링하듯 이렇게 저렇게 스케줄을 돌리고 있을 때 리사가 앞의 휴대전화 거치대에 올려놓은 전화기를 가리켰다.

"전화 왔는데."

허니맨. 찬민이 운전대를 잡고 망설이는 사이에, 전화는 끈질기게 따지듯 울려댔다.

"내가 대신 받아요?"

리사가 전화기에 손을 올리자, 찬민이 한 손으로 그녀의 손을 쳐냈다.

"아니, 잠깐."

차를 적당히 세울 만한 지점을 고르는 동안, 전화가 끊겼다. 찬민은 '화순항' 방면을 알리는 표지판이 있는 곳에서 차를 살짝 꺾어 내려갔다.

"왜 이리 내려가요?"

"잠깐 바다 구경하자고."

늦은 시각, 한밤 드문드문 켜져 있는 횟집의 불빛들도 피로해 보였다. 항구에 정박한 배 몇 척도 다 잠든 것 같았고, 저 멀리 바다에 떠 있는 낚싯배만이 어둠 속에서 돌아다니는 야행성동물 같은 활기를 띠고 있었다. 찬민이 차에서 내리니 소금기 어린 바람이 얼굴로 밀려왔다.

"담배 피울 거면, 전 안에 있을게요."

리사가 차에서 내리지 않는 것이 오히려 다행이었다. 찬민은 담배에 불을 붙이지 않은 채로 입에 물고서 항구 쪽으로 걸어갔다. 차에서 멀어지자, 그는 전화기를 꺼내 부재중 전화를 눌렀다. 전화가 한 번 울리자마

211

자, 저쪽에서 바로 받았다.

"납니다."

전화 저쪽은 이미 화가 나 있는 걸 잔뜩 억누르고 있었다. 찬민이 놀에 간 걸 어떻게 알았는지는 모르지만, 그렇게 성급히 움직인 이유가 뭐냐고 따져 물었다. 상대가 말을 퍼붓는 동안 찬민은 담배에 불을 붙였다.

"아니, 그냥 상황을 살피러 갔지. 거래를 확실히 하려면." 찬민은 수세에 몰린 입장을 역전시켜 도리어 공격하기로 했다. "요새 연락도 잘 안한 건 그쪽이잖아요. 마음이 바뀐 것처럼."

그는 담배 연기를 훅 내뿜었다.

"알겠다고. 따돌리려던 건 아니고. 잘못했어요. 다시는 나 혼자 행동하지 않을 테니."

공기 중으로 피어오르던 회색 연기는 훅 불어온 바닷바람에 섞여 금방 스러져버렸다.

"디데이에 맞춰 잘 움직여요. 이쪽은 준비됐으니까."

바닷가에 서니 확실히 바람의 기운이 심상치 않았다. 무언가 거대한 것이 몰려올 듯싶었다.

컨트리클럽에 속한 호텔 로비에는 사람이 거의 없었다. 낮은 조도의 조명이 은은하게 데스크를 비추고 있었고, 사방은 이곳에 묵는 손님들이 있다고는 믿어지지 않을 만큼 조용했다. 여기서 목소리를 높이는 사람은 차경 한 명뿐이었다.

"그래서 지금 골프 가방이 어디로 갔는지 알 수 없다는 건가요? 이렇게 고급 호텔에서 그런 일이 있을 수 있습니까?"

호텔 매니저와 데스크 직원, 컨시어지 세 사람의 표정은 오래전에 유행하던 세 인형 한 세트 같았다. 마른 얼굴의 50대 남자 매니저는 약간 무서운 표정, 20대 중반 정도의 여성 데스크 직원은 울상, 20대 후반 정도 되어 보이는 여성 컨시어지는 습관적인 미소를 띠고 있었다. 매니저가 그 표정 그대로 말했다.

"저희는 여기 말씀하신 대로 420호 손님에게 전해드렸습니다. 김미혜 손님이 찾아서 가지고 떠나셨고요."

"저는 김미혜가 아니라, 이미해 씨에게 전해달라고 부탁했는데요."

"이름은 살짝 틀렸지만 420호라고 하셨으니까요. 그분이 누가 맡겨놓았다니까, 이름 잘못 적었나 보다 하면서 가져가셨어요."

매니저의 말투는 공손했지만, 단호했다. 차경은 말이 막혔다. 일이 이렇게 된 건 이 사람 잘못은 아니니까. 차경은 감정을 차분히 가다듬었다.

"적어도 연락처는 알 수 있지 않을까요."

"김미혜 씨는 예약 당사자가 아니라 동행자라서 따로 연락처를 주지 않으셨고, 같이 오셨던 예약자분은 그분 연락처를 모른다고 나중에 얘기하자면서 전화를 끊으셨기 때문에, 저희가 오늘 밤은 더 여쭙기도 곤란합니다⋯⋯."

매니저는 말꼬리를 흐리면서 데스크 직원과 서로 눈길을 교환했다. 무슨 뜻인지 차경도 알 만했다. 예약한 숙박객이 김미혜라는 사람과 이 호텔에 왔다는 걸 남이 알까 봐 두려워한다는 뜻이었다. 남들이 알면 안 되는 사이의 사람. 호텔은 손님의 비밀을 묻지 않아야 한다.

옆에서 가만히 듣고 있던 컨시어지는 동정 어린 표정을 띠고 있었다. 골프 가방을 맡아놓은 건 이 컨시어지 사람이기는 했으나, 420호의 김미혜 씨에게 골프 가방을 준 건 데스크 직원이었다. 그리고 이 호텔에 와서 골프 가방을 여기 맡긴 건 차경이고. 그리고⋯⋯ 애초에 호텔 이름을 잘못 가르쳐놓고 이제 와서 없어진 가방을 찾아내라고 한밤에 전화해서 다짜고짜 소리를 지른 건 개진상⋯⋯ 김개진 상무이고.

차경은 김개진 상무가 말한 우남 컨트리클럽 호텔에 와서 420호에 숙박하고 계신 이미해 씨에게 전해달라고 맡긴 잘못밖에 없었다. 자기 아내가 묵을 호텔 이름도 제대로 모르고, 아내 전화번호도 알려주지 않은 김개진 상무는 자기 잘못은 일언반구 언급하지 않았다. 호텔을 착각했다고 말하면 그만인가?

"그게 얼마짜린데! 윤 차장이 제대로 확인을 했어야지! 그리고 그게 없어서 당장 내일 골프가 엉망이 되게 생겼잖아! 윤 차장 멍청하게 안 봤는데, 일을 왜 이따위로 해!"

아까 전화로 그가 소리를 지르며 한 말이었다. 개소리하지 마세요, 차경은 이렇게 말하고 싶은 걸 12년 차 직장인의 참을성을 그러모아 꾹 참았다. 골프채야 어떻게든 될 텐데, 그저 차경에게 화풀이를 하고 싶은 것뿐이었다.

차경은 이마를 짚었다.

"그러면 내일은 그분하고 연락이 되나요?"

"저희가 아침에 다시 문의는 해보겠습니다."

"제가 직접 연락처를 받을 순 없을까요? 혹은 지금 묵으시는 숙소라도……."

"그건 저희 호텔 원칙상 안 됩니다."

매니저가 딱 잘라 말했다. 차경도 이해는 할 수 있었다. 매니저도 자기 일을 성실하고 철저하게 하는 직업인일 뿐이었다. 차경과 마찬가지의 입장이다. 차경은 그의 직업의식을 존중하고 더는 조를 수 없겠다고 생각했다. 차경이 고개를 끄덕이고 물러서자, 매니저의 입가에 고였던 긴장이 약간 빠져나갔다. 차경의 입장을 이해한다는 듯

한마디 덧붙였다. 그로서는 큰 호의였다.

"다행히…… 아직 제주에 머물고 계십니다. 내일까지는 연락이 되실 겁니다."

뒤에서 어깨를 살짝 치는 느낌에 차경은 뒤를 돌아보았다. 수언이 어깨에 올린 손을 조심스레 거두며 부드럽게 말했다.

"이제 돌아가요. 지금은 일단."

차경은 힘없이 고개를 끄덕였다. 일이 성가시게 되었지만, 여기서 더 소란을 피울 수는 없었다. 모든 사람이 조용히 쉬러 온 곳에서 버티고 있어봤자 민폐일 뿐이었다.

"죄송합니다." 차경은 사과했다.

차경이 나갈 수 있도록 수언이 회전문에서 한 발 뒤로 물러나주었다.

호텔 로비에서 내려와 야외 주차장으로 들어섰을 때쯤, 어둠 속에서 수언이 잠깐, 하며 차경을 불러 세웠다.

"여기서 조금만 기다려봐요."

차경이 의아해할 새도 없이 길 위에서 타닥타닥 걸어오는 발소리가 났다. 수언이 그쪽을 향해 손을 들었다.

"어, 여기."

처음에는 그늘에 가려져 있어 누군지 알 수 없었지만, 가까이 오자 실루엣이 주차장 불빛에 비쳐 파랗게 드러났다. 여자의 주근깨 있는 그을린 얼굴이 곧이어 빛 속에 떠올랐다. 아까 보았던 컨시어지였다.

"눈치 보다가 콜이 온 척하면서 나왔어." 여자는 손목시계를 들여다보았다. 새 태그호이어 시계가 주차장 불빛에 비쳐 반짝였다. "들키기 전에 빨리 가봐야 해."

"미안하다. 이런 부탁 하게 돼서."

"아니야, 우리 잘못도 있으니까. 호텔이 중간에 끼고 싶지 않다고 이렇게 모르는 척해서는 안 되는 건데."

그녀는 수언의 손에 무언가를 쥐여주면서 차경을 보고 미소를 지었다.

"꼭 찾으세요."

차경은 얼떨결에 고개를 숙였다. 컨시어지는 수언을 향해 손을 흔들었다.

"다음 주에 서핑하우스에서 봐!"

그녀는 차경에게 다시 한번 미소를 지어 보이고는 호텔로 뛰어갔다.

차경은 그녀의 뒷모습을 보다가 수언에게로 고개를 돌렸다. 수언은 볼에 바람을 넣고 쪽지를 보고 있었다.

"뭐예요, 그게?"

수언은 고개를 들고 차경을 보면서 웃었다.

"김미혜 씨의 동행 아닌 동행의 전화번호와 새로 옮긴 호텔요."

수언이 모는 트럭은 과속방지턱을 지나며 위아래로 크게 흔들렸다. 차경은 자기도 모르게 머리 위 손잡이를 잡았다.

"엇, 죄송. 차가 많이 흔들리죠. 이 녀석이 이제 고물이라서. 섬세한 손님을 태운 적이 있어야 말이죠."

"아뇨, 괜찮아요. 아까 맥주 마신 게 올라와서 그런가."

"그렇게 많이 마신 것 같지는 않던데."

수언은 대수롭지 않게 말하며 좌회전을 했다. 밤의 어둠을 바람이 훑고 지나자 헤드라이트 불빛이 만든 통로 속으로 나뭇잎이 두엇 떨어졌다. 차경은 지금이 한밤이고, 차 안이라는 공간에 둘만 있다는 걸 새삼 의식했다. 하지만 곁눈질로 본 수언의 옆얼굴은 혼란 같은 감정은 스치고 가지 않은 듯 흠 없이 깨끗했다. 여름내 햇볕 속에서 파도를 탄 사람답게 그을려 있었으나, 이상하게 말갛게 보이기도 했다.

"저야말로 죄송해요. 제가 술을 마신 탓에, 이렇게 대신 운전까지 해주시고."

뒤늦은 사과였지만 모른 척하는 것보다 나을 것이었다.

"뭘요, 밤에 운전하는 거 별일도 아닌데. 그리고 그 골프 가방을 잘 아는 사람이 차경 씨 말고는 저잖아요. 오히려 제가 더 잘 알지도 모르죠? 메고 이고 온 사람은 저니까."

아까도 수언은 이렇게 웃음기 어린 얼굴로 말했었다. 찬민의 앞에서. 차경이 모든 사람 앞에서 부끄러워질 수도 있는 상황에서.

"그래서 고맙습니다……."

나를 모멸감으로부터 구해줘서. 차경은 그 말은 차마 입 밖에 내지 못했다. 수언은 곁눈질로 차경의 얼굴을 흘끔 보는 것 같았다.

"진짜 별일 아니에요."

그의 목소리는 피부에 감기는 따뜻한 바닷물처럼 부드러우면서도 동시에 그 위를 가르는 보드처럼 단호했다. 차경은 갑자기 울고 싶어졌다. 하지만 언제나처럼, 위기 앞에서 늘 그랬듯이 윤차경은 눈물을 보이지 않는 사람이었다.

한 시간 전, 차경이 전화를 받자마자 김개진 상무가 고래고래 소리를 지르는 바람에, 찬민과의 대화가 끊겼다. 방 안에 있던 사람들에게 다 들릴 정도로 큰 소리가 전화기에서 새어 나와, 차경은 얼굴이 화끈 달아올랐다. 차경은 간신히 침착하게 사과하고 바로 해결한다고 말한 후 전화를 끊었다. 모두가 아무 말 건네지 못하고 그저 바라만 보다가, 서점 주인의 독려로 뒷정리를 한다며 흩어졌다.

차경은 가슴에 손을 얹고 숨을 한 번 내쉰 후, 얼굴 표정을 가다듬고 찬민에게로 돌아섰다.

"찬민 씨, 여기는 어떻게 알고 왔는지 모르지만 지금은 일단 나가 봐야 해. 김 상무님이 무슨 문제가 있다고 해서. 같이 가면서 차 안에서 얘기하면 안 될까? 내가 지금은 술을 마셔서 운전을 못 하니까."

술을 마신 사람은 차경인데, 찬민의 얼굴이 더 달아오르는 듯 보였다. 당혹감에 색깔이 있다면 저런 붉은빛일까, 차경은 생각했다.

"그게…… 차경아, 내가 지금 당장은 좀 곤란한데."

이제는 차경이 얼굴을 붉힐 차례였다. "어……?"

"왜요?"

대담한 질문이 차경의 등 뒤에서 날아왔다. 로미였다. 하담이 로미의 옆구리를 쿡 찔렀지만, 로미는 그저 순수한 호기심으로 묻는 것 같은 얼굴이었다.

평소라면 아예 아무 대답 없이 넘어갔겠지. 차경은 찬민이 입을 어쩔 수 없이 벌리는 것을 보았다. 하지만 로미는 작정하면 상대방이 빠져나갈 수 있는 사람이 아니었다. 술기운까지 있다면 더는 말할 필요가 없었다.

"아, 그게…… 제가 학회 때문에 누구랑 같이 왔는데, 그분을 숙소까지 모셔다드려야 해서." 찬민은 잠시 망설이다가 덧붙였다. "그럼 일단 그분을 호텔로 모셔다드리고 내가 다시 올게."

"호텔이 어딘데?"

"여기서 한 시간 정도 걸리려나……."

차경은 다시 말문이 막혔다. 그러면 갔다 온다면 두 시간이 넘는 거리였다. 그때 로미가 다시 나섰다.

"흐음. 가는 길에 그분을 데려다드리고 가도 되지 않을까요?"

찬민이 당황하자, 로미는 냉큼 한 마디를 더했다.

"아니면 그분이 들어와서 저희랑 같이 기다리면?"

차경의 머릿속에 바깥에서 자신의 약혼자를 기다리고 있을 그 문제의 동행이 여기로 들어와 모두를 만나는 광경이 펼쳐졌다. 찬민의 얼굴은 이제 붉다 못해 파래져 있었다. 아주 높은 온도의 불처럼. 하담이 로미의 팔을 잡아끌며 한 손으로 입을 막았다.

"어떡하지, 차경 씨. 나도 로미 씨도 다들 술을 마셔서 지금 당장 운전할 사람이 없는데."

"제가 같이 가죠."

그때 나서준 것이 수언이었다.

찬민이 갑작스레 나타난 수언을 위아래로 훑어보았지만, 수언은 찬민에게는 눈길도 주지 않았다. 차경만 보면서 말했다.

"저는 술 마시지 않았고, 도와드릴 수 있으니까요. 가서 열쇠 가져올게요."

앞의 젖은 어둠 속, 돌담 너머에서 작은 차가 한 대 나타났다. 렌터카 번호판을 단 차는 길을 잘 모르는지 머뭇거리며 기어갔다. 수언은 그 뒤에 너무 바짝 붙지 않고 간격을 두고 따라갔다. 차경은 문득 어제 앞에서 자기의 길을 밝혀주던 트럭을 떠올렸다. 어쩐지 이트럭이 낯설지 않게 보였다.

"혹시……."

차경이 물으려던 순간, 전화벨이 울렸다. 부드러워졌던 기분이 순식간에 휘발되었다. 보기만 해도 이제 너무 싫은 이름이 그 화면에 떠올라 있었다.

"네, 상무님."

개진상 상무는 아까보다는 좀 진정을 한 듯했지만 여전히 불쾌한 기운을 풍겼다.

"그래, 어떻게 됐어?"

"네, 골프 가방을 잘못 받아 가신 분의 연락처를 알아냈고 지금 찾아뵈려 합니다. 전화는 받지 않으셔서요. 죄송한 일이지만 직접 찾아뵙는 게 나을 듯싶습니다."

차경은 더 정확히는 잘못 받아 가신 분의 연락처를 아는 사람의 연락처라고는 말하지 않았다. 그래봤자 김 상무는 얼마 남지 않은 머리카락이 날리도록 펄쩍 뛰기만 할 것이었다.

"그래, 윤 차장은 일을 잘하는 사람이니까, 내일 아침까지는 해결해주겠지. 이번 모임 멤버를 힘들게 모은 건데, 새로 미국에서 골프채도 샀다고 미리 말도 해놨는데, 없이 가면 내 체면이 뭐가 되겠냐고."

김 상무의 뻔뻔한 말에 차경은 목구멍까지 치밀어 오른 말을 애써 눌러 담았다.

"알겠습니다. 죄송합니다. 제가 책임지고 찾아서 연락드리겠습니다."

"그래, 윤 차장만 믿어."

김 상무가 무어라 더 공치사를 늘어놓고 전화를 끊었다. 차경이 떨리는 손을 감추려고 숨을 훅 들이마셨다가 뱉는 순간, 김 상무와 통화하는 동안 받지 못한 전화가 있었다는 메시지 알림이 핑 떴다.

찬민이었다.

'어떻게 됐어? 통화 중이네.'

차경은 전화 대신 문자로 답했다.

'찾으러 가는 중. 나중에 연락해.'

찬민의 답장도 문자로 돌아왔다.

'그래, 한밤에 고생 많다. 직장 상사 개자식이네. 어딘지, 내가 지금 갈까?'

이제야? 차경은 아까 차를 타고 떠나던 찬민의 모습을 기억했다. 조수석에 앉아 있는 사람의 얼굴까지는 보이지 않았지만, 검은 긴 머리카락이 눈에 띄었다. 그것만으로는 아무것도 알 수 없다. 하지만 차경은 거기서 아무것도 물을 수 없었다. 손가락 끝이 차가워졌지만, 동시에 사람들이 자기만 쳐다보는 듯해서 목덜미가 뜨거웠다.

'아니야. 내가 알아서 해. 나중에 봐.'

그때 카페 문 앞으로 나오던 수언도 분명히 보았을 것이었다. 그는 아까도 지금도 아는 내색을 하지 않았다. 그는 아무것도 묻지 않았다. 딱 하나만 빼놓고는.

"남자 친구분…… 경운 형이랑 아는 사이세요?"

차경은 휴대전화를 주머니에 넣다가 예상치 못한 질문에 놀랐다. 차경은 남자 친구가 아니라 약혼자라고 굳이 고쳐주지 않았다.

"아뇨, 그럴 리가?"

하지만 잠시 생각해보니, 자기가 답을 알 수는 없는 것이다. 하기는 누군가를 만나러 온 게 아니라면, 찬민이 거기 왜 왔는지 알 수 없었다. 그리고 그 누군가가 차경이 아니었다는 건 확실했다.

"아니…… 알지도 모르죠. 거기 왜 왔는지 저도 모르니까. 제가 있다는 걸 알고 온 건 아닌 것 같고. 그러면 다른 용무가 있어서 왔을 텐데……."

"아영 누나한테는 여기서 거주하는 데 관심이 있어서라고 했다던데. 그러고는 양봉하는 사람들도 사냐면서."

수언은 대수롭지 않게 말했지만, 의미가 없진 않을 것이었다. 차경도 대수롭지 않게 대답하려고 했다.

"그 사람이 양봉 관련한 일을 하긴 하거든요. 관련 연구소에서 일해서. 하지만 서경운 씨를 아는 것 같지는 않았어요. 알았다면, 아까 아는 척을 했겠죠."

"하긴요. 경운 형 먼 친척인가, 라고 아영 누나는 짐작하긴 하던데. 양 씨라고 하셨다면서요. 경운 형 이모네에 양 씨가 있거든요."

수언은 작은 차가 좌회전을 하자 속도를 높여 직진했다. 차경은 차창 너머의 밤을 내다보았다. 트럭의 좌석은 세 사람이 타기엔 너무 좁지 않은가. 그와 차경, 그리고 차경 약혼자의 그림자가 같이 들어갈 자리는 없었다.

"외국인이에요?"

자기 얘기를 하나 했으니, 그의 얘기도 하나 해주는 게 공평할 것이다. 그렇게 자신에 대한 이야기를 주고받는 사이에서만 관계가 시작된다. 차경은 자기도 모르게 관계라는 말을 떠올린 걸 알고 놀랐다. 지금 찬민과 그 동행 때문에 마음이 어지러운 이 가운데서도.

"아, 저요?"

수언은 한 손가락으로 자기를 가리켰다. 차경은 고개를 끄덕였다.

"네, 국적은 미국이에요. 아버지가 미국인이시거든요. 저도 미국에서 태어났고."

"그런데도 이름은……."

"저의 미국 이름은 따로 있긴 한데, 아버지가 한국 이름 써도 되지 않냐고 하셨어요. 복잡하고 긴 이야기인데, 듣고 싶어요?"

차경은 잠시 망설였다. 듣고 싶은 마음만큼이나 듣고 싶지 않은 마음도 있었다. 그의 복잡하고 긴 이야기를 들으면, 그 이야기의 일부가 될 것 같았다.

"아니요, 다음 기회에."

수언은 살짝 어깨를 으쓱하고 한쪽 입꼬리만 올렸다. "네, 피곤하실 것 같아요."

"네, 그러네요."

차경은 그에게서 시선을 돌리고 차창에 머리를 기대어 눈을 감았다. 피곤한 것으로 해두는 편이 좋다. 한수언에게 윤차경은 피곤한 사람이니까. 지금은 피로보다는 두통이었다. 편두통은 잠시 사라졌다가도 골치 아픈 상황이면 지긋지긋한 옛 애인처럼 다시 찾아와 달라붙는다. 하지만 다음 순간 차가 흔들리는가 싶더니 차경은 창에 머리를 쾅 부딪치고 눈을 떴다. 트럭은 길 한가운데 갑자기 섰다.

"엇, 괜찮아요?"

수언은 차의 비상등 버튼을 누르는 것과 동시에 차경을 돌아보며 걱정스레 물었다. 차경은 이마를 문지르며 고개를 들었다.

"괜찮아요, 무슨 일……."

"저기 앞."

헤드라이트 불빛이 만든 빛의 통로 속, 웅크리고 있는 물체가 무엇인지 차경은 첫눈에 알아볼 수 없었다. 수언이 안전벨트를 풀고 문을 열고 나가는 순간, 차경은 그것이 뭔지 깨닫고 따라 내렸다.

수언은 길 위에 떨어진 솜뭉치 앞으로 가서 무릎을 꿇었다. 그는 다정한 목소리로 말을 걸며 한 손을 내밀었다. "저런, 놀랐구나?"

그의 커다란 손 아래서 바들바들 떨고 있는 것은 원래는 털이 흰색이었을 강아지였다. 강아지는 가는 소리로 컹컹 짖더니 귀를 쫑긋 세우고 다가오는 차경을 보았다. 차경이 멈칫한 순간, 개는 벌떡 일어나 절뚝절뚝 달려가더니 그녀의 맨다리에 머리를 기대며, 다시 한번 컹 짖었다.

"저런, 주인으로 착각한 모양인데요." 수언이 말했다.

차경은 주저앉아 개를 살폈다. 개는 밤이슬, 가늘게 내리는 안개에 젖어 더 가련해 보였다. 며칠 동안 숲속을 헤맨 듯 털이 뭉쳐 있고 흙이 여기저기 묻어 있었다. 배가 홀쭉하고 눈이 때꾼한 것이 밥도 제대로 챙겨 먹지 못했을 터였다. 하지만 어느 모로 봐도 들개는 아니었다.

수언이 그녀 옆으로 와서 앉고 고개를 숙여 개와 눈을 맞추었다. 개는 수언을 보고 컹 짖더니 차경에게로 더 가까이 달라붙었다.

"요새 제주에도 유기견이 많아요. 제주에 잠시 살러 와서 입양했다가 떠날 때 버리고 가는 외지인도 좀 있고. 원래 제주는 개를 풀어 키우긴 하지만, 얘는 그런 개라고 하기에는 품종견이네요. 푸들인가."

차경은 개를 쓰다듬었다. 개는 코를 그녀의 손바닥에 비볐다. 그 축축하고 차가운 코가 손바닥에 닿자, 차경은 마음을 묵직하게 내려치는 뭉클함을 느꼈다.

"얘를 데려가야겠어요. 여기 놔두었다간 죽을 거예요. 아무 차나 보고 주인인 줄 알고 뛰어들든지, 들짐승한테…… 잡히든지. 오늘은 일단 숙소로 데려갔다가 내일 수의사한테 가든 유기 동물 보호소에 가든……."

"지금 가셔야 하는 곳이 있잖아요?"

수언은 검은 눈을 들어 그녀의 눈과 맞췄다. 강아지도 동시에 차경을 올려다보았다. 차경은 수언의 말이 무슨 뜻인지 알았다. 그녀는 강아지를 들어 올리며 자리에서 일어났다. 강아지를 잡은 순간 손가락이 털 속에 푹 파묻혔고, 그 속으로 만져지는 몸이 너무나 말

226

라서 마음이 아팠다.

"골프 가방은 내일 찾아도 돼요. 애초부터 이렇게 한밤에 남을 찾아간다는 게 너무나 무례한 짓이었어요. 아무리 제 사정이 급하다고 해도……. 그리고 업무 외의 지시에 허겁지겁 따를 일도 아니었어요. 내가 정신이 나갔었나. 그깟 골프 가방 못 찾으면 물어주면 되지."

차경은 강아지를 한 손으로 받치고 다른 손으로 가슴에 끌어안으며 트럭에 오르면서 씩 웃었다.

"돌아가요. 그럴 리는 없지만 개진상이 사람들 앞에서 망신을 당하든가 말든가. 오히려 톡톡히 당하면 시원하겠네요."

수언이 성큼성큼 걸어와 트럭에 휙 뛰어올랐다. 그는 운전석에 앉은 후 차경과 강아지가 안전히 앉아 있는지 확인했다. 강아지는 이제 차경의 가슴에 머리를 기대고 있었다.

"제 생각이 틀렸었나 봐요." 수언은 혼잣말처럼 중얼거렸다.

"네?"

"피곤할 때도 환히 웃을 수 있네요."

차경은 옆에 앉은 수언을 올려다보았다. 그의 목소리는 공항에서처럼 담담했지만 웃음을 머금은 눈꼬리는 아래로 휘어 있었다.

"그럼 이제 돌아갑니다."

강아지가 차경 대신 대답하듯 컹컹 짖었다. 얼굴이 뜨거워진 건 피곤해서야. 차경은 애써 그렇게 생각하며 떠오르는 미소를 눌렀다. 트럭은 두 사람과 머릿속 한 사람이 함께 있기에는 좁았지만, 두 사람과 개 한 마리에게는 딱 맞았다.

「서칭 포 허니맨」 프로젝트 제5일, 서귀포

로미가 팬에서 달걀 프라이를 막 꺼내려 할 때, 경운이 부엌에 들어오다가 로미를 보고 그 자리에 멈췄다.

"안녕하세요."

로미가 깜짝 놀라 뒤를 돌아보다가 달걀 프라이가 접시 위로 툭 떨어졌다.

"으악!"

경운이 놀라 로미가 선 조리대로 다가섰다. "괜찮으세요?"

"아뇨!"

로미의 급박한 말에 경운은 로미의 손을 걱정스레 살폈다. "어디 다치셨어요?"

"네, 노른자가 터졌어요!"

"네?"

"반숙으로 예쁘게 만들었는데! 간만에 달걀 색깔도 예쁘게 나왔는데!"

"네……."

경운은 할 말을 찾지 못하고 같은 말만 반복할 수밖에 없었다. 로미는 천연덕스럽게 뒤집개로 접시 위의 달걀을 정리했다.

"할 수 없네요. 그냥 못생긴 걸로 드세요."

"네……?"

"아침 일찍 나가기로 했잖아요. 일하러 가려면."

당황한 경운을 식탁에 앉힌 로미는 토스트와 달걀, 소시지와 토마토가 담긴 접시를 놓고 생긋 웃었다.

"같이 먹어요."

생각보다는 식욕이 없는 건가. 로미는 접시를 뒤적이는 경운을
관찰했다. 어제 낮, 밤, 그리고 오늘 아침까지, 그의 얼굴은 볼 때마
다 낯설게 보였다. 교통사고가 남긴 흔적 때문일지도 몰랐다. 흉터
를 말하는 게 아니었다. 얼굴에 한 겹의 막을 덧씌운 듯 느껴졌다.
그가 나를 기억하지 못하기 때문일까? 경운이 고개를 들어서, 로미
와 눈이 마주쳤다. 로미는 옆에 놓인 커피를 괜히 들이켰다.

"로미 씨······는 절 아십니까?"

"아, 네?"

로미는 뜨거운 커피를 들이켜다 입을 델 뻔했지만 내색하지 않으
려 애썼다.

"어제 처음 만났을 때, 저를 아는 것처럼 말씀하셨지만 대답은 안
하셨죠. 아영 씨도 로미 씨가 저를 아시는 것 같다던데."

로미는 무어라 말할지 잠깐 생각했다. 3년 전에 만났다는 이야기
를 할까. 솔직한 게 제일 좋다고, 어린 시절부터 엄마에게 그렇게 배
웠다.

"아뇨, 몰라요. 제가 착각한 거예요."

어렸을 때부터 엄마의 가르침을 잘 따르지 않았다. 그래서 지금
이렇게 살고 있다. 그렇지만 기억하지 못하는 사람에게 괜한 말을
꺼내고 싶지는 않았다. 자존심 없다는 말도 많이 들어봤지만, 이럴
때는 지키고 싶기도 했다.

"그렇군요." 경운은 눈썹을 살짝 올렸지만 더는 캐묻지 않았다. 대신 무척 의외의 질문을 했다. "어제 온 친구분……의 남자 손님, 그분은 저를 아시는 분입니까?"

로미는 고개를 갸웃했다. "아뇨? 글쎄요?"

어제 찬민이 이곳에 온 이유에 대해서 로미와 하담은 생각해보지도 않았다. 차경은 한밤에 조심스레 돌아와서 물어볼 겨를도 없었다. 물어볼 만한 분위기가 아니라는 건 두 사람 다 알았다.

"왜 물어보세요?"

"아, 어디선가 본 것도 같고……. 이름이 귀에 익어서, 아는 사람인가 싶고."

"양찬민 씨? 양봉 관련한 거 한다고 듣긴 했지만, 아는 사람이면 어제 말하지 않았을까요?"

"그렇겠죠? 하지만 제가 기억을 잘 못하니까……."

분위기가 가라앉으려는 찰나, 로미가 재빨리 물었다.

"그런데 왜 아는 사람이라고 생각했어요?"

경운이 대답하려는 순간, 어떤 남자가 카페에서 이어진 갤러리를 통해 부엌으로 들어왔다.

"어, 안녕하세요?"

하얀 셔츠를 입은 남자는 로미를 보자마자 고개를 숙이며 인사를 했지만, 로미는 누군지 금방 알아볼 수 없었다.

"안녕하세요? 그런데……."

둥글둥글한 얼굴, 로미는 왠지 모르게 대만식 밀크티를 떠올렸다. 왜지?

"어, 여긴 웬일이야? 이렇게 일찍? 오늘은 수업 없어?"

경운이 남자와 안면이 있는지, 의자에서 일어나며 남자에게 손을 내밀었다. 남자는 멋쩍은 웃음을 지으며 그 손을 잡았다.

"응, 수업도 없고, 아침에 서귀포에 일이 있어서 왔다가. 잠깐 들러서 형도 보고……. 그리고 그제 우리 스쿨 오셨었는데, 쓰러지셔서 괜찮은지 한번 보려고."

남자는 로미를 두 손을 들어 공손히 가리켰고, 로미는 이제야 그가 누군지 생각났다. 허니비 스쿨의 타피오카 펄. 밀크티가 생각난 건 그 이유 때문이었다. 그 둥글고 매끈한 얼굴은 로미를 보고 여전히 사람 좋은 웃음을 짓고 있었다……는 건 로미의 착각이었다. 그 얼굴은 로미의 어깨 너머를 향하고 있었다.

아직 젖은 머리의 하담이 숙소에서 이어지는 문으로 들어오다가 부 실장을 보고 눈을 크게 떴다.

"아? 안녕하세요."

부 실장이 고개를 숙여 인사하며 멋쩍은 웃음을 지었다.

"안녕하세요."

"네, 여기 어떻게……?"

하담이 의아해하며 물었다. 허니비 스쿨과 놀은 섬의 반대 방향이었다. 이렇게 아침부터 오기에는 먼 거리였다.

"그렇게 쓰러지신 게 마음에 걸려서요. 제 잘못도 있고. 지금은 괜찮으세요?"

하담은 두 손을 격렬히 흔들었다.

"아니, 제 잘못인걸요. 전혀 잘못 없으세요. 저는 머리부터 발끝까지 괜찮습니다."

"그래도 제가 벌을 잘 관리했어야 하는 건데. 어제 와봤어야 하는데 일이 많다 보니 늦었네요. 죄송해요."

"신경 쓰시게 한 제 잘못이죠. 절 안고 병원까지 뛰셨다고 들었는데 감사하다는 말도 못 하고."

"아뇨, 병원까지는 아니고, 건물 안으로만……."

두 사람이 어색하게 마주 서서 사과의 캐치볼을 계속 나눌 기세를 보이자, 로미가 한 손을 들고 큰 소리로 말했다.

"두 분!"

하담과 부 실장은 동시에 로미를 돌아보았다. 로미는 케이블 채널 광고에 나오는 사람처럼 두 손을 들어 양쪽으로 펼치며 인자하게 웃었다.

"일단 앉아서 얘기하죠. 아침은 드셨어요?"

아침 식탁에 앉아 부 실장은 토스트를 뜯으며 부화철이라고 직접 자기소개를 했다. 경운과는 양봉인 모임으로 아는 사이였고, 형, 동생 하며 친하게 지냈다. 하담과 로미가 여기 묵는다는 건 허니콤 게스트하우스 형수님, 수미 씨에게 들었다. 허니콤 게스트하우스에 묵었다는 사실은 돌미용 제주의 강 이사에게 들었다. 꿀벌 통신이네, 모두가 이어져 있어. 로미는 수미에게 여기로 옮긴다는 말을 했는지 기억나지 않았지만, 이곳의 네트워크를 생각하면 알 수도 있는 일 같았다. 경운과 부 실장은 잘 아는 사이인 듯 친근하게 말을 나누었다.

"테일러는 참 언제 온대?"

"내일모레 비행기라고 하던데. 한국 오긴 왔는데 서울에도 있다 올 건가 봐. 양봉장 일 도우랄까 봐 농땡이 치는 것인지."

"내가 일 없으면 도와줄게요. 형네 양봉장 정리하면서 나도 좀 배우고, 육종장도 궁금한데. 참, 채밀카랑 채밀기도 새로 샀다며."

"아직 안 왔어. 나중에 한번 와. 스쿨 한가할 때."

경운이 이렇게 스스럼없이 이야기를 나누는 모습이 로미에게는 새삼스러웠다. 그의 편안한 웃음에 로미의 마음에 얹혔던 무게가 덜어지는 것 같았다. 부 실장은 두 여자의 시선을 의식한 듯 하담을 돌아보며 사과했다.

"이런, 죄송합니다. 저희끼리만 아는 얘기를 해서."

"아니에요. 괜찮아요. 저도 어차피 양봉 관련해서 조사하고 있으니까 재미있어요."

부 실장과 경운이 양봉에 관한 대화를 나눌 때, 하담은 고개를 끄덕이며 그들의 말에 귀를 기울였다. 가끔 부 실장은 하담과 눈을 맞추며 그녀가 하는 질문에 성심껏 답해주기도 했다. 양봉에 대한 얘기가 길어지자, 경운은 로미에게 미안하다는 시선을 보냈고, 로미는 그냥 웃어주며 대화를 나누는 부 실장과 하담을 보았다. 벌에 쏘일 뻔한 건 나인데 하담에게만 사과하더니, 지금도 내 의견은 중요하지 않단 말이지. 로미는 부 실장을 약간 놀려줄까 싶기도 했지만 지금 이 풍경이 마음에 들었기 때문에 아무 말 하지 않았다. 경운과 부 실장이 나란히 앉고, 식탁 건너편에 하담과 로미가 앉아 있다. 남자들의 머리카락 위에 아침 햇살이 내려앉아 반짝거렸고, 식탁 위에 놓인 사과가 유난히 반들거렸다. 실제로는 어둡고 흐린 아침이었기에 아침 햇살도 사과에 비친 광채도 로미의 눈이 자체적으로 씌운 필터일 뿐이었다. 그렇지만 로미의 눈에는 충분히 환한 날이었다. 두 커플의 아침 식사 같은 정경이잖아. 로미는 드라마 같은 이런 구도가 흐뭇했다. 15분 정도는.

"하담아."

이제는 어느 정도 익숙해진 목소리가 들렸을 때, 로미는 왠지 이런 상황을 예상했던 것 같은 기분이었다. 그래, 평화는 오래가지 않지. 로미는 천천히 시선을 옮겼다.

카페를 통해 부엌으로 들어온 남자는 하담을 보고 손을 들었다. 오늘은 다들 출근하지 않는 날인가, 로미는 요일을 세어보았다. 평일인데.

"생각보다 일찍 왔네."

하담의 얼굴이 환해졌다. 재웅은 웃는 얼굴은 아니었다. 로미는 하담의 앞에 앉아 있던 화철을 바라보는 재웅의 눈길을 느꼈다. 재웅은 로미에게도 꾸벅 인사하고, 엄지손가락으로 자기 어깨 뒤를 가리켰다.

"필현 선배도 같이 왔어. 너 필름 편집 리뷰 도와달라고 했지. 나 혼자 보는 것보다는 선배가 있는 편이 나을 듯싶어서 오라고 연락했어."

하담의 선배라는 키 큰 남자가 재웅의 뒤에서 나타났다.

"어어, 가뜩이나 전시 때문에 바쁜데, 재웅이가 몇 번이고 권하더라고." 필현은 재웅을 돌아보았다. "혼자 가기 민망했나 보지."

그 말을 의미심장하게 남기고 필현은 하담을 향해 짐짓 곤란하다는 표정을 지었다. 그러다 곧 주위 사람들의 시선을 의식한 듯 누구에게라고 할 것 없이 그 자리에 있는 사람들을 향해 고개를 숙였다. 식탁에 앉아 있던 남자들도 머뭇거리듯이 맞인사를 했다. 하담은 소개를 해야 하나 잠깐 망설이는 듯 로미의 얼굴을 보았다. 어차피 경운과 화철도 하담에게는 낯선 사람이었다. 이제야 알게 된 사람. 그리고 필현과 재웅은 과거에 알았던 사람. 하담의 미래에 이 남자들이 어떻게 끼어들지도 알 수 없는데, 서로 소개를 한다는 게 사회적으로 적절한 일일까? 로미는 이 상황에서 아무런 도움이 되지 않았다. 로미는 부 실장의 이름을 제대로 못 들었지만 다시 묻지 못한 채 15분이 흘러가버렸고, 하담의 선배 이름은 들었는지조차 기억이 나지 않았기 때문이었다. 그렇게 어색한 몇 초가 똑딱똑딱 지나갔다……

하지만 그 누구도 오래 고민할 필요가 없었다.

차경이 좋아하는 책에 이런 구절이 있다. 어떤 것들을 빼놓고는 도저히 세계를 상상할 수 없다. 우리의 마음을 울리는 음악, 햇살 속에 빛을 품고 흐르는 강, 바람에 부드럽게 흔들리는 푸른 풀이 없는 세계, 그처럼 개가 없는 세계란 어떠한 곳일지.*

어땠을지는 상상할 수 없지만, 확실히 사람들 사이는 지금보다는 더 어색했을 거야. 차경은 눈앞에서 펄쩍펄쩍 뛰는 개와 당황해서 어쩔 줄 모르는 사람들을 보고 생각했다.

어젯밤의 지치고 슬픈 모습은 사라지고 없었다. 차경이 어제 돌

---

* 『Dog Songs』 메리 올리버 글, Penguin Books, 2013년

아오자마자 씻어줘서인지 개는 하룻밤 새 말쑥하고 건강해 보였다. 그리고 눈앞의 여섯 사람들 사이를 빙빙 돌며 씩씩하게 짖어대고 있었다. 그들이 서로 낯을 가릴 틈도 없이.

하담의 옛 남자 친구는 손을 내밀었지만, 개는 무시하고 로미에게로 달려가 펄쩍펄쩍 뛰었다. 로미는 무릎을 구부리며 개를 안아 들었지만, 자세가 어설퍼서 개의 발이 로미의 팔 사이로 빠져 버둥거렸다. 경운이 재빨리 개의 발을 받치며, 로미에게서 개를 넘겨받았다.

"어이쿠, 이 녀석. 아침부터 기운이 펄펄 넘쳐?"

경운의 말투는 정답고 친근했다. 차경이 처음 보는, 얼굴이 둥근 남자가 경운의 옆에 서서 개의 귀 옆을 긁어주었고, 개는 기분 좋다는 듯 고개를 들었다. 그 남자가 말했다.

"아직 아기네. 어디서 온 거야?"

경운은 "글쎄……"라고 말하며 로미를 보았다. 로미는 어깨를 으쓱하며 하담을 보았다. 하담도 거울처럼 똑같이 어깨를 으쓱하며 차경을 보았다. 모두의 시선이 차경에게로 쏠렸다. 차경은 차분하게 대답했다.

"어젯밤에 길에서 헤매고 있는 걸 데려왔어요. 그…… 수언 씨랑."

마지막 말은 덧붙이지 말까 했으나, 자기 맘대로 데려온 게 아니라는 걸 강조하고 싶었다. 그와 내가 같이 한 거야, 같은 말을 하고 싶었다.

"귀엽다. 나도 한번 안아볼게요."

하담이 개에게로 손을 뻗자 개가 너무나 자연스럽게 경운의 품에서 하담에게로 넘어왔다. 개는 자기를 내려다보는 하담의 턱을 향해 혀를 날름거렸다. 하담은 웃으며 고개를 돌렸다.

"야, 장난치지 마."

"몇 개월 안 된 것 같은데. 이 동네 들개도 아니고."

하담의 선배가 문가에 멀찍이 서서 말했다. 로미는 개에게 다가가서 허리를 숙이고 개를 향해 얼굴을 들이밀었다.

"그러게요. 누구네 집 반려견인 거 같은데, 버린 건가?"

얼굴이 둥그런 남자가 로미 옆에 바짝 붙어 서서 고개를 숙이고 로미와 같은 자세를 취했다. 두 사람은 강아지를 바라보는 엄마 개와 아빠 개 같은 표정이었다.

"확실히 그런 것 같네요. 품종견인 것 같기도 하고."

개는 갑작스레 사람들이 몰려들자 흥분했는지 하담의 품에서 꿈틀거렸다. 하담이 개를 다시 고쳐 안으려고 할 때 개는 뒷다리를 뻗었고…….

"어머!"

"어엇."

얼굴 둥그런 남자가 동작 빠르게 개를 하담에게서 자기 쪽으로 끌어당겼다. 하담은 간신히 피했지만, 노란 오줌 줄기가 솟더니 남자의 남색 스웨터 위에 진한 선을 그렸다. 경운이 로미의 어깨를 잡고 옆으로 잡아끌어 로미는 오줌 세례를 피할 수 있었다.

"저걸 어째, 수건이 어디 있더라."

차경은 자기 개가 아닌데도 마치 개 주인이 된 양 얼굴이 붉어졌다. 그녀는 수건을 찾아 두리번거렸다. 행주는 눈에 띄었지만 그걸로는 안 될 것 같았다.

오줌 세례를 맞은 남자가 어설프게 웃으며 개를 내려놓자 개는 쏜살같이 사람들의 다리 사이를 헤치고 와 차경의 치맛자락 뒤에 숨었다. 자기도 잘못했다는 걸 아는 눈치였다.

하담은 입고 있던 카디건 자락을 쳐들며 남자의 옷을 닦으려 했다.

"부 실장님, 어떡해요. 제가 잘못해서. 이런, 이런, 옷이 다 젖었네."

"잠깐."

하담의 앞을 막아선 건 재웅이었다. 재웅은 자기 셔츠를 벗어서 둘둘 뭉치면서 하담과 부 실장 사이로 들어섰다. "내가 할게."

"응?"

하담이 고개를 들고 재웅을 어리둥절한 눈빛으로 보았지만, 재웅은 침착하게 부 실장 앞에 섰다. "제가 닦아드릴게요."

부 실장도 당황했지만, 얌전히 자기 목을 빼 들어 재웅에게 맡겼다. 재웅은 셔츠 자락으로 톡톡 그의 목과 가슴을 닦았다. 두 사람의 몸은 주먹 하나 들어갈 정도로 바짝 붙었고, 부 실장의 얼굴은 점점 붉어졌다.

"어…… 이러실 것까진 없는데."

"재웅 씨는…… 참 친절하시다."

원래 하려던 말은 그게 아닌 것 같았지만 로미는 마음에 품은 말을 꿀꺽 삼켰다. 로미의 어깨에는 아직도 경운의 손이 올라가 있었다.

"그러게, 오늘따라 쓸데없이 친절하네."

필현은 창가로 물러서서 팔짱을 끼고 앞의 광경을 구경하고 있었다. 웃음을 참는지, 못마땅한 건지 입가가 살짝 올라갔다.

"엄마야, 깜짝이야."

부엌으로 아영이 쟁반을 들고 들어서다 바짝 붙어 선 재웅과 부실장을 보고 놀라서 하마터면 발을 헛디딜 뻔했다. 이상할 것도 없었지만, 남자 둘이 바짝 붙어 서 있는 모습은 흔한 풍경은 아니었다.

"아침부터 이게 뭔 일이래요." 아영의 눈이 방 안을 훑더니 개를 보고 사태를 파악한 것 같았다. "개가 오줌 싼 거예요?"

아무도 대답하지 않고 일제히 아영을 향해 고개를 돌렸다가 다시 두 남자에게 시선을 고정했다. 하담이 재웅의 손에서 셔츠를 빼앗으려 했다.

"재웅아, 내가 할게."

"됐어. 넌 저리 가서 손이나 씻어."

두 사람이 서로 하겠다고 다투는 동안 부 실장이 손을 휘휘 저었다.

"이만하면 됐습니다. 제가 가서 아예 씻고 오는 편이 낫겠어요."

그의 둥그런 얼굴이 여전히 붉었다.

"제가 샤워실 안내해드릴게요."

아영이 쟁반을 싱크대 위에 조심스레 내려놓으며 말했다. 그때야 경운이 로미와 너무 바짝 붙어 서 있다는 걸 의식한 듯 로미의 어깨에서 손을 떼고 뒤로 물러서며 말했다.

"내가 가서 갈아입을 옷 있나 찾아볼게."

강아지는 그 말에 대답하듯 다시 한번 컹컹 짖었다. 사람들은 각자 자리를 찾아 흩어졌다. 차경을 신경 쓰는 사람은 아무도 없었다. 차경은 관객이 되어 한 편의 소동극을 본 기분에 한숨 쉬며 강아지를 내려다보았다.

　네가 무슨 짓을 했는지 알겠니.

　개는 맑고 검은 눈동자로 차경을 올려다보았다.

　인간들끼리의 미묘한 경쟁심, 질투, 기대에 대해 개는 눈치챘을지
도 모른다. 그러나 개들은 알면서도 모르는 척 천진한 표정을 지을
수도 있다. 그래서 개들이 사랑스러운 것인지도 몰랐다.

9장

장례식과 결혼식은 알려야 한다

19세기 서양에서는 집안의 큰일을 벌에게 보고하는 풍습이 있었습니다.

누가 죽으면 검은 천으로 벌통을 덮고 알려야 하고

결혼식이 있으면 신랑 신부가 인사를 했다지요.

소식을 받지 못하면, 벌의 분노로 불행해진대요!

호텔 문 앞에 차를 세웠다. 헤드라이트가 '메종 프루니에'라는 간판을 비추었다. 유리창이 크고 앞에 커다란 수영장이 있는 신축 부티크 호텔이었다. 남의 눈에 뜨이지 않고 새벽에 여기까지 오느라 마음을 졸였다. 분노가 초조함으로 바뀌면서 파랗게 타올랐다. 마음을 가라앉히기 위해 조용하게 시동과 헤드라이트를 끄고 잠시 기다렸다.

어렴풋한 어둠 속에서 키가 큰 남자가 걸어 나왔다. 실물을 보는 건 처음이었다. 이전에 인터넷으로 양찬민이라는 이름을 검색해본 적은 있었다. 지금은 밤이라 그런지 연구소 웹사이트에서 본 증명사진과는 다른 사람 같았다. 차에서 내릴 마음은 없어서 창문만 조금 내렸다.

양 박사에게 왜 자기랑 약속을 깨고 직접 뇰에 갔냐고 따지니, 그는 확인하고 싶어서라고 변명만 했다. 길게 얘기해보았자 소용없다. 어쩌면 뭔가 훔치려 했을지도 모르지만, 그가 원하는 물건은 쉽게 찾을 수 없을 것이다. 물건이 들어 있는 상자의 비밀번호를 아는 사람은 지금 이 세상에 한 사람뿐이니까. 전 세계에 두 명 있었지만, 지금은 단 한 사람.

양찬민은 차 앞을 떠나면서 마지막으로 한마디 뱉었다. "실수나 하지 마요. 대회 당일까지는 문자로 연락해요."

그의 뒷모습이 호텔의 문 안으로 사라지는 것을 바라보았다. 걷는 것도 뛰는 것도 아닌 속도이지만, 뭔가 꺼림칙해 보이는 분위기는 선명했다. 이런 비밀스러운 일을 꾸미고 있기 때문이기도 하겠지만, 그런 상황이 전부가 아님을 알 수 있었다. 호텔을 올려다보았다. 규모는 작지만 감각 있는 인테리어와 해변으로 바로 이어지는 위치 때문에 격조 있고 사적으로 보이는 곳. 그러나 가격이 높아서 쉽사리 선택하긴 어려운 곳. 누구 다른 사람과 같이 왔겠지. 남의 눈에 보이고 싶지 않은 사람과 함께. 일에 방해만 되지 않는다면 자기가 상관할 일은 아니었다.

차에 시동을 걸고 그 자리를 떴다. 자기야말로 남의 눈에 뜨이면 좋지 않았다. 이 시간에, 이런 장소에서. 왔던 길로 돌아 나올 때 좁은 길가에서 검정 SUV를 스쳤다. 이런 데 차가 서 있다니. 고개를 돌려 보니 사람이 타고 있는 듯도 했지만, 헤드라이트도 시동도 꺼져 있었다. 이상한 기분이 들었지만, 깊이 생각할 겨를은 없었다.

신호에 걸려 교차로에 서 있을 때, 무언가 둥둥 떠가는 것이 보였다. 별자리가 든 우주처럼 하얗게 빛나는 구형의 물체. 처음에는 뭔지 즉시 알아보지 못했지만, 그 불빛에 비친 사람의 팔을 보고 알았다. 사진이 예쁘게 나온다고 해서 요즘 유행하는 LED 풍선이었다. 바람이 불자 불빛이 양옆으로 흔들렸다. 풍선의 주인은 파란색 깅엄 체크무늬 원피스를 입은 20대 여자였다. 그 옆에는 흰 티셔츠에 청바지를 입은 남자가 서 있었다. 여자가 옆에 손을 잡고 걸어가는 남자를 올려다보며 웃자, 창문 닫힌 차 안으로도 꺄르르 웃는 소리가 새어 들어오는 것 같았다. 두 사람의 드러난 팔, 맨발, 흐트러진 머리카락에 늦여름의 활기가 밤이슬처럼 맺혔다.

그 광경에 예전의 추억이 밀려들었다. 아무도 기억해주지 못하는 생일이 또 한 번 지나간다고 생각했던 날이었다. 한밤에 창문을 내다보라는 문자가 왔다. 창밖으로 환한 불빛이 자기를 향해 다가오고 있었다. 그 밑에서 그녀가 그만큼이나 환하게 웃으며 걸어올 때, 파란 시폰 스커트 자락이 다리에 감겼다. 자기도 모르게 웃음이 터져 나와 입으로 손을 막으며 계단을 뛰어 내려갔다. 바깥에서 만났을 때 그녀가 웃으며 말했다. 생일 축하해요. 자, 종이달을 가져왔어. 그다음에 쑥스럽게 덧붙였다. LED 전구와 종이로 내가 직접 만들었어. 혜영은 그런 여자였다. 무척이나 영리하고, 세상을 뒤흔들 발견을 할 수 있으면서도, 소소한 물건을 만들 때 재미있어하는 사람. 두 사람은 그걸 같이 잡고 거침없이 웃음을 터뜨렸다. 풀벌레의 울음소리가 고요를 울리던 밤, 종이달의 불빛 아래서 기억할 수 있는 웃음이 생일 선물로 남았다.

신호가 바뀌고 여름의 연인들을 뒤로한 채 차는 출발했다. 그녀가 떠난 지도 한참 되었지만 이렇게 문득 기억이 떠오를 때는 가슴이 아팠다. 하지만 문득이라는 말은 틀린 것인지도 모른다. 그건 오랫동안 생각하지 않았던 것이 갑자기 떠오를 때 쓰는 말이다. 혜영의 기억은 마음속을 떠난 적이 없었다. 그렇기에 지금 이 일을 실행할 결심도 할 수 있었다. 두 사람이 함께 세웠지만 실행하지 못한 계획. 두 사람이 함께 있으려 했지만 마지막에 혜영이 마음을 바꿔서, 그렇게 세상을 떠나서, 할 수 없었던 계획.

혜영이 사라지고 케이블에서 「종이달」이라는 영화를 본 적 있었다.

245

그런 영화가 있는지도 몰랐는데, 몇 장면을 보다가 자기도 모르게 집중했다. 종이달을 가져왔어. 혜영의 선물은 혹시 이 영화를 가리킨 건가, 그런 쪽으로 생각이 미쳤다. 은행원인 여자가 남편이 아닌 어린 남자와 사랑에 빠지고 그와 함께 있으려고 선을 넘어버린 이야기였다.

고개를 저었다. 종이달과 같은 얘기라도, 그 주인공과 같은 결말을 생각하고 싶지 않았다. 나는 달라. 해낼 것이다. 양찬민을 이용하고, 그간 알고 지낸 다른 선량한 사람들을 속이더라도 해낼 것이다. 아침에는 주변을 돌며 동태를 살펴야 할 것 같았다. 양찬민이 출현해서 눈치채인 건 없는지 확인해야 했다.

차창으로 멀어지는 하얀 달, LED 풍선을 보면서 운전대를 쥔 손에 힘을 주었다. 결행의 날이 가까워오고 있었다.

개는 차경의 발밑에 앉아서 곤히 잠들어 있었다. 그 사고를 쳤지만, 개는 흐뭇하고 편안해 보였다.

차경은 중앙 정원의 유리 지붕 아래 혼자 앉아 있었다. 이른 아침의 소동이 끝나자, 사람들은 형식적인 담소를 나눴다. 남자들은 자기소개를 하고 명함을 주고받았다. 처음보다는 분위기가 어색하지 않았지만, 그렇다고 더 친밀해진 것도 아니었다.

결국, 다들 자기 일을 하러 뿔뿔이 흩어졌다. 하담은 재웅 및 필현과 함께 촬영 영상 리뷰를 하러 갔고, 로미는 경운과 양봉장으로 떠났다. 친구들은 눈치껏 차경에게 어젯밤 일을 묻지 않았다. 찬민과 얘기를 해보았는지도 궁금해하지 않았다. 스스로 말해주길 기다리는 것 같았다.

커뮤니티의 사람들도 일을 보러 떠났다. 서점 주인 부부는 서점에 들렀다 세계 양봉 대회 준비를 하러 떠난다고 했다. 다른 사람들은 단기 거주자의 휴가를 마음껏 누리러 오름이나 바다로 나갔다.

아영은 서핑 카페에서 동네 사람들 모임이 있다고 서둘러 나갔다. 허니콤 게스트하우스 주인인 수미 씨도 온 것을 보니, 근처에 사는 비슷한 나이대의 사람들이 만나는 듯했다.

할 일은 차경에게도 있었다. 개를 유기 동물 보호소에 데려다주는 일과 개진상의 골프 가방을 찾는 일.

둘 다 빨리 해야만 했다. 그러나 어느 쪽도 하고 싶지 않았다.

차경은 손을 뻗어 개를 쓰다듬었다. 개는 꿈을 꾸는 듯 깊이 잠들어 있다가 흠칫 놀랐지만 깨지 않았다.

하기 싫은 일은 하나 더 있었다. 찬민과 대화를 하는 일. 언제까지나 미룰 순 없는 일이었다. 두 사람은 아무 말 없이 점점 멀어져서 자연 소멸되길 바랄 수 있는 사이가 아니었다. 굳건하지 않아도 어떤 계약이 있었다.

무기력이 고요 속으로 찾아들었다. 무엇을 해야 하나 생각하니 머리가 아팠다. 두통이 신호가 된 것처럼 수언의 모습이 떠올랐다. 아침에 마주친 수많은 사람들 속에도 수언은 없었다. 그가 어디 있는지 궁금했다.

머리의 아픔이 심장까지 전해졌을까. 얼음으로 만든 바늘이 심장을 찌르는 것처럼 따갑고 차가운 기분이었다. 며칠 전에는 있는지도 몰랐던 사람인데. 그가 어디 가는지 차경에게 말할 이유는 없었다. 아영에게 물어볼 수도 있었지만 용건이 따로 없었다.

누군가 정원으로 들어오는 문소리에 심장이 쿵 내려앉았다. 차경은 천천히 고개를 돌렸다. 그러는 동안에도 피가 얼어붙는 느낌이었다.

금세 공기에 차오르는 익숙한 샌들우드 향수 냄새로 찬민인지 알

왔던 것 같다. 이전에는 그 냄새가 좋았는데, 여기에는 어울리지 않았다. 그는 조심스레 웃음을 띠고 차경 앞에 섰다.

"어, 전화를 왜 이리 안 받아."

개는 고개를 바짝 쳐들더니 찬민을 보고 컹컹 짖었다. 금방이라도 달려들 기세였다. 찬민은 한 걸음 물러섰다.

"야, 너 왜 이래. 그 개는 뭐야?"

차경은 대답 없이 개의 머리를 토닥이며 안아 올렸다.

"괜찮아, 짖지 마." 개를 진정시킨 덕분에 찬민과 눈을 맞추지 않고 이야기할 수 있었다. "전화를 방의 충전기에 꽂아놓고 잊어버리고 그냥 왔네."

잊어버렸을 리가. 개진상의 전화를 받고 싶지 않을 뿐이었다. 그리고 찬민이 전화하리라는 것도 예상 못 하진 않았다.

"걱정했잖아. 일은 잘 해결됐는지도 궁금했고."

차경은 그때야 눈을 들었다. 눈길이 마주친 채로 침묵이 좀 더 흘렀다. 찬민은 시선을 피하지 않았다. 그 정도로는 태연한 사람이었다.

"못 찾았어. 아직."

"그래? 저런, 나는 일 해결됐으면 아점이나 같이 먹자고 하려 했는데. 이제 어떻게 할 거야?"

찬민은 평상시와 똑같이 자연스러운 척 행동하려 한다. 차경은 알았지만 이젠 모든 것이 자연스럽지 않았다.

차경은 고개를 숙이고 개를 바닥에 내려놓았다.

"찾아봐야지. 곧 나가서."

다시 말이 끊겼다. 차경이 눈을 마주치지 않자, 찬민이 대화를 이어나갈 꼬리를 애써 찾는 것이 눈에 훤히 보였다. 불편한 기분을 돌릴 목표를 물색하는 것이었다. 그는 테이블을 등진 채로 두 손을 대고 기댔다.

"아니, 너희 회사는 왜 그래? 상사가 무슨 그런 사적인 심부름을 다 시켜? 이거 직장 내 괴롭힘 아냐?"

며칠 전만 해도 차경은 찬민이 대신 화를 내주었다면 아무 감정을 느끼지 못했을지 모른다. 하지만 지금은 짜증부터 솟구쳤다. 찬민이 진심으로 차경의 입장을 생각해서 화를 내는 것이 아님을 알았다. 그는 자신의 이익이 관련되지 않은 일에 감정을 쏟는 사람이 아니었다. 차경은 조용히 대답했다.

"그러네."

"이런 거 감사팀에 고발 못 해? 어차피 임원이라고 해봤자 비정규직인 거. 비위 고발 들어가면 불리한 건 자기일 텐데."

차경은 손을 털며 앉은 의자에서 일어섰다. 강아지는 차경의 앞에서 펄쩍펄쩍 뛰었다.

"됐어, 그런 얘기. 일단은 떠맡은 내게 책임이 있으니까. 이 건은 해결해야지." 차경은 간결히 대답했다. "선택한 것도 나니까 책임도 져야지."

"차경이 네가 그런 거 자꾸 받아주니까 직장에서 이용당하는 거야. 만만한 사람이 되는 거라고. 직접 하기 어려우면 내가 말해줘?"

찬민은 타이르는 말투로 말하며, 몸을 펴고 주머니에서 휴대전화를 꺼내려 했다.

"명진이한테 전화 넣을까? 걔가 너희 회사 임원들도 많이 알잖아."

　명진은 차경이 좋아하지 않는 찬민의 재벌 친구 중 한 명이었다. 명진을 처음 만났을 때, 머리부터 발끝까지 자신을 훑는 눈길에 소름이 돋았었다. 하지만 차경은 찬민에게 아무 말 하지 않았다. 그런 친구들과 어울리는 것이 마음에 들지 않았지만 남의 사정이니까 관여할 수 없다고 생각했다. 그렇게 사소하게 거슬리는 점을 못 본 척 넘기면서 두 사람의 관계는 잘못되어온 걸까. 이 사람이 근본적으로 다르다는 신호들을 무시하면서 같이 걷고 있다고 생각했다. 이 시점에서 돌이켜 거슬러 올라가면 모든 게 실수처럼 여겨진다. 잘못된 관계라는 걸 깨닫는 때였다. 차경은 조용히 말했다.

　"됐어."

　나는 이미 만만한 사람이 되어버렸잖아, 당신에게. 차경은 그를 서늘하게 쳐다보았다. 그는 계속 태연한 표정을 지으려 노력하고 있었다. 하지만 태연하다는 건 늘 노력을 배신하는 말이었다. 노력할수록 태연하지 않다는 것만 드러난다.

　"아냐, 갑질하는 상사에게는 갑질로 본때를 보여줘야지."

　찬민은 정말 전화를 걸 기세였다. 굳이 이런 연기를 오래 볼 필요는 없다고, 차경은 생각했다.

　"됐다니까, 내 일은 내가 처리할게."

　"잠깐만 기다려봐. 명진이가 이렇게 일찍 일어났으려나……."

　"그만해, 양찬민!"

　고함 소리에 강아지와 찬민 둘 다 화들짝 놀랐다. 찬민과 만나서 사귀는 동안 차경이 이렇게 소리를 지른 적은 없었다. 아니, 태어나서 이렇게 남에게 소리를 격하게 질러본 적이 없었다.

카페로 이어지는 문 쪽에서 검은 그림자가 어렸다. 누군가 이쪽을 들여다보는 것 같았지만, 그림자는 다시 금방 사라져버렸다. 차경은 마음을 가다듬었다. 여기는 금방 누구라도 들어올 수 있는 공동 공간이었다.

"그만해. 이제까지 서로 일은 관여하지 않았잖아. 내 직장 일까지 찬민 씨가 보살필 필요는 없는 거야."

찬민도 맞서 버럭 소리를 질렀다.

"도와주려고 하는 거잖아!"

차경은 고개를 저었다.

"아니, 우리는 서로의 일을 그런 방식으로 도운 적 없어. 지금에 와서 새삼 이러는 거 다른 뜻으로 보일 뿐이야."

찬민의 얼굴에 붉은 기운이 확 올랐다.

"뭐, 다른 뜻?"

그가 열을 낼수록, 도리어 차경의 마음속 불길이 약간 사그라졌다. 그녀는 대답하지 않았다. 찬민이 초조해하며 다시 따져 물었다.

"다른 뜻 뭐?"

차경은 크게 숨을 들이쉰 후 말했다. 사실을 말하는 데도 약간은 용기가 필요했다.

"찬민 씨가 왜 이러는지, 우리 둘 다 알잖아. 어제 있던 일……. 내가 그렇게 눈멀지 않았다는 거 정도는 알 만큼 우리는 시간을 보냈잖아. 그것 때문에 나한테 잘못한 게 있으니까 이런 식으로 타인에게 화를 돌리는 거잖아."

"차경아, 넌 사람을 왜 그렇게 오해하냐. 내가 어제 설명을 제대로 못 한 것 같은데……."

찬민이 한 발짝 다가왔다. 차경은 두 발짝 뒤로 물러섰다.

"어제 내가 보았던 것, 찬민 씨가 내게 숨기는 것, 우리가 명확히 얘기해야 하는 게 있어. 그렇지만 지금은 하지 말자. 우리 둘 다 업무 출장을 온 거고, 해결해야 할 일이 있으니까."

차경은 오늘 처음 진정으로 찬민의 눈을 똑바로 보았다. 지금까지는 그저 같은 곳을 둘이 바라보는 것으로 충분하다고 생각했었다. 그렇게 가족이 될 수 있다고 생각했었다. 하지만 아니었다. 같이 오래가고 싶은 사람은 마주 보기도 해야 하는 것이었다. 거기서 보고 싶지 않은 걸 본다고 해도, 마주치지 않고서는 같은 방향을 볼 수 없다. 하지만 차경의 눈이 그를 들여다보자, 찬민의 눈빛이 흔들렸고, 그는 다음 순간 고개를 돌렸다.

"설명할 수 있어."

힘이 약간 빠진 목소리였다.

"설명할 수 있을 거야. 알아."

하지만 눈을 맞추지 못하고 하는 설명은 변명일 뿐이야. 차경은 피로하게 생각했다.

"그렇지만 지금 당장은 아니야. 당신 일이 끝나고, 내 일이 끝난 뒤에 얘기해. 그때가 되면 우리 하고 싶은 말 정리해서 할 수 있을 거야."

차경은 목에 걸린 금줄을 빼냈다. 약혼반지가 거기 걸려 있었다. 손에 걸리적거리는 게 싫어서 목걸이로 하고 다닌다고 했고, 찬민은 이해해주었다. 그도 반지를 끼고 다니지 않았다. 차경도 그 점을 이상하게 여기지 않았다. 서로 멀찍이 떨어져서 걸을 때도 편안한 사이가 오래가기에는 좋다고 생각했다. 그렇지만 이제는 가까이 있는 게 서로에게는 짐이 되었다.

차경은 반지를 빼서 테이블 위에 올려두었다. 나무 테이블에 반지가 닿을 때 둔탁한 소리가 났다.

"일단 반지는 가져가. 나중에 정리해서 얘기하자."

"뭐?"

태연하려던 노력조차 지금은 완전히 실종되어버렸다. 찬민의 얼굴이 일그러졌다. 차경은 그의 그런 표정을 처음 보았다. 자기 뜻이 좌절되었을 때 위협적인 눈빛을 띨 수 있는 사람인 줄 몰랐다. 찬민은 한 발 다가서면서 나직하게 말했다.

"너 왜 이렇게까지 해?"

차경은 물러서지 않고 찬민의 눈을 똑바로 바라보았다. "나 아직 정말 해야 하는 건 하지 않았어."

계단을 올라온 차경은 침대 위에 앉아 참고 있던 숨을 휴 내쉬었다. 꼭 해야 할 말이었다 해도, 정면으로 맞서는 일은 쉽지 않았다.

강아지가 끙끙거리며 침대 위로 올라오겠다고 발버둥을 쳤다.

"안 돼." 차경이 한 손을 들어서 막았다. "기다려. 너는 정말 응석받이였구나."

그렇게 말하고 보니, 마음이 아팠다. 이렇게 사람을 잘 따르는 아이가 버림받다니. 미안해서 강아지를 다시 들어 올려 무릎 위에 앉혔다.

하지만 누군가를 사랑하기 때문에 버림받는 것이다. 먼저 떠날 수 있는 사람은, 존재는, 버림받지 않는다.

강아지는 차경의 손을 핥으려 했다. 차경은 움켜쥐고 있던 손을 폈다. 어찌나 힘을 꽉 주었는지 손바닥에 반지 자국이 남았다. 찬민은 결국 반지를 챙기지 않고 그냥 떠나버렸다. 반지가 차경에게 있는 한 아직 화해의 여지가 있다고 믿으려는 것이었다.

하지만 마음이 담겨 있지 않은 약속의 증표는 세상에 존재하지 않는 거나 다름없는 물건이었다. 차경은 반지를 냅킨에 싸서 화장품 파우치에 넣어버렸다.

테이블 위에 놓아둔 휴대전화에서 알림이 울렸다. 메시지였다. 개 진상을 잊어버리고 있었다. 얼마나 메시지나 전화를 해댔을까. 라운딩 나간다고 한 시간이 약간 지나 있었다. 차경은 한숨을 쉬며, 휴대전화를 켰다. 또 얼마나 썩은 메시지를 보냈을지 눈으로 읽을 생각만 해도 신물이 났다.

김개진 상무가 보내온 것은 셀카 사진이었다. 대체 누가 직장 상사의 셀카를 메시지로 보고 싶어 한단 말인가. 아침부터 머리가 팽이처럼 빙그르르 돌아버린 게 아닐까? 차경이 격한 욕설을 내뱉자 강아지가 움찔했다.

"미안."

사진은 차경이 생각하던 그림이 아니었다. 푸른 골프장 앞에 선 카트가 보였다. 그 앞에서 선글라스를 낀 김개진은 새 골프 가방 옆에 서서 의기양양하게 얼굴과 배를 동시에 내밀고 사진을 찍었다.

'수고했어 윤차장 어제는 괜히 닥달했네 역시 윤차장은 능력 있어'

셀카도 버거운데 맞춤법도 두 군데나 틀렸다. 차경은 웃어야 할지 울어야 할지 몰랐다. 어떻게 된 건지 알 수가 없었다. 다음 순간 한 얼굴이 차경의 머릿속을 스쳐 갔다. 차경의 골프 가방이 어디로 갔는지 아는 사람은 차경 이외에는 단 한 명밖에 없다. 차경은 벌떡 일어나서 계단을 내려가 한달음에 카페로 들어갔다.

카페 안에는 한 테이블을 차지하고 다정하게 나란히 앉은 커플밖에 없었다. 동네 모임으로 왔던 사람들도 다 떠나고 조용해진 듯했다. 설거지를 하던 아영이 의아한 얼굴로 차경을 돌아보았다.

"무슨 일이세요?"

차경은 숨이 턱에 찬 목소리로 물었다. "아영 씨, 혹시 오늘 수언 씨 못 보셨어요?"

아영은 눈을 크게 떴다. "아침 일찍 나가던데? 보통 아침에 서핑할 때가 많거든요. 바다에 나갔나?"

"혹시 전화번호 아세요?"

"알긴 하지만, 서핑하고 있다면 전화도 안 받을 텐데요."

서핑하러 간 건 아니겠지만, 아영의 말대로였다. 수언은 전화를 받지 않았다. 아영은 기다리면 점심때쯤 들어올 수도 있다고 했지만, 차경은 가만히 앉아 있을 수가 없어서 카페 앞 도로에서 계속 서성였다.

하늘에는 물에 탄 먹처럼 구름들이 흩어져 퍼져가고 있었다. 비의 빛깔을 띤 바람이 불어오며 차경의 치마가, 머리카락이, 마음이

나부꼈다.

그 바람을 타고 이제는 눈에 익숙해진 트럭이 다가와 카페 앞에 설 때까지.

트럭 문이 열리고, 수언이 훌쩍 내렸다. 그가 한 걸음 한 걸음 다가올 때마다 차경의 심장이 뛰었다. 그의 걸음과 차경의 심장이 마치 동기화라도 된 것처럼.

"어어."

차경을 보고 수언은 눈을 찡그리며 웃었다. 그가 가까이 다가오자, 직각 모양의 어깨에 걸친 흰 티셔츠가 땀에 젖어 있다는 걸 알 수 있었다. 앞머리도 마찬가지였다. 오늘은 날이 맑지 않은 흐린 날인데도. 그는 혼자 열대를 지나쳐 온 것만 같았다.

1미터 정도 떨어진 거리에 선 그를 올려다보며 차경은 그가 살아 있는 사람이고 자기 앞에 있다는 것을 새삼 의식했다. 수없이 많은 타인이 스치고 지나가면 대부분은 공기처럼 투명하게 여겨지지만, 간혹 생생한 존재감을 남기는 사람이 있다. 피와 살이 있는 신체로서의 인간으로 감각되는 사람이 있다. 차경에게 수언은 그런 사람이었다.

"나 기다린 거예요?"

차경의 기분과 상관없이 수언은 무척 담백하게 말했다. 차경은 바로 대답할 수 없었다. 계속 기다렸다고 말할 수 없었다.

"상무님에게 문자 받았어요. 수언 씨가……. 왜 같이 가자고 말하지 않았어요?"

"두 사람이 갈 필요는 없으니까요. 저 혼자 가도 될 것 같았어요.

어차피 연락처를 받은 사람은 저였고."

"쉽게 찾았나요?"

"아유, 아니에요. 그 여자분이 라운딩을 벌써 나가셨다고 해서 골프장까지 가서 직접 찾아서 다시 다른 골프장 가신 상무님에게 전달했죠. 아슬아슬하게. 저 아침부터 막 뛰어다녔다고요."

다시 웃는 그의 눈 위로 머리카락이 떨어졌다. 땀에 젖은 머리카락. 차경은 자기도 모르게 손을 들어 그 머리카락을 넘겨주고 싶었지만, 그렇게 해서는 안 될 것 같아서 주먹을 쥔 손을 옆으로 떨구었다. 수언은 차경의 동작을 눈치채지 못한 듯, 아무렇지 않게 머리를 털었다.

"나 지금 생색내는 건데."

그의 눈은 칭찬받고 싶어 하는 강아지 같았다. 차경은 그만큼 엄격하게 말했다.

"제가 할 일이었어요. 남에게 이렇게 맡겨서는 안 되는 제 책임."

수언은 어깨를 살짝 으쓱했다.

"알아요. 제가 또 무례하게 참견했다는 것도. 주제넘죠."

대답을 듣고 싶지 않았지만, 또 알고 싶기도 했다. 차경은 물어보지 않을 수 없었다.

"왜 그랬어요?"

수언은 관자놀이를 긁으며 생각에 잠겼다.

"음…… 도와주고 싶었어요. 어제도 힘들어 보였고."

실망과 부끄러움, 둘이 섞인 감정이 차경에게 찾아들었다. 그래, 좋은 사람은 길 위에서 찾기 힘들지만, 어디에든 있지. 힘들고 피로

하고, 남자 친구에게 눈앞에서 배신당한 여자를 동정하는 사람. 차경은 조용히 말했다.

"고마워요, 그리고 미안합니다. 괜한 일을 하게 해서."

수언의 미간이 처음으로 찌푸려졌다. 처음 보는 표정이었다.

"그런 말 하지 마요."

"네?"

"그게 듣기 싫었던 것 같아요. 그래서 제가 간 거예요."

"무슨……."

"미안하다고, 죄송하다고 하지 말아요." 그는 차경의 눈을 똑바로 바라보았다. "그 말을 하는 게 싫었어요. 계속 미안하다고, 죄송하다고. 처음 만났을 때부터 누군가에게 그렇게 사과하고 있잖아요."

아. 차경은 얼굴에 열이 번져가는 걸 느꼈다. 그랬다. 김 상무에게, 찬민의 어머니에게, 호텔에서, 수언에게. 자신은 줄곧 사과만 했다. 하와이에서 제주로 오는 길까지 사과를 피할 수 없었다. 사과하는 게 일상이었고, 대수롭게 여긴 적도 없었다. 업무의 일부이기도 했다. 간단한 말 한 마디로 누구도 기분 상하지 않아도 된다면 얼마든지 할 수 있었다. 하지만 괜찮지 않은 사람, 어느새 조금씩 상처받고 있던 사람은 차경 본인이었다. 그 사실을 자기 자신도 깨닫지 못했었다.

"차경 씨가 그 사람들을 만나면 또다시 고개를 숙이고 사과할 것 같았어요. 그게 싫었어요. 한 번이지만 내가 대신 해주고 차경 씨가 사과하지 않아도 된다면 그걸로 좋습니다."

슬프지 않은데, 마음이 아픈 것처럼 저릿했다. 수언은 나직한 목소리로 한 마디를 더 했다.

"그리고 차경 씨가 사과하지 않게 할 수 있다면, 그건 저에게 괜한 일은 아니죠."

차경은 솟아나려고 하는 무언가를 꾹 참으며 고개를 들었다.

"고맙습니다."

미소가 다시 수언의 얼굴에 돌아왔다. 그는 주머니에 손을 넣고 장난스레 말했다.

"인사할 필요는 없지만, 그럼 고마운 거 잊지 마세요."

차경은 두근거리는 마음으로 물었다.

"그럼 어떻게 할까요?"

수언은 미소를 지우지 않은 채 눈썹을 살짝 치켰다.

"그냥 잊지 마세요."

가파른 길을 올라가자 나무들 사이에 너른 평지가 있었다. 그 땅이 비스듬하게 떨어지는 비탈 너머로 바다가 넓게 펼쳐졌다. 오늘은 날이 흐려서, 검은 바다와 회색 하늘이 검은 물감을 묻힌 솔을 물에 축여 한 가지 선으로 쭉 그린 것 같았다. 이 무채색의 캔버스를 내려다보는 곳에 벌통이 수십 개 놓여 있었다.

"너무 멋있어요."

로미가 눈에 감탄을 담고 말하자 경운의 얼굴에는 뿌듯함과 아쉬움이 함께 담겼다.

"날이 좋았더라면 더 멋있었을 텐데……. 그래도 우리나라에서 제일 경치 좋은 양봉원이라고 자신합니다."

경운이 이렇게 기운을 차린 모습이 보기 좋았다. 로미는 그를 따라 벌통 뒤에 있는 회색 컨테이너형 건물로 들어갔다. 구불구불한 길을 지나 높은 산속에 있을 것이라고는 예상할 수 없는 현대식 건물이었다.

"여기서 벌에 대한 연구도 하고, 상품도 개발하고 합니다."

혼자 운영한다고는 믿어지지 않는 큰 규모였다. 가장 먼저 눈에 띄는 것은 꿀 병을 크리스마스트리처럼 늘어세운 허니트리였다. 컨테이너 건물 안 한쪽에는 로미가 알 수 없는 전기장치들과 현미경, 플라스크 등 제법 실험실과 비슷한 면모를 갖춘 방도 하나 있었다. 다른 한쪽은 팬시용품점처럼 보였다. 나무 선반 위에 비누나 양초, 나무로 만든 소품이나 작은 병들이 즐비했다.

"나름대로 꿀벌을 이용한 상품 개발을 하고 있어요."

경운은 머리를 긁었다. 귀 끝이 살짝 붉어졌다. 로미는 바로 앞의 책상 위에 놓인 노란색과 초록색의 종이들을 집어 들었다.

"이건 뭐예요, 냅킨?"

"아, 밀랍으로 된 포장지를 만들려고요. 샌드위치를 싸거나 할 때 쓸 수도 있고, 음식물을 보관할 때도. 빨아서도 쓰고 여러 번 재활용이 가능해서 친환경적으로 제작하려고 해요."

"예쁜데요."

경운은 미간을 살짝 찌푸리고 종이를 집어 들었다.

"저도 상품으로 개발하려고 하는데, 가격이 비싼 만큼 디자인이 따라줘야 하거든요. 외국에는 다양한 디자인이 있지만, 국내는 아직 어려워요."

"이리 한번 줘보세요."

로미는 그에게서 종이를 받아 들었다. 로미는 의자에 앉은 후 노란 종이를 테이블 위에 깔아놓고, 메고 온 가방에서 펜을 꺼냈다. 밀랍으로 코팅된 종이라서 펜이 잘 써지지 않았지만, 로미는 그 위에 거침없이 도안을 그려나갔다.

"밀랍 랩이라서 꼭 벌집이나 벌만 그린 게 아니라, 이렇게 자연에서 온 캐릭터를 만들어서 넣으면…… 산뜻하게 좋을 것 같은데."

로미의 펜 끝에서 꽃과 나무들이 쑥쑥 자라나 피어났다. 경운이 빠르게 움직이는 로미의 손을 보고 감탄했다.

"와아, 역시 전문가는 다르네요. 확실히 이러니 고급스러운 느낌이 드는데요. 막 만들어낸 캐릭터 같지 않게 꿀벌하고도 어울리고."

로미는 펜을 놀리면서 대수롭지 않게 말했다. "이전에 부탁하셔서 한번 캐릭터를 생각해봤었거든요."

아차 싶었다. 그러나 경운의 대답에는 이미 짐작했다는 기색이 짙게 깔려 있었다.

"역시 이전에 만난 적 있었네요."

로미는 입술을 꾹 다물고 다 그린 그림을 그에게 밀어준 후, 눈을 들었다.

"네, 기억 못 하시지만."

경운은 그림을 그린 포장지를 받아 들고 한참 쳐다보았다. 그가 잠시 후 천천히 말을 시작했다.

"기억은 나지 않지만, 느낌이 있었어요."

로미의 마음에 뭔가 정체를 알 수 없는 촉촉한 것이 고였다. "저한테요?"

"그게 뭐랄까. 로미 씨가 절 쳐다볼 때 아는 사람을 바라보는 눈빛이었어요. 그리고 지금 이 캐릭터를 보니까 확실히 그림체가 눈에 익네요."

"그렇군요……."

촉촉하게 고이던 것이 바람결에 날아가듯 휘발되었다. 뭘 기대한 거지? 그림을 보니까 내가 생각났다는 말? 하지만 그에게 가장 기대할 수 없는 말이기도 했다.

경운이 밀랍 포장지를 하나하나 포개어 정리하는 동안, 로미는 할 일 없이 컨테이너를 돌아다니다가 바람을 쐬고 싶은 마음에 창문으로 향했다.

창에서는 푸른 하늘과 바다, 풀밭을 배경으로 죽 늘어선 벌통이 보였다. 이쪽에서 보아도 경치가 좋은 곳이었다. 그때서야 로미는 창문에서 가장 가까이에 있는 벌통은 다른 벌통과는 좀 다른 점이 있다는 것을 깨달았다. 로미는 눈을 가늘게 뜨고 창문 밖으로 몸을 내밀어보았다.

바람과 비에 바래긴 했지만, 벌통에 매달린 건 분명 검은 리본이었다.

경운이 로미의 옆에 와서 섰다. 그는 로미가 무엇을 보고 있는지 알아챘다.

"예전 유럽과 미국에는 집안에 큰일이 생기면 벌에게 알리는 풍습이 있었다고 하더군요. 결혼식을 할 때면 신랑 신부가 벌에게 인사를 한대요. 반대로 집안의 누가 죽었거나 해도 알려야 하죠. 검은 천으로 벌통을 덮거나 했답니다. 벌들도 애도를 하니까요."

귀를 기울이게 하는 목소리였다. 로미가 그 이야기를 곱씹어보는 동안, 그는 한 손을 들어 벌통을 가리켰다.

"저건 아내가 특별히 신경 쓰던 벌통이었던 거 같습니다. 아내가 벌 그림으로 표시를 해놓았어요. 그래서 저도 거기다 리본을 달았죠."

밖을 향하던 손가락이 아래로 떨어졌다.

"아내의 죽음을 저렇게라도 기억하고 싶었어요. 저의 기억에는 없으니까요."

로미의 가슴속에서 심장이 쿵 떨어졌다. 그는 눈을 돌려 로미를 바라보았다.

"로미 씨를 만난 적이 있다면 3년 전이겠죠. 제 기억이 사라진 건 그 사건 전후입니다. 군데군데 빠져 있어요."

로미가 당황한 건 그 말 때문이 아니었다. 다음 순간, 경운이 로미를 향해 깊이 허리를 굽혀 인사했기 때문이었다.

"어, 왜 그러세요?"

"미안합니다."

로미는 그 사과의 의미를 전혀 헤아릴 수 없었다.

"왜요?"

"저는 로미 씨를 기억 못 합니다. 그렇지만 3년 전에 알았다면 저는 그때 결혼한 상태였습니다. 제가."

마음이 복잡해지는 말이었다. 로미는 과거에 자신들 사이에 있었던 모든 것들을 믿을 수가 없어졌다. 이 사람은 이전에 알던 사람이 아닌 것 같았다. 하지만 한 번이라도 이 사람을 진정으로 알았다고 말할 수 있을까? 두 사람은 서로 그저 스치는 인상뿐이었고, 늘 낯선 사람이었다. 자신을 왜 찾아왔는지, 왜 찾지 않았는지, 호감의 깊이조차 가늠할 수 없는 낯선 사람.

"저야말로 미안합니다."

로미도 똑같이 고개를 숙였다. 찾아와서 미안해요. 잊지 않아서 미안해요. 아직 뭔가 기대가 있어서 미안합니다.

남은 시간 동안에는 경운이 양봉장 주위를 돌며 일하는 것을 천천히 촬영했다. 로미는 하담 대신에 사진을 좀 더 찍어 가기로 약속했다. 경운도 밀랍을 이용한 상품을 개발하고, 꿀도 판매하고 있었다. 하지만 돌미용 제주처럼 대형 사업은 기획하지 않는다고 했다.

"저희는 규모가 작아요. 대신에 뭔가 젊은 사람들도 이끌 수 있는 상품을 만들어볼 생각이죠."

"이 모형 집은 뭐예요?" 로미는 한쪽 구석에 놓인 미니어처 모델을 가리켰다. 언뜻 볼 때는 어린이 장난감 같기도 했다.

"아, 그거 벌통이에요. 양봉 대회에 내놓을 건데. 유튜브를 보니까 스웨덴에서 맥도날드 지점 형태의 벌통을 만들었더라고요. 저도 그와 비슷한 걸 만들어봤어요. 제주 전통 가옥인 돌집 모양으로."

"와, 멋지네요."

로미는 카메라로 벌통의 새 모델을 여러 각도에서 찍었다. 경운의 양봉장 안내는 좀 더 이어졌다. 그는 한동안 벌의 생태와 다양한 부산물에 대해 설명해주고, 육종 실험은 한동안 중단되었지만 이제 다시 해볼 생각이라고도 했다.

"육종 실험이라는 건 뭐예요?"

경운은 두 사람이 나온 컨테이너 건물 뒤에 있는 또 다른 컨테이너를 가리키며 말했다.

"벌의 새로운 품종을 개발하는 거죠. 환경오염에도 잘 견디고 꿀 채밀이 잘되는 벌 품종이 있습니다. 이전에는 여왕벌을 민간에서 수입할 수 있었는데, 그게 금지되고 이제는 수벌의 정액을 이용해서 품종 개발을 할 수 있는데요……."

양봉에 관해 얘기할 때면 그의 목소리가 올라갔다. 벌들의 날갯짓 소리처럼 기운이 넘치고 빨라졌다. 그러나 한참을 얘기하던 중에, 왠지 모르게 슬며시 힘이 빠져나갔다.

"아내는 정말 영특하고 연구에 열정이 넘쳤어요. 육종 실험은 그 사람이…… 제가 가장 열정을 가졌던 분야였는데……. 지금은 잘 기억나지 않는군요. 어디까지 했었는지……. 그리고 사고 이후로 일단 그만두었고."

양봉장 곳곳에 과거의 그림자가 어려 있었다. 로미는 그 점을 새삼 깨달았다. 하지만 동시에 이상하게도 그것이 흥미로운 점이기도 했다. 로미는 상대가 자신의 일에 대해서 열심히 이야기할 때의 순간을 좋아했다. 그 사람의 열정이 퍼져갈 때 느껴지는 뜨거움이 늘 좋았다. 이전에 이 남자에게 매료된 것도 그런 비슷한 느낌 때문이었다.

한 사람의 열정에 역사가 있고, 그 역사 안에 다른 사람이 있었다는 것도 어쩔 수 없는 일이다. 3년 전의 일은 여전히 어떻게 생각해야 할지 쉽게 결정할 수 없다. 그의 과거는 기억상실로 단절되어 있다고 해도, 역사가 사라진 건 아니다. 하지만 우리는 어떻게 해도 역사가 없는 사람은 만날 수 없다.

"다시 시작하면 되죠."

로미의 엄숙한 말에 경운은 두 눈을 살짝 크게 떴다.

"무엇이 됐든 다시 시작하면 돼요. 아직 기회는 있어요."

로미는 자기가 말해놓고도 가슴이 벅찬 느낌이 들었다. 원래 자기 말에 잘 감동하는 편이었다.

경운은 아무런 말 없이 로미를 내려다보았다. 그 얼굴을 로미도 마주 올려다보았다. 로미의 얼굴 위로 뭔가 촉촉한 것이 느껴졌다. 뭐지, 눈물이 나는 건가? 내 말에 스스로 감격해버린 건가? 나 울고 있는 건가?

경운이 손바닥을 위로 해서 내밀었다. 로미는 자기도 모르게 강아지처럼 그 손바닥 위에 손을 척 올릴 뻔했다. 그 순간 그가 담담하게 말했다.

"빗방울이 떨어지네요. 방수포를 덮어야겠습니다."

로미는 5센티미터 정도 올렸던 손을 슬쩍 내렸다.

하담의 마우스가 리와인드 버튼을 클릭했다. 화면이 뒤로 빠르게 돌아가다가 멈췄고, 푸른 들판이 앞으로 굴러가다가 절벽으로 뚝 떨어졌다.

"부감 쇼트가 있으면 좋을 것 같아서, 드론 촬영 허가 지역인지 레디 투 플라이 앱으로 확인을 하고 항공촬영을 하려고. 그러면 제주의 풍광도 더 보여줄 수 있고, 뭔가 장면적 맥락이 생길 것 같아."

놀에서 하담과 로미가 같이 쓰는 방 안에는 커다란 테이블이 있었다. 그 앞에 노트북과 카메라를 놓아두고 하담과 재웅은 찍은 화면을 돌려보는 중이었다. 필현은 한 시간 정도 같이 리뷰를 봐주다가 전시회 때문에 가봐야 할 것 같다고 자리를 먼저 떴다. 그 이후에도 재웅은 남아 촬영 장면을 꼼꼼하게 확인하는 작업을 함께 했다.

"그래, 하지만 제주도에서는 국토교통부에서 드론 촬영 허가를 받아도, 한라산국립공원 근처나 이런 데서는 촬영이 불가할 수도 있으니까 재차 확인은 해야 해."

"그래?"

"그건 내가 알아봐줄게. 담당 부서가 있거든."

노트북 마우스는 자연스럽게 재웅의 손으로 넘어갔다. 재웅은 다시 화면을 빨리 돌리면서 생각에 잠겼다.

"사람들이 제주로 이주하는 이유를 말할 때 보여주는 바다 풍경이 이제까지의 다른 작품과 별 차이 없이 흔해 보일 수도 있을 것 같은데."

"음, 나도 그건 좀 걱정이야. 좀 더 맑고 청정한 느낌을 주는 화면이었으면 좋겠어. 여러 군데 조사해봤는데……."

하담은 휴대전화를 꺼내 사진첩을 열었다. 몇몇 장소의 사진을 인터넷에서 찾아 저장해놓았다.

"이런 바다라든가 풍력발전소는 너무 흔하지. 요새 많이 좋아한다는 핑크 뮬리 같은 걸 넣으면 다른 유럽 상업 필름에서 본 것과 유사한 풍경을 찍을 수도 있는데, 너무 인스타그램 사진 같을 수도 있을 것 같아."

재웅은 고개를 끄덕였다. "그리고 지금은 시즌도 아니라서, 나중에 따로 찍어야 하니까."

지난 몇 년 동안 가장 인기 있었던 주제인 제주 풍경은 여행 브이로그에서 볼 수 있는 것과 다르지 않아 보였고, 여기서 새로운 장면을 그려내는 건 쉽지 않을 것 같다는 생각이 두 사람 모두에게 스쳐 갔다. 스크롤을 계속 내려봐도 눈에 확 들어오는 사진이 딱히 없었다.

"근데 이건 왜 저장해놨지?"

하담의 손가락이 그중 한 사진에서 멈췄다. 언뜻 보기에는 어두컴컴한 숲속 같았다. 나무들 사이에 노출이 잘못된 것처럼 몇몇 초록 반점이 떠 있었다.

"잠깐 줘봐." 재웅이 휴대전화를 넘겨받아 보더니 말했다. "이거, 반딧불이네."

"아!" 하담은 손가락을 튕겼다. "반딧불이 많은 곳을 촬영해보는 것도 깨끗한 느낌을 줄 것 같아서, 저장해놨던 거네."

"그것도 좋은 생각이긴 한데. 제주도 반딧불이는 초여름에 많으니까."

"그래? 가을 반디도 있잖아. 우리 예전에 반딧불이 보았던 것 초가을 아니었나?"

생각의 문턱을 훌쩍 뛰어넘은 말이었다. 재웅도 별달리 어색한 느낌 없이 자연스럽게 받아쳤다.

"그래, 그날. 가을 학기 시작하고 얼마 안 됐을 때니까. 반딧불이 장면이 있어야 한다고 네가 고집부려서 둘이 무주까지 갔었잖아. 기차 타고, 짐을 짊어지고."

"그런데 그렇게까지 했는데, 반딧불이가 몇 마리 안 나왔잖아!"

하담이 재웅에게 눈을 흘기며 팔을 쳤다.

"야, 그게 내 잘못이냐? 날씨가 그랬던 걸 어째. 그때도 네가 장면 안 나온다고 삐쳐서 난리 쳤었지."

재웅은 어이없다는 듯 웃더니 자기 팔을 치는 하담의 손을 잡았다. 그의 손이 하담의 손을 잡는 순간 손가락에 재생 버튼이 있어서 누른 것처럼 그날의 영상이 떠올랐다. 하담의 얼굴이 붉어졌다.

그해 초가을의 숲속에서 오래 쭈그려 앉아 있던 하담이 불평을 늘어놓았을 때도 그는 그렇게 웃었었다. 그리고…… 숲의 어둠은 친숙하지 않았지만 그날만은 물기를 머금은 꽃잎 같았다. 반딧불이가 한둘, 서넛, 나무들 사이로 떠올랐다. 허공 속에서 날아다니는 부연 빛의 방울들, 두 사람은 거기서 처음 키스했다. 부드러운 것이 숲의 공기인지 서로의 입술인지 알 수 없었다.

그날까지는 친구였고, 그 이후로는 연인이었다.

두 사람은 그렇게 손을 잡은 채로 서로의 눈을 바라보았다. 손이 닿은 자리가, 눈길이 맞닿은 자리가 뜨거웠다.

재웅의 얼굴도 약간 붉어진 것처럼 보인 건 하담의 착각이었을까? 둘이 같이 있는 시간이 늘어날수록, 그에 따라오는 기억도 오븐 속의 빵처럼 부풀어 올랐다. 이것이 즐거운지 싫은지 하담은 쉽게 말할 수 없었다. 옛 연인과 눈이 자꾸 마주치고, 과거의 기억에 젖어서 웃음을 나누다가, 손이 스치면 지나치게 놀라는 이런 상태. 재회하는 연인은 다 이렇게 어색한 걸까? 그 어색함의 끝에는 무엇이 있나? 하담은 이 상태를 오래 견딜 수가 없었다. 이 시점에서 이 마음을 짚고 넘어가는 편이 서로에게 좋을 것 같았다. 하담이 굳게 결심하고 입을 열었다.

"재웅아, 우리······."

"제주 가을 반디는 예래마을에서 볼 수 있어."

재웅이 급히 하담의 손을 놓더니 다시 마우스를 집었다. 하담의 손은 무릎 위로 툭 떨어졌다. 하담은 재웅의 손을 보았다. 손가락 마디 하나까지 익숙한 손이었다. 기다란 집게손가락. 네모난 엄지손톱. 손등의 익숙한 화상 자국. 9년 전 화재 때 불길 속에서 하담을 끌어내다가 입은 것이었다. 그렇게 잘 알던 손이기에 잡기만 해도 기억이 영화 필름처럼 흘러나오지만, 한편으로는 잡아서는 안 되기도 했다.

그는 조용히 말했다. "날씨가 좋다면 오늘도 볼 수 있었을 텐데."

하담은 손을 들어 괜히 머리카락을 넘기며 창밖을 내다보았다. "오늘은 날이 흐리네."

"그래, 오늘은 어렵겠다."

맑은 날이면 같이 갈 수 있어? 라는 말은 하담의 입에서 차마 나오지 않았다.

그 후에도 한 시간 남짓 화면을 계속 돌려보면서 두 사람은 편집 지점을 의논했다. 영화로 화제가 돌아갈 때는 다시 편안하고 안전했다.

"여기는 아까 필현 선배가 말한 것처럼 보이스 오버 내레이션을 깔아도 될 것 같은데. 제주 양봉의 현재 상태를 보여주는 부분."

하담은 눈을 가늘게 뜨고 화면을 보면서 머릿속으로 시뮬레이션을 해보았다.

"전문 성우 목소리가 들어가면 어색할 것도 같은데. 광고 영상 같은 분위기가 될 것 같아."

"제주에 사는 양봉인이 직접 하면 어때? 이제까지 만난 분들 중에 괜찮은 사람 없었어?"

"음…… 돌미용 제주 이사님이라는 여자분. 아주 말이 청산유수인데, 6차 산업 전문가이고. 하지만 그분이 하면 무슨 사장님 나오는 광고처럼 보일 수도 있을 거 같아. '피부에 좋은 동백 김!' 이런 거 있잖아."

"뭐, 김을 먹으면 피부가 좋아져?"

"그냥 예시야, 예시."

재웅은 미소를 지으려다가 진지한 표정으로 바뀌었다.

"아까 아침에 왔던 사람도 돌미용 제주에서 일한다고 했던가?"

스크립트 위에 고개를 숙이고 무언가를 펜으로 적느라 여념이 없던 하담은 재웅의 표정을 보지 못했고, 그 말투 끝의 뾰족한 날도 알아차리지 못했다.

"부화철 실장님? 맞아. 허니비 스쿨을 맡고도 있고. 아유, 아까 강아지가 실례해서, 진짜 난처해가지고."

"그런데 왜 온 거야?"

그 말에 하담이 펜을 놓고, 고개를 번쩍 들었다.

"무슨 뜻이야?"

하담의 갑작스러운 반응에 재웅이 오히려 당황했다.

"아니, 아침부터 찾아올 정도로 여기 사람들이랑 친한가…… 이 거지."

"너도 그렇게 생각했구나!"

하담이 손뼉을 치며 지나치게 반색하자 재웅은 얼굴을 찡그렸다. 그의 목에 힘이 들어가며 뻣뻣해졌다.

"뭐야, 정말 뭐 있는 거야?"

"나는 눈치챘지." 하담은 의기양양하게 말했다. "그 부 실장이 로미 씨에게 관심이 있잖아!"

재웅의 목과 어깨에서 힘이 스르르 빠져나갔다. 한쪽 입꼬리가 삐뚜름하게 올라갔다.

"네 생각은 '그쪽'이라 이거지."

하담은 펜을 빙그르르 돌렸다. "뻔하지. 그게 아니면 왜 왔겠어. 그리고 로미 씨 쳐다볼 때 눈길이 온화하더라고. 말투도 따뜻하고."

재웅의 미간 사이에 다시 한 줄 주름이 잡혔지만, 하담은 그걸 그 저 자기 말에 동조하는 표정이라고 여기고 별다른 생각 없이 말을 이어갔다.

"사실 나는 로미 씨의 양봉남이라면 경운 씨보다 화철 씨가……."

"로미 씨의 양봉남?"

재웅이 의아하다는 듯이 말하자 하담은 아차 싶었다. 아직 양봉 남 얘기는 다른 사람들에게 하고 싶지 않았다. 스크립트에 양봉남을 찾는 이야기를 어떻게 자연스럽게 끼워 넣을까 고심하다가 자기도 모르게 튀어나와 버렸다. 하담은 재빨리 말을 돌렸다.

"그래도, 필현 선배도 로미 씨에게 관심 있는 거 같으니까, 사각관계가 되려나."

재웅은 정말로 생각도 해보지 못했다는 표정을 지으며 놀랐다.

"뭐, 필현 선배가?"

"그런 거 같던데?"

"그건 잘못 짚었어."

불필요하게 느껴질 정도로 재웅의 말투는 단호했다.

"그래?"

"그럼. 필현 선배 관심은 차경 씨 쪽이야."

이것 또한 하담에게는 생각도 해보지 못한 이야기였다. 차경을 보는 필현의 얼굴을 떠올려보려 했지만, 전혀 그 방향으로 관심의 작대기가 그려지지 않았다.

"왜 그런 생각을 해?"

"아까 아침에 차경 씨 유심히 보는 거 같던데. 그리고 물어보더라고. 차경 씨에 대해 이것저것. 남자 친구는 있냐고."

"선배가? 그런 걸 다 물어봐? 필현 선배 성격에?"

의구심이 들었지만, 하담은 자신이 필현의 성격에 대해 이렇게 저렇게 이야기할 만큼 잘 알고 있지 않다는 걸 깨달았다. 같은 공간에서 지속적으로 교류한 것도 9년 전이었다. 그 이후로는 다른 이들을 통해 소식만 들었을 뿐 알지 못했다. 9년이면 알던 성격도 변할 수 있는 시간이었다. 그건 재웅에게도 해당되는 말이었다. 아무리 잘 알았던 과거의 연인이라도, 지금은 같은 사람이라고 말할 수 없다. 하담은 갑자기 재웅이 좀 낯설어졌다. 재웅은 이를 눈치채지 못했는지 계속 말을 이었다.

"로미 씨에 대해서는 전혀 묻지 않았으니, 본문은 차경 씨 같다는 느낌. 그리고…… 차경 씨 약간 화영이 닮지 않았어?"

"무슨 화영이? 우리가 아는 후배 전화영, 영화 편집하는?"

재웅은 당황하는 표정이었다. 하담이 아까 무심결에 양봉남 이야기를 꺼낼 때 거울을 봤더라면 이런 표정이었을 것이다. 그도 하고 싶지 않은 말을 한 것이었다.

"필현 선배가 화영이를 좋아했어? 그런 기색 전혀 없었는데."

"아니, 꼭 그렇다는 게 아니라, 그런 스타일을……."

얼버무리려는 말에 하담은 오히려 확신했다. 그녀는 기억을 더듬어보았다. 최근에 본 화영의 얼굴을 떠올리려 했더니, 검은 머리에 달았던 작은 하얀 리본이 가장 먼저 그려졌다.

"전에 현석 선배 추모 상영회에서 만났을 때도 그런 인상 없었는데. 화영이랑 현석 선배랑 사귀어서 그랬나."

"뭐, 둘이 사귀었어? 말도 안 돼!"

재웅의 반응에 당황한 것은 오히려 하담 쪽이었다. 이렇게까지 격하게 반응하는 건 처음 보았다. 두 사람이 사귀었다고 해도 놀랄 일도 아니었고, 재웅이 오늘처럼 남의 연애 관계에 관심을 보인 적도 없었다. 과거의 그는 주변에서 일어난 일에 대부분 무덤덤한 편이었다. 역시 9년이란 시간은 길었다. 하담은 정색하며 말했다.

"말도 안 될 것까지는 없잖아?"

재웅의 얼굴에서는 여전히 물음표가 떠나지 않았다.

"화영이가 현석 선배를? 아무리 걔가 시간이 오래 지났대도……."

"무슨 뜻이야? 현석 선배 좋은 사람이었어. 그리고……."

"좋은 사람은 무슨……. 넌 모르니까 그렇게 얘기할 수 있지. 넌 사람을 잘 믿기도 하고."

"무슨 말이야? 내가 뭘 모르는데."

재웅은 치미는 말을 도로 삼키려는 듯 침을 꿀꺽 삼켰다. "됐어. 이제 죽은 사람이고. 옛날 일이고."

"아니, 왜 말을 꺼내다 말아? 그리고 네 말대로 이미 세상에 없는 사람을 왜 그렇게 말해?"

세상을 떠난 사람에 대한 이야기를 이런 맥락에서 하는 건 하담으로서는 꺼림칙한 일이었다. 하지만 하지 않는 것도 꺼림칙하기는 매한가지였다. 그러나 재웅은 생각에 잠긴 듯 더는 말이 없었다. 하담이 눈을 크게 뜨고 쳐다보는데도 그는 망설이는 것 같았다. 결국 그는 고개를 저으며 한 손을 들었다.

"그만하자. 얘기해봤자 피곤하지. 어차피 우리 일도 아니고……."

하담의 마음속에 오래 담겨 있었던 말이 불쑥 나왔다.

"너 이전에도 그렇게 말했어."

"뭐?"

"9년 전 그 사건 이후에도 그랬어. 내가 화재 때문에 여기저기 불려 다녔지만 너는 무슨 일이냐고 물어본 적 없었지. 너도 바빴고, 내 옆에 없었으니까. 내가 너한테 무슨 일이냐고 물어보면, 피곤하다고 얘기하지 말자고. 우리 일도 아니라고."

재웅은 들었던 손을 꽉 쥐었다. "아니야, 그런 게……." 그는 무어라 말하려고 했지만 마지막 순간에 마음을 바꾸었다.

"맞아. 네 말이 다 맞다." 재웅은 순순히 수긍했다. "그땐 그랬어.

아직도 그렇긴 해. 내가 말할 수 있는 게 없어. 하지만 그게 다는 아니야. 사실은……."

하담은 노트북 뚜껑을 소리 나도록 닫았다. 그래놓고는 노트북이 상하지 않을까 걱정이 되었지만, 지금은 위엄 있는 모습을 보이는 게 더 중요했다. 하담은 얼굴 표정을 가다듬었다.

"그래, 그만하자."

"하담아……." 재웅이 하담의 어깨에 손을 올리려 했다. 하담은 어깨를 살짝 움직여 그 손을 떨쳤다.

"피곤하니까. 오늘은." 떨리는 목소리를 감추려고 하담은 애를 썼다. 노트북을 가방에 도로 넣으며 재웅의 눈을 피했다. 재웅은 무어라 더 말하려고 입을 열었다.

"하담아, 이전에 못 한 얘기를 지금이라도 할 순 있지만……."

그때 테이블 위에 놓였던 그의 휴대전화에 알림이 들어왔다. 문자가 온 것 같았다. 하담이 눈을 들어 화면에 시선을 주자 재웅은 재빨리 휴대전화를 집어 주머니에 넣었다. 그는 고개를 떨구었다.

"그래, 오늘은 일단 그만하자. 갈게."

"안녕, 잘 가."

재웅이 일어서서 문으로 가는데도 하담은 자리에서 일어나지 않았다. 그는 문 앞에 서서 말했다.

"전화할게."

문이 닫힐 때까지 하담은 아무 말 하지 않았다. 그의 발소리가 멀어졌을 때 하담은 비로소 고개를 들어 창문 너머를 보았다. 놀의 마당을 걸어가는 재웅의 등이 보였다. 그가 한 번 발길을 멈추고 하담이 있는 2층을 올려다보았다. 바람이 세게 불어 머리카락이 그의 눈 위로 떨어졌다. 자기를 바라보고 있는 걸 재웅이 아는지는 하담으로 서는 알 수 없었다.

차를 타고 산을 내려오는 길, 하늘은 다시 몰려오는 검은 구름으로 소리 없이 요란했다. 그럼에도 차 안은 고요했다. 경운도, 로미도 별다른 말이 없었다. 로미에게 경운은 말을 할 때도, 말이 없을 때도 편안한 사람이었다. 그렇지만 로미가 말을 하지 않은 이유는 그 때문만은 아니었다. 감질나게 목을 간지럽히는 재채기처럼, 무슨 생각이 머리만 내밀었다 다시 숨어버리곤 했다.

앞 유리창 위로 떨어지는 물방울을 지워내려 뜸하게 움직이는 와이퍼를 따라 로미의 머리가 느릿느릿 돌아갔다.

"아까 뭐라고 말했더라? 벌한테?"

"네?"

"아까 뭐라고 하셨잖아요. 검은 리본, 벌한테."

"아, 집안의 중요한 일을 벌한테 알리는 풍습이 있었다는 말요?"

이 말이 아까부터 자꾸 로미의 마음에 걸렸다. 매몰 사랑니를 빼지 않고 놔뒀더니 잇몸이 부어서 찌릿할 때와 비슷하게 성가셨다.

"더 정확히는 뭐 뭐라고 했는데? 다시 말 좀 해봐요."

"글쎄요. 내가 뭐랬더라." 경운은 어리둥절하다가, 왼손 집게손가락으로 옆머리를 긁었다. "그게, 결혼식을 하게 되면 신랑 신부가 벌에게 인사를 해야 하고, 장례식을 하면 검은 천으로 덮는다고 했죠. 19세기에 미국 시인이 쓴 「벌에게 알림」이라는 시가 있는데, 이 풍습을 잘 묘사하고 있죠. 시 속 주인공인 젊은이에게는……."

알려야 한다. 하지만 뭐였지? 뭘 꼭 알려야 한다고 생각했는데. 그러나 경운의 이야기가 계속될수록 로미의 기억 속 무엇은 수면 위로 올라오기는커녕 도리어 더 깊숙이 가라앉았다. 로미는 고개를 저으며 눈을 깜박였다. 운전하는 사람 옆에서 자는 건 예의가 아니겠지만, 세상에서 가장 졸린 자리는 차의 조수석이기도 했다. 경운의 목소리는 어느새 자장가처럼 울리고 있었다.

"주인공 젊은이는 마지막에야 알게 되죠. 사랑하는 아가씨가 죽었다는 걸……."

로미의 머리가 점점 옆으로 기울었다. 이야기에 빠져 있던 경운은 로미의 금발이 툭 떨어지려 하자 깜짝 놀라, 오른손으로 로미의 머리를 받쳤다. 그는 로미의 머리를 조심스럽게 의자 등받이에 기대놓으며 중얼거렸다.

"일찍 일어나더니 피곤하셨나 보네."

기가 막히다는 목소리였지만, 웃음이 묻어 있었다. 그 웃음기와 함께 로미는 실제 기억인지 망상인지 모를 꿈속에 빠져들었다.

시냇물도 단걸음에 건너버렸지. 푸른 초지를 걷다가 만난 꽃들, 붉은 양귀비, 노란 데이지, 하얀 은초롱꽃. 모아서 꽃다발을 만들고 돌담을 따라 걸었다. 벌들이 윙윙 나는 소리에 마음이 급해서 뛰어갔어. 어디지? 어디에 있니? 그러나 눈에 들어온 건 아가씨의 길게 땋은 아름다운 머리 대신에 바람에 휘날리는 긴 검은 리본뿐.

로미는 정신이 들고 잠깐 동안은 무슨 일이 일어났는지 알 수 없었다. 사고가 났나? 차가 갑자기 뒤집힌 건가? 쏴아 하는 소리와 함께 로미의 머리가 흔들리며, 오른쪽 창에 부딪치려는 순간, 커다란 손이 머리를 감쌌다. 로미는 다시 왼쪽으로 흔들리며 경운의 어깨에 코를 박았다. 조수석 창문 옆으로 초록색 풀들이 밀리는가 싶더니, 차가 멈췄다.

"로미 씨, 괜찮아요?"

경운은 여전히 로미를 한 팔로 감싼 채 걱정스레 물었다. 로미는 잠기운과 급정거 때문에 무거워진 머리를 살짝 들었다.

"미안합니다. 제가 차를 거칠게 모는 바람에."

경운의 눈은 앞 유리창 너머 사라지는 검정 SUV의 꽁무니에 꽂혀 있었다.

"어떤 차가 갑작스레 차선을 넘어오는 바람에요. 렌터카인 거 같은데 운전을 왜 이리 거칠게 하는지."

경운은 고개를 숙여 로미의 얼굴을 들여다보았다.

"정말 괜찮아요? 어디 다친 건 아니죠?"

"아니에요, 정말."

로미가 몸을 일으켜 똑바로 앉자, 경운이 크게 한숨을 내쉬었다.

"진짜 다행이네요. 정말 다행이야."

로미는 고개를 돌리다 그를 보고 깜짝 놀랐다. 얼굴이 창백하게 질려 있었다.

"경운 씨야말로 괜찮으세요?"

교통사고를 당한 사람은 내가 아니라 이 사람이었는데. 로미는 무신경하게 이 사람에게 기대 있었다는 게 부끄러웠다.

"괜찮습니다. 저도……."

말과는 달리 그의 관자놀이에서 땀방울이 흘렀다.

"얼굴빛이 안 좋아요."

로미는 서둘러 가방에서 휴지를 꺼내 경운의 얼굴을 훔쳤다. 그는 흠칫했지만, 로미가 얼굴을 닦도록 놔두었다. 하지만 너무 서둘렀는지 얼굴에 하얀 휴지 조각이 붙어버렸다.

"어머, 이걸 어떡해." 한 손으로 그의 얼굴에 남은 휴지 조각을 떼려 하는 순간, 로미의 손 위로 그의 윗몸이 풀썩 기울어지려 했다. 그는 재빨리 몸을 일으켜 세우며 한 손으로 이마를 짚었다.

"죄송합니다. 갑자기 뭔가가 떠올라서. 이전에 차가……. 이렇게…… 사고가……."

경운이 연결되지 않는 말을 중얼거리자, 로미는 망설이지 않았다. 로미는 한 손으로 그의 뒷머리를 잡고, 다른 한 손을 등에 대어 그를 안듯이 자신의 어깨 쪽으로 끌어당겼다.

"저한테 기대서도 괜찮아요. 괜찮아요. 사고 나지 않았어요."

경운은 놀랐지만 고개를 들지는 않았다. 그는 로미의 어깨에 머리를 댄 채로 나지막하게 중얼거렸다.

"죄송합니다. 이렇게 약한 모습을 보여서."

로미는 마치 이런 일을 매일 겪는 사람처럼 아무렇지 않게 말했다.

"괜찮아요."

"잠깐만, 잠깐만 기대고 있을게요."

"괜찮아지실 때까지 이렇게 있어요."

로미는 경운의 등을 한 손으로 부드럽게 토닥여주었다. 경운은 로미의 가는 어깨에 이마를 대고 잠시 눈을 감았다. 살면서 가끔, 아주 가끔 혼란스러운 머리를 기댈 수 있는 어깨를 만난다. 작은 돌발 사고가 남긴 사소한 위안이었다.

10장

벌들은 비에 갇히지 않지만

옛날 속담에 따르면
벌들은 결코 비에 갇히지 않는답니다.
집 밖에 나오지 않으니까…….

"제22호 태풍 레아론이 북상하던 제23호 태풍 참매와 만나며 후지와라 효과를 일으켜 세력이 커진 가운데 진로를 바꾸어 제주도 위를 지날 것으로……."

하와이안 셔츠를 입은 30대 남자는 텔레비전이 보이는 맨 앞줄에 앉아서 커다란 배낭 위에 두 팔을 올리고 화면을 응시했다. 기상 예보관의 말에 눈과 귀를 모았지만 옆에서 큰 소리로 통화하는 아저씨 때문에 도저히 집중할 수가 없었다.

"그래서! 비행기가 전부 캔슬됐다고! 언제 뜰지 모른데! 나보고 이 김포공항 바닥에서 누우란 거야 뭐야, 항공사 놈들! 내가 그럴 줄 알았어!"

아저씨는 전화선 너머의 사람과 싸울 기세였다. 바로 앞에는 40대의 부부와 그들의 초등학생 남매가 옷을 돗자리처럼 깔고 앉아 컵라면을 먹고 있었다. 그 옆 기둥에 기대선 대학생 커플은 라면 냄새 때문인지 코를 찡그리면서도 스마트폰에서 눈을 떼지 않았다. 옆에서는 등산복을 입은 50대 단체 여행객들이 그를 힐끔거리면서 다리가 아프네, 자리가 없네,

하면서 눈치를 주고 있었다. 하지만 남자는 자리를 옮길 마음이 없었다. 지금 이곳을 뜨면 언제까지나 다시 앉을 기약 없이 그대로 서 있어야 했다. 그는 출발 안내판을 올려다보았다. 제주행 비행기 편을 알리는 칸마다 '출발 지연'이 떠 있었다. 그는 한숨을 푹 내쉬었다.

카운터에서는 항의하는 승객들의 고성이 끊이지 않았다.

"아니, 그래서 언제 뜬단 말이야?"

"대책을 말해줘야 할 거 아녜요, 대책을!"

하와이안 셔츠의 남자는 오랜 여행의 경험으로 공항 직원이 할 수 있는 얘기가 없다는 것을 알았다. 천재지변, 갑작스러운 기상 악화로 목적지의 공항이 모두 폐쇄되었다는데 어쩌란 말인가? 서울이 집인 사람들은 많이들 돌아갔지만, 연결 편 비행기를 타고 온 사람들이나 단체 관광객들은 일단 기다릴 도리밖에 없었다. 오늘 가장 욕을 많이 먹은 사람들은 기상청이겠지만, 한중일 3국 기상예보관은 모두 틀렸다. 한반도를 비껴갈 것으로 예상된 중급의 태풍이 갑작스레 다른 태풍과 만나 진로를 급격히 바꾸며 초대형 태풍이 될 줄은 아무도 예상하지 못했다.

남자는 다시 한번 한숨을 쉬고 카카오톡을 보았다. 아까 보낸 메시지에 1이라는 숫자가 아직 사라지지 않은 것으로 보아 확인할 겨를이 없거나, 휴대전화가 되지 않는 것인지도 몰랐다. 그는 놀 커뮤니티하우스의 유선전화 번호를 눌렀다. 벨이 열 번쯤 울리고 끊어야 하는 시점, 숨찬 목소리가 들려왔다.

"여보세요, 아영이니?"

전화선 너머로 들려오는 목소리는 너무나 다급했다.

"나는 비행기 다 취소됐어. 걱정할까 봐. 거긴 다 괜찮아? 경운 형은?

나갔어? 이 태풍에? 뭐 지붕이 날아가? 사람들이 사라져?"

아영이 뭐라고 소리쳤지만, 제대로 알아듣기가 힘들었다. 전화는 띄엄띄엄 끊겼다.

"알았어. 일단 전화 끊는다. 조심해."

상황이 생각보다 심각한 듯 보여 그의 마음이 초조해졌다. 하지만 멀리 떨어진 곳에서는 할 수 있는 일이 없었다. 태풍이 빠져나갈 때까지는 그 어디도 갈 수 없었다. 남자는 공항에 갇혀버렸다.

그러기에 너무 당연하게도, 그가 제주에서 일어난 일, 그리고 앞으로 일어날 일을 알게 되려면 조금 더 기다려야 할 것이었다.

「서칭 포 허니맨」 프로젝트 제6일, 서귀포

하담은 늦잠을 자는 일이 드물었다. 몸속에 해시계가 있어서 창
문으로 햇빛이 드는 한 잠을 오래 자지 않았다. 하지만 흐리거나 비
가 오는 날은 어쩔 수 없이 제시간에 깨어나지 못하기도 했다. 오늘
은 꿈속에서 사람들이 아우성을 치며 우르르 뛰어다녔다. 하담은 이
유도 모르고 그들 사이에 끼어들어 필사적으로 뛰었다. 왜 뛰는 거
지? 눈앞에 불이 어른거렸다. 불에 쫓기는 건가. 온몸이 따끔따끔 뜨
거운 것 같았다. 그때 누군가의 서늘한 손이 하담의 손에 닿았다.

"하담 씨, 일어나보세요, 하담 씨."

처음에는 눈앞이 흐릿했다. 지금 자기를 깨운 사람이 누군지도
알 수 없었다. 나는 아직 학생인가? 지금 이 사람은 누구지, 유진이?
화영이?

"하담 씨, 아침 먹어요."

차경의 얼굴에 초점이 맞춰졌다. 정신이 번쩍 들어서 하담은 침대에서 벌떡 일어났다. 9년 전 꿈을 꾸고 있었는지, 현실이 잘 만져지지 않았다. 아직도 대학생 때, 상처받기 쉬운 부드러운 나이에 머물러 있었던 것처럼. 하담은 멍하게 물었다.

"지금 아침이에요? 밤이 아니고?"

차경이 창밖을 가리켰다. 창틀 너머에는 희붐한 빛이 떠올라 있었다. 바람이 불어 유리창이 덜덜 흔들리는데도 잠들어 있었다니 믿기지가 않았다.

"네, 벌써 아침이에요. 이미 한참 전에."

식사를 마칠 무렵 중앙 정원의 유리문이 크게 흔들렸다. 바람이 집 전체를 뒤흔들고 간 것처럼 진동이 느껴졌다. 식당 안에 모인 놀인들은 불안한 눈길을 주고받았다.

"태풍이 여기를 직접 강타하진 않겠죠."

하담의 말이 신호라도 된 듯, 주방 안이 갑자기 환해졌다 싶더니 이어서 엄청난 소리가 울려 퍼졌다. 사람들은 깜짝 놀라 "우우" 하며 어깨를 움츠렸다.

"괜찮아, 괜찮아. 뭐 이런 걸 가지고. 기상청에서는 태풍이 북상하고는 있으나, 일본을 거쳐 한반도에는 오지 않고 서쪽으로 빠져나갈 것 같다고 하던데." 서점 남편이 짐짓 태연한 척 말했다.

"누구보다 제일 빨리 놀라던 사람이 누구더라. 게다가 그건 한 시간 전 뉴스잖아. 당신 느긋한 소리 하지 말고, 핸드폰 뉴스 좀 봐."

커피를 따르던 서점 부인이 남편에게 핀잔을 주며, 턱 끝으로 남편의 휴대전화를 가리켰다. 염소수염 청년이 이미 손에 들고 있던 휴대전화를 들어 보였다.

"계속 보고 있었는데. 원래는 제주를 비껴가려던 태풍이 진로를 바꿀 수도 있대요. 뭐 후지와라 효과라나……. 다른 태풍이 또 생겨서. 하지만 아직은 안전권이라는데."

경운은 창가에 서서 걱정스레 바람의 세기를 살폈다.

"그래도 가서 벌통을 묶어놔야겠어. 어제 방수포는 덮었지만 바람이 세지면 날아갈 수도 있을 것 같아. 원래 9월 중순이 지나면 서귀포에서 제주로 옮기는데……. 지금 당장 옮길 수는 없고. 서두르는 편이 좋겠다."

그릇을 치우던 아영이 돌아보았다. "지금? 혼자? 누구 도와줄 사람 불러야 하지 않아?"

"지금 가야지. 비가 본격적으로 오기 전에. 다들 바쁠 텐데 누구 부를 수도 없고. 너도 혹시 모르니까 일단 유리창에 신문지 붙여. 이 집은 너무 유리가 많아."

아영은 약간 창백해진 얼굴로 주위를 둘러보았다. "맞아, 처음부터 그래서 이렇게 짓지 말자고 했는데. 상우, 좀 도와줄래?"

염소수염 청년이 고개를 끄덕였다.

"저도 도울게요." 차경도 거들었다. "두 분만 하기에는 너무 버거울 것 같네요."

여성 놀인들도 자기 방의 유리창은 스스로 하겠다고 했다. 서점 주인 부부는 서점 공사장에 가봐야 할 것 같다고 했다. 또, 비가 오기 전에 챙겨야 할 일이 있다고도 설명했다.

"양봉장 일은 제가 돕겠어요." 사람들의 눈치를 보며 로미가 손을 들었다. "어제 가봤으니까……. 그리고 저는 벌을 좋아하니까요."로 미는 주변 사람들을 돌아보면서 말했다. "벌이 죽게 놔둘 순 없잖아 요."

변명이든 핑계든 그 누구도 지금은 로미의 말에 크게 신경을 쓰 지 않았다. 지금은 모두 갑작스러운 기상 변화를 앞두고 할 일이 많 았고, 서로 도울 수 있다면 그걸로 다행이었다.

"저도 같이 갈게요. 일도 돕고 촬영도 조금 할 수 있다면 하고 싶 어요."

하담도 나섰다. 촬영을 한다는 말이 눈치가 없게 들릴 수도 있겠 지만, 이런 기회가 쉽게 오지는 않을 것이었다. 태풍이 올 때 벌들이 어떻게 대비하는지를 보고 싶었다. 경운은 알겠다는 표정으로 하담 을 보았다.

"저는 차에 짐이 좀 있어서 셋이 타긴 어려운데, 그럼 로미 씨랑 하담 씨가 다른 차로 따라오실래요?"

"아뇨, 경운 씨는 로미 씨랑 먼저 출발하세요. 저는 촬영 장비도 좀 챙기고, 중간에 한두 장면 찍으면서 가야 할 수도 있어요. 하지만 바로 따라갈게요."

경운은 약간 난감한 표정으로 로미를 돌아보았다. 로미는 바깥 날씨와는 다르게 환한 얼굴로 그를 마주 보았다. 그는 고개를 끄덕 였다.

"그럼 준비하고 같이 갈까요. 옷을 단단히 입으십시오. 날씨가 추 워요."

놀 공동 공간의 주방은 순식간에 사람이 빠지고, 아영과 차경, 상우라는 이름의 염소수염 청년만 남았다. 그야말로 바람이 휩쓸고 간 잔해 같았다.

"자, 그럼 뭐부터 할까요?"

차경은 셔츠의 소매를 걷으며 아영을 돌아보았다. 아영은 왼손으로 오른팔의 팔꿈치를 받치고, 오른손을 뺨에 댄 채 생각에 잠겼다.

"일단 카페부터 닫고 깨지기 쉬운 물건들은 찬장에서 내려두는 게 좋겠고, 유리창을 신문지로 덮고, 테이프로 붙이는 것도 해야 할 거 같고, 마당에 쓰러질 것 같거나 위험한 것들은 다 치워야지. 배수구 물 빠짐도 확인해보고."

상우는 주방에서 중앙 정원으로 이어지는 문을 쳐다보았다. "근데 수언이는 어디 있어요? 아침에 바다에 나가서 안 돌아온 건가?"

이름이 나왔을 뿐인데 차경의 심장이 수직 강하했다. 차경은 자기도 모르게 되물었다. "이런 날씨에?"

하지만 두 사람은 차경의 파리해진 얼굴을 알아차리지 못하고 태연하게 말을 나누었다.

"원래 서퍼들은 이렇게 바람 부는 날을 좋아해요." 아영이 설명했다. "이 근처의 파도가 그렇게 높지 않은데, 태풍이 오기 전에는 높은 파도를 탈 수도 있고, 배럴이라고…… 튜브 같은 파도를 탈 수도 있죠."

"뭐, 수언이는 이쪽 바다에서도 톱 서퍼니까. 테일러 형도 오늘 파도 보고 아쉬워하겠는데."

"테일러 갠 아직 풋내기라, 이런 파도는 어림없어."

얼굴도 모르는 테일러라는 사람에 대한 두 사람의 대화가 차경의 귀에는 들어오지 않았다. 유리창 밖의 소리는 이젠 신음 소리에서 포효 정도로 높아졌다. 세 사람은 주방을 재빨리 정리하고 서핑 카페로 나갔다. 사람들이 각자의 길로 떠나는 동안 세 사람은 카페 문 앞에 서서 바람을 맞으며 배웅했다. 하얀 비옷을 입은 로미는 경운의 SUV를 타고, 하담은 렌터카에 올라탔다. 차경은 걱정이 불쑥 들어 하담을 따라갈까 생각도 했으나, 자기가 있어서 도움 되는 건 양봉장보다는 카페와 커뮤니티하우스라는 생각에 마음을 고쳐먹었다.

처음 왔을 때 카페에서 내다본 바다는 길고 푸른 띠 같았으나 이제는 살아 있는 생물처럼 요동치는 것이 느껴졌다. 바람이 점점 거칠어졌고, 빗방울이 굵어졌다. 차경은 다시 안으로 들어가 아영을 도와야 했지만, 가끔씩 바다에 눈길이 향하는 것은 어쩔 수 없었다.

로미는 보호모를 쓰고 있는데도 SUV에서 내리자마자 얼굴을 찰싹 얻어맞은 기분이었다. 출발할 때까지만 해도 전자 제품의 전기 코드 같던 비가 이제는 공사용 케이블처럼 굵어졌다. 경운도 차의 시동을 끈 후에 훌쩍 뛰어내렸다. 몰아치는 비바람에 로미는 균형을 못 잡고 휘청거렸고, 경운이 재빨리 로미의 팔을 잡아 세워주었다.

"역시 아까 중간에 돌아갈 걸 그랬어요."

"네?"

거센 비와 보호모 때문에 경운이 뭐라고 하는지 잘 들리지가 않아, 로미가 두 손을 귀에 대자 경운이 더 크게 소리쳤다. "돌아갈 걸 그랬다고요!"

로미는 경운의 두 손을 잡고 흔들었다 "네, 둘이 잘해봐요! 파이팅!"

어이없다는 표정이 경운의 얼굴에 떠올랐지만, 로미는 그것도 알아채지 못하고 그의 두 손을 놓고 빗속으로 통통 뛰어갔다. 경운은 그 뒷모습에 웃음을 지을 수밖에 없었다.

그러나 그다음에는 웃을 겨를조차 없었다. 산 옆이나 나무가 쓰러질 만한 곳에 있는 벌통들은 카트에 실어 안쪽으로 옮겨야 했다. 그 후에는 벌통이 움직이지 않도록 단단히 고정하고 방수포 위에 타이어를 올려 날리지 않도록 하는 작업이 필요했다. 날씨는 시시각각 변하며 더 위협적으로 바뀌었다. 땀과 빗물이 로미의 옷 속에 동시에 스며들어 축축해지고 있었다. 경운이 끈을 묶다 말고 로미를 향해 외쳤다.

"로미 씨, 안으로 들어가요! 날씨가 너무 안 좋아요! 여기는 제가 마무리할게요!"

로미는 고개를 끄덕이고 두 주먹을 불끈 쥐었다. "네, 빨리 끝내요!"

경운은 재차 권하려다가 포기하고, 끈을 묶는 손을 빨리했다. 로미는 서툰 만큼 작업에 집중했다. 한쪽에 쌓여 있던 타이어를 굴려 가다가 하마터면 미끄러질 뻔한 걸 경운이 뒤에서 잡아주었다.

"조심하세요."

로미는 고개를 끄덕이고 다시 벌떡 일어나서 무거운 타이어를 영차 들어 올렸다. 역시 혼자는 들어 올릴 수가 없어서, 경운이 도와주어야 했다.

비와 바람이 시간의 흐름을 지웠다. 휴대전화를 꺼낼 수 없어서 지금이 몇 시인지도 알 수 없었다. 시간이 얼마나 흘렀든 간에 결국 작업은 끝이 났다. 방수포 자락이 마구 펄럭였지만, 타이어로 눌러 놓아 날아가지는 않을 것 같았다. 앞으로는 양봉장이 무사하기만을 기도하는 것밖에, 다른 할 일이 없었다. 경운은 다시 차를 가리키며 손으로 신호를 보냈다. 로미는 고개를 끄덕이고 차를 향해 뛰어갔다. 조수석에 올라탄 로미는 모자를 벗으며 말했다.

"차가 다 젖을 텐데, 어떡하죠?"

경운은 서둘러 시동을 걸었다. "괜찮아요. 지금은 태풍이 더 몰아치기 전에 여길 내려가는 게 더 중요해요."

차는 뒤로 휙 후진했다가 젖은 땅 위를 힘겹게 굴러갔다. 어느덧 주위가 컴컴했다. 밤이 된 건가 싶을 정도였다.

앞에서 나뭇가지들이 비와 함께 후드득 떨어졌다. 차는 몇 미터 굴러가다 말고 멈췄다. 로미는 놀라서 경운을 돌아보았다. 그는 앞을 보며 침착하게 말했지만, 눈에는 당황한 빛이 떠올라 있었다.

"이렇게 더는 못 갈 것 같습니다. 너무 위험해요. 길이 무너질 수도 있고. 차라리 비바람이 멈출 때까지 작업실 안에 있는 편이 낫겠어요."

경운은 차를 도로 세웠고, 두 사람은 차 문을 열고서 재빨리 내렸다.

"뛰어요!"

로미는 뛰면서 비옷의 후드를 뒤집어쓰려고 하다가 하마터면 미끄러질 뻔했다. 경운이 손을 내밀었다.

"바람이 더 거세게 몰아쳐요. 어서."

로미는 그의 손을 잡았다. 빗속에서도 손의 감촉이 따뜻하게 느껴졌다. 쏟아지는 비에 앞도 보이지 않았지만 그의 손을 잡은 이 순간은 컨테이너 안까지 바람에 쫓기는 거리가 좀 더 길어도 좋겠다고 생각했다.

하지만 중간에 먼저 손을 놓아버린 건 로미였다. 로미는 차가운 빗속에서 얼어버린 듯 우뚝 멈춰 섰다. 경운이 뒤를 돌아보았다.

"로미 씨, 무슨 일이에요?"

로미가 심각한 목소리로 외쳤다. "잊어버렸던 게 생각났어요. 지금에야."

비를 그대로 맞으면서 경운이 소리쳤다. "그게 뭔데요!"

로미는 주위를 획 돌아보았다. "여기 왜 우리 둘밖에 없죠? 시간이 한참 지났는데. 카페에서 떠날 때는……."

그 뒤에서 나뭇가지가 우지끈 꺾이는 소리가 났다. 경운이 재빨리 로미의 어깨를 감싸며 자기 몸으로 떨어지는 나뭇가지를 막았다. 나뭇잎들이 비와 함께 떨어지며 앞을 가렸다.

카페의 문이 딸랑 하는 종소리와 함께 열리자, 카페 안에 앉아 있던 모두가 동시에 고개를 돌렸다. 아영과 차경, 상우 세 사람. 차경의 발치에서 잠들어 있던 개가 고개를 번쩍 들며 컹 한 번 짖었지만, 낯선 사람이 아니라 그런지 경고보다는 인사처럼 들렸다.

남자는 물방울을 뚝뚝 떨어뜨리면서 다급한 목소리로 물었다.

"다들 괜찮으십니까?"

차경이 일어섰다. "여긴 괜찮은데, 밖에 나간 사람들이……. 혹시 하담 씨에게 연락받고 오신 거예요?"

머리에 묻은 비를 털어내는 남자, 재웅의 눈에는 의문이 떠올랐다. "아뇨, 하담이 핸드폰이 안 되어서 와봤는데. 지금 어디 있습니까?"

하담과 로미, 경운이 밖으로 나간 지 두 시간 남짓 되었지만, 그 사이에 바람이 급격히 흉포해졌다. 그리고 나간 사람들은 돌아올 생각을 하지 않았고, 그만큼 카페 안 사람들의 불안도 높아져가는 중이었다. 차경은 재웅에게 수건을 건넸다.

"하담 씨랑 로미 씨, 경운 씨 양봉장에 갔는데…… 연락이 없어요. 곧 돌아올 줄 알았는데."

"양봉장이라뇨?"

"경운 씨가 태풍에 대비해서 벌통을 거두도록 일을 도와주고, 촬영도 한다고. 아까만 해도 날씨가 이 정도일 줄은 몰랐어요. 지금 여기 와이파이도 안 되고, 핸드폰도 되지 않아서 연락할 수가 없어요."

현재의 기상 상황은 텔레비전으로밖에 전달받을 수 없었다. 여성 둘인 두 사람이 텔레비전을 보고 있다가 기상 상황이 바뀔 때마다 내려와서 알려주기로 했다. 나머지 세 사람은 대기 상태였다. 현재 상태에서는 섣불리 움직이는 것이 좋지 않겠다는 게 아영의 의견이었다. 하지만 밖에 나간 사람들이 돌아오지 않으니 기다림은 초조함으로 변해갔다.

"지금 태풍 상황이 좋지 않아요. 갑자기 세력이 커져서, 제주에 정통으로 들이닥칠 수도 있다는데. 아니, 아직 안 닥친 지금도 이 정도인데 정통으로 오면 어떻다는 건지.”

재웅은 수건을 받아 들고서도 머리를 닦는 것조차 잊고 생각에 잠긴 목소리로 말했다. 차경은 두 손을 맞잡은 채로 초조하게 뒤틀었다.

“어떻게 하죠, 양봉장은 서귀포 중문 가기 전 산에 있다는데, 안전하게 올 수 있을지……. 누가 가보는 게 좋을까요?”

카페 안에 감도는 불안한 침묵을 깬 건 카운터에 있던 전화의 벨소리였다. 날카로운 벨 소리가 경보음 같았다. 아영이 뛰어가서 급히 전화기를 들었다.

“여보세요?”

무선전화는 연결되지 않지만, 아직 유선전화만은 작동이 되는 모양이었다.

“네? 차경 씨 바꿔줄까요?”

자신의 이름이 들리자 차경은 고개를 돌렸다. 아영이 한 손에 수화기를 든 채로 차경을 향해 손짓했다. 차경은 카운터로 다가가 수화기를 넘겨받았다.

“여보세요? 아, 로미 씨……. 네, 지금은 오지 않는 게 맞죠. 가만히 기다리는 게……. 뭐라고요? 알겠어요. 저희가 찾아볼게요.”

전화를 끊고 돌아서는 차경의 얼굴은 아까보다도 더 창백해져 있었다. 차경은 재웅의 얼굴을 똑바로 보았다.

“로미 씨랑 경운 씨는 양봉장에 있는데, 하담 씨는 거기 안 왔대요. 중간에 온다고 하고 어디 갔는지 지금 알 수가 없다고. 로미 씨랑 경운 씨는 양봉장 정리하느라 하담 씨가 없다는 사실도 잊어버리고 있었대요. 지금에야 생각나서 전화했다고."

재웅은 수건을 쥔 손에 힘을 주었다. "가다가 어떻게……." 그는 말을 꿀꺽 삼켰다. "양봉장을 못 찾았으면 다시 돌아왔을 텐데."

그때, 염소수염 청년, 상우가 두 손바닥으로 테이블을 치면서 벌떡 일어났다. "아! 어떡하나!"

"아, 깜짝이야. 왜 그래, 넌 또!" 팔짱을 끼고 심각한 표정으로 서 있던 아영이 놀라서 팔을 풀며 뒤돌아보았다.

"그 누님이 타고 오신 차가 전기차죠. 여기 지금 전기차 충전이 잘 안 돼요!"

아영은 입을 딱 벌렸다. "그게 무슨 소리야. 왜?"

"그젠가 어젠가부터 잘 안 된다고 카페 손님이 그러더라고요. 그래서 가까운 전기차 충전소 알려드렸었는데. 거기까지 잘 가셨으려나."

차경은 생각해보았다. 뒤늦게 경운과 로미를 따라가던 하담이 충전이 잘 안 된 전기차를 타고 가다가 충전소로 갔을 가능성이 있다. 그러다 거기서 내비게이션 장치가 잘 안 되고 길을 잃었다면? 설상가상 휴대전화도 연결이 안 되고 낯선 동네에 태풍까지 들이닥친다면?

차경은 의자에 걸어두었던 점퍼를 집어 들었다. 목소리는 바짝 긴장되어 있었다.

"제가 가봐야겠어요. 가까운 충전소나 어디 이런 데에서 대피하고 있을 수도 있으니까."

재웅이 한 손을 들어 차경을 제지했다. "제가 가보겠습니다. 지금 내비게이션도 없이 이 바람 속을 다니는 건 외지인에게는 어려워요. 아무래도 제가 길은 더 잘 아니까, 찾아도 제가 찾을 수 있을 거예요."

차경은 재웅의 얼굴을 보았다. 처음 보았을 때는 사람에게 속마음을 들키기 싫어하는 사람이라는 인상이었다. 감정을 드러내려 하지 않는 사람 특유의 무덤덤한 느낌이 그의 깨끗한 인상의 이면이라고 생각했다. 외국 독립 영화에 나오는 속 모를 캐릭터의 남자라고 생각했다. 지금 그 얼굴에는 진심의 걱정과 불안이 담겨 있었다. 이 사람의 하담에 대한 감정이 무엇일지, 차경은 잠시 궁금했지만 그런 여유를 부릴 때는 아니었다. 그저 걱정하는 마음, 그 자체가 하나의 감정일 것이다. 비가 오고, 바람이 불면 누군가의 안녕이 나의 문제가 되어버리는 것. 그것 자체가 의미가 있다.

"알겠어요. 그럼 하담 씨 부탁드립니다."

재웅이 서둘러 문을 나서고, 다시 세 사람만이 남았다. 자리에 앉으려고 할 때, 강아지가 차경의 무릎 위로 뛰어오르고 싶은지 펄쩍펄쩍 뛰었다. 차경은 잠시 개를 안았다. 강아지의 까만 눈이 차경을 올려다보았다. 강아지의 체온은 따뜻했고, 털은 보드라워서 차경은 왠지 울고 싶은 기분이 들었다. 하지만 한편에 있던 결심이 그 기분을 밀어냈다. 차경은 강아지를 살짝 내려놓고 머리를 토닥여준 다음, 일어서서 허리를 꼿꼿이 펴고 점퍼를 걸쳤다. 그녀는 다른 두 사람을 돌아보았다.

"저는 바다로 나가서 수언 씨를 찾아볼게요. 수언 씨…… 아직 돌아오지 않는 거 이상해요."

아영이 고개를 저었다. "아니, 차경 씨가 갈 거라면 차라리 상우가……."

청년이 엉거주춤 일어나려고 할 때, 차경이 고개를 흔들었다.

"아니, 제가 갈게요. 제가."

차경은 이미 문밖으로 빠져나왔다.

다른 사람들이 뒤에서 의아한 표정으로 보고 있다는 걸 알았다. 그래도 상관없었다. 가만히 앉아서 걱정하기에는 태풍이 이미 너무 가까이 와 있었다.

휴대전화를 다시 켜봐도 안테나는 단 한 개만이 서 있을 뿐이었다. 하담은 다시 전화를 눌러보았지만 "연결이 되지 않아……"라는 말만 울릴 뿐이었다. 하담은 포기하고 한숨을 크게 내쉬면서 휴대전화를 옆자리로 던졌다. 차의 시동 버튼을 눌러보았지만, 들어오지 않았다. 충전소까지는 얼마나 가야 하는지 알 수가 없었다. 전기 충전량이 충분하지 않은데도 그냥 출발한 것. 바로 로미와 경운을 따라가지 않고, 도중에 몰려오는 검은 구름을 찍겠다고 시간을 허비한 것. 충전소에 다다르기도 전에 내비게이션이 꺼져버려서, 길을 찾을 수 없었던 것. 불운에는 늘 잘못된 판단이 따라온다. 제대로 된 판단을 했다면 불운은 사라지니까. 하지만 더 갔다가는 침수 지역에서 오도 가도 못 하게 될 수 있으므로, 여기 고지대에서 태풍이 지나가기를 기다리는 편이 현명하다고 생각했다. 하담은 또 한숨을 지었다. 한층 거세진 빗줄기에 앞 유리창이 차츰 부옇게 흐려졌다. 물과 소리의 홍수에 차가 잠기는 기분이었다. 차 안으로 옅은 두려움이 수증기처럼 깔렸다.

하담에게는 나쁜 기후가 처음은 아니었다. 자연 관찰 프로그램을 찍으러 아프리카에 갔던 당시 나미브사막에서 모래 폭풍을 만난 적도 있었다. 예능 프로그램의 메이킹 필름 외주를 받아 필리핀에 갔다가 슈퍼 태풍에 갇혀 오도 가도 못 한 적도 있었다. 지금 닥친 자연의 불호령은 그때에 비하면 상대적으로 약하다고도 할 수 있었다. 하지만 이렇게 혼자인 적은 없었다. 늘 역경을 같이 겪는 팀이 있었다. 사람이 두려워하는 건 어쩔 수 없는 거대한 힘보다 그 힘에 자기 혼자 맞서야 한다는 것인지도 몰랐다. 위기에 혼자라는 사실이 서글픈 것 같기도 했지만, 서글픔도 혼자 처리해야 하는 것이었다.

하담은 이러다가 여기까지 물이 차오르면 어떻게 하지, 머리를 굴려보았다. 차를 버리고 나가야 하나? 검색해보고 싶었지만, 휴대전화가 되지 않으니 그것도 가능하지 않았다. 검색 능력 하나만은 자신이 있었는데, 인터넷이 되지 않는 환경에 놓였다는 것만으로도 불안했다. 이제는 자기의 결단력을 믿을 수밖에 없다고 마음을 굳게 먹은 순간, 차가 크게 흔들렸다.

"까악!"

자기도 모르게 소리를 크게 지른 게 부끄러웠다. 하지만 여전히 그 소리를 듣는 사람은 없었다. 하담은 가슴에 손을 올리고 휴 숨을 내쉬었다. 괜찮을 거다. 인생에 이보다 더 심한 위기도 있었다. 그리고 무엇보다 태풍은 지나간다. 하담은 자기가 할 수 있는 조치들을 머릿속으로 하나씩 살폈다. 어쨌든 차에 있는 게 안전할 거야. 아니라면 카메라를 들고 밖으로 나가서 휴대전화가 연결될 수 있는 곳을 찾아본다면? 서울에 카메라용 레인커버를 두고 온 게 아쉬웠다. 여차하면 옷으로 카메라를 감싸 안아…….

"꺄악!"

하담은 운전대 위로 엎드렸다. 바람이 아이를 빼앗으러 온 마왕처럼 무섭게 유리창을 두들겼다. 차가 심하게 흔들렸다. 이러다가 아래로 쭉 미끄러지는 건 아닐까? 그러고 보니 차가 아까와 다른 위치로 조금 움직인 것도 같고. 두려움이 실체가 생기자 덩어리처럼 맺혔다. 하담은 다시 혼자인 처지를 인식했다. 혼자라는 건 결정도 스스로 내려야 한다는 것이다. 하담은 눈을 감았다.

유리창을 휘갈기는 빗소리와 불안이 동시에 커져만 갔다. 안 돼, 여기서 멈추면……. 하담은 고개를 숙이고 옆자리에 놓인 카메라를 집었다. 그리고 마음을 굳게 먹었다. 그래, 어떻게 될지 모른다면, 조금이라도 찍어보자. 하담은 차의 창문을 여는 버튼을 눌렀다. 그 순간 창문으로 무언가가 불쑥 들어왔다.

"으악!"

누군가의 손과 함께 얼굴이 그 뒤에 곧 나타났다. 고함 소리가 열린 창문을 넘어왔다.

"야, 너 왜 문을 빨리 안 열어! 안에서 뭘 하고 있는지 모르고 얼마나 마음 졸였는지 알아?"

빗소리라고 생각했던 건 재웅이 차를 두드리는 소리였다. 하담이 문을 열자마자 재웅의 손이 하담을 잡았다. 하담은 그 손에 이끌리듯 빗속으로 끌려 나왔다.

"너 어떻게 여기……."

재웅은 우산도 없이 서 있어서 이미 머리부터 발끝까지 흠뻑 젖어 있었다. 하담은 재웅의 머리카락이 젖으면 축 처지는 반곱슬이었다는 걸 떠올렸다.

"벌써 많이 젖었잖아……."

하담의 말이 끝나기도 전에, 재웅이 하담을 끌어당겼다. 한 손으로는 하담의 등을, 다른 한 손으로는 머리를 감싸 꼭 끌어안았다.

"사람을 이렇게 걱정시키고!"

숨 막힐 듯한 당황스러움이 처음 떠올랐지만, 곧 그를 밀어내고 안도감이 찾아들었다. 위기는 사라지지 않았고, 비바람은 여전히 그들을 내려치고 있었다. 하지만 이제는 혼자 결정하지 않아도 되었다.

태어난 이래로 바다는 한 번도 똑같은 모습인 적이 없었을 테지만, 주로 기억하는 건 햇볕 아래서 누워 잔잔히 빛나는 모습이었다. 하지만 지금 차경의 차 옆으로 지나가는 파도들은 슬며시 몸을 일으켜 아우성치고 있었다. 차경은 해안 도로를 따라 달리면서 서쪽으로 향했다. 화순항에서 산방산과 송악산을 지나 모슬포항에 이르는 경로 어딘가의 해안에 서퍼들이 이용하는 서핑 포인트가 있다고 들었다. 달려가는 차 옆으로 파도들이 매섭게 해안으로 달려들었다가 도로까지는 아쉽게 미치지 못하고 밀려갔다.

하얀 거품을 토하는 파도들 사이로 형제섬이라고 하는 두 개의 바위섬이 흐릿하게 보이는 지점의 갓길에서 익숙한 것을 보았다. 차경은 하마터면 지나칠 뻔하다가 브레이크를 세게 밟았다. 수막현상으로 타이어가 주르르 미끄러졌지만, 도로 위에 차라곤 없어서 차는 몇 미터 가다가 멈췄다. 분명히 옆으로 보이는 것은 수언의 트럭이었다. 차경은 차를 돌려 그 옆에 세우고 우산을 받친 채로 내렸다. 바다와 육지를 가르는 울타리 가로대 위로 차경은 몸을 내밀었다.

둥글게 말리는 파도의 입 속으로 검은 반점이 들어가는 것이 보였다. 보드 위에 올라탄 사람. 거센 바람을 받은 파도는 사람 키보다 두 배는 높은 터널을 만들었고, 보드는 자석에 끌려가듯 그 속으로 들어갔다. 차경은 가로대를 쥔 손에 힘을 주었다. 보드가 다시 파도를 빠져나오기까지는 몇 초 걸리지 않았지만, 그 시간이 무척이나 길게 느껴졌다. 바람에 우산이 뒤집힌 것조차 깨닫지 못했다.

터널을 빠져나온 보드 위의 사람은 다시 뒤로 넘어지며 바닷속으로 모습을 감추었다. 차경의 심장이 그와 함께 덜컥 내려앉았다. 하지만 몇 분 후 머리가 바다 위로 떠오르더니, 그는 다시 보드 위에 올라서서 배를 깔고 엎드렸다. 파도가 밀려올 때, 그는 그렇게 또 한 번 보드 위로 뛰어올라 허리를 숙였고, 일어서는 파도의 넓은 면을 타고 올랐다. 바람이 거세지면서 이번의 파도는 아까보다도 더 높이 솟았다. 파도가 또 한 번 둥글게 말리면서 하얀 거품이 눈사태처럼 쏟아질 때 바람을 받은 그의 보드는 엔진이 달린 듯 흰 선의 궤적을 남기며 파도 위를 달려갔다.

이제까지 차경이 한 번도 본 적이 없을 정도로 위험하고, 동시에 경이로운 장면이었다. 심장이 몸 밖으로 튀어나올 듯 두근거려서 아팠지만, 그 아픔이 싫은 건지는 알 수 없었다. 그 아픔의 뒤에는 분노가 있었다. 그렇게 위험이 아무것도 아닌 것처럼 달려가는 보드를 볼 때 느껴지는 분노. 수언이 그렇게 바닷속으로 떨어졌다 다시 올라오더니 보드에 엎드려 해변으로 헤엄치기 시작했다. 차경은 몸을 돌려, 검은 바위가 깔린 해안으로 향하는 계단을 뛰어 내려갔다.

차경이 계단을 내려와 미끄러운 돌 위에 발을 디디려 할 때쯤, 보드를 들고 오는 수언과 마주쳤다. 수언은 내려오지 말라고 손짓했다. "위험하게, 왜 여기⋯⋯."

차경은 그의 말이 끝나기도 전에 고함을 버럭 질렀다. "태풍경보 못 들었어요? 위험하잖아요! 이게 뭐예요!"

쏟아지는 비바람도 눈가에 맺힌 웃음기를 씻어내진 못했다. "바람이 이렇게 거세질 줄은 몰랐는데, 이런 기회도 흔치는 않으니까 한번 타보려고 나온 거예요. 경보 확인을 못 했어요. 제가 나올 때는 태풍이 다른 데로 간다고 해서. 자칫하면 벌금 물 수도 있겠네요."

수언의 천연덕스러운 말에도 차경의 화는 가라앉지 않았다. 차경은 더 크게 소리 질렀다.

"아무리 그래도 이런 날씨에 바다에 들어가는 게 얼마나 무서운지 몰라요? 죽을 수도 있어요!"

파도가 그들이 선 자리까지 마수를 뻗다가 분하다는 듯 물러갔다. 바람이 매섭게 불어 차경의 머리카락이 날려 앞이 보이지 않을 정도였다. 수언이 보드를 내려놓더니, 손을 뻗어 차경의 얼굴 위로 떨어진 머리카락을 걷어주었다.

"언제든 죽을 수 있죠."

세찬 빗속에서는 그의 입가에 떠오른 것이 미소인지 찡그림인지 구분할 수 없었다. 그의 손가락이 머리카락에서부터 뚝 떨어졌다.

"하지만 지금은 죽지 않아요. 이 순간에는 진짜 충실하게 살아 있어요."

차경은 우산을 들지 않은 다른 손으로, 수언의 손을 잡아 내렸다. 파도 소리가 귀를 찢을 듯 울리는 가운데, 차경의 목소리는 한 톤 떨어졌다.

"저는 약혼했어요."

수언의 눈빛이 순간 하늘만큼 흐려졌다. "알아요."

차경은 침을 삼켰다. 지금 하려는 말만은 바람으로 일어선 파도에 잠기지 않도록 목소리를 높였다. "그렇지만 저는 약혼을 깼어요. 그 사람이랑은 결혼하지 않아요. 당신 때문만은 아니에요. 그래도 당신 때문이 전혀 아니라고 할 수도 없어요."

수언은 한 발 더 가까이 다가섰다. 비를 맞은 몸에서 열기가 나와 차경을 감싸는 것 같은 착각이 들었다. 수언이 살짝 허리를 굽히자 얼굴이 차경에게로 다가왔다. 두 사람의 코가 닿을 듯 가까웠다. 그가 나직한 목소리로 속삭였다. "그러면 제가 차경 씨에게 키스해도 된다는 뜻인가요?"

우산이 차경의 손에서 떨어지고 바람에 휩쓸려 한없이 굴러갔다. 용왕에게 바쳐진 고대의 제물처럼 우산은 바닷속으로 삼켜져, 곧 보이지 않았다.

"아니."

수언과 차경의 눈이 마주쳤다. 차경은 수언의 얼굴을 두 손으로 잡았다.

"제가 키스하고 싶다는 뜻이에요."

수언은 싱긋 웃으며 다시 눈을 감았다. 차경은 손으로 그의 얼굴을 잡은 채 발꿈치를 살며시 들고 그의 미소 띤 입술로 다가갔다. 두 사람의 코, 뺨, 입술은 이미 젖어 있었지만, 이제는 그 사이로 비도 바람도 떨어질 틈은 없었다.

파도의 군단이 다시 한번 거세게 그들에게로 굴러왔다. 순간, 두 사람의 귀에는 세계를 삼킬 듯한 포효 소리도 들리지 않았다.

11장

진로는 예측을 벗어나기도 한다

태풍으로 국제컨벤션센터의 전면에 달려고 했던 '세계 6차 산업 발전을 위한 친환경 양봉 대회'의 현수막은 한쪽으로 치워놓았다. 주변을 지나던 사람들도 태풍경보를 듣고 이리로 피신하기도 했다. 3층의 편의점에는 삼각김밥은 물론, 요깃거리로 할 만한 음식은 하나도 없었다. 냉장실 선반이 대부분 비어 있었다. 부화철은 과자라도 먹을까 싶어 둘러보다가 그저 병에 든 커피 하나만 샀다. 계산하는데, 검은 옷을 입은 남자들이 편의점 안으로 우르르 들어왔다. 외국인으로 보이는 이들에게서 위압감이 풍겼다. 화철은 행여나 그들과 부딪치지 않도록 몸을 비틀어 편의점을 빠져나왔다.

1층 홀로 들어오는 입구에서 낯익은 얼굴과 딱 맞닥뜨렸다.

"어, 정문 형. 형도 대회 참가해요?"

마른 얼굴의 40대 남자가 부 실장을 보고 손을 들었다. 허니콤 게스트하우스의 주인이었다. 그는 제주 귀농 양봉인 소사이어티의 회장이기도 했다. 화철은 소사이어티라는 이름이 너무 거창하고 뜻도 불명확하다고 생각했지만 회장이 우기니 어쩔 수 없었다.

"어, 부 실장. 귀농 양봉에 대한 섹션이 있으니 내가 와야지. 우리 양봉장 일도 바쁘지만, 주최 측에서 간곡히 부탁하는데 거절할 수가 있어야지. 점심 먹었어?"

"아뇨, 편의점 갔는데 먹을 게 다 떨어졌더라고요. 관광객들이 여기로 몰려와서 싹 쓸었어요. 태풍은 정통으로 들이닥치진 않고 옆으로 비껴간다고 하긴 하지만, 아까는 진로가 어떻게 될지 몰라서 다들 이리로 왔었나 봐요."

"그러니까 여행을 나올 거면 일기예보를 확인해야 하지 않나. 정말 지각없는 사람들이 많다니까." 허니콤 주인은 혀를 끌끌 찼다. "우리랑 같이 먹어. 와이프가 뭘 좀 싸 왔거든."

"수미 누나가요? 에고고, 아침부터 고생 좀 하셨겠네요."

두 사람은 한쪽에 세워진 부스로 걸어갔다. 귀농 양봉과 관련된 양봉장 주인들이 화철을 알아보고 인사했다. 대부분 돌미용 제주의 허니비스쿨에 한 번씩 참가한 적이 있어서, 안면들이 있었다.

수미는 하얀 플라스틱 테이블 위에 찬합을 늘어놓다가 남편과 화철을 보고 손을 흔들었다. 화철은 찬합에 담긴 샌드위치와 주먹밥, 예쁘게 깎은 과일들에도 감탄했지만, 그것보다 더 놀라운 건 찬합조차 육각형이라는 것이었다. 분명 정문의 취향일 것이었다. 화철은 이 허니콤 주인이 지나치게 강박적인 인간이 아닌가 의심하기도 했다. 아무리 일관성 있는 사람이라고 할지라도, 집도 육각형이고, 찬합까지 육각형일 필요는 없지 않은가. 남편의 철저한 태도를 묵묵하게 맞춰주는 수미가 대단한 사람이라는 생각이 들었다. 그때 누가 수미를 보고 어색하게 인사했다.

"안녕하세요."

수미는 처음에는 금방 알아보지 못하는 듯했다. 눈에는 경계의 빛이 어렸다. "저기, 누구시더라⋯⋯?"

화철은 수미의 눈길이 향하는 곳으로 고개를 돌렸다. 턱선이 강하게 보이는 남자가 수미를 향해 고개를 숙였다가 들더니, 화철과 눈을 마주쳤다. 화철도 어디선가 본 얼굴이었다. 남자도 화철을 알아보는 눈치였다.

"안녕하세요."

저음의 목소리에 그 사람이 누군지 생각이 났다.

"아, 그때 놀에 오셨던 분. 그 경운 형 아는 손님이랑⋯⋯."

수미의 머릿속에서도 뭔가 전구가 들어온 듯했다. "아, 그때 하담 씨 선배라고 하신 분!"

그때 들었다. 이름은 그다음에 개가 일으킨 소동 때문에 다 잊어버렸지만. 하담의 선배는 덤덤하게 다시 자기소개를 했다.

"하필현이라고 합니다. 그때 인사만 드리고 제대로 소개를 못 해서."

필현은 딱히 누구에게라 할 것 없이 말했다.

수미가 자리를 권했다.

"점심 안 드셨으면 저희랑 같이 드실래요? 부스에 몇 분이 계실지 몰라서 넉넉하게 싸 왔는데."

정문은 얼굴을 찡그렸다. 아내의 사교성이 마음에 들지 않는 모양이었다. 화철은 필현이 초대를 거절할지도 모른다고 생각했지만, 그는 선선히 받아들이더니 화철이 끌어다 준 플라스틱 의자 위에 걸터앉았다. 필현이 샌드위치를 하나 받아 들 때 허니콤 주인이 물었다.

"하 선생님도 양봉을 하십니까? 저희 귀농 양봉인 모임에서 한 번도 뷘 적이 없는데."

"아, 아닙니다. 저는 양봉은 하지 않고요."

필현은 그 질문의 의도를 알아채는 데 몇 초 걸렸다.

"제가 여기 온 건, 제 작품을 세계 양봉 대회에 전시하기로 되어 있어서요. 벌의 군집을 모티브로 한 작품을 의뢰받아서 설치 감독을 왔습니다."

"하 선생님은 설치미술가 겸 미디어아티스트시래요."

수미가 일러주었지만, 허니콤 주인이나 화철 둘 다 그 방면에는 문외한이었다. 화철은 입구에서 설치 중인 모니터와 밀랍 기둥 같은 걸 본 기억이 났다.

"여어, 안녕들 하십니까."

수미네 무리 쪽으로 반갑게 두 손을 들며 걸어오는 사람은 놀에 사는 서점 부부였다. 작은 테이블이 순식간에 가득 찼다.

"서점에 안 계시고, 여긴 어떻게?"

정문이 묻자 서점 남편이 화철을 돌아보았다.

"부 실장이 우리한테 양봉 서적 팝업 스토어를 열어보면 어떨 것 같냐고 해서, 태풍 심해지기 전에 책 갖다 놓으려고 왔다가 여기 갇혔어요. 지금 그쪽 바다로 바로 태풍이 들어온다고 해서, 갈 수가 없어."

정문은 어깨를 으쓱했다. "이번 태풍은 정말 갑작스러워. 예보도 없이 이렇게 몰아칠 일인가. 우리야 평소에 늘 대비를 해두었으니까 큰 문제는 없지만. 돌미용 제주 쪽은 어때?"

"아, 저희는 저 말고도 사람들 있어서, 지금 하고 있을 거예요."

하지만 화철은 벌들의 안녕보다도 다른 쪽이 신경 쓰였다. "놀 쪽은

314

어쩌고 있어요?"

서점 부인 쪽이 전화기를 꺼냈다.

"거기 핸드폰은 잘 안 되나 봐. 카페 유선전화로 해봤더니, 커뮤니티 하우스는 괜찮다던데."

화철이 알고 싶은 건 그것이 아니었지만, 더 자세히 물어볼 수는 없었다. 서점 남편이 고개를 돌려 먼 곳을 쳐다보며 말했다.

"경운 씨가 걱정이지. 양봉장 괜찮으려나…… 손님으로 온 아가씨들도 도와주겠다고 같이 갔는데."

허니콤 주인을 제외한 모든 사람이 젓가락질을 멈추었다. 수미가 물었다.

"아, 하담 씨네 말이죠? 세 사람 다?"

서점 부인이 말했다. "아니, 두 사람만 갔어요. 누가 갔지?"

부인은 남편을 돌아보았다. 서점 남편은 다시 찬합을 들여다보며 마음에 드는 반찬이 있는지 살펴보느라 건성으로 대답했다.

"그 세련된 미인인 아가씨는 남은 거 같던데……."

서점 아내가 얼굴을 찡그리며 남편을 팔꿈치로 툭 쳤다. 허니콤 주인이 오징어채 주먹밥을 한입 베어 물더니 우물거리며 대꾸했다. "그럼 차경 씨만 남고, 로미 씨와 하담 씨가 간 거네."

수미가 목소리 톤을 날카롭게 높였다. "그런 식으로 사람 얼굴 평가하지 말아요."

화철도 이런 분위기가 불편했다. 그는 불쑥 말했다.

"세 분 다 미인이시던데요. 각기 스타일이 다를 뿐이지."

화철은 자기에게 와 닿는 사람들의 눈길을 느꼈다. 필현의 눈길이 특히 날카롭게 느껴졌다. 화철은 자기가 실언했나 싶었다. 수미 말대로 외모 평가를 함부로 해서는 안 되는 것이었다. 그리고 조심하지 않으면 속마음을 들킬 것 같았다.

"근데, 저 사람. 그제인가 놀에 왔던 남자 아니에요?"

서점 부인의 손가락이 가리키는 방향으로 다시 모두 동시에 고개를 돌렸다. 키가 훤칠하고 안경을 쓴 남자가 벌꿀 화장품 관련 업체들 입점 부스 앞에 서 있었다. 성공한 사람들에게서 나오는 윤기가 얼굴에 흐르는 남자였다.

"음, 누군데요? 손님?" 허니콤 주인이 별로 관심 없다는 투로 물었다.

"누구 말하는 거야?" 서점 주인이 코에 걸린 안경을 고쳐 쓰고 눈을 찡그리더니 키가 큰 남자를 자세히 응시했다.

"아아, 저 사람. 그 미인 아가씨의 남자 친구인 사람이지?"

"응, 차경 씨 남자 친구로 보이는 사람." 그런 후에 서점 부인은 한 마디 덧붙였다. "뭐, 지금도 남자 친구인지는 모르겠지만." 한 톤 낮아진 목소리로 봐서는 대단한 소식을 전하는 것 같았다.

"그날 분위기가 좀 그렇긴 했지. 여자 친구가 있는 숙소에 다른 여자랑 오다니."

서점 주인은 의외로 가십을 좋아하는 사람이었다. 하지만 그건 대부분의 사람이 그렇다. 이 자리의 사람들도 예외는 아니었다. 순식간에 무리 사이에 흥미로운 기류가 돌았다.

"그게 좀 이상하더라고요. 다른 여자랑 같이 차를 타고 왔는데, 애인이 여기 있는지도 모른다니 말이 돼? 그리고 그다음 날 다시 왔었어요. 그 남자가."

서점 부인은 다른 사람들을 향해 긴급한 소식을 전하듯이 말했다. 서점 부부를 뺀 네 사람은 무관심한 표정을 지으면서도 귀를 기울이고 있었다.

"둘이 싸운 거지?"

서점 남편의 말에 아내가 고개를 끄덕였다.

"당연하겠지. 근데, 사실 차경 씨도 마음이 딴 데 가 있는 것 같기도 했고⋯⋯."

화철은 서점 부인과는 잘 아는 사이가 아니었다. 그는 이런 유의 가십을 낯선 사람과 나누는 데 불편함을 느꼈다. 궁금하지 않은 건 아니었다. 그렇지만 이런 얘기를 계속 듣고 있어도 되나 싶은 마음이 커져갔다. 하지만 아랑곳하지 않는 사람도 있는 법이다. 그런 이들은 남의 엇갈린 애정 관계는 재미있는 공적 화제라고 생각한다.

"뭐, 차경 씨랑 남자 친구가 서로 맞바람을 피웠어? 근데 그 남자가 저기 있는 사람이야? 저 사람도 양봉인인가?"

허니콤 주인이 목소리를 높이자, 서점 주인 부부가 동시에 얼굴을 찌푸리며 입술에 손가락을 댔다.

화장품 부스 앞의 남자에게도 그 소리가 들렸는지, 혹은 자기를 향한 시선을 느꼈는지, 남자가 두리번거리다가 눈길을 이쪽으로 돌렸다. 순간 사람들은 시선을 피하면서 모른 척 딴청을 피웠다. 다행인지 불행인지 찬합 떨어지는 소리에 사람들의 이목이 쏠렸다. 수미가 테이블을 정리하다가 헛손질을 해 찬합을 쏟았기 때문이었다. 허니콤 주인은 과장될 정도로 아내를 나무랐다.

"사람이 칠칠하지 못하긴. 그거 찬합 깨지지 않았어? 구하기도 힘든 건데!"

허니콤 주인은 찬합을 걱정하는 사람치고는 가만히 앉아서 멀찍이 바라보기만 했다. 차경의 남자 친구라는 사람은 잠시 이쪽 무리를 바라보았다가, 무관심하게 시선을 돌렸다.

남들 앞에서 남편에게 면박을 들은 수미의 얼굴이 귀까지 빨개졌다. 다른 사람들이 오히려 민망해질 정도였다. 화철은 자기가 여기서 무슨 말이라도 하는 게 맞는지 잠깐 헤아려보았다.

의외의 원군은 다른 쪽에서 나타났다.

"이거, 핀란드 제품이네요. 하지만 제가 아는 디자인 숍에서 같은 브랜드를 취급하고 있으니, 깨졌대도 대체할 제품을 구할 수 있을 것 같습니다." 필현은 찬합을 들고 이리저리 살피다 수미에게 건넸다. "하지만 찬합은 깨지지 않고 멀쩡한 것 같네요."

허니콤 주인의 얼굴에 서렸던 경직된 표정이 풀려갔다. 수미의 얼굴빛도 원래대로 돌아왔다. 서점 부부는 서로 시선을 주고받았다. 화철도 남몰래 안도의 한숨을 내쉬었다. 서점 부부의 관심은 필현에게로 쏠렸다.

"그런데 수미 씨랑 하담 씨 선배는 원래 알던 사이예요?"

서점 부인의 뜬금없는 발언에 부드럽게 풀려가던 분위기가 다시 급속히 냉각되었다. 필현은 덤덤하게 대꾸했다.

"아뇨, 일전에 하담이 만나러 허니콤에 갔을 때 잠깐 뵀습니다."

"아니, 어제 아침에 두 분이 놀에 올 때 비슷하게 오시고, 여기서도 같이 봐서 아는 사이인가 했죠."

이번에는 남편이 부인을 팔꿈치로 쳤다. 서점 부부는 천생연분이라는 말이 더할 나위 없이 어울리는 커플이었다. 한쪽이 실례가 될 수도 있는 말을 짐짓 모르는 척 뱉으면, 다른 쪽은 그걸 주의를 준다. 그런 식으로 둘이 서로 제어하지만, 그런 식으로 함께 루머를 만들기도 한다.

수미는 진심으로 놀란 얼굴이었다.

"어제요? 저는 동네 모임이 있어서 갔는데, 하 선생님도 오셨었어요?"

"네, 재웅이랑 잠깐 들렀었는데…… 저도 여기 분은 못 봤는데요."

필현의 목소리는 여전히 변함이 없어서 어떤 기분인지는 알 수 없었다. 하지만 화철은 허니콤 주인이 이 대화를 유쾌하게 여기지 않는다는 건 알아챌 수 있었다. 그는 아내가 다른 사람의 입에 그렇게 오르내리는 걸 좋아할 사람이 아니었다. 그렇다고 해도 수미나 필현의 말은 사실일 것이었다. 일단 수미는 아까 필현을 바로 알아보지 못했으니까.

모르는 사람들끼리 모여 있는 자리의 경직된 분위기를 날린 건 활기찬 여성의 목소리였다.

"안녕하세요!"

호텔 컨시어지 제복을 입은 키가 큰 여자는 20대 후반쯤 되어 보였다. 명랑하고 건강한 분위기가 그녀의 그을린 얼굴에 흘렀다. 서점 남편이 손을 들었다.

"여어!"

"어머, 민선이는 여기 웬일?"

호텔 제복을 입은 여성은 컨벤션센터 한쪽의 검은 양복을 입은 외국인들을 가리켰다. "저희 호텔에도 양봉 대회 참가자분들이 계세요. 그런데 태풍 때문에 통역관이 전부 못 와서, 급한 대로 제가 먼저 왔어요."

서점 부인이 목소리를 낮추고 소곤거렸다. "저 나라에선 양봉도 다

건장한 분들이 하시나 봐. 체격들이…… 운동을 하시나."

호텔 컨시어지는 주근깨가 엷게 깔린 콧등을 살포시 찡그렸다. "뭐, 양봉하시는 분들도 다양하게 계시겠죠. 근데 체격 좋으신 분들은 아마 경호원인 것 같아요."

서점 남편이 입을 'O' 모양으로 오므리며 웅얼거렸다. "뭐 하는 사람들이길래 경호원까지?"

호텔 직원은 명랑하게 대답했다. "저도 모릅니다아. 알아도 더는 말씀드릴 수 없고요. 저는 호텔 컨시어지일 뿐이에요. 호텔 손님의 정보는 드릴 수 없죠."

화철은 호텔 직원의 활기차지만 엄격하게 선을 긋는 전문적 태도에 깊은 인상을 받았다. 그런데 놀랍게도 이 여자는 필현에게도 인사를 했다.

"엇, 안녕하세요?"

필현은 처음에 누군지 못 알아보는 듯하다가, 고개를 숙였다.

"아…… 그렇구나. 안녕하세요."

서로 한 다리를 건너면 다 알고 있다니 정말 작은 세상이군. 화철은 생각했다. 물론 섬은 세상보다도 더 작다. 작은 세계, 작은 섬. 하긴 자기도 어쩌다 보니 여기서 우연히 만난 사람들과 다 알게 되었으니까.

그 순간 누군가의 휴대전화에서 문자 수신음이 울렸다. 사람들은 모두 반사적으로 자신의 휴대전화를 확인했다.

"제 거네요. 제…… 제 후배에게서 온 건데, 지금 하담 씨가 전기차 충전 문제로 오도 가도 못 하고 태풍에 갇혀서 후배가 데리러 갔다는군요."

필현은 설명하면서도 민선이라는 호텔 직원을 힐끔 보았다. 여자는 눈치채지 못한 것 같았지만, 화철은 자기가 이해하지 못하는 눈짓과 손짓, 감정들 모든 게 신경 쓰였다.

"아까 하담 씨랑 로미 씨, 경운 형이 같이 나갔다면서요. 그럼 하담 씨는 어쩌다가 떨어져서. 아니, 지금 후배님이 데리러 갔다니까 다행이지만……"

화철은 말꼬리를 흐렸다. 뒤이어 수미가 생각에 잠긴 투로 말했다.

"하담 씨가 오도 가도 못 하고 중간에 갇혀 있다면." 쉼표보다 약간 더 긴 침묵이 흘렀다. "지금 양봉장에는 경운 씨랑 로미 씨만 있겠네요."

섬으로 밀려온 태풍은 바깥에만 거세게 몰아치는 것이 아니었다. 그 순간 여러 사람의 마음속에도 몰아치고 있었다. 그리고 그 태풍의 방향은 모두에게 달랐다.

"팔 괜찮아요?"

로미가 손가락으로 가리켰다. 경운은 두툼한 붕대를 감은 팔을 위아래로 들어 보였다. 붕대는 풀리지 않고 아직까지 붙어 있었다.

"팔은 부러지지 않은 것 같은데요. 이렇게까지 할 필요가 있었나 모르겠네요."

로미는 진지한 태도로 고개를 저었다. "그래도 조심하는 게 좋으니까요. 저 때문에 다치셨고."

아까 강풍 때문에 나무가 넘어지고, 경운은 로미를 감싸주느라 팔을 부딪쳤다. 팔은 금방 시퍼렇게 멍이 들었지만, 더 큰 걱정은 금이라도 갔을까 하는 것이었다. 로미가 자청해서 붕대를 감아주겠다고 나섰다. 다행히 컨테이너 안에는 구급상자가 구비되어 있었다.

"솜씨가 좋으신데요."

붕대는 촘촘한 보리 무늬를 이루며 단단하게 묶였다. 로미는 어깨를 으쓱하며 웃었다. "저 이전에 매듭 아트도 해서 좀 팔고 그랬어요. 묶는 건 자신 있어요."

로미는 그의 손을 가리켰다. "손은…… 괜찮으시죠?"

경운은 화상 흉터가 있는 손을 오므렸다가 다시 폈다.

"네, 사고 때 화상을 입긴 했어도, 원래도 기능엔 크게 문제가 없었어서. 이런 건 괜찮아요."

빗방울이 컨테이너 지붕을 계속 두드려서 두 사람은 지금 타악기 안에 들어와 있는 것만 같은 기분이었다. 가끔 컨테이너가 휘청할 정도로 바람이 거세게 흔들고 가기도 했다.

로미는 조심스레 창가로 다가가 밖을 내다보았다.

"아까보다 바람 잦아든 거 같은데. 조금만 버티면 내려갈 수 있을 것 같아요."

로미는 자리로 돌아와 경운의 건너편에 앉으며 휴대전화를 확인했다.

"핸드폰은 아직 안 되네요. 하담 씨는 괜찮을까요?"

경운은 로미를 안심시키려는 듯 차분하게 말했다. "무사하실 겁니다. 아까 유선전화가 될 때 아영 씨에게 연락해봤더니, 학교 친구분이 데리러 간다고 했어요. 아마 자동차 이상일 테니, 두 분 다 지금쯤은 돌아오고 있을 거예요. 오면 아영 씨가 연락 준다고 했어요."

"그래요, 친구……. 지금 재웅 씨랑 있겠네요."

로미는 한숨을 내쉬며 테이블 위의 물 잔을 만지작거렸다. 지금은 빗소리를 들으면서 기다리는 수밖에 다른 도리가 없었다. 드럼 안에 들어간 벌들 같은 침묵.

침묵을 깬 건 경운이었다.

"3년 전에……."

로미가 고개를 들었다. 경운은 다친 팔에 무리를 주지 않으려고 한 팔만 테이블 위에 뻗은 채로 올려놓고, 다른 팔로는 턱을 받쳤다.

"우리가 처음 만났을 때, 어떻게 만나게 된 거죠?"

로미는 잠깐 망설였다. 그가 기억하지 못하는 과거의 이야기를 이제 와 다시 꺼내는 게 의미가 있을까? 그리고 지금 로미를 여기까지 오게 한 감정에, 그는 책임이 없었다. 로미는 기억나지 않는다고 거짓말을 할 수도 있었다.

그러나 경운에게는 사라진 시간이었다. 우리의 시간 중 많은 부분이 자신의 기억에 존재하지만, 어떤 건 오로지 타인의 기억에만 존재한다. 경운에게 3년 전의 그 시간들은 오로지 타인의 기억에만 저장된 것이었다. 나의 기억에는 없지만, 남의 기억에만 존재하는 시간. 그 기억의 주인은 누구일까?

로미는 두 사람이 만났던 3년 전의 이틀에 대해서 조금씩 이야기했다. 경운은 말을 끊지 않고 로미의 이야기에 귀를 기울였다.

"제가 저 자신에 대해선 뭐라고 했습니까?"

"별 얘기를 하지 않으셨어요. 이름도 말씀 안 하셨고, 그저 양봉한다고만. 양봉 관련해 일러스트 그리고 싶다는 말, 그리고 저를 인스타그램에서 보셨다고 하면서 제가 올렸던 그림이랑 키웠던 고양이 이야기 정도. 그리고 양봉 이야기를 하셨어요. 어떻게 이주를 하게 됐는지, 그리고 어떻게 발전시키고 싶은지 정도. 그리고 둘째 날에는 제주를 얼마나 좋아하는지, 여기 풍경을 얼마나 사랑하는지, 이런 얘기들."

"예전에도 지금이랑 별다를 바 없이 재미없었었네요."

그는 희미한 미소를 띠었다. 로미는 고개를 천천히 저었다.

"저는 정말 재미있었어요."

"음?"

"양봉 얘기도 좋았어요. 그때 저는 뭐랄까…… 일에 지치고 두려움에 시달리던 시점이라서, 그렇게 자기 일을 열정적으로 이야기하는 사람을 오랜만에 만나서 새로운 에너지를 받았거든요. 그다음 날에 다시 만났을 때도 새로운 곳, 새로운 삶에 대한 이야기를 하셔서 저도 괜스레 인생에 대해서 희망을 품었던 것 같아요."

태풍의 눈에 든 것인지, 지나간 것인지, 컨테이너를 두드리던 빗소리가 약해졌다. 잠시 바깥의 소리에 귀를 기울이느라 침묵이 흘렀다. 아니, 서로 말을 줄이기 위해 바깥의 소리에 귀를 기울였던 것인지도 모른다.

다시 질문을 시작한 건 경운이었다.

"지금은 괜찮습니까?"

"에?"

"방금 일에 지치고 두려움에 시달리던 시점이라고 하셨잖아요. 지금은 괜찮으신지……."

경운의 눈에는 진지한 걱정이 묻어 있었다. 로미는 그의 눈에서 생경함을 느꼈다. 낯선 느낌. 3년 전에 만났다고 해도 그는 여전히 낯선 사람이니까. 게다가 사고 때문에 더 마르고 흉터도 생겼다. 이전에 보았던 얼굴과 사뭇 다르다고 해도 이상할 것이 없었다. 그와 로미는 짧은 시간 스쳤고, 오랜 시간을 거쳐 이제야 만났다.

하지만 서로 걱정을 해주는 순간, 이제는 누구도 낯설지 않게 된다. 과거의 그 사람은 몰라도, 여기 있는 이 사람은 로미에게는 이젠 낯선 사람이 아니었다.

"괜찮아요. 사실 3년 전 제주행 이후로 놀랄 만큼 좋아졌어요. 그 이유 중 하나는……."

로미는 잠시 망설였다. 하담과 차경을 빼고는 다른 사람에게 말하지 않았던 것이었다. 하지만 이 사람에게는 말하고 싶다는 마음이 들었다. 그녀를 흔들림 없이 응시하는 옅은 색깔의 눈에.

"저는 이전에 오랫동안 스토킹을 당했었어요."

로미가 이렇게까지 심각해진 게 얼마 만이었을까? 이 얘기를 꺼내고 싶지 않아서 친구들과 있을 때도 되풀이하지 않았다. 경운은 별다른 동요를 보이지 않고 그저 고개를 끄덕였다.

"꽤 오래였어요. 5~6년 전부터였나? 처음에는 제 홈페이지와 블로그에 찾아오는 방문객, 이웃 정도로만 생각했어요. 처음에는 칭찬 댓글을 다니까 좋았죠. 저도 친절하게 답을 했어요. 하지만 어느 순간 정도가 심해지더라고요. 갑자기 댓글이 길어지고, 저를 아는 사람인 양 말했어요. 그날 제가 무슨 옷을 입었는지, 어딜 다녔는지. 댓글에도 애인처럼 글을 쓰고. 보는 사람들이 오해할 만큼. 다른 남자 방문객이 댓글을 달기만 해도, 그 사람에게 자기 여자 건드리지 말란 말을 하고."

"경찰에 신고는 하지 않았어요?"

"했어요. 엄청 복잡하고 지루한 절차를 거쳐서. 경찰서에서 이 부서 저 부서 옮겨 다니면서 사이버 범죄 신고도 해보고, 일반 경찰에 신고도 해보고. 하지만 그 사람이 제게 직접 모습을 드러내지 않았고, 신체적 위해를 가하는 말은 없어서 신고가 안 된다는 거예요. 그 사람 신상도 특정할 수가 없고. 심지어 실명 확인도 해주지 않았어요."

그래서 익명 댓글이 가능한 홈페이지는 접었다. 블로그는 그만두었지만 인스타그램은 계속했다. 그는 디엠을 보냈지만, 차단해버렸다. 그러자 구글 메일 계정으로 메일이 수천 통 왔지만, 어차피 신고가 되는 내용은 없었으므로 그냥 스팸으로 다 보내버렸다. 읽지도 않아서 무슨 내용이 있는지 몰랐다. 그래도 누군가가 늘 지켜보는 것 같아서 불안했다. 알 수 없는 번호로 문자가 왔다. 보고 싶다고, 당신이 말한 책을 읽었다고, 당신이 갔었던 산책로를 함께 걸었던 기억이 난다고. 위협적인 내용도 아니었지만, 충분히 공포스러웠다. 하지만……

"그런데도 전 새로운 사람들을 만나는 게 좋아요."

로미는 고개를 쳐들고 말했다.

"누가 제 그림이 좋다고 말해주고, 제가 좋다고 말해주는 게 좋아요."

낯선 사람들의 그림자가 무서워도, 로미를 이끌어온 건 또한 낯선 사람들에게서 받는 막연한 호감들이었다. 그러기에 가끔은 돈이 되지 않는 그림을 그리면서도 덜 불안해할 수 있었다. 이렇게 살아가도 될 거라고 믿었다.

"그래서 3년 전에 경운 씨가 찾아올 때는 불안감을 느끼지 않았어요. 오히려 편안했죠. 낯선 사람이라고 다 위협이 되는 건 아니구나, 저를 지나치게 잘 아는 척하지도 않았고요."

3년 전에 이런 느낌이었는지는 확실하지 않았다. 많은 기억은 나중에 구성된다. 그때는 어떤 감정인지 알 수 없었대도, 많은 감정은 말로 나온 후에야 비로소 감각된다. 무서운 마음도, 거리끼는 마음도, 설레는 마음도, 좋아하는 마음도. 지금의 로미에게 든 확신은 그런 것이었지만 그만큼 확실하기도 했다. 이 사람은 무섭지 않다. 이렇게 자기를 바라봐주고, 이야기를 들어주는 이 남자 앞에서 편안했다.

"이렇게 나도 일하고 싶다, 이런 에너지로 가득 차서 제주에서 돌아왔어요. 그런데 그에 딱 맞추어 스토킹도 끊겼더라고요. 문자도 없고, 메일도 없고. 그래서 다시 돌아갈 수 있었어요. 경운 씨를 가끔 생각했지만, 다시 찾을 길이 없었어요."

경운은 고개를 끄덕였다. "잘된 일이네요."

로미는 잠시 입을 다물고 생각에 잠겼다가 조용히 말했다.

"실은 친구들에게는 말하지 않았지만, 이번에 제주에 온 뒤에 또 이상한 문자 메시지를 받았어요."

"뭐라고요?" 로미가 침착한 만큼 경운은 더 놀란 듯했다.

"'내가 너를 잊었다고 생각하지 마'라고 쓰여 있었어요. 웹 발신에 번호도 이상하고. 그 사람이 보낸 건지 알 수 없지만…… 기분은 좋지 않았어요."

경운의 입매가 굳어졌다. "경찰에 신고하죠."

로미는 고개를 가로저었다. "경찰은 받아주지 않아요. 잘못 온 걸 수도 있고, 아무런 위협이 없으니까요."

"그렇군요……."

"하지만 이전만큼 겁이 나진 않았어요. 이 문자를 보낸 게 과거의 스토커든 새로운 사람이든 제가 겁먹는 게 그 사람이 원하는 것일 테니까. 그런 식으로 나를 통제하려고 하는 거니까." 로미의 목소리는 살짝 떨렸지만, 얼굴에서는 강한 결심 같은 게 흘렀다. "다시는 그 사람에게 조종당해서 사람들과의 관계를 끊거나 나 자신을 스스로 숨기거나 하지 않겠다고, 다짐했으니까요."

경운과 로미의 눈이 마주쳤다. 그의 눈빛에서 힘을 얻어서, 로미는 자기도 모르게 말해버렸다.

"3년 전에 경운 씨를 만나서, 낯선 만남에서도 좋은 사람을 만날 수도 있구나, 라는 걸 알았기 때문인 것 같아요. 그게 제게 힘이 됐어요."

경운은 입술을 꾹 다물었다가 한참 후에 입을 열었다.

"다행이군요."

"그날이…… 제게 행운이었던 날이었겠지만, 경운 씨에게는 불운이었던 날이라는 게 마음 아파요."

그 말에는 로미의 진심이 담겨 있었다. 둘이 공유한 시간이 있다. 그러나 시간은 늘 다르게 해석된다. 로미에게는 다시 돌아가고 싶을 정도로 좋은 날이었지만, 그에게는 비극의 날이었다. 경운은 잠시 생각에 잠겨 있다가 말했다.

"로미 씨는, 제가 거짓말을 했다는 게 불쾌하지 않습니까?"

"거짓말은 아니었어요."

지금 느끼는 자기 감정을 합리화하려고 하는 말이 아니었다. 로미는 진심으로 그렇게 생각했다.

"결혼했다는 말도, 하지 않았다는 말도 어느 쪽도 없었어요. 그냥 제 생각이었던 거지……. 결혼반지는 없었지만, 그런 사람은 많으니까요. 또, 제게 어떤 접근도 하지 않았어요. 약속도 하지 않았고, 제 그림을 좋아한다고 말했을 뿐이죠."

로미는 침을 삼켰다. "착각은 제 특기니까요."

그의 대답에 대한 기대는 없었다. 하지만 상대의 마음을 알든 모르든, 자신의 마음에는 늘 책임을 져야 한다고 로미는 생각했다. 착각, 혹은 설사 의도 없는 기만으로 시작했다고 해도, 그 사람의 행동에 책임을 물을 수 있을 뿐. 내가 먼저 보낸 호감의 책임까지 부인할 순 없었다.

로미의 말을 잠자코 듣고 있던 경운은 자리에서 일어났다. 그는 컨테이너의 창문으로 가서, 바깥을 내다보며 섰다. 지금은 아무것도 보이지 않을 만큼 비가 내렸지만, 이전에 로미가 섰던 그 자리였다. 검은 리본을 맨 벌통이 있었던 곳.

"아내가 죽은 후에 저를 가장 고통스럽게 했던 건." 경운이 로미에게 등을 돌린 채로 입을 열었다. "아내의 죽음에 대해 제가 어떤 감정을 느껴야 할지 잘 몰랐다는 겁니다. 물론 슬펐지만, 한편으로는 알 수가 없었어요. 아내와 지냈던 시간들이 잘 기억이 나지 않으니까요."

고백은 늘 쌍방향의 거래와 같다. 한 사람이 고백하면, 다른 사람도 갚아준다. 이제는 로미가 그의 고백을 들어줄 차례였다.

"그런데 아내가 죽고 나서 몇 달 후, 아내의 심경을 담은 블로그가 로그인된 채로 노트북 화면에 떠 있더라고요."

경운이 속마음을 말하는 대상은 로미일까, 아니면 보이지 않는 검은 리본일까?

"아내는 무척이나 영리하고, 마음이 부드러운 사람이었습니다. 제가 기억하는 건 그런 거예요. 영특해서 외국 대학에 유학도 갈 수 있었죠. 하지만 아내는 저를 따라 제주에 왔습니다. 그것만으로도 저는 아내에게 고마웠지만, 아내도 만족한다고 생각했어요. 제 기억 속에서 아내와 함께한 제주의 생활은 충만하고 즐거웠습니다. 하지만 그게 아니었습니다." 그는 잠깐 말을 멈추고, 숨을 내쉰 후 다시 이어갔다. "만족이란 건 제 착각이죠. 그랬다면 우리 결혼에 문제가 있진 않았을 테니까요. 아내는 제게 말할 수 없는 배신으로 괴로워하고 있었어요. 다른 사람이 있었더군요. 그 사람을 깊이 사랑했지만 저한테도 상처를 주기 싫었던가 봅니다. 그 글에 따르면, 저는 몰랐습니다. 그리고 사고 전날…… 아내는 제게 말해야겠다고 썼어요. 아내는 저를 떠나려고 계획을 세웠는데, 말없이 그렇게 해버릴 순 없다고 하더군요. 아마 마지막 날에 그 고백을 했을지도 모릅니다. 일기의 마지막 날짜가 사고 전일이었어요. 저는 블로그를 그냥 로그아웃했습니다."

태풍 레아론보다 더 갑작스러운 방향 전환이었다. 로미는 충격을 받았지만 잠자코 그의 말을 들었다. 경운은 말을 이었다.

"그래서, 내가 아내의 죽음 자체에 크나큰 슬픔을 느끼지 못했던가? 이런 생각을 하게 됐어요. 나는 아내가 죽기 전에 이 사실을 알았나? 그래서 기억을 잃은 건가? 생각하고 싶지 않아서? 아내에게 배신감을 느꼈기에, 죽음이 그렇게까지 슬프지 않았던 건가?"

로미는 대답할 수 없었다. 답을 몰랐으니까. 그가 기억을 잃은 세월을 로미는 헤아릴 수 없었다.

"그런데 지금 로미 씨와의 얘기로 알게 됐어요. 어쩌면 제가 기억을 잃은 건, 아내를 미워해서가 아니라, 아내를 미워하고 싶지 않아서인지도 모른다는 생각. 아내에 대해선 좋은 기억만 남아 있으니까요. 그리고……."

그는 돌아섰다. 그는 선 자세 그대로 로미를 내려다보았다.

"제가 그날 아무런 잘못도 하지 않았다면, 그건 로미 씨가 잘못을 저지를 수 없는 사람이었기 때문이지, 제가 잘못이 없어서는 아닐 수도 있다는 걸 알게 됐습니다. 그래서 아내를 더 잘 용서할 수 있게 됐어요. 저도 용서받을 일이 있을 수도 있으니까."

자리에 앉은 채로 로미는 그의 눈을 올려다보았다. 바람도 약해졌나 싶더니, 비의 비트도 서서히 느려졌다. 경운이 뒤쪽 창문을 돌아보았다.

"조금 있으면 비가 멎을 것도 같은데. 그때 내려가요."

로미는 자리에서 일어나 창문 앞 그의 옆에 섰다. 확실히 비가 줄어 있었다. 그녀는 고개를 끄덕이며 말했다.

"네, 조금 있으면 멎을 것 같네요."

벌통에 묶어놓았던 검은 리본은 보이지 않았다. 방수포에 가려진 것인지, 바람에 날아가버린 것인지는 알 수 없었다. 로미에게는 어느 쪽이든 상관없었다. 그 자리에 남아 있다고 해도 괜찮았다. 아직은.

옆에서 경운이 중얼거렸다. "텔레비전이나 라디오가 있었으면 좋았을 텐데. 뉴스를 확인할 수 있었을 텐데."

로미는 문득 생각했다. 기억, 검은 리본, 장례식. 저번에 뭐라고 했지? 장례식과 결혼식은 알려야 한다. 텔레비전, 뉴스, 결혼식. 제주에 온 첫날 호텔 방에서 본 지역 소식. 장례식과 결혼식.

"아악!"

갑작스러운 비명 소리에 경운이 화들짝 놀라 펄쩍 뛰었다.

"무슨 일입니까? 큰일이라도?"

로미는 경운을 향해 빙그르르 몸을 돌리며, 그의 옷깃을 잡았다.

"네, 큰일이 났어요."

"뭔데요?"

"뉴스에서 봤는데 잊어버렸던 게 생각이 났어요."

"아까도 그렇게 말했잖아요? 잊어버린 게 또 있었습니까?"

로미는 침으로 입술을 축이며 고개를 한 번 끄덕였다. "더 중요한 게 기억이 났어요."

전기차는 배터리 충전량이 0이어도 충전소까지는 갈 수 있다고 한다. 하담은 그 사실을 미처 몰랐지만, 알았다 해도 어딘지 몰라서 오가지 못하는 신세였던 건 똑같았을 것이다. 비바람이 좀 잦아들자 내비게이션이 들어오는 재웅의 차를 따라 충전소를 찾을 수 있었다. 각자 차를 운전하느라, 갑작스레 그들을 감쌌던 감정의 폭풍도 누그러졌다. 하지만 차에 충전기를 끼워 넣는 동안에는 서로 피할 수 없었다. 하담이 재웅의 차로 옮겨 탔다. 별로 좋은 배치는 아니었다. 두 사람은 앞 창문만 바라봐야 했다. 서로 마주 보면 너무 가까웠다.

"음악이라도 들을까." 어색한 분위기를 깨려는지 재웅이 말했다.

"마음대로."

재웅이 전화기로 음악을 켜자 차 안의 블루투스 스피커에서 시티 팝 계열의 음악이 흘러나왔다. 노래는 처음이었지만 목소리만은 단박에 알아들을 만큼 유명한 가수의 노래였다. 과거의 연인과 재회해서 안부를 묻는 가사의 노래가 음악 차트에서 역주행하여 1위를 차지한 작곡가이기도 했다. 지금 차 안에 흐르는 노래는 그 히트곡을 포함한 다른 발라드에 비하면 덜 감상적으로 들리긴 했다.

'그까짓 자질구레한 것 내 인생의 작은 모래 알갱이도 안 돼.'

여름을 환영하며, 서로 사랑하며 아름다운 여름밤 추억을 만들자는 가사에 두 사람은 잠시 귀를 기울였다.

오늘의 태풍도 추억으로 기억될 날이 올까. 비가 그치고 태양이 뜨면 이 노랫말처럼 걱정이 녹을까.

"아까는 미안해. 소리 질러서." 재웅이 조용히 사과했다.

"너 뭐야?"

하담은 이제 이 모든 스무고개 같은 문답이 지겨워졌다. 어색해하고, 사과하고. 한때 오래 사귀었던 연인이 역시 그보다도 더 오랜 세월 후에 만나서 어색하지 않을 리가 없다. 하지만 이렇게 가까운 것도 기묘했다. 옛 연인이라기에도, 현재의 친구라기에도 아닌 사이를 안고 가고 싶진 않았다.

하지만 하담은 이 질문보다 먼저 해야 하는 질문이 있다는 걸 알았다. 그에게 뭐냐고 묻기 전에, 나는 또 뭘까?

그리고 사람들은 언제나 자신의 대답이 정해져 있지 않은 질문을 남에게 하기 마련이다.

두 사람이 있는 차 안에 김이 서리기 시작했다. 재웅은 에어컨을 켰다. 하담이 몸을 살짝 떨자, 그는 뒷좌석에 있는 재킷을 건네주었다. 하담은 말없이 걸쳤지만, 재웅이 바라보는 눈빛만은 끈질겼다.

"지금은 모르겠다."

한숨같이 나온 말이었다.

"그냥 네가 너무 걱정됐어. 혼자 있는 게. 지금 뭘 어떻게 해야 한다, 이런 생각은 없었어."

기대했던 대로이기도 하지만, 실망스럽기도 했다.

하담이 대답이 없자, 재웅이 침묵을 메웠다.

"지금은 뭐라고 말 못 해. 하지만 정리가 되면…… 정리하고 나서 얘기할게. 그렇지만 널 도와주고 싶었어. 그건 진심이야. 예전에 못 해줬으니까. 네 말대로."

"너는 언제나 말할 수 없는 게 많구나."

하담은 불쑥 말했다. 자기 말에 스민 비난조에 자기도 놀랐다. 비난은 기대하는 사람만이 할 수 있는 거 아닐까? 나는 이 사람에게 뭔가 기대했던 걸까? 내게 기대할 자격이 있나?

이제 가늘게 바뀌어버린 비를 와이퍼가 쓱쓱 밀어버리는 소리만이 차 안에 퍼져갔다. 두 사람 사이의 침묵을 재웅의 조용한 목소리가 와이퍼처럼 밀어버렸다.

"9년 전 그때, 내가 말할 수 없었던 건 내 비밀이어서가 아니야. 다른 사람의 비밀이어서였지. 내가 그때 너를 돌아볼 틈이 없었던 건, 다른 사람이 더 도움이 필요했다고 생각했기 때문이야. 그건 내 잘못된 판단이었지만."

"뭐?"

하담은 몸을 반쯤 돌려 재웅을 보았다. 전혀 짐작도 못 한 이야기였다. 재웅의 입에서 나온 얘기는 전혀 다른 것이었다.

"우리 후배 전화영."

"그 화영이? 어제 말했던?"

"그날…… 화영이가 다쳤잖아. 2층에서 뛰어내려서. 그건 불 때문이 아니었어. 불은 화영이가 뛰어내린 후에 난 거야."

"뭐라고?"

재웅은 마른 입술을 안으로 물었다가 천천히 말했다. "너랑 그렇게 헤어지고 화영이에게 전화로 확인했어. 너에게는 얘기해도 되겠냐고 물어봤더니, 화영이가 허락해주더라."

"대체 이게 다 무슨 일이야? 아니, 불이 난 게 아닌데 왜 뛰어내려?"

"화영이는 그날 누군가에게…… 추행을 당했어. 우리 그때 약간 술에 취해 있었잖아. 화영이 혼자 2층 방에 있었는데 누가 들어왔대. 그래서 그걸 피하려다가 뛰어내린 거야."

"뭐? 대체 누구에게? 난 전혀 몰랐어."

하담의 얼굴이 하얗게 질렸다. 자기의 가까이에서 그런 일이 있었는데도 사실을 알지 못했다. 심지어 현장 책임자였는데도 제대로 살피지 못했다.

"화영이가 아무에게도 알리고 싶지 않다고 했어. 난 화영이를 설득해서, 누군지 조사해서 고발하자고 했지만 그날 불도 났고 하담이 네가 너무 힘들 거라고."

오랜 세월이 지나서 갑작스레 알게 된 사실이 태풍 자체보다 하담을 더 흔들었다. 하담의 마음을 안 듯, 재웅이 말했다.

"네 잘못이 아니야. 사실 그리고 그 이유만은 아니었던 것 같아. 화영이는 내게 어두워서 범인의 얼굴은 못 봤다고 했지만, 누군지 짐작하고 있는 것 같았어. 그런데 불이 나버려서 증거가 없고."

얼마 전의 대화가 하담의 머리를 스쳐 갔다.

"넌…… 설마 그게 현석 선배라고 생각한 거야? 왜?"

재웅의 얼굴이 굳어졌다. "그날 현석 선배가 2층에서 뛰어 내려오는 걸 내가 보았으니까. 그리고 그 전까지는 나도 현석 선배를 믿고 따랐으니까, 화영이가 얘기하지 않는 것도 그 때문이라고 생각했어."

"그럴 리 없어. 그랬다면 화영이가 현석 선배랑 나중에 사귀지 않았겠지."

재웅이 고개를 끄덕였다. "네 말이 맞아. 내가 오해했고. 그 얘기도 화영이랑 했어. 화영이는 내가 오해하게 놔두어서 미안하다고 하고, 자기가 알려야 하는 사실이 있고 증거를 찾았으니까 이제 곧 밝힐 때가 됐다고 하더라. 나중에 하겠다고."

오래 묻혀 있었던 진실에는 늘 혼란이 섞여 있다. 그러나 어지럽다고 해도 피할 수 없는 것이 진실이기도 했다.

그들을 흔들어놓았던 바람은 점점 멀어지고 있었다. 바람이 떠나간 자리에는 새로운 풍경이 남는다.

재웅이 하담을 진지하게 바라보았다.

"하담아."

이렇게 남에게 허물없이 이름을 불려본 게 오랜만인 것 같은 기분이었다.

"미안해. 정말 도와야 할 사람이 있다는 생각에, 네가 힘든 건 돌아봐주지 못해서. 한참 지난 일이지만 정말 미안하다."

하담의 마음속에서 뭔가 울컥 치미는 기분이었다. 사람의 만남과 헤어짐이 누구의 잘못도 아니라는 건 알았지만, 진심 어린 사과를 받는 건 의미가 있었다.

"나도 미안해. 네가 그런 줄도 모르고 섭섭해하기만 했어. 오랫동안 널 원망하기만 했어."

가까운 사람에게 하찮게 취급당했다는 기분, 이해받지 못했다는 기분이 마음속에 앙금처럼 가라앉아 있다가 돌처럼 굳어져 있었다. 그렇게 딱딱한 바닥에서는 아무것도 키울 수 없었다. 타인에 대한 애틋한 마음도, 배려도 자라나지 못했다. 하담은 이제야 그걸 깨달았다.

돌조각을 긁어낸 마음에서 이제 뭐가 피어날 수 있을까?

"하담아."

재웅이 또 이름을 불렀다.

"너한테 하고 싶은 말이 있어."

현재는 모양이 잡히지 않았지만, 무엇으로도 변할 수 있는 기대감이 하담의 심장 깊은 곳에서 솟았다.

"그런데 지금은 아니야."

재웅은 힘을 주어 말했다. "내일, 내일 얘기할게."

기대감이 머리를 숙였지만, 하담은 그게 완전히 시들지 않도록 감쌀 수밖에 없었다. "알았어. 기다릴게. 준비가 될 때까지."

"지금은…… 지금은 그냥 이렇게 있자."

재웅의 손이 머뭇거리며 다가왔다. 하담은 그 손을 굳게 잡았다. 두 사람의 손이 서로 얽혔다. 두 사람 사이의 시간은 이미 흘러버렸고, 모습도 달라졌다. 손의 감촉도 조금 변했다. 이전보다 더 거칠어진 것 같기도 했다. 못이 박인 것 같기도 했다. 하지만 그의 손 크기는 그대로였다. 하담의 손을 감쌀 수 있을 만큼 커다란 손. 하담은 자기가 그걸 잊지 않고 있었다는 사실을 새삼 깨달았다. 무엇도 완전히 잊히지 않는다. 회복력이 강한 침대라도 누운 사람의 모양이 희미하게 남듯이, 한번 몸에 새긴 감정은 그 모양대로 남는다.

재웅이 맞잡은 손에 힘을 주었다. 하담의 심장은 오래 플러그를 빼놓았다가 다시 꽂은 전자 제품처럼 서서히 전기가 통하기 시작했다. 하담은 재웅의 어깨에 머리를 기댔다.

하지만 하담은 늘 명심하던 것을 그 순간에는 잊고 있었다. 어제는 오늘 태풍이 불어올지 몰랐던 것처럼, 오늘은 내일 어떤 바람이 불어올지 모른다는 것을.

"이리로요."

쏟아지는 빗속에서 수언이 분홍과 파랑 페인트가 칠해진 나무 문을 열쇠로 따자 차경은 문 안으로 뛰어들었다. 수언은 바람이 쫓아 들어오기 전에 서둘러 문을 닫았다.

수언이 아는 형이 한다는 작은 서핑 숍은 사계해변에 가까운 바다에 면해 있었다. 가게는 잠시 휴업 중이었다. 서핑 숍 주인은 수언에게 열쇠를 맡기고 발리로 떠났다고 했다. 차로 놀까지 돌아가는 것보다 이쪽으로 피신하는 게 더 빠르다는 수언의 판단이었다.

"근데 여기 정말 작은 숍이고, 우리는 그냥 창고처럼 썼기 때문에 아무것도 없어요."

자신의 가방을 둘러멘 수언이 웨트슈트를 갈아입으러 간 사이, 차경은 작은 숍 안을 둘러보았다. 문에서 왼쪽 벽에는 다양한 색깔의 길고 짧은 보드들이 늘어서 있었다. 반대편 나무 선반 위에는 보드에 꽂는 지느러미 판, 발목 줄과 함께 작은 양철통들이 몇 개씩 놓였다. 차경은 그중 하나를 집어 들어 Sea Wax라고 쓰인 라벨을 읽어보았다. 뭐에 쓰는 물건일지 감이 잡히지 않았다. 천장에 연결된 해먹 같은 그물 위에는 서핑 잡지 몇 권이 흩어져 있었다. 그 옆에는 나무 테이블과 푹 꺼진 낡은 패브릭 소파가 한 개 놓여 있었다. 차경은 그 위에 앉았다.

티셔츠와 반바지로 갈아입은 수언이 한 손에 수건을 들고 다시 가게 뒤편에서 나타났다. 그는 변명처럼 똑같은 말을 반복했다.

"여기 정말 작은 곳이고, 한동안 쓰지 않아서 뭐 변변하게 대접할 게 없네요."

"괜찮아요."

산뜻해진 수언을 보자, 차경은 비에 젖어 머리카락도 착 달라붙은 자기 모습이 거슬렸다. 그래도 갈아입을 옷도 없는데 여기서 샤워를 하고 싶진 않았다. 수언도 그 마음을 알았는지 굳이 권하지 않았다. 대신 소파 위 차경의 옆자리에 앉더니, 자기 트럭에서 가져온 수건으로 차경의 머리카락을 감쌌다.

"내 꼴이 우습죠."

차경이 어설피 손을 내밀어 수건을 받아 들려 했지만, 수언이 건네주지 않았다. 그는 계속 차경의 얼굴에 붙은 머리카락을 하나하나 떼어서 닦아주었다.

"아뇨. 늘 좋은데."

잠시도 주저하지 않고 나온 대답이었다. 차경은 피식 웃을 수밖에 없었다.

"거짓말, 처음부터 늘 불쌍하다고 생각했으면서."

"어, 한 번도 그렇게 생각한 적 없는데." 그가 수건으로 차경의 이마를 덮자, 더는 그의 표정이 보이지 않았다. 그렇게 얼굴이 보이지 않는 수언이 물었다. "왜 그렇게 생각해요?"

"음…… 처음부터 나를 도와주려고 했으니까. 당신에게는 늘 피곤한 모습만 보였으니까요."

동정과 관심의 선은 늘 가늘기 마련, 차경은 언제나 그 때문에 불안했다는 생각을 했다. 하지만 모든 감정들의 경계는 늘 그렇게 맞닿아 있다.

"불쌍하다고 생각한 적 없어요. 도와주고 싶다고 생각했지. 그건 다른 감정인 것 같아요. 모든 사람에게 느낄 수 없는."

바람이 서핑 숍의 푸른색 창틀을 멈추지 않고 덜덜 흔들었다. 바깥의 바람은 멈추지 않았지만, 안에서는 격정적인 감정이 태풍처럼 휘몰아쳤다가 지금은 잠시 소강상태에 빠진 것만 같았다. 머리카락을 다 닦고 수언은 수건을 펴서 소파 팔걸이에 넌 후 차경의 얼굴로 눈길을 돌렸다. 차경은 자기 눈을, 손을 어디에 두어야 할지 모르는 서투른 사람이 되어버린 기분이었다.

"태풍이 얼마나 지속될지 모르겠네요." 차경이 생각나는 대로 말을 꺼냈다.

수언의 시선이 차경에게서 창으로 잠깐 옮겨 갔다. "그러네요."

"시간이 많으니까." 차경은 두 손을 오므려 손톱의 거스러미를 살피는 척하며 무심히 말했다. "전에 말한 복잡하고 긴 이야기 해볼까요?"

"네?"

"그…… 골프채 찾으러 갔던 밤에, 트럭에서."

"아아."

수언은 자리에서 일어나 한쪽 벽에 세워두었던 자기 가방으로 가더니 뭔가 꺼내서 소파로 돌아왔다. 그는 가지고 온 물건을 차경에게 건넸다. 사진이 들어 있는 가죽 프레임이었다.

"이건……."

"저희 가족사진. 저랑 우리 어머니랑 아버지. 우리 어머니 미인이죠?"

사진 안에 있는 세 사람의 얼굴을 차경은 가만히 들여다보았다. 수언의 어머니는 목이 길고 뼈대가 우아한 아시아 여성이었다. 그리고 아버지는 백발에, 민족을 잘 짐작할 수 없는 얼굴이었다. 차경이 사진을 들여다보는 동안 수언은 소파 위에 양반다리를 하고 앉아 차경을 향했다.

"아버지가 늘 그랬어요. 길에서는 곤경에 처한 낯선 사람들을 친절히 도와주라고. 속담대로 그들이 변신한 천사는 아니라 해도, 아직은 깨닫지 못한 운명일 수도 있다고."

차경이 눈을 들었다. 수언과 그의 아버지는 웃을 때 눈이 접히는 게 꼭 닮았다.

"아버지가 엄마를 그렇게 만났거든요." 수언은 천천히 입을 열었다. "그 복잡하고 긴 얘기가 여기서 시작해요. 계속 듣고 싶어요?"

차경은 사진을 돌려주며 그에게 진심을 담아 대답했다. "네, 듣고 싶어요."

사진 속 사람들을 들여다보는 수언의 눈매가 부드러워졌다. "차경 씨가 공항에 지친 모습으로 나타났을 때, 난 내가 보지 못한 엄마의 모습을 생각했어요. 엄마는 미국 보스턴 공항에 혼자 쓰러져 있었고, 그때 나는 엄마 배 속에 있었으니까요. 엄마는……."

수언의 손가락이 사진 속 엄마의 얼굴을 무척 소중하다는 듯 쓸었다.

"유학생이었어요. 엄마의 애인, 제 친아버지도 마찬가지였죠. 저도 잘은 몰라요. 두 사람은 사귀었고, 엄마는 저를 가졌고, 엄마는 임신 사실을 알리려고 남자가 공부하는 보스턴에 갔지만 남자의 집 초인종을 누르자 다른 여자가 나왔대요. 엄마는 두 사람의 관계가 어떤지 짐작하고 말았죠. 임신했다는 말도 못 하고 돌아오다가 공항에서 쓰러졌어요. 나는 그때 이미 4개월이었고, 엄마는 절망적이었죠. 그런 엄마를 옆에서 챙겨주고, 엄마가 사는 샌프란시스코까지 다시 데려다준 사람이 지금의 아버지였어요. 엄마는 운 좋게 같은 행로의 사람을 만났다고 생각했고, 아버지는 운명이라고 생각했대요."

서로 갈라지는 여러 길에서 만나는 우연을 운명으로 생각하는 사람들이 있다. 간혹, 우연이었더라도 그런 사람들을 만나면 운명이 된다. 수언의 이야기는 계속되었다.

"그렇지만 엄마랑 아버지가 결혼한 건 내가 열 살 때였어요. 엄마는 아버지가 자기를 동정해서 사랑하는 건 반갑지 않았다고 했어요. 그리고 약해졌기 때문에 의존하는 것도 싫다고 했죠. 사랑할 때까지 기다리고 싶었다고."

"강한 분이네요. 어머니도, 그리고 10년을 기다린 아버지도."

차경은 조용히 말했다.

"엄마는 강한 사람이죠. 저를 낳고도 공부를 마치고 일을 해서 혼자 절 키웠으니까. 아버지도 마음이 강한 사람이었어요. 아버지는 엄마를 알 수 없어서, 10년 동안이나 계속 그 근처를 빙빙 돌았죠. 저한테는 어렸을 때부터 아빠 같은 사람이었고, 어?"

차경이 두 손으로 얼굴을 감싸며 자신의 무릎 위로 몸을 숙였다.

"왜 그래요? 어디 안 좋아요?" 수언은 허리를 굽히고 고개 숙인 차경을 걱정스레 들여다보며 어깨를 잡았다. "물이라도 떠 올게요."

수언이 일어서려 하자 차경은 한 손을 들어 그의 손목을 잡았다.

"괜찮아요, 그냥 여기 있어요."

수언은 손목을 잡힌 채로 도로 자리에 앉았다. 차경의 어깨가 올라갔다가 아래로 떨어졌다. 차경은 잠시 후 고개를 들고 숨을 길게 내쉰 후, 수언을 돌아보았다.

"너무 벅찬 얘기를 들어서, 잠시 진정하려고 했어요. 그리고 내가 지금 뭘 하나 아찔하기도 하고, 어머니 얘기에 내가 부끄럽기도 하고."

수언은 무슨 뜻인지 알아들었다. 그는 잡히지 않은 다른 손으로 자기 손목을 잡은 차경의 손을 풀어내더니, 다시 그 손을 깍지 꼈다.

"차경 씨."

창밖으로는 요동치던 바다가 차츰 수그러드는 것만 같았다. 떨리던 창틀도 숨을 죽이고 귀를 기울이는 듯했다. 자기의 이름을 부르는 목소리에 차경의 가슴이 새삼 뛰었다.

"당신은 우리 엄마처럼 할 필요가 없어요. 제 마음이 동정이 아닌지 확인하기 위해서 기다릴 필요도. 가치 없는 사람을 오래 기다릴 필요도."

차경은 고개를 저었지만, 그에게서 손을 빼고 싶진 않았다.

"어느 쪽도 기다리는 것 아니에요."

차경은 단어 하나하나에 힘을 주어 말했다.

"다만, 내 마음에 거리낄 게 없을 정도로는 말끔해져야 누군가를 똑바로 마주할 수 있지 않을까 싶어요."

그 누군가가 당신이라는 말은 이 시점에서 할 수가 없다. 그것이 차경의 자기의식이었다.

수언의 엄지손가락이 차경의 손등을 쓸었다.

"저도 아버지의 아들이니까, 기다릴 수 있어요." 그런 다음, 그의 손이 멀어져갔다. 하지만 차갑지 않았다. "하지만 10년씩은 장담 못 해요."

차경은 수언이 처음으로 마음에 들어왔던 이유를 떠올렸다. 수언의 마지막 마침표엔 언제나 웃음이 묻어 있었기에, 그를 지울 수가

345

없었던 것이었다. 차경은 머리를 숙여 수언의 가슴에 톡 기댔다.

수언의 트럭은 서핑 숍 주차장에 그대로 세워두고 차경의 차로 돌아가기로 했다. 서로 별말 하지 않았지만, 가는 동안만이라도 둘만의 공간에 있고 싶다는 뜻이라는 걸 이해했다. 다른 사람들의 시선이 오가는 놀로 가면 이제 두 사람의 관계가 어떻게 변할지는 알 수 없었다. 이 사실도 둘 다 잘 알았다.

차의 앞 유리창을 빗방울들이 빠르게 긋고 지나갔다. 그러나 빗방울이 보인다는 것부터가 비가 가늘어졌다는 뜻이었다. 태풍은 이제 섬에서 점점 멀어지는 중이었다.

놀에 들어서는 도로 입구에서 카카오톡 수신음이 연달아 울렸다. 인터넷 연결이 안 되는 동안 밀려 있던 메시지가 한꺼번에 들어오는 듯했다.

"제 거네요."

수언이 휴대전화를 주머니에서 꺼냈다. 그는 한 손으로 전화기를 잡고 스크롤을 내리며 빙그레 웃더니, 다른 손으로 뒷머리를 긁었다. 차경은 신경이 쓰였지만 운전에만 집중하는 척했다.

"제가 속한 단톡방에서 서로 괜찮냐는 안부 문자들을 보내고 있네요. 저보고 이런 날씨에 빨리 돌아오지 않다니 미친놈이라고 과태료 물어도 싸다고 욕들이 쏟아지네요."

"다시는 그러지 마세요."

차경의 말투와 입매가 동시에 엄격해졌다. 아까 그가 파도 탈 때 가슴이 뛰었던 생각을 하면 더 엄격하게 말하지 못하는 게 분할 정도였다.

"어, 진짜 몰라서 그런 거예요. 태풍이 오는 줄 알았다면 위험을 무릅쓰진 않았을 거예요. 게다가 드물게 타기 좋은 배럴이 생겨서. 하지만 잘못한 건 맞으니까요."

수언은 계속 카톡을 확인하며 답을 보냈다.

"테일러 형한테 온 것도 있고. 비행기 탄다고. 곧 도착하겠네요."

"그제부터 테일러라는 분 이름을 몇 번 들은 것도 같네요. 미국 사람은 아니라고 했죠? 무슨 직업이랑 관련이 있다는 거 같던데."

차경은 운전대를 꺾어 커브를 돌았다. 수언은 고개를 끄덕였다.

"네네, 그게……. 그 형이 양복점을 했거든요. 서울에서 일할 때, 재단사."

"아아, 그래서 테일러."

"네, 그렇기도 하고, 다른 사연도 있는데……. 오올."

수언이 휴대전화의 화면을 톡톡 두드리며 화면을 키웠다.

"또 무슨 일이 있나요?"

"그게, 민선이, 그러니까 저번에 호텔에서 일하는 친구 보셨잖아요. 골프 가방 가져간 사람 알려준."

"아, 네……."

"그 친구가 결혼한다고 청첩장을 카톡으로 보냈었네요. 근데 그걸 지금에야 봤네."

호텔 주차장의 어둠 속에 잠겼던 얼굴이 차경의 머릿속을 스쳐 갔다. 그때는 정신이 없어서 제대로 못 봤지만, 호감 가는 인상의 명랑한 여성이었다는 기억이 떠올랐다.

"친절하고 활기찬 분 같던데. 결혼을 하시는군요. 고맙다는 말도 제대로 못 했는데."

"그러게요. 웨딩드레스 예쁜데요."

웨딩드레스라는 말에 차경은 심장이 계단 몇 칸 정도 굴러떨어진 느낌이었다. 그러나 차경은 수언에게 들키지 않으리라는 결심을 이미 했다.

"그런가요?"

"한번 볼래요?"

벌써 놀 앞에 거의 다 다다랐다. 차경은 차를 크게 돌려 후진하려고 오른쪽 사이드미러를 쳐다보다가 수언이 들어 보인 휴대전화를 힐끔 보았다. 글자는 읽을 수 없었지만 언뜻 이미지가 보였다. 차가 끽 멈춰 섰다. 차경이 주차를 하다 말고 브레이크를 세게 밟은 것이었다. 수언의 몸이 앞으로 휙 꺾여 머리가 흔들렸다.

"엇!"

"아, 정말 미안해요, 진짜. 괜찮아요?"

"아뇨, 주차하는데 괜히 신경 쓰게 해서."

수언이 괜찮다고 손가락으로 동그라미를 만들어 보이자 차경이 다급히 손을 내밀었다.

"잠깐요. 근데…… 저 그 청첩장 좀 볼 수 있어요?"

수언은 어리둥절해서, 휴대전화를 차경에게 넘겼다. 사진을 두 손가락으로 키워 들여다보는 차경의 얼굴에 자못 심각한 표정이 떠올랐다.

"왜요, 뭐가 잘못됐어요?"

"아니, 그게······."

누군가 차경의 옆에 차를 세웠다. 상대편 차의 조수석 쪽 창문이 내려가자 차경이 고개를 들었다. 도착한 사람은 로미였다. 로미는 무어라 소리를 지르고 있었다. 차경도 운전석 차창을 내렸다.

"차경 씨, 급하게 할 말이 있어요! 제가 까먹고 있다가 생각난 게 있는데, 하담 씨한테 할 말이······!"

차경은 자동차 창문 사이로 수언의 휴대전화를 들어 보였다. "그게 뭔지 저도 알 것 같아요."

하담이 놀에 도착했을 때는 비는 완전히 그치고, 구름도 느릿느릿 흩어지며 떨어졌다. 차에서 내려 재웅의 차로 걸어가는 하담의 머리카락이 날렸다. 재웅도 차 문을 열고 내려섰다.

"나는 일단 갈게."

"그냥 이렇게 간다고? 들어가서 차라도 마시고 가. 옷도 아직 덜 말랐잖아."

"아니, 일단 돌아가봐야 할 거 같아서."

하담은 얼굴을 살짝 찡그렸다. "잠깐만이라도 어떻게 안 돼? 지금 이렇게 보내기 내가 미안하고······ 아쉬워서 그래."

"그래······ 그럼 그럴까. 그럼 나 제대로 주차하고 들어갈게."

하담은 카페를 거치지 않고, 뜰을 가로질러 유리 지붕이 덮인 공동 정원으로 바로 들어갔다. 테이블에는 차경과 로미가 앉아서 무언가를 보고 있었다. 다른 사람들의 모습은 보이지 않았다.

"하담 씨!" 로미가 자리에서 일어났다. "괜찮아요?"

하담은 차경이 슬쩍 휴대전화를 내리는 걸 보았지만, 별달리 이상하게 여기지 않았다. 소동을 일으킨 것이 친구들에게 부끄러울 뿐이었다.

"미안해요, 걱정 끼쳐서. 저는 괜찮아요. 바보같이, 충전을 제대로 확인하고 가야 했는데."

"그렇게 갑자기 기후가 변할 줄은 아무도 몰랐던 거니까요."

차경의 얼굴에 걱정스러운 빛이 어렸다.

"그러게요. 다들 아무 일 없었죠? 그래도 태풍이 비껴가서 다행이에요."

두 사람은 잠깐 멈칫했지만, 차경이 차분하게 대답했다.

"네, 여기도 밖에 나간 사람들도 다 무사하다고. 그런데 혼자 온 거예요? 그…… 같이 갔던 분은?"

"아, 재웅이는……."

그 말과 함께 재웅이 공동 정원으로 들어섰다. 하담은 그를 돌아보며 환히 웃었다.

"저기 와요. 차라도 마시고 가라고 제가 잡았어요."

로미와 차경은 서로 눈길을 교환했다. 로미가 막 입을 열려는 찰나, 차경이 로미의 손을 잡으며 살짝 눈짓하고 고개를 흔들었다.

"그래요. 저희도 같이 마셔요. 전에 보니까 여기 다양한 차가 있던데……."

차경이 일어나서 싱크대로 가자, 하담이 그 뒤를 따랐다.

"아, 제가 할게요."

로미는 서 있는 재웅에게 자리를 권했다.

"여기 좀 앉으세요."

차경은 어깨 너머로 로미를 슬쩍 쳐다보았지만, 로미는 차경의 초조한 눈길을 외면하고 재웅에게 시선을 고정했다. 하담은 싱크대에서 손을 씻느라 이 작은 팬터마임을 보지 못했다.

"하담 씨 데리러 가주어서 고마워요."

"아뇨." 재웅의 대답은 간결했다.

"태풍 불면 공무원들은 할 일이 많지 않나요? 이렇게 서귀포까지 나오시다니, 신경 써주셨네요."

차경이 전기 주전자의 스위치를 켜면서 짐짓 태연하게 말을 던졌다. 재웅은 특유의 오천 원짜리 지폐 속 율곡 선생처럼 살며시 걱정스러운 표정을 지을 뿐, 대답하지 않았다.

"차경 씨는 어땠어요? 계속 여기 있었어요?"

하담의 질문에 찻잎을 덜던 차경의 손이 잠깐 허공에 멈췄다.

"아, 잠깐 나갔다 왔는데요……."

"이 바람 속에서요?"

"그게, 누가 위험에 처했다고 해서, 아니 그런 줄 알고……."

더 물어볼 겨를도 없이 숙소 쪽 입구에서 그 주인공의 목소리가 들려왔다.

"다들 여기 계셨네요."

수언이 살짝 고개를 기울여 젖은 머리카락을 털면서 문으로 들어왔다. 차경은 고개를 돌리지 않았지만, 하담은 차경의 뺨에 분홍빛이 번져가는 것을 보았다.

하지만 수언이 주목한 쪽은 차경이 아니라 다른 방향이었다. 그는 테이블 앞을 지나치려다 재웅을 보더니 멈칫했다. 수언의 왼손 집게손가락이 애매하게 재웅을 가리켰다.

"앗! 저!"

재웅이 의아한 표정으로 수언을 보았다. "네?"

"맞죠? 그 민선이."

"예?"

하담이 잔을 늘어놓다가 말고 몸을 돌려 그들을 보았다. 수언은 반가운 손님을 만난 듯 웃고 있었지만, 재웅은 묘한 얼굴을 하고 있었다. 당혹스럽기도 하고, 영문을 모르기도 한 얼굴. 로미는 눈을 위로 뜨며, 양손 손바닥을 편 채로 어깨를 으쓱했다. 차경은 하담의 뒤에서 눈에 띄게 한숨을 내쉬었다.

"민선이랑 결혼하시는 분 맞죠? 청첩장 봤어요. 저 민선이랑 친구예요. 같이 서평하는."

수언이 전화기를 꺼내 카카오톡 앱을 켜고 무언가를 톡톡 두드린 후 내밀었다. "축하드립니다."

커피 잔이 빙그르르 돌아 떨어지려고 하는 걸 차경이 간신히 잡았다. 하담이 자기도 모르게 잔을 내려놓은 것이었다. 하담은 수언에게로 다가가서 손을 내밀었다.

"저 잠깐 봐도 돼요?"

하담은 수언이 어리벙벙하게 내민 휴대전화를 건네받은 후 사진을 확대했다.

웨딩드레스를 입고 환히 웃고 있는 여자는 재웅보다 일고여덟 살 정도 어려 보였다. 온라인 청첩장에는 '푸른 섬에서 만난 두 사람이

연을 맺게 되었습니다'라는 말과 함께 구재웅, 고민선이라는 이름이 똑똑히 보였다.

재웅이 자리에서 일어났다. "하담아."

하담은 조용히 휴대전화를 두 손으로 잡아 수언에게 돌려주었다. "잘 봤습니다."

수언은 휴대전화를 받으며 차경의 얼굴을 보았지만, 차경은 그냥 미간을 찡그리고 있을 뿐이었다.

재웅이 하담의 손을 잡았다. "하담아."

그 손을 하담이 차갑게 뿌리쳤다. "됐어, 잘 가."

"하담아, 내가 말하려고 했어."

재웅은 하담의 양어깨를 두 손으로 잡고 필사적으로 눈을 맞추려 했다. 하담이 몸을 돌려 그를 똑바로 보았다.

"너……."

옆에 서 있던 수언이 뭔가 알 수 없는 기세에 눌려 한 발 물러섰 다. 그에게는 남다른 직감이 있었던 모양이었다. 다음 순간 천둥 같 은 소리와 함께 하담이 주먹으로 재웅의 턱을 후려쳤기 때문이었다. 재웅은 뒤로 고꾸라지며 바닥에 쓰러졌다.

"손대지 마, 이 건축학개론 같은 새끼!"

하담에게서 이런 말이 나오는 걸 로미도 차경도 단 한 번도 들은 적이 없었다. 성량이 이처럼 대단하다는 것도 미처 몰랐다.

재웅의 뺨이 금방 부어올랐다. 수언은 영문을 몰라, 차경을 보며 입 모양으로 '무슨 일이에요'라고 물었지만 차경은 이유를 알아도 대답해줄 수 없었다.

하담은 몸을 돌려 카페 쪽으로 성큼성큼 걸어 나가려 했다. 하지만 곧 누군가의 체크무늬 셔츠와 맞닥뜨렸다.

"다들 안녕……"

경운은 한 손을 들고 인사를 하려 했지만, 분위기가 심상치 않은 걸 깨닫고 멈추었다. 그는 방 안을 둘러보았다. 벌겋게 부어오른 뺨으로 고개를 숙인 남자. 싸움 구경에 기죽은 강아지처럼 뒤로 멀찍이 떨어진 수언. 그리고 싱크대 앞에 기대서서 머리에 손을 댄 차경. 테이블에 두 손을 대고 일어서서 창가 옆에 선 로미. 그리고 지금 자기 앞에 어깨를 들썩이며 서 있는 하담.

다음 순간, 경운의 뒤에서 나타난 하와이안 셔츠의 남자가 어깨에 두 손을 올렸다.

"아니, 형, 왜 길을 막고 서 있어?"

남자는 경운의 어깨 너머로 머리를 내밀더니 수언을 보고 눈을 동그랗게 떴다. 검은 셔츠의 녹색 야자수들이 눈치 없이 경쾌하게 보였다.

"수언, 여기 분위기 왜 이래?"

수언은 그 남자를 보고 한 손을 들었다. "아, 테일러 형."

새로 들어온 남자는 어딘가 모르게 경운과 닮았다고 차경은 생각했다. 그도 그렇겠지. 이종사촌 동생이라고 했으니까. 두 사람이 닮은 건 이목구비라기보다는 키나 인상 같은 것이기도 했다. 남자는 우두커니 선 경운을 돌아 주방으로 들어오다가 창가를 향해 손을 들었다.

"도로미 님? 여기는 어떻게?"

경쾌한 인사에 로미가 고개를 돌려 하와이안 셔츠를 보았다. 로미의 눈이 커지고 입술이 튀어나왔다.

"음…… 누구……?"

경운이 하와이안 셔츠와 로미를 향해 날카롭게 시선을 보냈다.

하와이안 셔츠는 반가운 웃음을 만면에 띠고 로미 쪽으로 성큼성큼 걸어갔다.

"저, 기억 못 하시나? 3년 전에 전시회로 제주 오셨을 때 만났었잖아요. 그때."

하담도 뒤를 돌아보았다. 로미는 입을 떡 벌렸지만 말이 소리가 되어 나오지는 않았다.

"네가? 로미 씨를 3년 전에 만난 사람이 복남이 너야?"

경운이 묻자, 하와이안 셔츠는 사촌 형을 돌아보며 웃었다.

"그래, 내가 말했었잖아. 좋아하는 일러스트레이터가 오셔서 만나러 간다고. 그림도 보여줬잖아."

남자는 경운의 기억상실을 전혀 모르는 듯이 말하고 나서는 아차 하는 표정이었다. 경운이 천천히 말하며 로미와 눈을 마주쳤다.

"그래, 로미 씨가 말한 사람이 너였구나. 양복남."

로미는 아무 말 못 하고, 경운과 하와이안 셔츠의 테일러, 아니 양복남의 얼굴을 번갈아 보기만 할 뿐이었다.

날카로운 소리가 주방의 공기를 깼다. 차경이 아까 잡아서 들고 있던 잔이 드디어 떨어지며 파편이 튀었다.

12장

그래도 가질 수 없으면 훔친다

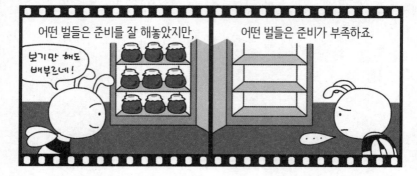

바람이 훑고 간 바다 저편으로 물에 풀린 오징어 먹물처럼 어둠이 번지는 시간이었다. 회식이 열리는 횟집 안은 요란했지만 진짜 대화를 나누고 있는 사람들은 없었다. 그저 자기 할 말만 하는데도 소통한다는 착각을 주는 현장이었다. 찬민은 젓가락을 놀려 우럭 회를 집는 척했지만 입맛은 없었다. 입에 넣는 둥 마는 둥 하면서 버티다가 젓가락을 놓으며 슬쩍 엉덩이를 들자, 옆에 앉았던 K대 민 교수가 술에 취한 손짓으로 그의 바지 자락을 잡아 주저앉히려 했다.

"양 박사, 어디 가? 술도 잘 안 마시고."

찬민은 지긋지긋한 기색을 얼굴에서 지우고 공손한 미소를 지어 보였다. "잠깐 바람 좀 쐬려고요. 곧 돌아오겠습니다."

술기운이 불콰하게 오른 늙다리들 사이를 허리를 굽실거리며 지나야 빠져나올 수 있었다. 여기저기서 아는 얼굴들이 손을 들었고, 그때마다 찬민은 고개를 숙이며 인사했다.

학회 핑계로 일 빼고 비행기가 서울에서 뜨자마자 제주 내려와서 일

쩍부터 술판을 벌이다니. 새로운 일도 아니어서, 이제 환멸도 들지 않았다. 아마 내일도, 모레도 계속 이어질 것이었다.

횟집 앞 도로를 건너가 검은 바위 해변 앞에 섰다. 담배를 꺼내 불을 붙이려 했지만, 바람 때문에 쉽지 않았다. 그는 포기하고 담배를 바위 사이로 내던지려다 생각을 고쳐먹고 도로 넣었다.

전화기를 꺼내서 차경의 문자를 다시 확인했다. '학회 발표 끝나고 정리하자. 끝나고 저녁에 컨벤션센터 근처에서 연락할게'라고만 적혀 있었다. 아까 태풍이 걷힐 무렵, 괜찮냐고 보낸 문자에 온 답장이었다. 정리라는 말이 마음에 걸렸지만, 서울로만 올라가면 해결될 문제였다. 차경은 인생의 경로를 꼼꼼하게 계획하는 사람이고, 쉽게 수정하지 않으리라고 찬민은 믿었다. '그래 그럼 그러자'라고만 답장을 보냈다.

하지만 차경을 만나기 전에 처리해야 할 일이 있었다. 오래 걸리지는 않을 것이었다. 마무리를 잘 해야 차경과의 일도 잘 풀리겠지. 그는 전화번호를 찾아 통화 버튼을 눌렀다.

기다렸다는 듯, 상대방은 즉시 전화를 받았다. 찬민은 치미는 화를 누르려고 침착한 목소리로 말했다.

"뭡니까? 사람 많은 데서 아는 척을 하고. 그러다 다른 사람에게 들키기라도 하면 어쩌려고."

상대방은 아는 척하지 않았다고 잘라 말했다. 어쩌다 여자를 데리고 와서 남의 눈에 띄어요? 라는 말소리가 차가웠다. 이러다가 거래를 끊자고 할지도 모르겠다는 생각이 머리를 스쳤다. 찬민은 재빨리 말했다.

"아, 알겠어요. 그건 그렇다 치고. 약속대로 하는 겁니다. 물건은 준비해놨죠?"

상대방은 거의 다 가지고 있다고 말했다. 당신이나 약속을 잘 지키라는 말이 명령조로 들렸다. 달라진 태도가 마음에 들지 않았다.

"거의? 거의가 뭡니까?"

마지막 건 내가 오래 가지고 있을 수 없으니까. 그걸 미리 훔쳐냈다간 들통나기 쉽잖아요. 상대의 말은 합리적이었다.

전화를 끊고 나서, 찬민은 술렁이는 바다 위를 한참 응시했다. 머릿속도 바다처럼 출렁이고 있었다. 허니맨에게 건넬 돈의 일부는 명진에게 빌릴 수 있었다. 계획을 대충 설명하고 글로벌한 자금줄과 거래한다고 운을 띄워놓았더니 미리 돈을 당겨줄 것 같았다. 물건에도 관심을 보이며 자기도 얻을 수 있냐고 했다. 어차피 돈이 남아돌아 클럽에서 매일 돔페리뇽이나 따는 녀석이다. 물건 받는 대로 서사모아에 있는 명진의 페이퍼컴퍼니에서 직접 송금하는 편이 자기는 빠질 수 있고 안전했다. 명진의 베푸는 듯 거만한 표정을 좀 더 봐야 한다는 건 거북했지만 참을 수 있었다.

실패할 리 없는 계획이었다. 허니맨의 말에 따르면, 그들은 아직 물건의 존재도 모른다. 아니, 알았지만 기억하지 못한다. 제주에 내려와 살펴본 바로는 그 말이 맞는 것 같았다.

자신의 개입만 여기서 지우면 된다. 태풍이 쓸고 간 다음에 그 틈에 빠져나가듯이. 차경에게도 들키지 않아야 했다. 어쩌면 차경을 이용해서 알리바이를 만들 수도 있겠어. 그는 빙그레 웃었다. 모든 것이 잘될 것이었다. 이제까지 그랬던 것처럼.

횟집에서 왁자지껄한 웃음소리와 고성이 터졌다. 누가 때 지난 건배사를 외쳤는지 "우거지!"라는 함성이 쏟아져 나왔다.

아마 민 교수이리라. 그가 우아하고 거룩하고 지성 있게, 라는 구호를 외치는 걸 다른 회식에서 본 기억이 있었다. 저런 걸 재미있다고 같이 웃어줘야 하다니. 우중충하고 거지 같고 지긋지긋한 삶이었겠지, 알량한 교수직에 만족하면서. 나는 더는 그렇게 살지 않는다. 찬민은 울퉁불퉁한 검은 바위를 내려치는 파도를 보면서 굳게 다짐했다.

"여기서 뭐 해요? 양. 박. 사. 님."

뒤에서 자기를 부르는 목소리가 단검처럼 쩔렀다. 그는 몸을 돌렸다.

"언제부터 나와 있었어?"

리사는 새카만 머리를 묶었던 고무줄을 풀고 머리카락을 흔들었다. "아까부터. 전화 통화 하시는 것 같아서 말은 안 걸었죠."

불쾌한 기분이 그를 스멀스멀 타고 올랐다. 통화 내용을 들은 건 아니겠지.

"나 나올 때 따라 나오기라도 한 거야?"

리사는 눈썹을 치켰다. "뭐, 저랑은 이제 볼일 다 끝난 것처럼 구시니까. 남들이 볼까 봐 그래요?"

눈치 빠르고 계산 밝은 줄 알았는데, 성가셨다. "나랑 아는 사이인 걸 여기 교수님들이 봐봤자 너한테도 좋을 거 없잖아. 조심하는 게 좋지."

그는 아까 주머니 속에 넣어두었던 담배를 다시 꺼냈다. 리사가 담배를 싫어한다는 걸 알고 있으니까, 일부러 보란 듯이 불을 붙이고, 연기를 내뿜었다. 리사가 얼굴을 찡그리고 한 발 물러섰다.

"그렇게 조심 잘하는 분이 왜 미행은 모르실까?"

그의 담배 연기도 허공에 멈춘 것 같았다. "뭐?"

리사가 주머니에서 틴트를 꺼내서 입술에 바르며 오므렸다. "그때 서

362

핑 카페인가 거기서부터 누가 따라왔는데. 검은 SUV."

생각도 못 한 일이었다. 계획을 누가 눈치챘나? 챘더라도 뭘 알아낼수 있었지? 이제까지 잘 세워놓은 공식이 흔들리기 시작했다.

하나의 태풍은 지나갔지만, 바다는 늘 또 다른 바람을 그 안에 품고있다.

리사는 머리를 매만진 뒤 발꿈치를 휙 돌려 돌아서며 어깨 너머로 그에게 마지막 말을 던졌다.

"조심성 많으신 분. 늘 뒤를 조심하세요."

리사는 해안 도로로 무섭게 달려오는 차들도 아랑곳하지 않고 길을건넜다.

저녁 식사 후, 차경은 방문을 톡톡 두드렸다. 자신도 묵는 방이므로 편하게 들어갈 권리가 있었지만, 지금은 서로 기분을 살펴주어야 하는 때였다. 아무 대답이 없어서 문을 조용히 열고 들어갔다. 그 안은 불도 켜지 않아 침침했다. 한쪽 침대 위 이불 밑에는 로미가 엎드려 있었다. 반대편 바닥에는 하담이 이불을 뒤집어쓰고 누워 있었다. 방 안에 들어찬 두 개의 커다란 고뇌의 덩어리. 차경은 누구의 얘기를 먼저 해야 하는지도 알 수 없었다. 일단 전등 스위치를 조심스레 한 개만 켜고, 쟁반을 테이블 위에 놓았다.

"여기 카레 좀 가지고 왔어요. 아영 씨가 만들어줘서……. 두 사람 다 저녁은 먹어야죠."

양쪽 덩어리에서는 아무 대답이 없었다. 차경은 한숨을 내쉬었다. 이럴 때는 가만 놔두는 게 제일 좋다는 걸 알았지만, 한편으로는 여기 영원히 머무를 수도 없으므로 마음에 걸렸다. 문제를 두고 떠나가면 그만, 그것이 제일 현명한 방법이다. 하지만 마음이 그렇게 미진한 출발을 받아들일까?

"로미 씨, 괜찮아요. 일단 다른 사람들은 모르고……."

로미가 이불을 홱 들었다. "그래도 경운 씨가 안단 말이에요!"

차경이 미처 따라잡지 못했던 마음의 흐름이 있었다. 차경은 침대로 다가가 옆에 앉았다.

"그렇군요. 하지만 경운 씨가 반드시 나쁘게 생각하지만은 않을 수도 있잖아요."

"얼마나 바보 같다고 생각하겠어요! 말도 제대로 못 알아듣고, 사람 얼굴도 못 알아보고. 기억상실증도 아닌데 왜 기억을 못 하니. 절미친 여자라고 생각할지도 몰라요."

"그럴 리가……."

그렇게 생각할 리는 없었다. 로미를 알아온 사람이라면. 단어를 잘못 알아듣는다거나, 사람 얼굴을 착각하는 일도 적지 않다는 걸 잘 알고 있을 테니. 물론, 자기가 반했다고 생각한 사람을 잘못 알아본 건 조금 심하긴 하지만, 로미라면 제대로 알아본 걸 놀라워해야 했을지도 모른다.

"그럴 리는 없어요." 차경은 고개를 저었다. "사람의 기억은 완전하지 않아요. 심지어 3년 전이잖아요. 게다가 둘은 사촌 간이고, 경운 씨는 사고로 외모도 조금 변했고. 기억도 없다니까 착각할 수도 있죠."

"누가 그런 착각을 해요! 그 사람이 자기 이름이 양복남이고 양복한다고 했는데, 제가 양봉으로 잘못 알아듣고……."

"양복남이라고 하면 자음동화가 있으니까 양봉남으로 알아들을

365

수도 있죠……."

차경이 대학 시절 한국어의 이해 시간에 배운 것을 생각나는 대로 말했다. 수언의 말에 따르면, 허니맨은 자기 이름이 옛날식이라는 걸 부끄러워해서, 이름을 말할 땐 크게 말하지 않는 습관이 있었다고 했다. 재단 일을 시작하면서는 친구들에게 테일러라고 불러달라고 했다. 나름 중의성을 살린 재치 있는 별명이라고 자기는 생각했단다. 정식으로 자기를 소개할 필요가 있을 때면 "양복 하는 양복남입니다"를 일종의 소개용 캐치프레이즈, 농담처럼 달고 다녔는데 그걸 로미가 잘못 알아들은 것이었다. 로미니까 놀랄 일도 아니었다. 왜 잘못 알아들은 걸 고쳐주지 않았나요, 라고 차경이 물으니, 복남은 굳이 고치고 싶지 않아서, 라고 했다. 차경은 그 마음을 알 것도 같았다. 다시 만날 사람이 아니라고 생각했으리라.

"오해를 바로잡아주지 않은 그분 잘못도 있잖아요. 로미 씨가 나쁜 건 아닌……."

"처음부터 그 사람의 이름을 잘못 알아들은 게 나쁜 거예요. 거기에다가 얼굴도 제대로 구분하지 못하고. 이게 무슨 개망신이에요. 아니, 개들은 사람을 귀신같이 알아보니까 저 같은 망신도 안 당할 거예요. 저는 개만도 못한 사람이에요."

로미는 다시 두 손으로 얼굴을 가리고 훌쩍였다.

여기서 웃음을 터뜨렸다간 로미와의 우정이 위험할 것이기에 차경은 꾹 눌러 참았다. 지금은 어떤 터무니없는 말을 들어도 진지하게 대응해야 했다.

차경은 두 손으로 로미의 손을 잡았다.

"로미 씨, 개와 비교할 필요는 없어요. 어차피 개는 진심이라는 면에서는 대부분의 인간보다 훌륭하니까. 하지만 물론 로미 씨가 개만도 못하다는 뜻은 아니에요. 다만 인간은 모두 인간만의 실수를 한다는 거예요."

나도 그랬지. 커다란 실수를 했어. 차경은 쓸쓸한 마음으로 생각했다. 그녀는 힘을 주어 말했다.

"우리 모두 세계를 인식하고 기억하는 방식이 다르니까요. 로미 씨에겐 로미 씨의 방식이 있어요. 다 다르기 때문에 실수도 하고 착각도 하는 거지만, 우리에게 착각이 전혀 없다면, 사랑에 빠질 일도 없을 거예요."

로미가 눈물 젖은 얼굴을 들었다. "그럴까요?"

차경은 로미가 지금 누구를 염두에 두고 있는지 잘 알 수가 없었다. 허니맨? 아니면 그의 사촌 형?

"차라리 착각이 낫죠. 멍청하게 속는 것보다는."

반대편에서 이불에 덮인 먹먹한 목소리가 날아왔다. 바닥에 웅크리고 누운 하담은 얼굴도 보이지 않았다.

"저는 계속 속고 있었는데도 몰랐어요. 아니, 처음부터 자연스럽게 여자 친구가 없다고 생각한 게 멍청하지. 그 나이에, 그 세월에. 결혼 전에 잠시 다른 도시에서 찾아온 옛날 여자 친구랑 기분 내고 싶었던 건데도 모르고. 자기가 영화나 소설의 주인공이 된 것 같은 기분을 느끼고 싶었겠죠. 나를 잊지 않고 있다고 멋대로 생각했어요."

차경과 로미는 멍하니 쳐다보았다. 찬찬한 목소리로 차경은 말을 꺼냈다.

"물론, 재웅 씨가 잘못하기는 했죠. 하지만 얘기하려고 했다면서
요⋯⋯."

차경은 재웅의 새 시계를 기억했다. 처음 허니콤 게스트하우스에
서 봤을 때부터 새 태그호이어 시계가 눈에 띄었다. 가격대가 약간
있는 모델이고 신품이 분명했지만, 그저 시계를 좋아하는 사람인가
보다 여기고 깊이 생각하지 않았다. 호텔에서 본 컨시어지의 손목
에서도 같은 모델을 보았지만, 그걸 연결시킬 수는 없었다. 뭔가 이
상하게 여겨졌다고 하더라도 하담에게 얘기할 만한 거리도 되지 않
았다. 차경은 자기가 왜 재웅의 편에서 얘기하는 입장이 되었는지도
알 수 없었다.

하담은 이불을 내던지고 몸을 벌떡 일으켰다. "얘기하려고 하면
뭐 해요! 안 했는데! 태풍이 온다고 뭘 걱정해! 그리고 왜, 왜 껴안
아! 나를 왜 결혼할 남자랑 바람피우는 여자로 만들어!"

차경과 로미는 서로 얼굴을 마주 보았다. 껴안았구나⋯⋯. 그렇
다면 분노할 만하지, 하고 이해는 하는 한편, 현대사회에서 성인 남
녀가 껴안은 정도를 가지고 저렇게까지 할 일인가 하는 생각도 스
쳐 갔다. 더한 걸 했더라도 이상하지 않은데. 하지만 두 사람은 다정
한 친구의 의무를 다해 입을 꾹 다물었다.

차경에게는 일이 특히 더욱 복잡해지고 있었다. 남의 상황에 대
해서 이야기할 때 자신의 입장을 개입시키지 않기가 어려웠다. 평소
라면 좀 더 냉철한 평가를 할 수 있었을 것이다. 하지만 지금의 차경
의 입장은 본인조차도 명확히 판단할 수가 없었다.

하담은 계속 독백처럼 중얼거렸다.

"영화를 그렇게 많이 봤는데. 결혼 전에 다른 여자랑 기분 내고 자기가 아직 결혼하기엔 아쉬운 남자라는 확신을 얻으려는 그딴 남자들을 숱하게 봤는데. 나는 다를 거라고 생각했어. 나 자신은 늘 태도가 분명하다고 믿고. 여행 오면 마음이 들떠서 그 감정을 사랑이랑 구분 못 하는 걸 알면서도 금방 넘어가버렸어. 직장 그만두고 불안한 마음에 누가 격려해주니까 또 흔들렸어……."

아까 하담이 '건축학개론 같은 새끼'라며 주먹을 날리는 장면이 다시 떠올랐지만, 지금은 웃음을 억눌러야 할 시점이었다.

"그렇게 따지면 제가 제일 멍청하죠. 결혼까지 생각한 남자가 그런 사람인 줄 모르고. 아니, 알았는데도 눈감은 건지도 몰라요. 클럽 다니는 것도 눈치챘고, 여자들하고 연락한다고 느낄 때도 있었어요. 하지만 자존심 때문에 묻지 않았어요. 조건이 적당한 사람이니까, 나랑 있을 때는 그럭저럭 잘하니까, 그걸로 됐다고 생각했어요. 그런 조건 매칭이 애정이라고 생각하고 용서할 수 없는 점을 흘리는 걸 타협이라고 보았던 것. 그게 제일 멍청한 거예요."

차경의 자조적인 말투에 하담은 입을 다물었다. 그제 찬민이 찾아온 이후에 차경은 그에 대해서 전혀 언급하지 않았고, 로미와 하담도 서로 말하지 않았다. 마치 없었던 일처럼 행동했다.

"아니, 어쩔 수 없잖아요. 일부러 속이는 사람에게 속지 않는 건 너무 어렵다고요!"

로미가 위로했다. 하담도 자리를 박차고 벌떡 일어나서 두 주먹을 불끈 쥐었다.

"그것도 그렇지요. 교활한 거짓말쟁이를 이길 수는 없죠. 거짓말에 속았다고 멍청하다고 할 순 없죠."

아까까지 웅크리고 있던 사람치고는 지나치게 갑작스러운 태세 전환이 아닌가 싶었지만, 차경에게는 위로가 되었다. 하지만 현실은 그렇게 쉽게 외면할 수 있는 것이 아니었다.

"우리의 눈을 가린 건 상대의 크고 작은 거짓말이 아닐 수도 있어요."

차경은 조용히 말했다. 하담은 테이블의 의자를 끌어다 침대 옆에 놓았다.

"그럼 뭐라고 생각하세요, 차경 씨는."

"어떤 보통의 연애에 대한 기대 같은 것이랄까? 어쩌다가 나랑 맞는 사람을 만나서 적당하게 SNS에 나오는 것 같은 데이트를 하고, 그 사람이랑 결혼해서 소위 정상적인 가정을 꾸리는 것. 그런 환상이 거짓말을 했던 게 아닐까 해요."

세 사람은 아무 말 하지 않았다. 하담이 잠시 후, 침울하게 입을 열었다.

"제게도 그런 게 없었다고는 할 수 없어요. 오랜 오해 뒤에 다시 만난 연인이라는 서사에 취해 있었던 것 같아요. 그리고 둘이 영화에 대한 열정은 같으니까. 무슨 로맨스 소설 같은 아름다운 결말을 꿈꾸었던 거죠."

"망상 하면 역시 저 도로미의 트레이드마크죠. 3년 전에 한 번 본, 기억도 안 날 사람을 가지고 무슨 망상을 한 건지. 여행지에서 반한 첫 만남에 관한 드라마를 너무 많이 본 거예요."

로맨스가 우리에게 거짓말을 한다. 우리 시대의 수많은 로맨스 스토리가 우리를 속인다. 눈을 가려 뻔한 사실을 외면하게 하고, 현실에서는 수많은 타협을 거쳐야 유지되는 관계를 사랑으로 치장한다. 로맨스는 배신의 쓰라림을 안기지만, 애초에 거짓된 믿음이었다. 로맨스를 찾아온 여행에서 세 사람이 발견한 괴로운 진실이었다.

"이거 뭐예요, 제주도 푸른 밤 반성회예요? 각자 잘못을 털어놓는?"

차경의 얼굴에 쌉싸래한 미소가 스쳤다. 로미가 두 손을 내저었다.

"아니, 이렇게 흐르면 안 돼. 우리 잘못이 아니라니까. 결과적으로는 로맨스에 대한 이런 기대들이 잘못이었다는 거죠."

"맞아요, 망할 로맨스 같으니! 다 내다 버려야 해!"

하담이 격하게 바닥을 자기 주먹으로 쳤다. 그러나 다른 두 사람은 아무 말 하지 않았다.

"에, 두 사람 뭐예요?"

로미는 벽에 등을 기대고 눈을 감았다.

"아는데도 포기가 안 돼요."

"네?"

"로맨스가 망할 거라는 거 아는데도, 포기가 안 돼요. 그게 있을 때 너무 좋았으니까."

2층 창 너머로 개가 컹컹 짖는 소리가 타고 들어왔다. 차경은 침침한 방 저편 창가로 가서 커튼을 걷었다. 마당에서 강아지를 쓰다듬고 있는 사람의 모습이 보였다. 헐렁한 티셔츠를 입은 남자. 한쪽 무릎을 꿇고 앉아 있었지만, 굽지 않고 똑바른 어깨. 뒤만 보이지만,

웃고 있는 걸 알 수 있는 얼굴의 옆 선. 차경의 손끝에서부터 간질거리는 느낌이 혈관을 타고 심장까지 흘렀다.

"망할 로맨스." 차경은 중얼거렸다.

로미와 하담은 창가에 선 차경의 등을 바라보았다. 차경의 얼굴 표정은 알 수 없었지만, 가끔 어떤 감정은 뒷모습에서 새어 나오기도 한다.

"로맨스가 빌어먹을 것이라는 걸 똑똑히 아는데도 포기할 수 없으니까. 또다시 속는다고 해도 버리지 못하니까. 잘못인 걸 아는데도 또 빠져버리니까. 계속 진짜 로맨스가 있을 거라는 꿈을 꾸게 하니까." 차경은 어두운 유리창에 손을 대고 나직이 말했다.

그때 강아지가 위층을 향해 짖었다. 수언이 위를 올려다보더니 한 손을 이마에 댔다. 차경이 거기 서 있는 걸 아는지는 알 수 없었지만, 그는 씩 웃었다. 어둠 속에서도 알아볼 수 있는 환한 웃음이었다. 차경은 중얼거렸다.

"그래서 정말 망할 것이겠죠."

태풍의 여음 같은 것이 남아 섬의 나무들 위를 훑으며 부스스 소리를 내는 밤이었다.

「서칭 포 허니맨」 프로젝트 제7일, 서귀포

바람의 흔적은 사라지고 하늘에 유리 같은 파란색이 깔렸다. 섬의 맑은 날엔 누구나 어딘가로 가려고 한다. 차경은 녹차 성분 화장품 마케팅 조사차 서귀포의 다원으로 미팅하러 떠났다. 하담은 채 못다 한 촬영을 마무리하고 싶다며 근처를 돌고 오겠다고 했다. 로미는 종일 방 안에 틀어박혀 태블릿을 꺼내 그림만 그렸다. 아무하고도 마주치고 싶지 않았다. 실연의 한가운데에서도 사람은 일을 한다.

배고픈 것이야 참는다 해도—어젯밤엔 차경이 가져온 카레를 먹어치우긴 했다—인간이 물도 없이 버티긴 어렵다. 로미는 잠깐 수 돗물을 받아서 그냥 끓여 먹을까 생각도 해보았다. 보리차나 녹차라도 챙겨 올걸 싶었다. 하지만 거주 공간의 붙박이 냉장고 안에는 아무것도 없었다. 로미는 결국 남들이 없을 시간을 기다려 중앙 정원을 지나 주방으로 슬쩍 들어갔다. 태연하게 행동하면 아무도 눈치채지 못할 것이었다. 정수기에서 저그로 물을 받고 있는데, 카페 쪽 문으로 긴팔 검정 셔츠에 치노 바지를 입은 남자가 커피 잔을 손에 들고 들어왔다.

"어, 로미 씨! 내려오셨네요."

얼굴도 보지 않았지만 복남인 걸 알 수 있었다.

"네네."

로미는 고개를 숙이고, 허겁지겁 저그 뚜껑을 닫고 주방에서 나가려 했다. 복남이 어색하게 뒤에서 불렀다.

"로미 씨, 저 잠깐."

저그는 얼굴을 다 가리기엔 가늘었지만, 로미는 얼굴 위까지 높이 쳐들고 중앙 정원을 척척 걸어갔다. 복남이 따라오며 계속 불렀지만, 여전히 들리지 않는 척했다.

"로미 씨, 로미 씨. 얼굴을 가린다고 안 보이는 게 아닌데요!"

복남은 서둘러 로미의 앞으로 휙 돌아와 섰다. 로미는 멈출 수밖에 없었다.

"로미 씨, 이야기 좀 해요."

로미는 포기하고, 저그를 내렸다. 복남은 중앙 정원의 테이블 한쪽으로 로미를 이끌었다. 그는 두 손을 깍지 껴 테이블 위에 올려놓았다. 처음으로 자세히 보니, 경운과는 갸름한 얼굴형과 키 정도가 비슷할 뿐이고, 이목구비는 사뭇 달랐다. 로미는 그런 차이도 사고 때문이라고 생각했었다.

"로미 씨가 3년 전에 만난 사람을 경운 형이라고 착…… 생각했다고 하던데요."

로미는 입을 벌렸다. "경운 씨가 그래요? 무슨 말을 했어요?"

"아뇨, 아영이랑 다른 사람들이. 로미 씨가…… 3년 전에 만났던 사람을 찾아온 것 같다고."

로미는 잠자코 아무 대답 하지 않았다. 복남은 조심스레 말했다.

"제가 괜히 양봉하는 것처럼 말해서, 로미 씨가 오해하게 했어요."

로미는 머리를 숙여 그의 깍지 낀 손에 시선을 맞추고 나직이 말했다. "왜 그러셨어요? 왜 그런 거짓말을?"

이 말에는 남자가 당황했다. "그게…….."

"저를 구경하러 왔지만, 나중에 아는 척이라도 할까 봐? 자기 정체를 감춘 거예요?"

"아니, 그렇게까지 깊은 생각은 없었고요……. 로미 씨가 먼저 잘못 알아들으시더라고요. 그래서 고쳐줄까 했는데, 계속 양봉이라고 생각하고 말씀하시더라고요."

"그러니까요. 물론 제 귀가 막귀지만, 아니라고 할 수도 있잖아요."

"그런데 잘못 알아들으시니까 사실 재미있어서……."

로미가 자기도 모르게 테이블을 쾅 치자, 옆에 놓인 저그가 흔들렸다. 복남은 허겁지겁 저그를 잡아 넘어지는 걸 막았다.

"재미있어요? 남을 속여놓고 재미있어?"

그 말에 복남의 얼굴에서 웃음기가 싹 사라졌다. 그는 손을 내리고 고개를 깊이 숙였다. "죄송합니다. 처음에는 이렇게 다시 만날 줄은 몰랐어요."

다시 만날 줄은 몰랐다. 어떻게 생각하면 속인 것보다도 이쪽이 더 마음 아픈 일이었다. 로미가 제주도로 이사 오나, 이런 꿈을 꾸고 있을 때 이 사람은 다시 만나지 않을 거라고 생각했다.

로미는 이 「서칭 포 허니맨」 프로젝트가 시작되었던 하담의 생일을 떠올렸다. 그때 허니맨을 찾을 수 없던 이유로 내놓았던 가설들. 유부남이어서, 기억상실중이어서, 다 맞는 줄 알았지만 아니었다. 그저 관심이 없어서가 정답이었다. 그렇게까지는 관심 없었다.

"그럼 뭐 하러 이틀이나 왔어요? 왜 옷은 갈아입고, 차는 바꿔 타고?"

"첫날에 재미있었으니까요. 둘째 날에도 재미있었고, 같이 있던 시간이 즐거웠어요. 옷은 원래 첫날 형의 일을 도와주러 갔다가 들른 거라서 형 옷을 입고 갔는데, 그게 너무 맘에 걸려서 둘째 날에는 제 스타일로 갔죠. 차도 마찬가지예요. 첫날에는 형 차를 빌려 탔고 둘째 날에는 형수 차를 타고 갔죠. 제가 그때는 아직 형네 집에서 있을 때라 제 차가 따로 없었거든요."

해맑은 대답에 로미는 할 말을 잃었다. 처음 경운을 보았을 때, 그 사람이라고 확신했던 이유도 깨달았다. 갤러리에 있는 사진에서 경운은 로미를 만나러 온 첫날에 복남이 입었던 점퍼를 입고 있었고, 차도 똑같았다. 자기는 그 사람을 기억한다고 믿었지만, 실제로 로미의 마음속에 남아 있는 건 어떤 인상일 뿐이었다. 누군가에 대한 기억이 그런 게 아닐까. 그날의 옷, 그날의 차, 어떤 특정한 순간. 선명하다고 믿어지는 흐릿한 기억.

결국 잘못은 인간의 기억과 연애 감정이라는 착각에 있다. 망할 로맨스, 친구들과 어제 나누었던 얘기대로, 로맨스의 서사에 젖어 있어서 즐거운 시간이 친밀한 관계로 이어지는 그런 결말을 꿈꾸었던 것이다. 그는 아무런 약속도 하지 않았고, 기미도 보이지 않았는데도.

"그러네요. 만났던 시간이 재미있었지요. 그렇지만 제주도를 떠나면 귀찮게 또 만날 만큼 재미있는 만남은 아니었지요."

로미는 평소에 없던 위엄을 모두 끌어내서 엄숙하게 말했다. 며칠 전 친구들이 왜 허니맨을 찾아 떠났냐고 물었을 때 자기도 말했다. "재미있을 것 같아서"라고. 하지만 복남과는 달랐다. 그의 재미는 다시 만날 정도는 아니었고, 도로미는 이 사람을 찾아올 만큼은 되었다. 로미의 말에 복남은 손사래를 쳤다.

"아니에요, 정말 좋았어요."

아마 처음 제주에 왔을 때 그 말을 들었더라면 로미는 기뻤을 것이었다. 하지만 단어 하나하나는 변함이 없다고 해도, 언제 오냐에 따라서 그 의미는 달라진다.

"그렇군요……."

"제가 두 번 찾아간 것도 무슨 계산이 있어서도 아니었고 사실 다시 연락드릴 마음이 있었어요. 그런데."

복남은 저그에 담긴 물을 들고 있던 커피 잔에 따랐다. 저러면 커피가 텁텁해질 텐데, 로미는 생각했지만 그는 아랑곳하지 않고 마셨다. 로미의 입 안에 대신 흐릿한 쓴맛이 돌았다.

"아니, 굳이 말씀하실 필요는 없어요."

그는 풀이 죽어 잔 손잡이만 만지작거렸다. 로미는 처음 만났을 때는 그가 자기보다 연상이거나 또래일 거라고 생각했지만, 지금 처음으로 똑바로 보고 자기 생각이 틀렸다는 걸 알았다.

"죄송합니다. 장난이든 뭐든 그런 거짓말은 하면 안 되는 건데."

복남이 두 손을 무릎 위로 모으고 고개를 꾸벅 숙였다.

"아니에요."

"그렇지만 이렇게 다시 만나고 보니 한편으로는 꽤 반갑기도 하네요."

다시 고개를 들었을 때, 그의 목소리는 불길할 정도로 갑자기 그윽해졌다.

"네?"

"저를 3년 동안이나 그렇게 진지하게 생각해주신 줄 모르고. 그런 마음이신 줄 진작 알았더라면 저도 진지하게 생각했을 텐데."

"에?"

로미는 별안간 다정해진 그의 눈빛에 대답이 나오지 않았다.

377

"지금이라도 이렇게 연이 닿았으니……."

"엥?"

로미는 의자에서 벌떡 일어났다. 몰래카메라인가, 하는 생각이 머리를 스쳤다. 아니, 이거야말로 처음 제주도에 올 때 그려보았던 장면이긴 했다. 양봉남(이 아닌 양복남이었지만)을 다시 만나고, 그가 로미의 진심을 알아준다. 아니, 이 그림이 진짜 맞나?

옆에서 흠흠 헛기침 소리가 들렸다. 경운이 컵을 들고 문간에 서 있었다. 우리 대화를 들었을까? 언제부터? 부엌에서 소리가 들렸을 까?

"두 사람을 내가 방해했나. 나갈 테니까 조용히들 얘기 나눠."

"아니에요. 그게 아니라!"

로미의 목소리가 자기도 모르게 높아졌다. 복남이 로미의 눈치를 보고 자신도 일어나며 어색하게 손가락으로 바깥을 가리켰다. "아 냐, 나도 카페 나가봐야 해." 복남은 로미에게는 눈으로 인사했다. "로미 씨, 그럼 얘기는 나중에 더 해요. 이따가 밤에."

복남의 눈빛에는 이제는 오해하려야 할 수 없는 신호가 명백히 보였다. 파란불.

"아니, 그게……."

복남은 로미의 대답도 듣지 않고 사라졌다.

잠시 경운과 로미 사이에는 어색하게 침묵이 흘렀다. 그는 컵을 들어 바깥을 가리키며 몸을 돌렸다. "저도 그럼 나가보겠습니다."

"저기요!"

로미가 다급하게 그를 불러 세웠다. 경운이 멈춰 섰다.

"저기……."

불러 세우긴 했는데, 할 말이 바로 생각나지 않는다. 뭐라고 해야 하지? 잘못 알아봐서 미안했다고 해야 하나? 괜한 혼란을 줘서, 잘못했고, 다른 사람에게 반했는데, 당신이라고 착각해서……. 지금까지 일은 다 잊어달라고? 머릿속의 실타래가 다 얽혀버렸다.

경운은 로미를 빤히 바라보고 있었다.

"죄송합니다. 일단 이렇게 이상한 여자라서!"

로미는 허리를 90도로 숙였다. 그랬다가 뿌리 염색을 할 시기가 지난 금발의 정수리가 신경 쓰여서 금방 고개를 들었다.

경운이 로미를 바라보았다. "아닙니다. 그리고 잘됐네요. 찾던 사람을 찾았으니까."

들은 거야! 로미는 목이 막혀서 아까 저그에 받은 물을 잔에 따라 벌컥벌컥 마셨다. 그러고 보니 한참 전부터 목이 탔는데, 그 사실도 잊고 있었다.

"그게 아니에요. 아니, 맞지만……."

"로미 씨가 3년 전에 만났다는, 힘이 됐다는 그 사람이 복남이가 맞고 복남이도 로미 씨에게 호감이 있고. 잘된 일 같습니다. 저한테 한 말은 신경 쓰지 마세요. 저는 아무에게도 말하지 않겠습니다."

또박또박 짚는 단어 하나하나가 로미의 심장을 또각또각 밟고 지나가는 것 같았다.

"왜 그렇게 말씀하시나요? 제 마음은 모르시는 것처럼……."

"로미 씨의 마음은 뭔데요?"

경운이 로미의 말을 끊었다. 항상 남이 말을 마칠 때까지 느릿한 리듬으로 기다려주던 사람이라서, 로미는 말문이 막혔다. 나의 마음이 뭔지 스스로도 알 수 없었다. 내가 호감을 품었던 사람은 누구일까? 과거에 알았던 그 사람? 지금 새로이 만난 이 사람? 착각으로 시작한 호감의 도착점은 어디일까?

"저는⋯⋯."

당신은요? 내가 이전에 반했던 사람이 당신이 아니라는 건 상관이 없나요? 로미는 이렇게 되묻고 싶었지만, 차마 말이 되어 나오지 않았다. 그것까지 물어보는 건 너무 뻔뻔하게 여겨졌다.

경운은 로미의 말이 이어지길 기다리는 것처럼 잠시 그대로 있었다. 시간은 두 사람에게 눈치채이지 않고 슬그머니 지나갔다. 마침내 경운이 입을 열었다.

"저는 기억이 없으니까, 제가 아는 로미 씨는 지금 제 앞에 있는 당신뿐이에요. 하지만 로미 씨가 아는 저는 제가 아니죠." 그는 잠시 말을 멈췄다가, 다시 이었다. "가끔은 기억상실증이 더 편리하기도 하네요."

그는 그 말과 함께 로미를 잠시 바라보다가 중앙 정원에서 걸어 나갔다. 로미는 그대로 의자에 털썩 주저앉았다. 방에 올라가기 전에 물을 잔뜩 마시고 가든가, 보리차 티백을 여러 개 챙겨야 할 것 같다는 생각이 머리를 스쳤다. 한동안 방에서 나오지 않아도 되도록.

날씨가 맑아서인지, 늦은 오후인데도 서핑 카페 안마당에는 웨트슈트를 입고 물을 뚝뚝 흘리는 젊은 서퍼들이 많았다. 하담은 그들이 발산하는 에너지에 새삼 깊은 인상을 받았다. 다음에는 저들을 중심으로 한 작품을 뭔가 찍어볼까 싶어 마음속으로 기획 노트를 적었다.

하담은 카페를 거치지 않고 건물을 돌아 뜰을 직접 가로질렀다. 로미만큼은 아니지만, 하담도 다른 사람을 보고 싶지 않았다. 빨리 숙소로 돌아가고 싶었다.

잔디 위에 조심스럽게 발을 내딛는데, 마당 한구석 그늘 속에서 움직이는 검은 형체가 있었다. 하담은 하마터면 카메라를 떨어뜨릴 뻔했다.

"엄마, 깜짝이야."

상대도 놀랐는지 뒤로 물러섰지만 목소리는 조용했다. "하담 씨? 저예요."

"수미 씨? 여기는 어쩐 일이세요?"

매일 내추럴 컬러의 리넨 셔츠에 통 넓은 바지나 긴 치마를 입고 다닐 것처럼 보였던 수미는 오늘은 검은 후드 티에 청바지 차림이었고, 검은 배낭을 손에 들고 있었다. 어쩌면 꽤 활동적인 사람일지도. 하담은 생각했다. 수미는 황급히 배낭을 어깨에 둘러멨다.

"아영이랑 우리 모임 때문에 의논할 게 있어서 왔어요. 다음에는 저희 집, 허니콤에서 하거든요. 뭘 준비하면 좋을지."

수미는 약간 높은 목소리로 말하면서 뒤를 돌아보았다.

"아영 씨는 카페에 있는 거 같던데?"

"아, 그게 지금 도착해서요. 주방 통해서 카페 들어가려고 했는데……. 중앙 정원에서 로미 씨랑 경운 씨랑 얘기 중이길래."

수미의 시선을 따라가보니, 중앙 정원의 유리창 너머로 경운이 나가는 게 보였다. 바깥이고 순간이라 잘 보이지 않았지만, 심각한 얼굴 같았다.

"두 분…… 무슨 일이 있는 건가요? 혹시 로미 씨가 처음부터 제주에 온 게 경운 씨 때문에?"

"아니, 아니에요!"

하담은 너무 빠르게 대답했다 싶었지만, 수미는 하담의 말을 믿는 기색 없이 네, 라고만 중얼거렸다. 이미 두 사람 관계에 대한 의심이 확고히 뿌리를 내린 것 같기도 했다. 아니면 사실이든 아니든 관심이 없는 것 같기도 했다. 수미는 냉정한 표정으로 배낭끈을 다시 고쳐 매며, 걸음을 떼려 했다.

"그럼…… 아!"

바스락 소리가 어깨 뒤에서 달려들자 하담은 재빨리 고개를 돌렸다. 하담은 그 소리의 주인이 누구인지를 깨닫고 가슴을 쓸어내렸다.

"필현 선배? 여기는 또 웬일이에요?"

"그게……"

필현이 재빨리 대답하지 않자, 어떤 예감이 하담의 머리를 빠르게 스쳤다.

"뭐, 재웅이가 저 어떻게 있는지 가보고 오래요?"

적중했는지, 필현의 아랫입술이 약간 일그러졌다. "굳이 그렇게 말하지는 않았지만……."

"가서 신경 쓰지 말라고 전해주세요."

"뭐?"

"신경 끄라고 해주세요!"

수미가 흠칫 물러설 만큼 높은 목소리였다. 중앙 정원에 있던 사람들이 시끄러운 소리에 놀라 고개를 내밀었다. 양봉남, 아니 양복남, 수미의 남편, 부 실장의 얼굴이 동시에 유리창에 나타났다. 부 실장은 동그란 얼굴에 눈까지 동그랗게 뜨고 있어서 메신저 이모티콘처럼 보였다. 아니, 이들은 왜 매일 여기에 모인단 말인가? 그렇게 사이가 좋은가? 아니면 할 일이 없나? 어쨌든 그들은 늘 하담과 친구들의 드라마에 빠지지 않는 관객이었다. 하담은 그 얼굴을 보자 소리를 높인 게 부끄러웠다.

"미안해요, 선배. 저는 오늘 피곤해서 들어가봐야겠어요."

필현은 기분이 상한 건지 짧게만 대답했다.

"그래."

선배의 얼굴에 떠오른 표정은 잘 해석되지 않았다. 하지만 지금은 필현의 상태까지 생각해줄 겨를이 없었다. 하담의 마음이 상했고, 보는 눈이 많았다.

오후의 햇살이 그린 그림자 세 개가 마당에서 교차했다. 하담은 수미와 필현을 지나치면서 두 사람이 서로 눈인사를 하는 것을 보았다. 두 사람이 아는 사이였던가? 하지만 그다지 이상하진 않았다. 작은 세계. 하지만 섬은 더 작지. 재웅과 재웅의 약혼녀, 서퍼 청년, 알음알음의 고리로 연결되어 있잖아. 그 고리에 매달려 있지 않은 사람은 뭍에서 온 사람일까?

어둠 속에서 차경의 발소리를 가장 먼저 듣고 뛰어나온 건 역시 강아지였다. 만난 지 며칠 되지 않은 이 존재가 자기를 기억한다는 것이 가슴이 아플 정도로 사랑스러웠다. 차경은 팔딱팔딱 뛰는 강아지 앞에 앉아 턱 밑을 간질였다. 햇볕에 그을렸던 개의 냄새가 고소하게 다가왔다. 그 위로 덮이는 상쾌한 샤워젤 냄새는 누구의 것인지 보지 않아도 알 수 있었다.

"오늘 늦었네요. 저녁은 먹었어요?"

고개를 드는 동안에 심장이 먼저 높이 뛰었다. 눈이 마주치기 전에, 이미 수언의 눈이 어떻게 웃고 있을지 알 수 있었다.

"네, 일 끝나고 회사 사람들하고."

"맛있는 걸로 먹었어요?"

수언은 차경의 앞에 주저앉았다. 개는 자신에게 쏟아지는 관심이 좋아서 낮은 소리로 갸르릉거렸다.

"그냥, 다들 제주에 왔으니 회를 먹고 싶다고 해서."

일찍 돌아올 수도 있었지만, 일부러 그러지 않았다. 돌아오면 수언과 마주칠 테고, 보고 싶은 만큼 보기가 겁났다.

수언은 차경에게는 더는 질문하지 않고 강아지를 부드럽게 어르기만 했다. "오늘 심심했어? 날리야, 종일 혼자 있었어?"

"날리?"

"제가 이름을 지어줬어요. G. N. A. R. L. Y. 서핑 용어로는 대단하다, 위험하다, 멋있다, 이런 뜻이거든요. 작지만 크게 살라고."

"그러네요. 멋진 이름."

강아지를 귀여워하기만 해도 시간은 빠르게 흐른다. 날리는 기분 좋은지 머리를 차경의 손바닥에 기댔다. 차경은 빙그레 웃었다. 그 모습을 보던 수언이 문득 물었다.

"어떻게 할 거예요?"

"뭘?"

"날리. 어떻게 하고 싶으세요?"

"어떻게 해야 할까요. 저는…… 내일이 지나면 곧 서울로 가야 하는데."

차경은 자기의 말이 너무나 바보같이 들린다는 걸 알았다. 무책임할 수도 있다고 생각했다.

유기 동물 보호소에 연락을 했을 때 하얀 푸들을 찾는 사람은 없다고 했다. 처음에 길에서 데려올 때만 해도 하루나 이틀 데리고 있다가 보호소에 보내야 하지 않을까 막연히 생각했다. 새로운 주인을 찾을 수 있도록. 차경은 개의 검은 바둑알 같은 눈을 바라보았다. 이 섬에 이 개를 버려두고 간 사람은 돌아오지 않을 것이었다. 새로운 주인은 찾을 수 있을까? 제주도에는 6천 마리에 가까운 유기 동물이 있다.

"제가 일단은 여기 놀에서 데리고 있을 수 있어요."

수언이 손을 뻗어 날리의 귀 사이를 간지럽히자 개는 머리를 뒤로 젖혔다. 그것이 말대로 '일단은' 방법이기도 했다. 하지만 차경이 데리고 온 개였다. 길에서는 누구라도 만날 수 있고, 도울 수 있다. 그러나 길의 만남이 집의 생활로 이어지는 관계는 많지 않다. 차경이 개를 데려갈 수 있을까? 차경의 회사는 형식적으로 근무 시간제를 지킬 뿐 실질적으로는 자발적 야근이 있다. 부모님과 같이 살지만 어머니는 동물 털 알레르기가 있다. 무엇보다 차경이 찬민과 결혼하지 않는다는 걸 알게 되면 뭐라고 하실지 알 수 없었다. 차경이 대답을 못 하고 망설이는 동안 수언이 무심하게 말을 이었다.

"그런데 문제는 그것도 두어 달뿐일 것 같아서. 발리에 데리고 가긴 쉽지 않을 텐데."

예상치 않은 말에 차경의 가슴이 내려앉았다.

"발리라뇨?"

수언은 선선하게, 그러나 미리 준비한 것이 분명한 태도로 소식을 전했다.

"제가 겨울에는 발리로 가요. 거기서 서핑 캠프를 해요." 그는 재빨리 덧붙였다. "이미 작년부터 얘기가 되어 있었던 거죠."

"발리엔 얼마나 있을 건데요?"

"지금 계약된 걸로는 겨울 동안. 2월까지는."

"그다음에는요?" 차경은 자기도 모르게 불쑥 물었다.

"다음은 아직이죠." 수언은 덤덤하게 말했다.

"그렇군요."

기다린다며, 차경은 이 말이 입술 끝까지 나왔지만 도로 밀어 넣었다. 기다린다는 말이 그간 아무 데도 가지 않고, 아무것도 하지 않고 나만 보고 있겠다는 뜻이 아니라는 걸 알 정도로는 나이를 먹었다. 하지만······.

어제의 태풍이 지나간 후, 로미의 사건이 있은 후, 하담의 분노가 있은 후, 차경은 자신을 돌아보았다.

여행지의 만남은 운명일 수 있다고 해도, 동시에 우연인 사건일 뿐이었다. 삶을 바꿔놓는다고 믿어도, 실은 착각일 수도 있다. 자기도 지금 그런 기분이 아니라고 단언할 수 없었다. 낯선 곳에서 우연이 겹쳤기 때문에, 약혼자가 배신했기 때문에, 수언이 너무나 다정했기 때문에, 지금은 흔들린다. 그러나 원래의 내 자리로 돌아가도 이 감정이 지속될까?

수언은 차경의 망설임을 알았다. 그는 차경을 내려다보며 말했다.

"하지만 아직 정하지 않았다는 건, 무엇이든 정할 수 있다는 거죠."

앉은 자세 그대로 차경은 수언과 눈이 마주쳤다. 강요는 없지만 힘이 실린 눈이었다. 두 사람의 눈높이는 같았다. 수언은 진지하게 말했다.

"저는 돌아올 수 있어요. 어디가 됐든. 하지만……." 수언은 손을 차경에게로 내밀었다. "차경 씨는 돌아올 건가요?"

이 손을 잡으면…… 차경은 어떤 대답이라도 해야 했다. 하지만 준비가 되어 있을까? 둘은 서울과 제주, 아니 발리, 그 어디에서 만날 수 있을까?

망설이는 사람에게 그 시간은 짧고, 기다리는 사람에게는 그만큼 길기 마련이다. 차경이 머뭇거리는 동안, 수언이 손을 내렸다.

"미안합니다. 기다린다고 해놓고."

수언은 그대로 몇 발자국 뒤로 물러섰다. "내일 서울 간다는 거죠?"

차경은 손을 잡지 않은 채로 일어섰다. "네."

"조심해서 가요."

수언은 여기서 헤어질 사람처럼 말했다. 그것이 사실일 것이었다. 어떻게 하고 싶은지 말하지 않는다면 여기서 '일단은' 헤어지는 것이 되고 만다.

이제는 대답을 해야 했다. 그러나 그 순간 차경이 할 수 있는 말은 이것이 최선이었다.

"수언 씨, 저는…… 생각할 거예요. 진심으로."

수언은 웃었다. 쓸쓸하게 웃을 때도 어둡지 않은 사람이었다.

"알아요. 차경 씨는 늘 매 순간이 진심이려고 하니까." 수언은 어두운 정원을 향해 몸을 돌린 후 차경을 보지 않고 말했다. "하지만 그거 알아요?"

차경은 그의 등을 보았다. 넓고, 강하고, 늘 기댈 수 있을 만큼 따뜻했지만, 지금은 멀어지는 등. 가까이 다가가 이렇게 멀어지지 않는다는 걸 확인하고 싶었다. 하지만 발이 떨어지지 않았다.

수언의 마지막 말은 섬의 안개처럼 옅게 허공에 깔렸다. "지금 이 순간이 아닌 다음의 진심을 걱정하면, 앞으로 갈 수가 없어요."

숙소의 문을 열었을 때, 로미의 모습은 보이지 않고 화장실에서 물소리만 났다. 테이블 위 켜놓은 작은 조명의 어스름한 빛 속에 하담의 얼굴이 떠올랐다.

"하담 씨, 왜 불도 안 켜고……."

하담은 멍하니 앉아 있다가, 불현듯 정신이 든 사람처럼 보였다. "아, 네, 그랬나. 환한 게 싫어서."

"그럼 불 좀 켤까요?"

차경이 조명 스위치에 손을 댔다.

"뭐, 그러세요."

하담은 자리에서 일어나 방으로 들어가버렸다.

환한 빛이 숙소 안을 채웠지만, 분위기가 밝아지진 않았다. 차경은 하담의 뒤를 따라 방으로 가보았다. 하담은 펼쳐놓은 캐리어 앞에 앉아 컴퓨터 어댑터 케이블을 감고 있었다. 그 옆에는 차곡차곡 쌓은 옷가지들이 놓여 있었다.

"지금 짐 싸는 거예요? 원래 일정은 내일모레까지라고 했던 것 같은데……"

하담은 차경을 보지 않고 짧게 대답했다. "저도 내일 밤에 돌아가려고요."

"왜요?"

"뭐, 그냥요."

하담의 태도가 평소와 달랐다. 하담은 항상 어떤 행동에 대해 질문을 받으면 그 이유까지도 구구절절하게 설명하는 사람이었다. 차경은 묻지 않고, 하담의 옆에 앉았다.

"그럼 제가 짐 싸는 것 좀 도와줄까요?"

차경이 아직 개지 않은 흰 티셔츠를 집어 들자, 하담이 날카롭게 말했다.

"그냥 놔두세요. 제가 할 테니까."

"그래도, 둘이 하면 더 빨리 하니까요."

하담이 차경의 손에서 옷을 낚아챘다. "그만두라니까요."

잠깐 참고 기다리면 많은 갈등이 흘러간다. 일단 세 시간을 참으면 된다. 왜 화났냐고 묻지 않고, 도로 화를 내지 않고. 차경은 대부분의 갈등 상황에서는 그렇게 행동했다. 그렇지만 이 좁은 공간, 여

389

행에서 일어난 갈등은 외면하기가 어려웠다.

"하담 씨, 저한테 뭐 불편한 일이라도 있어요?"

하담의 대답은 지나치게 빨랐다. "그런 거 없어요."

"아까부터 계속 불편하다고 말하는 것 같은데요."

하담이 같은 케이블을 풀었다 감았다 다시 풀기를 반복하고 있다는 걸 차경은 눈치채고 있었다. 하담은 케이블을 쿵 내려놓았다.

"그냥 차경 씨에게 좀 실망했을 뿐이에요. 저는 그 서퍼분과의 일은 그냥 느낌인 줄만 알았는데, 그렇게 진지할 줄은."

하담이 무슨 얘기를 할지 차경은 직감하고 있었다. 이 방에서는 아래 마당이 내려다보일 것이고, 말소리는 들리지 않아도 분위기로 직감할 수 있었으리라.

"하담 씨, 제가 어떻게 보일지는 알아요. 하지만 처음부터 그럴 의도가 있었던 건……."

"그런 일이 의도로 일어나는 건 아니잖아요." 하담은 차경의 말을 자르며, 놓았던 케이블을 다시 들었다.

"결혼 전에 다른 사람에게 끌릴 수도 있죠. 관계를 완전히 정리하기 전이라도. 뭐, 어느 쪽으로 가든지 말이에요."

어느 쪽으로 가든지, 라고 했지만, 나쁜 쪽이라고 말하는 듯한 울림이 담겨 있었다. 차경은 하담에게는 자기가 재웅과 같은 유의 사람으로 보일 수 있다는 것을 알았다. 하담뿐만이 아니었다. 찬민의 과오와 상관없이 앞으로 많은 이들이 그렇게 받아들일 것이다. 그때마다 변명을 할 수는 없었다. 자신이 감수해야 할 몫이라는 것도 알았다.

"하담 씨, 저는…… 굳이 제가 이런 설명을 할 필요는 없다고 생각하지만요. 저는 지금 결혼 전의 단순한 바람 같은 건 아니에요." 그렇지만 지금은 친구에게 설명하고 싶었다. 자기 자신에게도 설명할 수 없었던 감정을. "찬민 씨와 저와의 관계는 우리 둘의 문제예요. 우리 둘이서 해결해야 할 일인 거죠. 수언 씨는 저의 또 다른 문제고요. 수언 씨를 거기 개입시킬 순 없어요."

하담은 케이블을 다시 집더니 끊어질까 걱정될 만큼 세게 잡아당겼다.

"적지 않은 사람이 그렇게 말하죠. 하지만 새로운 관계는 이전 관계가 정리될 때까지 기다릴 수도 있는 거잖아요. 그게, 너무 참기 힘든 어려운 일도 아니고." 하담은 말을 쏟아낸 후에 잠시 숨을 골랐다. "미안해요, 차경 씨가…… 재웅이랑 사정이 다르다는 건 알아요. 하지만 찬민 씨가 그날 저녁 오지 않았더라면, 그래서 차경 씨가 찬민 씨가 성실하지 않다는 걸 알지 못했더라면…… 그래도 사정이 다른 걸까요?"

차경의 마음을 계속 갉아먹던 생각 중의 하나였다. 찬민이 다른 여자와 제주에 왔다는 걸로 나는 핑계를 삼는 걸까? 몰랐더라면, 수언에 대한 마음은 자라지 않았을까?

"저도 모르겠어요." 차경은 솔직하게 말했다. "하지만 일은 벌어졌고, 저는 모든 걸 알아버렸고, 이제는 다른 방향으로는 생각할 수 없어요."

마음은 물처럼 흐르고, 돌에 부딪쳐 방향을 바꾸긴 해도, 다시 거슬러 올라가진 않는다. 차경은 수많은 가정 속에서도 이미 흘러버린 마음은 어쩔 수 없다는 걸 깨달았다.

"뭐, 차경 씨의 인생이니까요."

하담이 어깨를 으쓱하며 말했다. 두 사람 사이의 공기가 자잘한 잔가시를 품고 흘렀다. 뾰족해서 둘 다 마음을 찔릴 것만 같았다. 차경의 목에서 꾹 눌렀던 말이 튀어나오려고 할 때 바깥에서 비명 소리가 들렸다.

"으아아아아아!"

하담과 차경은 서로 얼굴을 마주 보다가 동시에 방 바깥으로 뛰어나갔다.

테이블 위의 조명이 로미의 젖은 머리에 감긴 수건을 비추었다. 갓 목욕을 마치고 나온 사람의 얼굴이 파리했고 몸이 부들부들 떨렸다. 로미는 두 손에 작업용 태블릿을 들고 있었다.

"무슨 일이에요?" 하담이 다급하게 물었다.

차경은 로미에게로 가서 태블릿을 받아 들었다. 하담은 아직 떨고 있는 로미의 어깨를 감쌌다.

태블릿에 쓰인 메시지는 잘 알아보기 힘들었다. 빨간색을 잔뜩 칠해놓고 그 옆에 거칠게 글씨를 휘갈겨놓았다. 대충 그리긴 했지만, 피라는 걸 알 수 있을 정도로는 사실적이었다. 차경이 글을 읽어 보았다.

"뭐라고 쓴 거예요? '도로미 정신 차리고 도로 돌아가. 너도 그놈 여자처럼…… 되기 싫으면.' 이게 무슨 뜻이에요?"

하담과 차경의 눈이 로미에게 쏠렸지만, 로미는 고개를 가로저었다. "무슨 뜻인지는 저도 모르겠어요. 그렇지만 이걸 언제 와서 쓰고 갔는지 너무 소름 끼쳐요."

"경찰에 신고해야 하지 않을까요?"

차경이 심각한 표정을 띠고 태블릿을 테이블 위에 올려놓았다. 차경이 눈짓하자, 하담이 전화기를 주머니에서 꺼내려 했다.

로미는 파랗게 질린 얼굴로 말했다. "해야 할까요……? 이번에도 저번처럼 어떤 구체적 위협은 없는데. 무슨 얘긴지도 안 쓰여 있고. 그냥 누가 낙서한 거라고 하면 그만일 것도 같은데."

"이번에도? 무슨 말이에요?"

"실은 제주에 왔을 때 문자 메시지를 받았어요. 누군가에게." 로미는 전화기를 꺼내 문자 메시지를 친구들에게 보여주었다. "같은 사람인지 알 순 없지만."

차경이 메시지를 들여다보며 분석적인 어투로 말했다.

"그렇긴 하네요……. 하지만 먼저, 묘하게 구닥다리 유행가 가사 같은 감성, 다음으로는 비슷한 문체. 그런 걸 보면 같은 사람일 수도 있을 것 같은데. 잘못 보낸 걸 수도 있지만. 그래도 기분 나쁜 일이니 신고하죠."

"제주에 오고 나서 시작한 거라면…… 여기서 떠나면 괜찮을까요? 경찰은 어느 관할로 신고해야 하지?"

하담은 말하면서 인터넷 검색창을 켰다.

차경이 로미의 전화기에 있는 메시지를 캡처해서 자신의 휴대전화로 전송했다.

"일단은 이걸 조사해봐야 할 것 같아요. 하지만 더 중요한 게 있어요."

말과 말 사이의 침묵에는 늘 어떤 의미가 있다. 차경이 잠깐 말을 고르는 동안, 다른 두 사람은 가만히 응시했다.

"여기 태블릿에 메시지를 남겼다는 건 누가 이 방에 들어왔다는 거죠."

전율이 세 여자의 등줄기를 타고 흘렀다. 언제, 어떻게 들어왔을까? 로미 혼자 방에 있었을 때? 아니면 하담과 차경이 괜한 신경전을 벌이던 이 시점에?

"로미 씨, 언제 태블릿을 마지막으로 봤어요?" 차경이 물었다.

로미는 머리에 손을 대고 기억해내려고 했다.

"아까 오후에 태블릿으로 작업을 하다가 놓고…… 물 마시러 내려갔다가…… 그다음에는 머리가 아파서 좀 누웠다가, 하담 씨가 와서 저녁을 먹었어요. 그사이에는 태블릿을 안 봐서."

"그럼 언제 들어왔다 갔는지 알 수가 없네요. 제가 온 게 5시쯤이긴 한데. 그 후에 왔을 것 같진 않지만." 하담이 기억을 더듬으며 말했다.

카페나 중앙 정원은 정말 아무나 들어올 수 있다. 거주 공간의 개별 주택에는 비밀번호 입력 방식의 철제 자물쇠가 달려 있었지만, 번호를 알고 있는 한 누군가 언제라도 들어왔다 갈 수 있었다. 놀의 비밀번호는 거주자가 들어와서 바꾸기 전엔 바뀌지 않았다. 또, 관리자라면 카드키도 쓸 수 있었다. 들어올 수 있는 사람은 누구지? 여기 거주자? 아니면 카페 손님? 각자 가능성을 따져보는 동안 방안에는 긴장된 고요만이 감돌았다.

"더 무서운 건." 서늘한 침묵을 차경의 낮은 목소리가 갈랐다. "이 사람, 어떻게인지는 모르지만 로미 씨의 태블릿 비밀번호도 알고 있다는 거예요."

로미가 터져 나오는 비명을 두 손으로 막았다. 하담의 눈은 더 커졌다. 차경은 심각하게 또 한 번 태블릿의 낙서를 들여다보다가 문 쪽으로 갔다. 차경은 철제문을 잠깐 확인해보고는 밖으로 나가려 했다.

"제가 나가서 좀 살펴보고 올게요."

"안 돼요!"

하담과 로미가 동시에 소리쳤다. 하담이 말렸다. "차경 씨, 위험하잖아요. 밖에 누가 있으면 어떡해요."

갑작스레 어두운 그림자가 방 안에 내려앉은 듯했다. 구석의 그늘 하나까지도 이제는 심상치 않았다. 차경은 문을 살짝 열어 주변을 돌아본 후 다시 닫고, 걸쇠까지 꼼꼼하게 걸었다.

로미는 두 손으로 몸을 감쌌다. 팔에는 소름이 오소소 돋아 있었다. "진짜 기분 나빠. 이전의 그 스토커일까요?"

하담이 로미의 어깨를 감싸 안았다. "보안은 괜찮을 거예요. 너무 무서우면 호텔로 옮길까요?"

로미가 입술을 깨물며 생각해보다 고개를 저었다. "안 가는 게 좋을 것 같아요. 밤에 돌아다니는 것도 좋지 않고요."

주변을 다 확인한 뒤 차경이 돌아왔다. "주변은 괜찮아요. 일단 오늘 밤에는 아영 씨에게 전화해서, CCTV 같은 게 있나 물어볼게요. 도둑일 수도 있으니까, 미리 말해두어야 할 것 같아요. 경찰에는 아영 씨가 신고해달라고 할게요."

차경이 아영과 통화를 하는 동안 로미는 아무 말도 보태지 않았지만, 우연한 도둑이라는 생각은 하지 않았다. 이 침입자는 도로미의 이름도 알고 있으니까. 세 사람 모두 그 사실을 똑똑히 실감하고 있었다. 전화를 끊고 나서 차경이 로미의 손을 잡았다.

"로미 씨, 괜찮아요. 우리가 있으니까."

두 사람의 맞잡은 손 위로 다시 하담의 손이 얹혔다. "괜찮아요, 우리가 지켜줄 테니까."

로미는 친구들의 얼굴을 쳐다보았다. 두려움은 모두 똑같았다. 그러나 모여서 더 커지는 두려움이 있고, 모였기에 더 작아지는 두려움이 있다. 그들은 모두 함께 있고, 서로 지킬 수 있었다. 오늘 밤은 그렇게 두려움을 작게 접어버릴 수 있었다.

13장

빼앗긴 건 추적한다

어느 여름 한낮, S시의 소방서에 전화 한 통이 걸려옵니다.

(신고자) 지금 여기 벌들이 죄 몰려와서요, 난리도 난리도 아니에요.

소방대원들이 긴급 출동해보니 2만 3천 마리의 벌들이 도로 위를 날면서 하늘을 까맣게 채우고 있었습니다.

난감한 소방대원들, 그때 도움의 손길을 뻗은 건 우연히 지나가던 양봉업자였습니다.

(소방대원) 그게 그 시민분이 참 대단하신 게 그 벌들을 다 몰고 가서 벌통에 넣으시더라고요. 그 뭐죠, 있잖아요. 옛날 동화책에 나오는, 그 피리 불어서 쥐 떼를 몰고 간 사람. 아, 하몽? 하멜? 아무튼 그 피리 부는 사람처럼 벌들이 쭉 따라가더라니까요.

(양봉업자) 아, 그게 제가 무슨 마법을 쓴 건 아니고요. 여왕벌이 죽어서 도로 위로 떨어져버린 거예요. 그게 어디서 왔는진 모르겠는데, 분봉하려던 거였나……. 어쨌든 그 여왕벌의 냄새를 맡고 벌 떼들이 모여들었지 뭐예요. 그래서 제가 그 여왕벌 사체를 가져가 벌통에 넣었더니 다른 벌들이 그리로 따라온 거죠. 다 들어오기까지 한 시간 정도 걸렸던 것 같네요.

피해자는 초반 진압 작전에 희생된 벌 몇 마리뿐, 다친 사람은 없었습니다. 여왕벌의 명복을 빕니다.

2018년 6월 20일 뉴스를 재구성

세계 6차 산업 발전을 위한 친환경 양봉 대회에서는 오후 세션이 슬
슬 마감되고 있었다. 학회 참가자의 의욕은 점심시간 이후로 점차 떨어
져 지금쯤이면 완전히 수그러들 때였다. 몇몇 참가자들은 자신의 발표를
마치고, 유유히 대회장 안을 걸어 다니며 벌꿀 크림 등을 시험해보기도
하고, 다른 양봉 참가자들과 대화를 나누기도 했다. 부화철은 허니비 스
쿨의 양봉 교육 과정 책자를 배부하는 업무를 맡아 다른 사람들과 교대
했다. 오전에는 관심 있는 사람들이 꽤 있었다는데, 체험 프로그램이 끝
나서인지 부스는 한산했다. 그는 돌미용 제주의 강현복 이사가 요새 젊
은이들 감성에 맞췄다며 야심차게 내놓은 벌꿀 특대형 마카롱을 한입 깨
물었다. 필링이 지나치게 많이 들어 있어서 그의 입맛에는 너무 달았다.

　화철은 마카롱을 널리 나눠주는 품앗이 정신을 발휘하기로 했다. 시
식 홍보를 자처한 그는 마카롱이 든 플라스틱 접시를 들고 회의장을 돌
았다. 당이 한창 떨어질 오후라서, 몇몇은 마카롱을 반겼다. 화철은 천천
히 컨벤션센터의 1층으로 내려가 후문으로 나간 후 산책로를 따라갔다.

지역의 양봉 관련 상품을 파는 판매 천막들을 지나쳐 한참 걸어가자 주상절리로 이어지는 길 앞 너른 공터에 각양각색의 벌통들이 죽 늘어서 있었다. 지역 내 양봉업 상황을 보여주는 전시적 의미로 양봉업자들이 벌통을 설치해놓은 것이었다. 대회 관계자 중 물색 모르는 윗선 누군가의 제안일 것이었다. 새로 단장한 산책로로 이끌어 회의장의 자연 친화적 면모를 자랑할 겸, 바다가 보이는 곳에 벌통을 세워 그림을 만들어보자는 아이디어라니. 그러나 누가 회의장에서 이렇게 떨어진 곳까지 오겠냐며, 토착 양봉업자들은 대체로 못마땅하게 여겼다. 심지어 올레를 걷는 여행객조차도 이쪽까지 오는 일은 드물었다. 불리한 입지적 조건에도 불구하고 이주한 양봉업자들 몇몇이 도내 정책에 협조하는 의미로 참가해주었다.

화철이야 어딜 가도 아는 사람들이 널렸지만, 그중에서도 눈에 띄는 얼굴이 있었다. 경운이 제주 전통 가옥 모양의 벌통 앞에 서서 반백의 외국인 여성과 진지하게 이야기를 나누고 있었다. 여자가 알겠다는 듯 고개를 끄덕이며 경운에게 명함을 건넨 후, 자리를 떴다. 화철은 잠시 시간을 두었다가 경운에게로 다가갔다. 화철은 여자를 눈짓으로 가리켰다.

"형, 무슨 얘길 그렇게 심각하게 했어요? 그것도 영어로. 저 여자분은 누구예요?"

화철이 마카롱을 건넸지만 경운은 손을 들어 사양했다.

"미국 미네소타대학에서 오신 교수님이신데…… 우리 벌 품종이 특별해 보인다는데. 육종 실험 결과를 알고 싶으시다고? 실험 보고서나 결과물이 있는지, 아니면 샘플을 보내서 자기네 연구실에서 할 수 있는지 알고 싶으시다는데. 꿀이나 로열젤리 성분 분석과 함께."

화철이 지붕 모양의 뚜껑을 살짝 들어보았다. 자기 눈에는 특별히 다른 것처럼 보이지 않았지만, 벌들이 좀 더 활동성이 강한 것 같기도 했다.

"그런가? 이전부터 형이랑 형수랑 심혈을 기울여 품종 개량한 거지. 미국 대학 쪽하고도 연락했다고 하지 않았나?"

"응, 혜영이랑 같이 연구를 했는데, 사실 사고 이후에 내가 제대로 챙기지를 못해서. 그런데 그 전에도 연구는 아내가 이끌었으니까. 나야 그저 보조여서 기억이 온전했다고 해도 아는 게 얼마나 있었을지는……. 하여튼, 이 벌통의 벌들이 죽지 않고 버틴 건 대단하긴 해. 혜영이가 애들을 튼튼하게 키웠나 봐."

경운은 무슨 농담이라도 한 양 미소를 떠었다.

"형수, 원래 대학원 다닐 때도 천재 소리 듣던 사람이었으니까. 미국 대학에서 초청도 받았는데, 형 따라 여기 온 거라면서."

"그랬지……."

경운의 눈가에 그늘이 지자, 화철은 입을 다물었다. 그러나 자세히 보니 단지 기운이 아니라 경운의 눈가에 다크서클이 짙게 드리워져 있었다.

"오늘 피곤한가? 얼굴이 까칠하네?"

"음, 잠을 못 자서……. 그렇게 티가 나나?"

"왜요? 뭔 일 있었어?"

투명하게 어두운 기운은 경운의 얼굴 전체로 번져갔다.

"어제 놀에 도둑이 들었던 것 같아. 도둑인지 스토커인지."

화철은 하마터면 마카롱 접시를 떨어뜨릴 뻔했다.

"뭐요? 뭐가 없어졌어요? 다친 사람은 없고?"

"그게, 로미 씨네 숙소에 누가 들어와서 일종의 협박문 같은 걸 남겼

대. 그리고…… 내 방에도 누가 들어온 흔적이 있어."

"언제요? 나도 어제 오후에 갔었는데. 그때만 해도 아무 말 없었잖
아."

"오후에 방이 비었을 때 같은데, 정확히는 알 수가 없어."

"게스트하우스 터는 좀도둑인가 보네. 뭐가 없어졌어요?"

제주에 관광객이 많아지고, 숙박업소가 늘어난 만큼 사소한 범죄들로
골치 썩는 곳들도 많아지는 추세였다. 이주자들은 게스트하우스 운영자가
많은 만큼 피해자가 되기도 쉽고, 외지인인 만큼 의심을 받기도 쉬웠다.

경운은 얼굴을 찡그렸다.

"그걸 모르겠어."

"에? 어떻게 모를 수가 있어요?"

"아내…… 혜영이가 물건을 넣어둔 상자가 있었는데, 자물쇠로 채워
져 있고, 나는 비번을 모르니까 그냥 놔두었지. 그런데 그걸 땄는데, 뭘
가져갔는지는 모르겠더라고."

화철은 경솔한 말에 아차 싶었다. 기억상실증이라면, 무엇을 잃었는
지도 알 수 없다. 잃어버리는 것도 잊지 않은 사람이나 가능하다.

"로미 씨네는 괜찮대요?" 화철은 잠깐 망설이다가 덧붙였다. "저기,
다른 분들도 무사하시겠죠? 하담 씨라든가?"

"경찰에 신고는 했지만, 지난 태풍 때 CCTV가 망가져서 확인이 안
됐나 봐. 어제 카페에 사람이 많았고. 다들 불안하실 것 같아서, 내가 그
분들 숙소 앞에서 밤을 새우면서 망을 봤는데……. 새벽에 수언이가 알
고 교대해주었고."

"그래서 피곤해 보인 거네. 어쩐지."

"뭐."

경운은 대수롭지 않다는 듯 넘기며 머리를 한 손으로 쓸었다.

"오늘은 내가 갈까? 내가 도울까요?"

화철이 짐짓 비장하게 물었지만, 경운은 입을 꾹 다물고 고개를 흔들었다.

"아니, 이따 밤 비행기로 떠나신다고."

"정말? 가기 전에 인사라도 하고 싶었는데."

여행 중인 사람들은 늘 떠난다. 새삼스럽지 않다. 하지만 누군가 떠나면 반드시 남는 사람이 생기고 만다. 그들은 늘 여기 살고 있었는데, 아무것도 하지 않았는데, 누가 왔다가 떠나버린다는 사실만으로 남은 사람이 되어버렸다. 두 남자는 동시에 그 생각을 하고 있었다. 남겨지는 사람이 된다는 것을.

"그럼 지금이라도 해." 경운은 엄지손가락으로 회장을 가리켰다. "지금 하담 씨랑 차경 씨는 회장 안에 와 있어. 하담 씨는 촬영하고 싶다고 했고, 차경 씨는 오늘 대회에 회사 부스가 참가한다고."

"로미 씨는요? 혼자 있는 거예요? 괜찮나?"

"낮이고 놀에도 사람이 많이 있으니까. 그리고…… 테일러도 같이 있고."

"흐음."

화철은 자기의 멀쩡한 본명을 두고 테일러라고 불러달라는 그 남자에게는 믿을 만한 점이 없다고 생각했지만, 어쨌든 말 그대로 사람 많은 대낮의 서핑 카페에서 크게 위험한 일은 없을 거라는 데는 동의했다.

"뭐, 가서 인사할 거야? 같이 갈래?"

"그럼, 그럴까요."

화철은 경운을 따라 발길을 옮겼다. 그들이 다시 산책로를 한참 걸어 회장 안으로 막 들어가려 할 때, 밖으로 나서는 현장 스태프와 마주쳤다. 간단하게 목례만 하고 반쯤 뛰다시피 하는 스태프에게 경운이 물었다. "어, 지금 벌통 철수해요?"

스태프가 건성으로 대답했다. "네, 정리한다는데요. 회장 행사도 곧 정리하고. 여기 협회 사람들이랑 식사한다고. 여기 야외 전시실은 뒤쪽이라 실내보다 먼저 마감한다고 하는데요?"

스태프는 두 사람에게 등을 돌리고 뛰는 걸음으로 야외 전시장을 향했다. 경운이 난처한 눈빛으로 화철을 쳐다보았다.

"그럼 나도 지금 정리해야 하나. 다른 사람 트럭에 같이 싣고 왔는데."

화철은 자기 혼자 하담을 찾아가서 인사하는 건 내키지 않았다. 어색해서 마지막 인사도 제대로 못 하고 그렇게 수완 없는 인간으로 기억되고 싶진 않았다.

"그럼 일단 인사하러 갔다 와서 합시다. 지금 돌아갔다 오기도 귀찮잖아요. 철수 작업은 내가 도울 테니. 우리 돌미용 제주 트럭에 실어도 충분하지 않나."

화철이 제안했다. 그때 스태프의 뒤를 따라 간 센터 입구에서 낯익은 얼굴이 문밖으로 나타났다. 허니콤 게스트하우스 주인이었다.

"형님도 지금 철수하러 가세요?"

화철의 물음에 허니콤 주인은 초점 없는 눈동자를 돌렸다.

"응응, 근데, 경운이 너는 지금 하지 말라며?"

"네?"

"네 벌통을 자세히 보고 싶어 하는 사람들이 있다고. 넌 아직 철수하지 말고 남겨달라는데? 우리 집사람이 그러더라. 나중에 협회 측에서 양봉장으로 갖다준다고."

허니콤 주인은 무신경한 전달자답게 속사포같이 뉴스를 전하고, 역시 야외 전시장 쪽으로 사라져버렸다. 경운이 그에게 더 자세히 물어보려고 했지만, 그는 뒤도 돌아보지 않고 쏜살같이 가버렸다. 김빠진 경운과 화철은 서로 얼굴을 마주 보았다.

"누가 보고 싶어 한다는 거야?"

"그러게요. 자세하게 말해주지." 하지만 화철은 어깨를 으쓱했다. "뭐, 어쨌든 잘됐네요. 일단 가요."

경운은 불안하게 뒤돌아보았지만, 화철이 너무 서두르자 자기도 그 뒤를 따라 재빨리 걸음을 옮겼다.

야외 전시장의 양봉업자들은 성실한 꿀벌처럼 자신들의 벌통을 카트에 실어 날랐다. 초저녁의 햇빛 속에 벌통에서 낙오된 벌 몇 마리만이 비어가는 야외 전시장 위에 떠돌았다. 갈 길을 정하지 못한 벌들은 눈치를 보다가 어디론가 멋쩍게 사라졌다. 산책객들도 점차 이곳에서 멀어졌다.

저녁으로 익어가는 시각, 섬에는 바람이 불고, 사람들의 왕래도 뜸해졌다. 벌통이 한 개 남았을 뿐, 이제는 휑뎅그렁한 전시장 안으로 누군가가 슬그머니 걸어 들어왔다. 그는 검은 배낭에서 보호모를 꺼내서 쓴 후 주위를 둘러보고 우두커니 남은 경운의 벌통으로 다가갔다. 나무 그늘 속에 잠겨 있어 이 시간에는 형체를 잘 분간할 수 없을 정도로 어두웠지만, 새로 나타난 사람은 망설임 없이 그쪽을 향했다. 그는 장갑을 낀 손으로 신중하게 천천히 벌통을 열었다. 문이 열리자 벌들이 조용히 웅웅대는 소리가 터져 나왔다. 손을 뻗어 자기가 원하는 걸 손에 잡아 작은 통 안에 넣었다. 보호모와 장갑을 벗어 그것도 배낭에 넣었다. 일은 끝났다. 이제 여기서 빠져나가기만 하면 된다……. 그는 집업의 후드를 뒤집어썼다.

그렇게 막 돌아서려는 순간, 전화기에서 나오는 손전등 불빛이 얼굴을 정통으로 맞혔다. 오른손을 들어 얼굴을 가리자, 빛이 천천히 멀어져 갔다. 그 빛 너머에 서 있는 두 사람이 천천히 눈에 들어왔다.

그중 한 사람이 자기를 보며 밝은 웃음을 지었다. "안녕하세요? 여기서 뭐 하세요?"

한없이 해맑지만, 그만큼 사람 곤란하게 하는 미소였다.

「서칭 포 허니맨」 프로젝트 제8일, 서귀포

다른 사람들보다 이른 저녁 식사를 마치고, 로미는 짐을 싸기 위해 숙소로 올라갔다.

로미는 여행 갈 때마다 자잘한 기념품을 사는 걸 좋아했다. 열쇠 고리, 냉장고 자석은 물론, 기묘한 팔찌, 아무도 잘 먹지 않는 토산 간식. 이번에는 관광지를 별로 다니지 않았기 때문인지, 캐리어 속 짐은 올 때와 별다를 바가 없었다. 무엇을 찾기 위한 여행이었을까? 아니, 이번 여행은 무언가를 잃어버리기 위한 것이었다. 여행지에서 잠깐 만났던 사람에 대한 환상. 삶을 바꾸는 로맨스에 대한 헛된 기대.

문을 두드리는 소리와 함께 밖에서 헛기침을 하는 소리가 났다.

"로미 씨?"

사슬고리를 걸어놓은 채로 로미는 문을 빼꼼 열었다. 햇볕에 탄 테일러, 복남의 얼굴이 그 틈으로 보였다. 로미는 고리를 풀고 밖으로 나갔다.

"드릴 게 있어서요."

두 사람은 아래로 내려가 야외 뜰의 벤치에 앉았다. 태풍이 지난 후에, 날은 점점 서늘해지고 있었다. 낮에는 더웠지만, 늦은 오후가 되면서 간조의 파도처럼 여름이 물러가고, 가을이 내려앉는 기운이 감돌았다. 제주에 온 지 일주일밖에 되지 않았는데 그사이에 하나의 계절이 접히고 새로운 계절이 펼쳐지고 있었다.

복남은 노란 쇼핑백에 든 물건을 건넸다.

"경운 형이 전해주라고요. 형은 오늘 양봉 대회에 나가야 해서 아마 돌아오실 때까지 못 만날 수도 있다면서. 서울까지 조심해서 돌아가시라고."

쇼핑백은 생각보다 묵직했다. 로열젤리와 밀랍 랩이었다.

"경운 형이 올해 여름에 채취한 거예요. 형이 다시 돌아와서 여름 내 양봉장을 원래 상태로 돌리면서 처음 한 일. 형이 정상으로 돌아왔다는 증거죠."

로미는 쇼핑백을 가슴에 껴안았다.

"소중한 거네요. 고맙습니다."

경운이 작별 인사를 남을 통해서 하려 한다는 것만은 마음이 아팠지만, 어떤 면에서는 자기 얼굴을 보고 싶지 않을 거라고도 생각했다. 하지만 그의 입장에서는 한편으로는 최선의 이별이기도 했다.

"이렇게 서울 가면 저희는 또 볼 수 있으려나요?"

복남은 두 손을 들어 몸을 쭉 펴며 바람을 쐤다. 로미는 쉽게 대답할 수 없었다. 복남은 로미의 마음을 아는지 모르는지, 말을 이었다.

"제가 로미 씨에게 양봉하는 척했지만, 다 지어낸 얘기만은 아니었어요. 그 모델은 경운 형이었고, 경운 형이 한 말을 옮긴 거거든요. 양봉과 새로운 삶과 자신이 일구어낼 수 있는 것을 향한 꿈. 즉, 전 거짓말을 했지만, 그 사람만은 거짓이 아니에요."

로미는 복남의 얼굴을 보았다. 그의 존재를 알게 된 지 사흘째 되는 지금에야 이 사람을 진정으로 볼 수 있었다. 어제까지만 해도 경운과 비슷한 인상의 사람이라고밖에 인식하지 않았다. 아마 3년 전에도 마찬가지였으리라. 하지만 복남은 경운보다 키는 약간 작지만 더 건강한 체격이었다. 경운에 비해 광대뼈가 두드러지고 턱선은 좀더 강했다. 이렇게 복남을 제대로 바라볼 수 있게 되면서, 로미는 자기 마음속의 허니맨을 똑똑히 구분할 수 있게 되었다. 복남과 또 다른 남자를.

"무슨 말인지 알겠어요. 말씀해주셔서 고맙습니다. 그리고 이제 알게 됐어요."

입 밖에 내기 전에는 확실하지 않았지만 말하면서 분명해지는 생각이 있다. 로미는 알게 되었다고 말함으로써 분명히 알게 되었다.

"제가 찾아온 사람은 복남 씨가 아니었어요. 제가 제멋대로 상상한 어떤 사람인가 봐요. 정말 미안했습니다. 제멋대로 착각해버려서."

로미는 두 손을 모으고 머리를 숙였다.

"그렇지만 3년 전에 만나러 와주셔서 고마웠습니다!"

복남은 그걸로 로미의 메시지를 충분히 읽은 듯했다. "아닙니다. 착각하도록 한 것, 아니 거짓말한 건 정말 죄송합니다."

"네에, 뭐. 그건 잘못하셨지만."

로미의 말에 복남은 머리를 긁적이다가 뭐가 생각났다는 듯 눈을 크게 떴다. "아!"

"뭐죠?"

"이제 와 이런 얘기 해봤자 저만 이상하지만……." 복남은 말을 이었다. "어제 하려고 했는데 못 한 말이 있는데요. 밤에 또 그런 일이 생기니까 숨기면 안 될 거 같아서." 그의 말투가 심상치 않았다.

"뭔데요?"

"그게, 3년 전에 로미 씨 만났던 두 번째 날에, 로미 씨를 만나고 나올 때, 차 앞 유리에 이상한 쪽지 같은 게 남겨져 있었어요."

충격이 로미를 강타해서 눈앞에서 무언가 번쩍했다. "뭐라고요? 뭐라고 쓰여 있었는데요?"

"나대지 마. 죽기 싫으면." 복남이 몸서리를 치자, 그 전율이 로미에게까지 전해졌다. "뭐, 대강 이런 거. 기분 나빠서 구겨 버렸는데, 그날 밤에 형 부부가 사고를 당해서……. 정신이 하나도 없었어요."

불길한 예감이 로미에게 찾아들었다.

"그 쪽지랑 사고랑 관련이 있을까요?"

복남은 고개를 한쪽으로 기울였다. "당시에는 거기까진 생각이 미치지 않는데, 지금 생각하면 그럴 수도 있을 것 같아요. 제가 로미 씨를 만난 둘째 날 타고 간 차, 즉, 쪽지가 끼워져 있던 차는 형수, 경운 형 부인의 세단인데, 제가 그날 두 사람을 저녁 모임에서 만나서 차를 다시 바꿨거든요. 형이 술을 마셔서 운전을 못 하는데, 형수는 원래 자기 차가 운전하기 편하다고 해서. 저는 원래 형의 차인

410

SUV를 타고 가고, 형네는 형수 차를 타고. 그런데 나중에 사고 원인은 부주의 운전이었다고 들어서 쪽지랑 연관 지을 생각을 못 했어요. 뭐, 공교롭게도 그때 차에 블랙박스가 작동하지 않았고, 형은 기억을 못 하니, 정확한 사고 경위는 모르지만. 하지만 이제 와서 보면 관련이 없지는 않을 것도 같아요. 형과 저를 착각했을 수도 있잖아요. 로미 씨처럼."

로미의 머릿속 타래가 뒤엉켜버렸다. 로미는 이런 유의 수학적 분석 문제에 너무 약했다. 누가 누구의 차를 타고 가다가, 바꾸고, 그래서 어떻게 됐다는 건지…… 하지만 경운의 불행에 자기가 조금이라도 일조했을지 모른다는 생각에 겁이 나기까지 했다.

복남은 말을 이었다. "제가 어제 쪽지 얘기를 하니까, 형이 정말 로미 씨 걱정 많이 했어요. 그래서 로미 씨 숙소 앞에서 그렇게 밤까지 새워가며 망을 본 거고."

"네? 경운 씨가요? 밤을요?"

"네, 형이 새벽이슬 내릴 때까지 로미 씨네 숙소 앞에 서 있었어요. 모르셨구나."

다시 짐을 싸러 숙소로 들어왔을 때는 어딘가에서 시작된 으슬으슬한 기운이 창틈으로 스며들고 있었다. 로미는 복남이 건넨 쇼핑백 속의 물건들을 가방에 넣으려고 꺼냈다. 로열젤리와 밀랍 랩 사이로 무언가가 툭 떨어졌다. 한 번 반으로 접은 편지였다. 로미는 그걸 펼쳐서 읽어보았다.

'제가 직접 딴 로열젤리입니다. 미리 먹어본 주변 사람들 말로는 기운이 나고 효과가 좋다고 합니다. 매일 아침저녁에 한 번씩, 공복에 작은 찻숟가락으로 떠서 드시면 됩니다. 일단 개봉한 후에는 냉장 보관하셔야 합니다. 로미 씨가 앞으로 살아가면서 힘든 일이 있을 때에도 이길 수 있는 기운을 낼 수 있었으면 좋겠습니다. 저도 정식으로 로미 씨에게 작업을 의뢰할 수 있을 때까지 열심히 하겠습니다. 항상 건강하시길 바라겠습니다.'

간결한 내용이었다. 개인적인 메시지라고 볼 수도 없었다. 그러나 그 사람다웠다. 다른 요령을 부리지 않고, 생색을 내지 않으며, 늘 자기 일에 집중하는 사람의 글이었다. 그것만으로도 충분했다. 로미는 자리에서 벌떡 일어나서, 지갑을 들고 계단을 뛰어 내려갔다.

카페 안에는 커피 향이 감돌았지만, 손님은 없었다. 아영은 단체 손님이 떠난 자리에서 케이크가 남은 접시들을 쟁반 위에 담고 있었다. 로미가 서둘러 들어오자 아영은 의아하다는 얼굴로 눈을 크게 떴다.

"저, 아영 씨 죄송한데요. 지금 양봉 대회장으로 가보려고 하는데, 혹시 차를 부를 수 있을까요?"

"지금은 다들 나가신 거 같은데……. 제가 데려다드릴 순 있는데, 여기 정리가 좀 남아서. 기다리실 수 있으세요?"

로미는 한순간도 기다리기가 어려웠다.

"콜택시를 부르면 여기까지 올까요?"

"오는 데까지는 시간이 걸릴 텐데요. 가는 데도 요금 많이 나오고……."

문에 걸린 방울이 딸랑 소리를 내자, 아영과 로미는 동시에 고개

412

를 돌렸다.

"카페 벌써 끝났습니까? 커피 한잔 마실까 하는데."

낮은 목소리가 카페에 울렸다. 각이 굵게 잡힌 얼굴의 남자였다.

"아, 안녕하세요. 어서 오세요. 아직 하고 있어요."

로미도 인사했다. "안녕하세요."

필현은 고개를 까닥했다. "안녕하세요. 하담이는 안에 있나요? 전해줄 게 있어서 왔는데."

"아뇨, 하담 씨는 양봉 대회에 갔어요. 이따가 밤에나 올 건데."

질문에 성의껏 대답해주긴 했지만, 로미는 마음이 급했다. 로미는 아영에게로 몸을 돌렸다. "지금 콜택시를 부를까 봐요. 경운 씨가 어디 있는지 혹시 아세요?"

"경운 씨 있는 데는 컨벤션센터 뒤편 주상절리 쪽 야외 행사장이라고 들었어요. 거기까지 택시가 바로 가줄까……."

아영이 휴대전화를 꺼내 연락처를 찾으려 할 때 필현이 무심하게 끼어들었다.

"그럼 제 차를 타고 가시겠습니까?"

"어……? 네?"

"저도 어차피 그리로 가니까요."

로미는 지금 망설일 틈이 없었다. 어차피 모르는 사람도 아니고, 거절할 이유가 없었다.

"네, 그럼 부탁 좀 드릴게요."

필현은 로미를 위해 카페 문을 열어주었다. 로미는 필현과 발을 맞추어 그의 검정색 SUV 쪽으로 걸어갔지만, 마음만은 벌써 뛰고 있었다.

양봉 대회 촬영은 순조롭게 진행되었다. 따분한 학회인 줄 알았는데, 6차 산업을 위한 상품 제안, 양봉장 관리 앱 개발과 관련한 다양한 섹션이 마련된 데다가, 세계 양봉인 대담 등의 행사도 진행되었다. 촬영 초기에 만난 김만섭 부회장이 참석해서, 다큐멘터리 서사 구성에도 도움이 될 것 같았다. 참가자들도 다 돌아가고, 이제 행사도 파장 분위기였다. 부회장이 회식에 초대했지만 하담은 사양했다. 좋은 그림을 딴 것 같아서 흐뭇했고, 숙소로 돌아가서 밤 비행기를 탈 준비도 해야 했다.

작업이 잘되어가고 있다는 뿌듯한 기분은 오래가지 않았다. 돌미용 제주 부스로 걸어가던 하담은 강현복 이사와 이야기를 나누는 재웅의 모습을 멀리서 보고 돌아서려 했다. 짐짓 태연한 척 사람들 틈으로 척척 걸어가는데, 뒤에서 재웅이 불렀다.

"하담아!"

하담은 못 들은 척 계속 로봇 같은 걸음걸이로 나아갔다. 재웅이 뛰어와서 하담의 앞을 가로막았다. 하담은 태연한 표정을 유지하면서도 목소리를 낮췄다.

"뭐 하는 거야? 다시 아는 척할 일 없잖아?"

이틀 만에 다시 보는 재웅의 눈 밑이 때꾼했다. 한쪽 턱은 눈에 띄게 부어올라 있었다. 그렇지 않아도 어젯밤엔 괜한 폭력을 썼다고 후회하기는 했다. 하담은 아주 가느다란 죄책감의 실이 마음속에 풀려가는 걸 억지로 도로 감았다. 사과받기 전에는 사과를 미뤄야만 했다.

그는 덩치가 커다란 검은 가방을 내밀어 보였다.

"이거, 그때 말했던 촬영용 드론. 촬영에 필요할 것 같다고 말했잖아. 잠시 쓴다는 조건으로 아는 촬영감독 형에게 대여해 왔어."

하담은 평생 자기의 필요를 기억해주는 것이 애정이라고 믿었고, 작은 배려에도 쉽게 감동하며 살아왔다. 그러나 그 모든 행동들에는 큰 의미가 없을 수도 있다는 걸 안다. 관계를 이어가고 싶어서 서로의 필요를 기억하기도 하지만, 기억한다고 해서 진실한 관계가 되진 않았다. 드론이 필요하다면 자기가 빌리면 될 일이고, 지금은 어차피 필요하지도 않았다.

하담은 단호하게 들리도록 애쓰며 말했다.

"괜찮아. 오늘 밤에 서울로 돌아가니까."

다큐멘터리 작업을 하는 동안에는 다시 돌아와야겠지만, 굳이 그걸 상기시켜주고 싶지 않았다. 제주에 몇 번을 돌아오더라도 만나지 않는 사람은 있다.

드론이 든 가방이 갑자기 열 배는 무거워진 듯, 재웅의 어깨가 축 늘어졌다. 하담은 이전에 자기가 풀 죽었을 때의 재웅을 약간은 귀여워했다는 걸 떠올렸다. 추억은 눈치가 없다. 가장 부적절한 순간에 찾아온다.

그렇지만 지금은 그런 감상 따위는 발로 차서 짓밟아버릴 때였다. 하담이 마음을 다잡는 동안, 재웅은 천천히 말했다.

"하담아, 너한테 정말 말하려고 했어. 그렇지만 먼저 민선…… 그 사람에게 말하는 게 예의라고 생각했고."

"예의가 있는 사람이라면 이렇게 사람 많은 곳에서는 사적인 얘기를 꺼내지 않아야 하는 게 아닐까?"

하담은 재웅의 어깨를 밀치고 지나가려고 했다.

재웅은 하담의 앞으로 다시 돌아왔다.

"이미 말했어. 그 사람에게. 결혼 어렵다고. 내게 잊지 못하는 사람이 있다고."

다시 돌처럼 굳어진 마음에 뜨거운 용암이 흐른 것 같았다. 하지만 그게 밖으로 터져 나오지 않도록 하담은 꼭꼭 억눌렀다.

"네가 결혼을 그만두는 건 그 사람과 너의 문제지 나와 관련된 문제가 아니야. 나를 개입시키지 마." 하담은 자기도 모르게 차경의 말을 반복하고 있었다. 거기에 단호한 경고까지 덧붙였다. "그리고 필현 선배 시켜서 나를 감시하거나 너의 입장을 대변하게 하는 짓 같은 것도 하지 말았어야 했어."

그러나 재웅은 금시초문이라는 표정을 지었다. 그는 눈살을 찌푸렸다.

"무슨 말이야? 필현 선배가 뭘? 내가 뭘 시켜?"

하담은 한 톤 목소리를 높였다. 거짓말은 한 번으로도 지긋지긋한 것이었다.

"어제 필현 선배를 놀로 보냈잖아. 나 어떻게 지내는지 보라고. 네 편 들어달라고 한 거 아니야?"

자기가 그럴 처지가 아님을 잊고, 재웅은 지나치게 정색했다.

"내가 왜 선배를 보내. 어제는 통화한 적도 없어. 오늘은 전화가 왔지만. 너 어디 있냐고 물어보긴 하더라. 로미 씨랑 같이 있냐고."

"뭐?"

의심과 불안이 짧지만 커다란 번개처럼 하담의 마음을 스쳐 지나 갔다. 설마, 하는 직감이 하담의 마음을 찔렀다. 하담은 머릿속으로 어제 필현과 마주쳤던 시간을 계산해보았다. 하담이 놀에 돌아오기 전, 로미가 혼자 있던 시간.

하담의 복잡한 머릿속에 까똑, 소리가 파고들었다. 전화기 알림 음이었다. 이렇게 중대한 시점이므로 처음에는 무시하려 했다. 하지 만 전화기는 끈질기게 까똑, 까똑 졸라댔다. 현대인은 어떤 순간에 도 문자 알림음을 무시할 수는 없다. 오히려 전화벨은 무시할 수도 있다. 받지 않는 경우도 있다. 하지만 메시지는 흘끔이라도 보지 않 을 수 없다. 그것이 스마트폰 시대 인간의 조건반사였다. 하담은 자 기도 모르게 전화기를 들여다보았다. 전화기 배경화면에 떠 있는 메 시지 배너에는 느낌표와 물음표가 가득했다. 서울에 있는 친구 유진 에게서 온 메시지였다.

"잠깐."

재웅은 초조한 얼굴이었지만, 고개를 끄덕였다. 역시 현대인은 어 떤 경우에도 상대가 메시지를 읽는 걸 기다려준다.

메시지를 읽는 하담의 얼굴이 심각해졌다. 메시지는 페이스북 링 크를 포함했다. 하담은 그 링크까지 눌러보았다. 하담은 굳어진 얼굴 로 페이스북 포스트를 다 읽은 다음, 재웅을 날카롭게 돌아보았다.

"너, 내가 벌 때문에 쓰러졌던 날, 어떻게 알고 응급실에 왔다고 했지?"

"말했었잖아. 필현 선배가 알려줬다고."

"선배는 어떻게 알고?"

재웅은 그때야 처음으로 어리둥절한 표정을 지으며 기억을 더듬어보려 했다. "그게…… 허니비 스쿨에 아는 사람이 있어서 들었다고 했는데."

"하지만 선배는 허니비 스쿨의 부화철 실장님을 만났을 때도 별말은 하지 않았잖아. 아는 사람이 있으면 얘기할 법도 한데."

화철의 이야기가 나오자 재웅은 다시 눈살을 찌푸렸다.

"그랬나? 나는 선배랑 그 사람 얘기엔 별로 귀를 기울이지 않았어서."

하담은 기억의 조각들을 조합해보았다. 당시에는 그 무엇도 의심하지 않았다. 자연스러운 사건의 연속처럼 보였다. 그러나 매끄러워 보였던 이음매를 확대하니 울퉁불퉁한 부분이 보였다.

"저 실장이라는 사람에게 직접 물어보면 되겠네."

재웅이 하담의 어깨 너머를 가리켰다. 뒤를 돌아보니 경운과 화철이 하담을 향해 걸어오고 있었다. 하담을 보고 반갑게 손을 들려던 화철은 재웅을 보고 손을 쑥스럽게 내렸다.

경운과 화철이 인사를 건네기도 전에, 하담은 다짜고짜 물었다.

"부 실장님."

"네?"

"전에 만났던 제 선배 있잖아요. 아침에. 혹시 그 선배가 허니비 스쿨에 아는 사람이 있다고 그러던가요?"

화철은 둥근 얼굴에 커다란 물음표를 띄웠다.

"그런 말 하지 않던데요? 허니비 스쿨이라고 말씀드렸더니, 처음

418

들어본 것 같다고 하시다가 나중에는 지나가다가 그냥 본 것 같다고. 아는 사람이 있단 말은 따로 하지 않았어요."

옆에서 실눈을 뜨고 있던 재웅이 하담과 화철의 대화 사이에 끼어들었다.

"뭐야? 왜 그래?"

"나, 잠깐." 하담은 휴대전화를 꺼내서 로미의 번호를 눌렀지만, 벨이 여러 번 울리도록 전화를 받지 않았다.

"재웅이 너, 필현 선배한테 전화 한번 걸어볼래?"

재웅은 여전히 영문을 알 수 없었지만 시키는 대로 했다. "꺼져 있는데."

하담은 초조한 마음으로 전화기를 만지작거리다가 말했다. "아영 씨, 아영 씨에게 해봐야겠어. 카페로 전화를 걸면 연결이 되겠지."

"그러지 말고, 아영 씨의 핸드폰으로 연락하세요. 여기."

경운이 번호를 눌러 하담에게 건네주었다. 아영이 전화를 받자 하담은 재빨리 용건을 말했다. "혹시, 로미 씨 안에 있어요? 뭐, 나갔다고요? 필현 선배랑요? 얼마나 됐어요?"

전화를 끊은 후 경운에게 돌려줄 때, 하담의 손이 가늘게 떨렸다.

"두 사람이 같이 나갔대요. 한 20분쯤 전에."

산방산을 오른쪽으로 두고 뻗은 도로에는 차가 많지 않았다. 차 안에는 클래식 음악만 조용하게 흘렀다. 로미는 그 곡이 뭔지 알았다. 라흐마니노프 피아노 협주곡 2번. 냉장고 광고에 나왔기 때문이었다. 냉장고 생각을 해서 그런지 차 안이 서늘하게 느껴졌다. 휴대

419

전화라도 들여다보고 싶었지만, 방에서 가져오지 않았다는 사실이 떠올랐다. 너무 서둘렀던 것이 뒤늦게 후회되었다. 로미가 한숨을 쉬자 옆에서 필현이 로미를 흘긋 곁눈질했다.

"그런데 저녁에 대회장엔 왜요? 하담이 만나러?"

로미는 갑작스런 질문에 놀랐지만, 아무 대답도 하지 않고 견디기에는 차 안이 너무 좁았다. 그리고 로미는 둘러대기에는 재능이 없었다.

"누구에게 할 말이 있어서요. 제주 떠나기 전에."

"그 양봉하는 분? 경운 씨라는 사람?"

필현이 구체적으로 콕 집어내자 로미는 당황했다. 어떻게 알았지? 하지만 이미 여러 사람이 눈치채고 있으리라는 걸 짐작할 순 있었다.

"네, 꼭 전하고 싶은 말이 있어서⋯⋯."

"두 분이 되게 금방 친해지셨나 보네. 아니면 원래 알던 사이신가?"

필현의 말투가 어느새 바뀌었지만, 로미는 자기만의 생각에 빠져 있어서 눈치채지 못했다.

"네⋯⋯. 아, 아니요."

이번에 찾아온 침묵은 더 길었다. 필현은 컵 홀더에 놓은 요구르트를 하나 로미에게 건넸다. "이거 드세요."

당장 목이 마르진 않았지만, 성의를 무시하긴 뭐해서 로미는 병을 받아 하얀 원피스의 무릎에 놓았다.

"감사합니다."

"로미 씨, 이전 그림 좋았는데. 뭐였죠. 「사연 있는 채소」 시리즈였나."

그의 차에 올라타고 처음으로 로미는 그에게 주목했다. 그의 얼굴엔 아무런 표정 변화가 없었다.

"어, 알고 계시네요? 어떻게 보셨어요?"

"이전에 인터넷 무슨 게시판에서 봤는데, 거기 홈페이지 주소가 있어서 타고 가서 봤죠."

"그러셨구나. 그걸 다 보시고, 부끄럽네요."

"재밌게 봤는데, 책으로는 안 나오나요?"

「사연 있는 채소」란 양배추, 토마토, 가지 등의 채소를 의인화해서 각자 다른 캐릭터를 부여한 짧은 그림 에세이였다. 로미가 애정을 가지고 블로그와 SNS에 연재했지만, 출판은 거절당했다.

자기 작품을 아는 사람을 만나면 로미는 여러 가지 기분이 교차하곤 했다. 대개 기쁘고 반갑지만 쑥스럽기도 하고 가끔은 두렵기도 했다. 자신의 실패를 누군가가 기억하고 있는 것 같았다.

"나중에 낼 생각이에요."

로미는 문득 생각난 듯 덧붙였다. "그럼 제 홈페이지나 블로그에 댓글도 달고 그러셨어요?"

필현은 무심하게 대답했다. "아뇨, 저는 그냥 가끔 가서 구경만 했어요. 재웅이에게도 알려줬었는데. 걔는 아마 로미 씨 열혈 구독자였을 겁니다. 댓글도 달고."

"말씀하시더라고요."

"아이디가…… 카메라루시다였나, 그랬다는데."

"아아아."

형식적인 대꾸이긴 했지만, 더는 할 수 있는 말이 없었다. 아무것도 기억나지 않았으니까. 게다가 로미는 얼마 전부터 자기의 기억은 아무것도 믿을 수 없었다.

"기억은 안 나시죠?" 차는 저녁의 고요 속에 잠긴 초등학교를 지났다. 로미는 텅 빈 운동장을 바라보며 스산한 기운에 살짝 몸을 떨었다. 아이들이 모두 떠난 운동장은 언제나 버려진 듯 쓸쓸하다.

"네, 안타깝게도."

필현은 로미를 흘긋 보았지만, 화젯거리가 떨어진 듯 입을 꾹 다물고 더는 말하지 않았다.

여행지는 낮과 저녁의 모습이 특히 다르다. 낮에도 낯선 곳이지만, 밤에는 그 낯섦에 깊이가 생긴다. 로미는 이곳을 지나면서 자기에게 어떤 예상치 못한 일이 생길까 떠올려보았다. 왠지 불안하고 초조한 마음에 입이 말랐다. 로미는 손에 들고 있던 요구르트의 뚜껑을 따서 조금씩 목구멍으로 흘려보내다가 하마터면 흘릴 뻔했다.

세계 6차 산업을 위한…… 아무튼 양봉 대회에서 가장 성황을 이루었던 곳은 화장품 부스들이었다. 꿀을 이용한 마스크팩, 핸드크림, 립밤 샘플, 영양 크림을 거의 완제품 용량으로 나눠주었던 이벤트의 덕이 컸다. 회전판을 돌려서 당첨되면 샘플을 나눠주는 행사였지만, 한 번만 더 하게 해달라고 조르는 사람들이 있어서 진행을 정리하느라 차경은 종일 바빴다. 행사에는 실무 진행자가 있어도 결국엔 중간관리자의 역할이 중요할 수밖에 없었다.

6시가 가까워오자, 차경은 남은 마스크팩을 정리해서 박스에 넣는 일을 도우며 직원들에게 지시를 내렸다.

"이제 정리하죠. 제품도 별로 남지 않았고. 빨리 하고 편하게 쉽시다!"

행사 내내 사람들에게 시달리느라 지친 이들의 얼굴에 화색이 돌았다. 차경은 종일 고생한 직원들에게 미안했고, 폐장 전에 정리해서 일찍 퇴근시켜줘야겠다고 마음먹었다.

직원이 회전판을 막 철거하려던 찰나, 왁자지껄한 소리가 회장 안으로 밀려들었다.

"화장품을 공짜로 주는 디가 여기꽈?"

"게메, 벌써 끝났수과?"

"6시까지나 한댄 골지 않았수과. 아직 시간 남았수다."

마흔 명 남짓한 60~70대의 할머니들이 어느새 화장품 부스 앞을 에워쌌다. 회전판을 담당하던 직원들은 대답을 제대로 못 하고 쩔쩔맸다. 그중 한 명이 차경에게 도움을 청하는 눈길을 보내자 차경이 앞으로 나섰다.

"죄송합니다. 저희 행사 시간이 이제 끝나서요. 6시까지 한다고 해도 다 못 하실 것 같은데."

그중 좀 젊어 보이는 50대의 여성이 무리들 틈을 비집고 나왔다. 구릿빛 얼굴에 골격이 강인해 보이는 사람이었다.

"미안하네요. 우리가 너무 늦게 와진거닮아. 우린 중문 해녀의 집에서 해녀 축제 예행연습을 하고 있었는데, 아까 여기 왔다 간 할망이 자랑을 하셔서. 다들 연습 끝나고 온 건데, 너무 늦어버렸네."

아쉬움이 섞인 침착한 설명에 차경은 상황이 이해가 되었다. 그제야 수경의 흔적이 희미하게 남은 주름진 얼굴들이 눈에 들어왔다. 젊은 분들 중에는 가늘게 그린 문신 눈썹이나 솜씨 있는 볼터치도 간간이 눈에 띄었다. 거친 바다와 거센 햇볕을 거치며 살아온 여성들의 얼굴이었다.

차경은 다른 직원들을 돌아보았다. 행사를 위해 당일로 채용한 젊은 직원들이었다. 종일 관람객들을 상대하느라 진이 빠져 어깨조차 구부정해졌다. 그들에게 초과근무를 부탁할 수는 없었다. 차경은 본사 팀에서 같이 나온 남자 대리를 향했다.

"박 대리님, 미안한데요. 이벤트는 제가 진행할 테니까, 대리님은 제품 좀 챙겨주시겠어요? 아마 새 박스를 뜯어야 할 것 같은데……."

덩치가 큰 남자 대리는 차경의 마음을 알고 기민하게 뛰어갔다. 뒤에서 서로 눈치를 보던 행사 진행 요원 중에서 리더 격인 사람도 앞으로 나섰다. "저희도 도울게요. 좀 오버타임 해도 괜찮아요."

모두가 일로 엮인 사이, 업무 이외에 크게 온정을 베풀 의무는 없다. 하지만 서로의 편의를 조금씩 배려하겠다는 태도에는 단순한 온정만이 아니라 효율성에 대한 동의가 있었다. 차경이 일에서 안정감을 느끼는 지점이었다.

"다들 감사합니다. 일정이 있으신 분들은 퇴근하셔도 좋고, 남아서 행사를 진행하시는 분에게는 오버타임 페이를 따로 책정할게요."

방금 전 30분 동안보다도 사기가 훨씬 올랐다. 진행 요원들은 힘차게 회전판을 돌렸고, 상품이 나올 때마다 해녀들은 탄성을 질렀다. 차경은 여분의 샘플들을 모아 복주머니로 만들어서 이벤트 당첨자들에게 배분했다. 손님들은 현장에서 복주머니를 풀어 서로 상품을 비교하기도 하고, 교환하기도 했다.

길게 늘어선 줄이 언제 짧아질까 싶을 때쯤, 눈에 익숙한 체크무늬 셔츠 차림의 남자 둘이 회장을 휙 가로질러 차경의 앞을 지나쳤다. 누구더라, 생각하기도 전, 바로 그 뒤를 빨간 바람막이가 따랐다. 하담 씨 아니야? 하고 생각한 순간, 빨간 바람막이는 붙잡아 물어볼 겨를도 없이 멀리 사라졌다. 차경은 하담을 잡아 물어보고 싶었지만, 뒤에 늘어선 손님들을 응대하는 게 먼저였다. 아직도 기다리는 사람들이 꽤 많았다.

줄이 점점 줄어 드디어 마지막에서 두 번째 손님이 회전판을 돌릴 무렵, 저쪽에서 뭔가 웅성대는 소리가 들렸다. 차경의 화장품 부스 앞으로 사람들이 뛰어갔다. 그중 앞서서 뛰어간 남자는 차경도 아는 사람이었다. 허니콤 게스트하우스의 사장님.

회의장 전체에 웅성거리는 소리가 퍼져나갔다. 차경은 경험으로 이런 소리 뒤에는 분명히 사건이 있다는 걸 알고 있었기에 마음이 불안해졌다. 다른 사람들도 마찬가지였다. 어떤 진행 요원이 옆 부스에 가서 사정 파악을 하고 돌아오자, 다른 동료들이 그에게 질문을 퍼부었다.

"뭐래, 왜 그런대?"

"앰뷸런스랑 경찰차 온 거야?"

그렇지만 소식을 물고 온 진행 요원의 대답은 시원치 않았다.

"누가 쓰러졌나 봐. 저기 절벽 앞에서. 저기도 잘 모른대."

그 정도의 대답에 사람들이 만족할 리 없었다. 불길한 소식일수록 화려한 디테일이 요구된다. 또 다른 요원이 2차 정찰을 위해 앞쪽 부스로 뛰어갔다.

이제 정말로 이벤트를 정리할 때가 왔군. 차경은 생각했다. 그 자리에 모였던 해녀들 사이에도 수군거림과 불안이 퍼져갔다. 어떤 일이든 경찰이 온다면 대회장 정리까지 길어질 수 있으니 빨리 해산하는 편이 유리했다. 행사장에서 불미스러운 사건이 일어난 거라면 프로모션에도 좋지 않다. 차경은 손뼉을 치려고 두 손을 들었다.

2차 정찰을 떠났던 요원은 아까보다는 좀 더 구체적인 소식을 가지고 돌아왔다. 그는 모든 불길한 사건이면 끼어드는 호기심을 잔뜩 내뿜으며 곁으로 모여든 동료들에게 알렸다.

"쓰러진 사람은 서울에서 온 여자라는데? 의식이 없대."

"뭐야, 설마 나쁜 일을 당한 건……."

차경은 무시무시한 얼굴로 직원들을 노려보았다. 어린 진행 요원들은 처음 보는 그녀의 얼굴에 흠칫 놀라 물러섰다. 차경은 자기의 어깨를 누가 톡톡 두드리는 것을 감지하고 뒤를 휙 돌아보았다. 처음 보는 심각한 표정의 수언이 그 뒤에 서 있었다.

조금 전

야외 전시장 앞에 다다랐을 때는 저녁 해가 서쪽으로 기울며 다양한 색조의 주황색이 공기 속으로 퍼지는 시점이었다. 필현이 차를 컨벤션센터 뒤쪽으로 몰자 로미는 창밖을 두리번거렸다.

"여기 어디……?"

"아까 뒤쪽이라고 하시던데. 주상절리 쪽 야외 행사장이라고."

"아, 그랬죠. 참."

차는 주차장이 아닌 공터에 멈추었다. 가로등은 아직 들어오지 않았고, 사방이 황혼의 빛 속에 잠겼다. 저녁 나무의 짙은 그늘에 차가 가리워졌다. 로미가 주위를 둘러보는 동안 필현은 차에서 뛰어내렸다. "저 안까지는 못 들어갈 것 같아서, 여기서 걸어서 들어가야겠는데요."

필현이 차 문을 열어주러 차를 돌아서 오고 있었지만, 로미는 자신의 손으로 직접 문을 열고 내렸다. 간간이 이쪽을 오가는 사람들이 그들을 흘깃 바라보았지만, 시선이 오래 머무는 법은 없었다. 제주에서는 아무리 한적한 곳 어디를 가든 커플이 있다는 것이 놀라운 일은 아니었다.

로미는 총총걸음으로 걷다가 필현을 올려다보았다.

"저 혼자 가도 되는데…… 일이 있으신데 번거로운 게 아니신지……."

"괜찮습니다. 저도 그쪽에 일이 있어서 가니까요." 필현의 대답이 단호해서 더는 말을 보탤 수 없었다. 로미는 발걸음을 더욱 재촉했다. 괴괴한 길을 벗어나 밝은 곳으로 조금이라도 빨리 가고 싶었다. 숨이 가쁘고 머리가 어지러운 느낌이 들었다. 자기를 슬쩍 바라보는 필현의 눈길이 느껴졌지만, 태연한 척 걸었다.

야외 행사장에 도착했을 때는 어스름이 깔리고 실망스럽게도 벌통도 거의 보이지 않았다. 남아 있는 사람들도 없었다. 그저 공터나 다름없어서 여기가 맞나 싶을 정도였고, 한쪽 구석에 '지역 양봉 전시장'이라는 팻말이 없었다면 알아보지 못할 뻔했다. 로미는 휴대전화를 가져오지 않은 걸 후회했다. 원피스에 주머니가 없어서 숙소 테이블 위에 그대로 놔둔 게 잘못이었다. 경운을 만날 길이 없을까 봐 초조해졌다. 여기서 엇갈리면, 왠지 마음먹은 말을 쉽게 꺼낼 수 없을 것 같았다. 마음은 타이밍을 놓치면 소리를 잃는다.

"어, 저기. 누가 있네요."

전시장 한쪽에 익숙한 벌통이 로미의 눈에 들어왔다. 경운의 양봉장에서 보았던 전통 가옥 모양의 벌통이었다. 벌통 앞 짙은 그늘 속에 누군가의 실루엣이 서성이고 있었다. 로미가 그리로 걸어가자, 필현이 따라오며 휴대전화의 라이트 기능을 켜서 그 사람을 향해 가차 없이 비추었다.

휴대전화의 빛이 형체의 윤곽을 그리면서 뒤집어쓴 후드 안의 얼굴이 보였다. 로미는 그 얼굴을 며칠 전에 처음 보았던 때를 떠올렸다. 겁에 질리고 놀라서 커졌던 눈에서는 눈물이 뚝뚝 떨어졌었다. 가는 다리에서는 힘이 빠져 곧 쓰러질 것만 같았었다. 지금은 후드에 눈이 가려 알 수 없었지만, 단순한 두려움보다 더 큰 무엇이 거기 어려 있었다.

"안녕하세요? 여기서 뭐 하세요?"

로미는 아는 사람을 만난 반가움에 환히 웃었다.

수미가 황급하게 무언가를 들어 벌통 위에 올렸지만, 로미는 제대로 보지 못했다.

땅거미가 내려앉는 공터로 걸어 나오자 수미의 얼굴은 주황색 선으로 새겨졌다.

"양봉 전시장 정리하러 왔다가 경운 씨 벌통이 남았기에 잠시 구경하고 있었어요."

수미는 후드를 약간 젖힌 후, 오른쪽 어깨에 걸친 배낭을 고쳐 맸다. 로미는 다급하게 물었다.

"수미 씨, 혹시 경운 씨는 못 보셨나요?"

수미는 너무 빠르게 대답했다. "아뇨." 그녀는 한 손으로 가방끈을 단단히 움켜쥔 후 두 사람을 찬찬히 보았다. 로미에게서 필현에게로 시선을 옮긴 수미는 얼굴에 미묘한 표정을 띠었다. 예상하지 않아서 놀란 것 같기도 하고, 뭔가 못마땅한 것 같기도 했다. 수미는 로미와 필현을 향해 천천히 다가와서 앞에 선 후에 짧게 말했다. "그럼, 전."

로미는 영문을 몰라 그저 네, 하고 대답했다. 필현이 길을 터주자, 수미는 고개를 떨어뜨리고 그 사이로 지나려고 하다, 문득 눈을 들었다. 로미와 수미의 눈이 마주쳤다. 로미는 잠깐 눈이 흐릿해서 감았다가 다시 떴다. 수미의 발은 앞으로 움직이고 있었지만, 눈이 로미를 떠나지 않았다.

의아한 마음에 로미가 입술을 달싹 움직이려는 순간, 수미는 대뜸 로미의 오른팔을 잡았다.

"에?"

수미는 그 순간에도 약간은 망설이는 것 같았다. 지금 빨리 그 자리에서 떠날 것인가, 아니면……. 로미의 팔을 잡은 수미의 손에 힘이 들어갔다. 팔을 파고드는 수미의 손가락 힘이 생각보다 강해서 로미는 짐짓 놀라고 말았다.

결심한 듯 수미는 결연한 목소리로 말했다.

"로미 씨도 저랑 같이 가요."

"네?"

"지금 가요."

수미는 입을 다물고, 로미의 팔을 끌어당겼다. 아까까지만 해도 붉게 보였던 수미의 얼굴은 가까이에서 보니 파랗게 질린 것 같았다. 로미는 자기도 모르게 수미를 따라 두어 걸음 움직였다. 하지만 필현이 로미의 팔짱을 낀 수미의 손을 잡아챘다. 수미의 손이 떨어지며 로미의 팔에는 찌릿한 아픔이 느껴졌지만 그 순간은 그걸 의식할 여유가 없었다.

"뭐 하는 겁니까?"

필현의 목소리가 어둠 아래로 깔리자, 알 수 없는 냉기가 로미의 등줄기를 타고 흘렀다. 로미는 두 사람 사이로 끼어들려 했지만 수미가 그에게서 손을 빼내려고 발버둥 쳤다.

"이거 놔요!"

"억!"

팔을 휘두르다가 수미의 손톱이 필현의 뺨을 긁은 모양이었다. 그의 뺨에서 핏방울이 주르르 흘렀다. 로미가 피를 보고 놀라 그에게로 다가가려는 순간, 필현이 낮은 목소리로 웅얼거렸다.

"씨발. 모르는 척 봐주고 넘어가려고 했더니 안 되겠네."

필현이 수미의 뺨을 세게 내려치자, 수미는 바닥으로 쓰러졌다.

배낭이 수미의 어깨에서 스르르 미끄러져 저 멀리 풀밭 위로 떨어졌다. 로미는 너무 놀라 잠깐은 움직일 수 없었지만, 곧 정신을 차리고 수미에게로 가서 그녀를 일으키려고 했다. 하지만 갑자기 머릿속을 관통하는 아찔한 감각에 로미는 휘청거렸다. 그사이에 필현이 한 걸음 더 빨랐다. 그는 수미에게로 뛰어가 그녀의 팔을 잡고 끌다시피 일으켜 세웠다. 수미의 팔을 잡은 채로 로미를 돌아보는 필현의 눈빛은 매서웠다. 로미는 자기도 모르게 몇 걸음 뒤로 물러섰다. 필현이 수미의 팔을 놓고 로미를 향해 걸음을 옮기려는 순간, 수미가 덤벼들어 그의 팔을 잡았다.

"로미 씨, 제 가방 들고 도망쳐요. 신고해요!"

"이년이! 끝까지!"

필현은 팔을 뻗어 수미를 떨치려고 했지만, 그녀는 악착스럽게 매달렸다.

로미는 수미를 구해야겠다고 생각했지만, 몸이 움직이지 않았다. 수미가 악쓰는 소리가 저 멀리 어딘가의 라디오에서 흘러나오듯 먹먹하게 여겨졌다.

"내가 봤어! 당신이 로미 씨네 숙소에서 나오는 거! 계속 그 집을 맴도는 거!"

그 말에 로미는 흐린 눈을 들어 필현을 바라보았다. 그의 모습이 두 개, 네 개로 늘어났다가 다시 합쳐졌다. 두려움 때문인지 다른 것 때문인지는 알 수 없었다.

필현은 자기에게 매달린 수미를 내려다보았다. "너만 본 거 아니거든. 나도 봤어. 네가 무슨 수작 꾸미는 거 다 알아. 서울에서 온 새끼랑."

수미의 눈이 커지고, 손에서 힘이 쭉 빠졌다. 필현은 이를 악물고 팔을 홱 뿌리쳤다. 수미가 또 풀밭 위로 나동그라졌다. 필현은 수미를 내려다보며 이죽거리는 소리로 말했다.

"곱게 보내줄 때 챙길 거 챙기고 빨리 꺼져. 입 닥치고. 어디 가서 우릴 봤다곤 얘기하지 마. 그랬다간 나도 다 불어버릴 테니까."

필현이 등을 돌리려는 순간, 수미의 손이 다시 한번 그의 발목을 잡았다.

"로미 씨, 빨리 가요!"

필현은 수미의 어깨를 발로 걸어찼다. 수미는 비명을 질렀지만, 여전히 손을 놓지 않았다. 필현은 다리를 흔들어 그녀를 떨쳐내려 했다. 수미는 잠시 그렇게 버텼지만, 결국 힘을 잃고 떨어져나갔다.

필현은 재빨리 뒤를 돌아보았다. 로미와 배낭 둘 다 보이지 않았다.

"젠장!"

그때 필현은 들었다. 이제 완전히 내리깔린 어둠 속에서 무언가 부글부글 끓어오르는 소리를. 그의 마음이 끓는 소리인가? 아니, 그와는 달랐다. 여기서 무언가 일어나고 있다. 바람이 태어나는 소리 같기도 했다.

필현은 서둘러 무릎을 꿇고 쓰러진 수미의 몸을 뒤져, 휴대전화를 찾아냈다. 그는 빼앗은 전화를 주머니에 넣고 일어서더니, 한 번 더 수미의 옆구리를 걸어찼다. 수미는 이제 크게 비명도 지르지 못했다.

"가만히 있어. 까불지 말고."

그는 뒤돌아서 주위를 한 번 훑어보았다. 로미가 어디로 갔을지.

그녀의 동선은 이미 그에게는 훤했다. 밤눈이 어두운 여자였다. 샛길 끝 쪽, 주상절리 쪽으로 내려가는 길에서 무언가 움직임이 보였다. 그는 씩 웃었다. 지금 상태에서는 머지않아 따라잡을 것이었다. 곧 찾아올 어둠이 유리하게 작용할 것이었다. 그는 재빨리 움직이는 형체를 향해 뛰어갔다.

그 자리에 남은 수미는 한동안 움직이지 못했다. 주변의 웅웅 소리는 점점 높아지며, 폭풍우 직전의 바람 같았다. 그 소리 속에서 잠시 누워 있던 그녀는 간신히 몸을 움직여서 배를 깔고 기어갔다. 마침내 벌통 앞에 다다르자, 그녀는 벌통을 잡고 일어선 후 뚜껑을 열었다. 벌통 속의 벌들이 모두 날아오르기 시작하는 순간, 그녀는 정신을 잃고 그 앞에 쓰러지고 말았다.

어둠 속에서도 날아오른다

안경을 쓰고 마이크를 찬 여성이 무대 위에 등장하자, 청중들이 박수를 친다. 뒤에 걸린 커다란 스크린에는 아름다운 과수원 속 벌 떼, 그 옆에 웃음 짓고 선 인간의 사진이 떠 있다.

발표자: 벌은 우리 삶에 필수 불가결한 생물이지요. 벌이 없다면 단지 꿀이 사라지는 것만은 아니에요. 감상할 수 있는 꽃이 사라지는 것만도 아닙니다. 우리가 일상적으로 먹는 채소가 사라지는 건 물론, 과일도 볼 수 없을 테죠. 소들의 먹이도 사라질 테니, 목축업에도 큰 타격이 있을 것입니다. 결국 벌들이 없는 세상은 인간이 없는 세상입니다.

스크린 위에서 벌들이 하나둘 사라지고, 결국 인간까지 모든 것이 사라진다. 검은 스크린을 멍하니 응시하는 청중. 발표자는 잠시 엄숙하게 청중들을 둘러본 후에, 다시 말을 시작한다.

발표자: 벌들이 사라지는 이유를 저는 이전 몇 번의 강연에서 말했습니다. 제2차 세계대전 이후로 벌들의 서식지는 급속도로 줄어들었습니다. 군집 붕괴 현상이라고 하죠. 단일 경작, 진드기, 살충제, 전자파, 지구 전반의 사막화가 벌들의 멸종을 가속화했습니다.

좌중 조용하다. 발표자는 잠시 침을 삼키고 다시 입을 연다.

발표자: 이를 해결할 방법은 무엇일까요. 여러분도 할 수 있는 일들이 있습니다. 집 앞에 꽃을 심는다거나 하는 작은 일들이죠. 물론 생산자의 친환경 농경을 해결책으로 들 수 있습니다. 어떤 사람들은 도시 양봉을 해결책의 일환이라고 말합니다.

발표자의 말에 따라 사진이 하나둘 나타난다. 꽃밭, 도시의 벌통, 가위표가 그려진 농약 통.

발표자: 하지만, 이건 보통의 사람들, 양봉가들이 하는 일입니다. 우리 생명공학자들은 다른 해결책을 제안합니다.

발표자가 돌아서자, 스크린 위의 모든 사진이 싹 지워지고, 화면 중심에서부터 사진 한 장이 떠오른다. 날개가 크고 색깔이 선명한 벌의 사진. 발표자는 엄숙한 어조로 청중을 향해 말한다.

발표자: 바로 인공 사육 프로그램으로 탄생한 슈퍼비의 출현입니다. 이제까지 존재한 그 어떤 벌보다 강력하고, 건강하며, 빠르고, 부지런하고, 매혹적이며, 똑똑한 벌이 탄생한 것입니다.

대포 포구에 정박한 몇 척의 배들은 하루의 고된 일을 마치고 둥지로 들어간 새들처럼 조용했다. 그중 저녁 빛 속에 이른 전등을 켜놓은 배 한 척이 불안하게 출렁였다. 찬민은 초조하게 시계를 들여다보았다. 약속 시간이 훌쩍 넘었다. 주상절리 쪽을 올려다보았지만, 검은 바위 쪽에서는 아무런 인기척이 없었다.

　검은 양복을 입은 자들 서넛은 자기들끼리 수군대고 있었다. 저렇게 덩치가 큰데 양복까지 입고, 누가 양봉가라고 믿겠나. 찬민은 속으로 혀를 찼다. 대회장에서부터 자기들끼리 뭉치고 무리 지어 다녀서 너무 눈에 띄었다. 보스에게 굳이 직접 올 필요 없다고 했는데, 여기까지 이렇게 올 줄은 몰랐다. 지금 그 보스는 시간이 늦어지자 남들보다 두 배는 넓은 얼굴에 두 배는 불쾌한 기색을 띠고 있었다. 헬스 트레이너 같은 체격에 무표정한 비서가 그에게로 다가왔다.

　"양 박사님, 어떻게 된 겁니까? 물건 넘겨준다던 게 몇 시인데."

　"곧 옵니다."

"전화는요?"

해봤지만 연결이 되지 않았다. 이미 그것부터가 잘못되었다는 징조였다. 찬민은 내색하지 않으려고 애썼다. "전화했더니 곧 온다고 한 겁니다."

비서는 미심쩍은 얼굴로 보스에게 돌아가 그의 귀에 대고 속삭였다. 보스는 흔들리는 배 위에서 뒤뚱거리면서 찬민에게로 걸어왔다. 비서가 그 뒤를 총총히 따랐다.

앞에 거만하게 선 보스는 찬민에게 뭐라고 삿대질을 하더니 주상절리 쪽을 가리켰다. 비서가 재빨리 통역했다.

"양 박사님이 직접 가서 가져오라는데요."

"내가요? 아니, 내가 가봤자 어디서 올지도……."

비서가 말을 끊었다. "언제까지 기다릴 수는 없습니다. 다시 제주항에서 배를 갈아타기로 되어 있습니다."

찬민은 한숨을 내쉬었다. 더는 어쩔 수 없었다. 선금은 이미 받았다. 그 돈이 계좌에 남아 있지도 않았다. 그는 어쩔 수 없이 배와 선착장을 잇는 가교 쪽으로 돌아가려 했다. 보스가 손짓을 하자 검은 양복 하나가 그의 옆에 재빨리 따라붙었다.

"이건 또 뭡니까?"

비서는 여전히 표정을 바꾸지 않고 말했다. "보스가 양 박사님에게 붙여주는 경호원입니다. 혼자서는 힘드실 수도 있으니까요."

감시자겠지. 찬민은 눈썹을 치켰지만 입을 꾹 다물었다. 나는 언제나 불필요한 감정싸움은 안 하니까. 그런 자기 이미지는 깨어진 지 오래지만, 그는 여전히 그렇다고 믿었다. 선착장에 내려서서 포구 주차장으로 걸어갈 때, 그는 뒤에 따라오는 검은 양복이 재킷 안주머니에 무언가 불룩한 걸 숨기고 있다는 걸 알았지만, 그걸 굳이 지적할 마음도 없었다. 모든 게 잘될 것이었다. 아니면, 찬민은 여러모로, 아주 많이 곤란해질 것이었다.

옆으로는 육각형 기둥 형태의 검은 절벽이 계속 이어졌다. 얼마나 뛰었을까. 20분? 30분? 귓가에 들리는 게 파도 소리인지, 바람 소리인지도 알 수 없었다. 무엇이든 둘 다 점점 거칠어지는 느낌이었다. 로미는 불빛이 보이는 데로 뛰어야 한다는 걸 알았다. 하지만 필현의 눈에 띄지 않으려고 어두운 숲속으로 들어갔다가 길을 잃어버렸다. 뛰면 뛸수록 사람과는 멀어지는 기분이었다. 간신히 숲을 빠져나왔지만 이제는 바다와 마주한 검은 기둥들만이 보였다. 돌아온 길로 다시 가려고 해도 알 수가 없었다. 어떻게든 사람을 찾아 경찰에 신고를 해야 했다. 어지럼증과 구역질이 밀려들었다. 정신을 바짝 차려야 했다.

뒤에서 누군가 다가오는 기분에 로미는 가방을 꼭 끌어안고 앞을 향해 내달렸다. 한 사람만, 한 사람만 만날 수 있다면. 하지만 평소에 사람들이 흔히 지나다녔을 올레길에도 사람이 없었다. 휴대전화를 가지고 오지 않은 게 못내 후회되었다. 현대인이 휴대전화와 떨어져

다니다니, 전쟁터에 나가면서 무기를 놓고 다니는 것과 마찬가지 아닌가? 아니, 이건 더 심하다. 군모 하나 없이 총알이 쏟아지는 전쟁터를 뛰어다니는 꼴이다. 수미는 괜찮을까? 자기를 구해주려고 대신 희생했는데, 아직까지 신고도 못 하고 있다니. 미안하고 스스로가 한심해서 화가 날 지경이었다.

로미는 방향을 모르고 자꾸 아래로 내려갔다. 길을 따라가서 갈 수 있는 곳은 이뿐이었다. 하지만 도달한 곳은 더는 나아갈 수 없는 해안이었다. 그 앞에는 보라색 어둠 속에 회색 담요처럼 밀려왔다 밀려가는 바다가 펼쳐졌다.

막 돌아서려고 하는데, 필현이 저편에서 그녀에게로 뛰어오는 게 보였다. 로미는 몸을 돌려 앞으로 달려갔지만, 결국 또다시 끊겨버린 바위 절벽을 마주하고 말았다. 이제는 더 이상 갈 데가 없었다.

필현이 로미 앞에 서서 무릎을 잡고 헐떡였다. "젠장, 길도 모르면서 뛰기는 잘도 뛰네. 이제 약 기운이 돌 때가 됐을 텐데."

로미는 배낭을 방패처럼 앞으로 내밀며 소리쳤다. "어쩐지! 아까부터 어지럽더라니! 당신이 요구르트에 약을 탔지!"

필현은 허리를 펴며 기가 차다는 듯 웃었다.

"둔해서 이제 알아차렸나. 그래서 약 기운도 늦게 오는 건가?"

"어쩐지!"

사실은 먹는 척하면서 조금만 마시고 나머지는 버렸다는 얘기는 이 시점에서 할 필요 없겠지. 그만큼으로도 이렇게 어지럽다니, 얼마나 독한 걸 탄 거야.

"당신 나한테 왜 그래? 당신이 나 따라다닌 스토커지?"

로미는 있는 힘을 다해 소리를 질렀다. 누가 올 때까지라도 시간을 끌어야 했다.

그는 한 발 다가오며 히죽 웃었다. 새삼 소름 끼치는 웃음이었다.

"이제 기억이 났나? 내가?"

"우리 만난 적도 있어?"

순수하게 의아해하는 로미의 말에 필현은 주먹을 불끈 쥐고 소리를 질렀다.

"너는 그게 거슬려! 어떻게 날 기억 못 해? 전시도 사인회도 몇 번이나 갔다고!"

"당신이 왔었다고? 그런가…….".

로미는 언제나처럼 눈을 가늘게 뜨고 남자의 얼굴을 보았다. 지금은 사납게 인상을 쓰고 있어서 이목구비를 제대로 알아보기 어려웠지만, 아닐 때라도 그렇게 기억에 남지 않았다. "잘 모르겠는데?"

"나는 못 알아보고, 한두 번 본 남자를 찾으러 제주까지 와! 그런 게 참을 수 없어!"

필현은 발을 굴렀다. "그게 네 죄라고!"

필현의 표정이 더욱 험악해지자 로미는 자기가 미안해해야 하나 생각해봤지만, 이런 스토커에게는 그런 감정도 낭비였다. 두려운 만큼 분노도 치솟았다. 로미도 소리를 버럭 질렀다.

"기억에 안 남는 걸 어떡해! 기억력이 나쁜 걸 어떡해! 당신이 나한테 아무런 인상도 못 남긴 걸 어쩌라고!"

좋아하는 외모가 아니라서 그런 걸 어떡해, 라는 말은 꿀꺽 삼켰다. 그런 말까지 하기는 무서웠다. 어차피 좋아하는 외모도 기억 못

한다. 나를 봐, 반했다고 생각한 남자의 얼굴도 제대로 알아보지 못하잖아. 기억하지 못하는 걸 죄라고 할 수 있을까? 기억이란 사람의 타고난 능력과 사람들 관계 사이의 집중에서 일어나는 건데, 그걸 누군가의 책임이라고 할 수 있나? 설사 책임이라고 해도 누구에게도 자기를 기억하라고 강요할 권리는 없다. 강요가 된 순간부터는 모두가 폭력이다. 할 말은 많았지만 로미의 머릿속에서는 이런 생각들이 문장으로 빚어지지 않았다. 눈앞의 영상들이 핑 돌고, 다리에서 힘이 빠졌다. 로미가 휘청거리는 걸 보자 필현은 다시 한번 음침하게 웃었다.

"하지만 이제 그것도 끝이야. 넌 이제 내 손아귀에 들어왔고 못 빠져나가."

로미는 머리를 똑바로 쳐들고 자기를 향해 걸어오는 사람을 노려보려고 했지만, 눈이 침침했다. 어차피 맑은 정신이어도 악하게 미친 남자를 상대하기는 쉽지 않다.

"나를 어쩌려고……."

필현의 목소리가 늘어진 테이프처럼 들려왔다.

"어어어떻게 할지이이느으은 두우고 보아아아……."

로미는 뒷걸음질 쳤지만, 이제는 더 물러설 데가 없었다. 어떡하지. 마지막이 되기 전에, 경운에게 뭐라도 말 한 마디 전하고 싶었는데……. 필현이 로미를 향해 손을 뻗었다. 로미는 들고 있던 가방을 마구 휘둘렀다.

"다가오지 마!"

필현이 가방에 손을 얹는 순간, 수천 개의 날개가 동시에 파닥거리는 소리와 함께 눈앞이 까매졌다. 이게 뭐지, 라고 생각할 겨를도 없이, 로미와 필현 사이를 수천 마리의 벌들이 에워쌌다. 거센 날갯짓 소리에 귀가 멀고, 아무것도 제대로 볼 수가 없었다.

"억, 이거 뭐야!"

파란 폴로 티셔츠를 입은 필현에게로 몇몇 벌들이 쏠렸다. 그는 벌들을 쫓으려 두 팔을 휘두르며 몸부림을 치느라 뒷걸음질 쳤다.

"아악! 저리 가!"

하지만 벌들은 주로 로미에게로 몰려들었다. 벌들에게 가려서 필현은 점점 뒤로 물러날 수밖에 없었다. 로미도 점점 바다 쪽으로 뒷걸음질 쳐야만 했다.

벌들이 날아온 방향에서, 곧이어 누가 소리를 질렀다.

"로미 씨!"

로미는 고개를 돌려 소리가 들려온 방향을 바라보려고 했다. 벌들이 시야를 가려 제대로 볼 수 없었지만, 자기를 향해 달려오는 사람은 분명 경운이었다.

"경운 씨? 경운 씨!"

로미는 벌들에 에워싸여 손을 흔들었다. 경운은 벌 퇴치용 스프레이를 손에 들고 하늘에 떠도는 벌을 헤치며 로미에게로 접근하려고 했다.

"로미 씨, 가방을 던져야 해! 가방을 던져요!"

"뭐라고요?"

벌 소리 때문에 아무것도 들리지 않았다. 로미는 경운을 향해 뛰어가려고 했지만, 벌들의 포위 속에서 필현에게 팔을 잡혔다.

"이거 놔!"

로미와 필현이 몸싸움을 벌이는 사이, 벌들의 날갯짓은 더 거세졌다. 벌들이 다시 로미에게로 돌진하자, 필현은 결국 손을 놓을 수밖에 없었다. 벌이 웅웅대는 소리가 밤하늘에 요란하게 울려 퍼졌다. 언제까지나 멈추지 않을 것 같은 소리. 그러나 그보다 더 요란한 폭발음이 해변을 가르자 벌 소리는 묻혀버렸다.

탕.

벌들은 총소리에도 아랑곳하지 않고 계속 파닥거렸지만, 인간은 모두 다 그 자리에 얼어붙은 듯 멈췄다. 검은 양복을 입은 남자가 한 손을 하늘 높이 뻗고 있었다. 손에 든 검은 총에서 화약 연기가 피어올랐다.

그 옆에 선 안경 낀 남자는 당황해서 검은 양복에게 고함을 질렀다. "미쳤어? 이런 데서 총을 쏘면 어떡해?"

검은 양복은 안경 남자의 말을 알아듣는 얼굴이 아니었다. 안경 남자는 두 손을 흔들며 다시 외쳤다. "No! Don't shoot!"

로미는 검은 양복과 같이 온 남자를 알아보았다. 드디어 한 번 보고 알 수 있는 얼굴이 나왔다. 차경의 약혼자 찬민이었다.

찬민이 로미와 필현에게로 접근하려 했지만 벌 떼 때문에 겁을 먹고 멀찌감치 물러서서 손만 내밀었다.

"재수 없게. 이게 무슨 짓이야. 빨리 가방이나 넘겨요."

뛰어온 경운이 찬민의 앞을 막아섰다.

"뭡니까, 총까지. 빨리 치우라고 해요. 위험하잖아요!"

"더욱 위험하기 전에 비켜요. 다치고 싶지 않으면."

찬민은 일부러 건방지게 말했지만, 경운을 밀치는 손은 떨리고 있었다. 군대에서라면 모를까, 현실에서 누가 코앞에서 총을 쏘는 걸 본 적이 있을 리가 없었다. 경운은 로미와 필현을 등지고 다시 찬민을 막았다. 두 사람은 서로 노려보았다.

해변의 구도는 이미 복잡해지고 있었다. 벌 떼에 둘러싸인 로미, 벌들 때문에 그녀에게 쉽사리 다가가지 못하는 필현, 대치하고 있는 경운과 찬민, 총을 들고 서 있는 남자. 그 그림을 더욱 복잡하게 만든 건 이 해변에 다다른 또 다른 비명 소리였다. 그것도 한 명이 아니라, 수십 명의 여자가 벌 떼처럼 몰려와 지르는 소리였다. 진짜 벌 떼에 총소리, 거기에 인간 벌 떼까지 들이닥쳐 고요했을 밤의 해변이 왁자지껄해졌다.

"메께라!"

"아이고게! 이거 무신 총이라?"

"이게 무슨 일인고!"

중노년의 여자들이 무리지어 절벽을 향해 조심조심 내려오다가 총 든 남자를 보고 멈춰 서며 우우우 아우성을 쳤다. 하지만 다들 뒤돌아갈 생각은 하지 않고, 그 자리에 섰다. 아무 잘못 없는 사람이라도 혼이 나갈 지경이었다. 그들을 헤치고 차경이 뛰어 내려오다가 소리쳤다.

"찬민 씨, 그만둬. 무슨 짓이야!"

찬민은 차경을 돌아보고 얼굴이 창백해졌다. 하지만 물러설 수 없었다. 검은 양복이 다시 한번 허공 위로 총을 쏘았기 때문이었다. 탕 소리와 함께 사람들 모두 그 자리에 주저앉았다. 차경은 웅크리고 앉았다가, 다시 일어서며 있는 힘을 다해 소리쳤다.

"찬민 씨, 물러서! 일단 로미 씨부터 구하고 얘기해!"

찬민도 소리를 질렀다.

"너야말로 물러서! 무서운 놈이야, 다친다고!"

무서운 걸 알면서 저런 사람은 왜 달고 왔어……. 차경은 한심해서 기가 찰 지경이었다. 저렇게까지 멍청한 사람인 줄은 몰랐다. 아마 본인도 몰랐으리라. 하지만 이렇게 한심한 상황이라고 해서 물러설 수는 없었다. 지금은 모두를 잘 달래서 사태를 수습하는 게 최선이었다. 누구든 언제든 다칠 수 있었다.

"찬민 씨, 지금이라면 돌릴 수 있어. 괜찮아."

검은 양복이 총을 내려 차경을 겨누며 무어라 소리 질렀다. 차경은 두 손은 들었지만 차분하게 말했다.

"괜찮아요. You don't have to do this. Put the gun down, please."

뒤에서 해녀들이 웅크린 채로 속닥거렸다.

"아이고, 서울 새각시가 참 겁도 어신게."

"게메! 어디강 외국 말을 또 배워와신게. 조근게 요망지네."

"으마떵 호리, 도와줘야 하는 거 아님서."

"우리가 수가 많으니께, 우르르 몰려 뚜러메당 데껴 불키자고."

"야야, 들럭퀴지 말라."

검은 양복은 망설이는 게 분명했다. 총으로 한 명을 쏜다고 해서 해결될 상황도 아니고, 알아듣지 못하는 말들 사이에서 정신이 점점 혼란해지고 있다는 것이 얼굴에 뻔히 보였다.

차경은 조금만 더 시간을 끌면 된다는 걸 알았다, 조금만……. 그녀는 한 발 더 내디뎠다. 검은 양복의 손이 흔들렸다. 뒤에서는 해녀들의 머리 위로 누군가가 다급하게 차경을 불렀다. "차경 씨, 기다려요!"

수언의 목소리에도 차경은 뒤를 돌아보지 않았다. 그랬다간 오히려 상대에게 여지를 준다는 걸 알았다. 태연해야 했다. 하지만 검은 양복은 집중력이 흔들렸다. 그는 소리가 난 쪽을 향해 총구의 방향을 바꾸었다. 또 한 번 해녀들이 우우우 소리를 질렀다.

찬민도 뒤에서 검은 양복을 향해 고함쳤다. "거긴 건드리지 마! 그 여자는 놔둬! 저기 가서 가방이나 찾아오라고!"

앞에서 이런 긴장된 대치가 일어나는 동안, 필현은 틈을 보았다. 그는 로미에게로 다가가 팔을 잡고 끌어당기려 했다. 다른 사람들이 서로 싸우고 있을 때 자기들은 가방을 던져주고 빠져나가면 된다는 계산이었다. 벌에게 몇 대 쏘이는 건 참을 수 있었다.

"가방을 던져, 내놔!"

로미는 뭔지 모르지만 이 사달이 다 가방 때문이라는 걸 감지했다. 대체 이 안에 뭐가 들었기에……. 하지만 수미가 자기의 목숨을 바쳐, 아니, 아직 죽지는 않았겠지만 위험을 감수하고 로미를 구해준 만큼 이걸 순순히 넘겨줄 순 없었다.

"싫어! 꺼져!"

로미는 필현의 팔에서 가방을 팍 빼냈고, 동시에 균형을 잃었다. 순간 낮은 절벽과도 같은 바위 위에 서 있던 로미의 몸이 뒤로 기울었다. 필현의 손이 로미를 잡으려 했으나 미끄러졌다. 로미는 여지없이 바위 아래의 바닷물로 풍덩 떨어졌다. 사방에 커다란 물보라가 일었다. 순간 로미의 머리 위를 맴돌던 하늘의 벌들이 바다 위로 돌진했다.

모두가 동시에 합창으로 지른 비명이 밤바다에 울려 퍼졌다.

한 시간 전

야외 전시장까지 이르는 길은 꽤 멀게만 느껴졌다. 처음 와보는 길인 데다가 황혼이 깔려 내려와 더욱 으슥하게 느껴졌다. 얼마 뛰지도 않았는데 하담은 벌써 숨이 찼다. 앞으로 달려간 경운의 모습은 지금은 보이지 않았다. 뒤에서 커다란 드론 가방을 든 재웅이 힘겹게 따라왔다.

"왜 그래, 갑자기? 무슨 일 생긴 거야, 로미 씨한테?"

하담은 헐떡이며 한 손으로는 무릎을 짚고 다른 손으로는 나무 그늘 아래를 가리켰다.

"저거 필현 선배가 타고 다닌 차지, 맞아?"

재웅은 눈을 가늘게 뜨고 하담의 손이 가리키는 방향을 보았다. 검정 SUV가 그 앞에 서 있었다. "맞는 거 같은데. 동일한 건지는 모르지만 차종은."

"그럼 서둘러야 해."

하담이 숨을 고르며 다시 뛸 자세를 취하자 재웅이 하담의 팔을 잡았다.

"왜 그래, 답답하게. 뭔지를 알아야 찾아내지."

이럴 때일수록 귀찮지만 빨리 대답해주는 편이 나을 것이었다.

"로미가…… 필현 선배한테…… 납치당해서……."

"뭐?"

"위험할지도 몰라."

"너 그게 무슨 소리야? 왜 필현 선배가?"

재웅이 가는 눈을 크게 떴다. 정말로 충격을 받은 표정이었다. 하담은 그의 충격은 신경 쓸 겨를이 없어서 다시 대답을 내뱉고 뛰기 시작했다.

"로미 스토커니까. 그리고 그 성추행 건 말이야…… 네가 말한 화영이……."

하담은 다시 뛰기 시작했다. 여전히 영문을 모르는 얼굴로 재웅은 하담과 발을 맞추었다.

"화영이가 왜?"

"화영이가 페이스북에 글을 올렸어. 9년 전에 자기 성추행한 사람 필현 선배라고. 그동안 확실히 말 못 해서 미안하다고."

재웅의 놀라움이 어둠을 넘어 하담에게까지 전달되었다. 그는 우뚝 멈춰 섰다.

"말도 안 돼. 선배가 그럴 리 없잖아……."

자기 뒤로 처진 재웅을 돌아보는 하담의 눈빛이 차가웠다.

"그럴 사람이 따로 있다고 믿는 게 우리 착각이었지."

하담은 지금은 재웅의 놀라움 따위에는 관심 없었다. 어른이라면 자신의 착각이나 잘못된 믿음에서 비롯된 환멸은 스스로 처리해야 했다. 하담이 재웅의 일을 겪고 그러했듯이. 당장은 친구를 구하는 게 가장 급했다.

　야외 전시장에 다다랐을 때, 경운은 무슨 컨테이너처럼 보이는 것을 등지고 쓰러져 있는 형체 앞에 무릎을 꿇고 앉아 있었다. 화철은 그 옆에 서 있었다. 하담의 가슴이 덜컥 내려앉았다. 너무 늦은 건가? 이미 일이 벌어진 거야.

　"로미 씨, 로미 씨!"

　황급히 뛰어가보니 컨테이너라고 생각한 건 벌통이었다. 그 앞에 쓰러진 사람의 부어오른 눈두덩이 위로 떨어진 머리카락이 눈에 들어왔다. 익숙한 노란색이 아니었다. 갈색. 하얀 얼굴. 갈라지고 피가 맺힌 입술이 달싹였다.

　"하담 씨……."

　"수미 씨, 어떻게 된 거예요? 누가 이랬어요?"

　수미는 한 손을 들어 해가 지는 하늘을 가리켰다. "로미 씨가 위험해……. 벌을, 벌을 따라가요."

　하담은 무슨 말인지 영문을 알 수 없었다. 로미가 위험한데, 벌을 따라가라니?

　"로미 씨가요? 수미 씨, 로미 씨를 봤어요? 필현 선배가 끌고 갔어요?"

　신고부터 해야 했다. 하담이 전화기를 꺼내려 하자 경운이 말했다.

　"구급차는 제가 불렀어요. 경찰에도 신고하고. 그런데 가장 가까운 경찰서에서는 근처 리조트에서 규모가 큰 조직끼리의 다툼 사건이 나서 다 거기 출동해 있다니 오는 데까지 좀 시간이 걸릴 듯해요."

경운은 파리해진 입술을 떨며 하담을 보았다.

"하담 씨, 여기 좀 있다가 정문 형 올 때까지 수미 씨 좀 봐주시겠습니까. 저는 아무래도 로미 씨를 찾아봐야……."

하담이 고개를 끄덕였다. "남편분, 곧 올 테니까 너무 걱정 마세요, 수미 씨. 제가……."

수미가 다시 경운의 팔을 덥석 잡았다. "벌을 따라가면 돼요. 벌떼를……."

경운도 수미가 무슨 말을 하는지 알아듣지 못하는 것 같았다. 폭행의 충격으로 환상을 보는 것인가? 벌통을 살펴보던 화철이 그들에게로 돌아와 심각한 어조로 말했다.

"벌이 한 마리도 없어요. 다 날아간 게 맞아요."

경운이 벌통으로 뛰어가 열린 벌통을 직접 확인해보았다. 다시 돌아온 그의 얼굴에는 믿을 수 없다는 표정이 떠올라 있었다.

"그럴 리가……."

이제까지 잠자코 구경하던 재웅이 한마디 보탰다. "이제 곧 밤인데? 벌들은 밤에는 날지 않는 것 아닌가?"

하담은 생각해본 적이 없었지만, 벌이 태양으로 방향을 잡는다는 건 알았다. 하긴 밤에 벌을 본 적이 없었다. 그렇지만…….

신음과 함께 말이 수미의 입에서 굴러 나왔다.

"이 벌은 날아요."

그 말이 마치 벌들과 함께하듯이 구름 없는 하늘로 날아올랐다.

"이 벌들은 날 수 있어요. 여왕벌을 따라서…… 어디까지나. 제가,

여왕벌을 로미 씨에게 줬어요. 그 가방을."

수미가 말을 이어가려는 순간, 누가 그들을 손으로 밀치며 달려 들었다. 그 바람에 하담이 넘어질 뻔한 걸 화철이 잡아주었다.

"여보! 이게 웬일이야!"

수미의 남편은 수미의 얼굴을 두 손으로 잡고 소리를 질렀다.

"어떤 놈이 그랬어!"

누가 뭐라고 대답하기도 전에 정문은 고개를 홱 쳐들더니 둘러선 사람들을 노려보았다. "아니, 뭐 하고 있습니까? 사람이 이렇게 다쳤 는데 빨리 병원에 옮기지 않고!"

"아니……." 재웅이 기가 막히다는 눈빛으로 그에게 대꾸하려는 데, 수미가 손을 들어서 까닥했다. 가까이 오라는 신호로 알아들은 남편이 몸을 숙이고 귀를 기울였다.

"왜, 여보, 뭐가 필요해?"

수미가 입술을 살짝 움직였다. "당신은……."

"그래, 나 여기 있어, 말만 해!" 그는 아내의 손을 잡았다.

수미는 어디서 그런 힘이 났는지, 그 손을 홱 뿌리쳤다. "너무 말 이 많아. 입이나 닥쳐."

구급차의 사이렌 소리는 구경꾼들을 모으는 신호다. 조금 전까지 만 해도 지나가는 사람 하나 없던 야외 전시장으로 사람들이 몰려 들기 시작했다. 구급대원들이 수미를 들것에 실어 구급차에 태웠다. 허니콤 주인은 못마땅한 듯 어깨를 구부정하게 구부리고 그 뒤를 따라 탔다. 경찰은 아직도 현장에 도착하지 않았다. 하담은 다른 그

큰 사건이 뭔지 모르지만 누가 위험한 일을 당했다면 그쪽이라도 빨리 구했기를 바랐다. 이도 저도 아니면 경찰에게 화가 날 것 같았다. 재웅도 하담에게 짐을 맡기고 주위를 찾아보겠다고 나섰다. 필현을 데리고 온 데 대해 죄책감을 느끼는 듯했다. 그럴 필요는 없었다. 어차피 필현이 스토커였다면 무슨 핑계를 대서라도 로미에게 접근했을 것이었다. 그렇게 따지면 하담이 있었기에 로미에게 더 수월하게 접근한 거라고도 할 수 있을 것이다. 하담은 또 한 번, 죄책감이 자기 앞을 막는 것을 억누르려고 했다. 지금은 그 죄책감이 범죄의 핑계로 쓰일 때가 아니라, 해결이 되어야 할 때였다.

경운과 화철이 땀에 흠뻑 젖은 채로 다시 돌아왔다. 근처에서 목격한 사람도 없고, 어느 방향으로 갔는지 짐작할 수가 없었다.

"벌이 몇천 마리, 찾을 순 있겠지만, 이제 곧 어두워질 거예요. 상황이 위험할 수 있으니 한시가 급한데."

경운의 얼굴은 지난 15분 만에 더욱 핼쑥해진 것 같았다. 그럼에도 침착성을 잃지 않는다는 데 하담은 감탄했다. 아니, 감탄할 여유는 없고, 지금 한시라도 빨리 두 사람을 찾아야 했다. 하지만 상대는 로미였다. 로미는 어느 방향으로 갔는지 도저히 짐작이 되지 않았다. 방향감각이라고는 없으니까.

"나눠서 다시 찾아보죠"

화철이 제안했다. 나눠서 찾는대도 로미를 구할 수 있을까, 지금 시간이……. 하담은 컨벤션센터로 돌아간 재웅에게 전화를 걸었다.

"응, 이쪽에는 없어. 다시 살피면서 네가 있는 쪽으로 돌아가는 중이야."

"목격자도 없고?"

"아니, 여기서도 본 사람이 없대. 두 사람이 그쪽으로 걸어가는 건 CCTV에서 확인했는데, 그다음 근처 CCTV는 경찰 관할이라고."

화가 치밀어 하담은 하마터면 발치에 놓인 재웅의 가방을 발로 찰 뻔했다. 다행히 발길이 가방 위에서 멈추었고, 거기에 하담의 눈도 따라 멈추었다. 재웅이 아까 뭐라고 했더라…….

"네가 가져온 드론, 야간 촬영은 괜찮나?"

재웅은 하담의 생각이 뭔지 알아차린 것 같았다.

"식별 가능한 적당한 조명이 있어야 전방 충돌 없이 작동하긴 할 텐데. 15럭스 이상. 그렇지만 저광 촬영에서도 괜찮아. 큰맘 먹고…… 빌려 온 거니까."

전문가용 드론에 카메라 렌즈까지, 꽤 많은 비용이 들었을 것이었다. 누군가에게 쉽게 빌릴 수 있는 건 아니었다. 본인이 갖고 있는 거라면 촬영에 대한 열정이 있는 사람이리라.

"작동 시간은?"

"최대 25분 정도일 거야."

"알았어. 서둘러 와."

하담은 전화를 끊고, 화철과 경운을 보았다. 앞으로 일어날 촬영에서는 자신이 감독일 수밖에 없다. 프로젝트의 이름은 도로미 구하기. 경찰이 오기 전까지는 모두를 적재적소에 배치해서 빨리 로미와 필현을, 벌 떼를 찾아야 했다.

작은 헬기처럼 생긴 이 촬영용 기기는 딱히 드론, 벌을 닮았다는 생각은 들지 않았다. 하지만 하담은 마스터 조종기에 태블릿을 마운트하고 케이블을 꽂은 후 이것이 진짜 벌 떼를 찾아주기를 바랐다. 필현이 로미를 잡기라도 했다면, 정말 시간이 없었다. 드론의 작동 시간도 25분, 이제 얼마 남지 않은 빛이 스러지고 암흑에 사로잡히기까지 남은 시간은 더더욱 없었다. 재웅은 옆에서 드론의 카메라 세팅을 마치고 슬레이브 조종기를 맡았다. 앱을 작동하자 드론은 벌처럼 웅웅 소리를 내며 그 자리에서 떠오르더니 날개를 위로 올렸다. 드론은 곧 위로 올라가 사라졌고, 태블릿에서는 주변의 영상이 전송되기 시작했다. 경운과 화철은 이미 떠나고 없었다.

저녁의 보랏빛이 깔리는 바다가 태블릿 화면을 통해 흘러 들어오기 시작했다. 산 숲과 바다가 한눈에 들어왔다. 무언가를 식별하기엔 거리가 멀어서 하담은 드론의 위치를 조금 조정했다. 그때 하담의 블루투스 이어폰으로 전화벨이 울렸다.

"여보세요?"

"하담 씨? 무슨 일이 생겼어요? 지금 수언 씨에게 들었는데, 서울에서 온 여자가 다쳤다고. 아까 하담 씨가 뛰어가는 거 봤어요. 로미 씨는 무사한 거예요?"

다급한 차경의 목소리 뒤로 사람들이 떠드는 소리가 요란하게 들렸다. 아직도 전시장에 있는 듯했다.

하담은 태블릿에서 눈을 떼지 않으면서도 차경에게 아주 간단하게 상황을 설명했다. 차경은 충격을 받은 듯했지만, 곧 침착하게 말했다.

"제가 도울 일은요?"

"차경 씨는 경운 씨와 화철 씨를 따라서 경찰이 올 때까지 계속 추적해보면 어떨까 하는데요. 경찰과 연락도 연결해주고……. 앗!"

"뭐예요?"

"지금 모니터에 뭐가 보여요. 해변 쪽으로, 벌 떼가…… 벌 떼가 날아가고 있어요!"

"벌요?"

"네, 벌 떼를 쫓아가면 로미 씨의 위치를 알 수 있다고요!"

무슨 논리인지 차경이 잘 알아들었는지는 알 수가 없었다. 하지만 차경이 당황해하는 것 같진 않았다. 아니, 이런 상황일수록 더 당황하지 않으려 하는 것이 차경의 성격이었다.

"어디예요? 거기가 어디쯤?"

"호텔 아래 산책로 근처 어딘 거 같은데…….”

누군가가 크게 외치는 소리가 들렸다. "여그 바당이야 우리 손바다…….” 하담은 잘 알아들을 수가 없었다.

"차경 씨, 일단 전화를 끊고…….”

잠시 후 다시 전화기 너머로 소리가 들렸다. "하담 씨, 여기 제주 주민, 해녀분들이 수색을 도와주신대요. 이 근처 위치는 잘 아신다고. 여러 명이면 더욱 편하게 찾을 수 있겠죠. 하담 씨는 계속 벌이 보이는 곳의 풍경이나 주변 지형지물을 전화로 알려주세요. 그럼, 이분들이 어딘지 알 수 있을 거예요."

"알겠어요."

하담은 조종기를 든 손에 더 힘을 주었다. 이제까지 수많은 촬영을 해보았지만, 이번만큼 중요하게 느껴진 적은 없었다. 누군가를 구할 수 있는 촬영은 처음이었다.

다시 한 시간 후

로미가 떨어진 자리 위로 물이 1미터 높이까지 솟아오르자 벌 떼들이 순식간에 달려들어 바다 위로 몰려들었다. 바다 위는 벌들로 까맣게 뒤덮였다. 동시에 사람들도 벌 떼들처럼 웅웅 소리를 쳤다. 찬민이 검은 양복을 향해 소리 질렀다.

"뭐 하고 있어! 빨리 가서 가방을 건져야지!"

검은 양복은 무슨 말인지 못 알아듣는 것 같았으나 찬민의 손가락질에 따라 로미가 떨어진 자리로 달려가서 바위 아래를 내려다보았다. 약간 높이가 있어서, 검은 양복도 주저하는 게 보였다. 총은 가깝고 물은 무서운 남자였다. 찬민이 검은 양복의 등 뒤에 손을 대며 재촉했다.

"빨리 내려가. 보스에게 죽고 싶어? 가방을 건져야 한다고!"

검은 양복이 찬민을 돌아보며 짜증을 내려던 순간, 필현이 옆으로 슬금슬금 기어와 검은 양복을 확 밀어버렸다. 검은 양복은 원래의 의도대로 물로 떨어지기는 했지만, 제대로 헤엄치지 못하고 허우적거렸다. 찬민이 무릎을 꿇고 절벽 밑을 굽어보는 동안, 필현은 재빨리 그 자리를 빠져나가려 했다. 하지만 어느샌가 나타난 화철이 그 앞을 가로막았다.

"비켜!"

필현은 욕설과 함께 어깨로 화철의 가슴을 치고 나가려 했지만, 화철은 순순히 물러나지 않고 벌 퇴치용 스프레이를 필현의 얼굴을 향해 분사했다. 필현이 비명을 지르고 얼굴을 가리는 순간, 화철이 필현의 한 팔을 잡아 등 뒤로 꺾었다. 필현은 또다시 고통의 소리를 질렀지만 그에게 관심을 가진 사람은 아무도 없었다.

경운은 벌써 물속이었다. 그는 벌들이 모여 있는 자리로 헤엄쳐 가려 했지만 물살이 거세 밀려났다. 로미의 모습은 수면에서 찾을 수 없었다. 경운은 소리쳤다. "로미 씨!"

벌들의 날갯짓과 뒤섞인 물결 소리만이 요란했다.

차경 무리도 어느덧 검은 바위 위로 몰려와서 빙 둘러섰다. 경운의 머리가 검은 오리처럼 자맥질했다가 다시 떠오르기를 반복했다. 그 광경을 바라보던 수언이 심각한 얼굴로 차경에게 말했다.

"여기 지형 때문에 조류의 흐름이 까다로워요. 경운 형, 잠수로는 무리예요. 해경 구조대가 올 때까지 기다리기도 어렵고. 제가 들어가야겠어요."

차경은 걱정스러운 눈으로 수언을 올려다보며 그의 팔을 잡았다. 물론 지금은 로미를 구하는 것 외에 다른 길이 없었다. 하지만 어느새 밤이 되어버린 바다는 이제는 다른 장소 같았다. 파도가 거셌고 예측할 수 없었으며, 깊이도 가늠할 수 없었다. 차경은 두려웠지만, 두려워할 때만은 아니었다.

수언은 걱정하지 말라는 듯 차경을 보면서 눈으로 웃어 보였다. 차경은 고개를 끄덕이며, 그의 팔을 놓았다.

수언이 윗옷을 벗으려 옷자락을 쥐었을 때, 옆에서 누가 수언의

어깨를 톡톡 쳤다. 수언이 놀라 뒤돌아보자, 할머니 중 한 분이 절레
절레 고개를 저었다. 다른 할머니는 코웃음을 쳤다. 또 다른 할머니
는 큐빅이 박힌 남색 겉옷을 과감하게 벗는 중이었다. 서너 명의 다
른 할머니들도 다 윗옷을 벗어 개어놓거나 티셔츠의 허리를 묶고 있
었다. 수언의 어깨를 친 할머니가 말했다.

"야, 호지 맙소. 어디서 그런 실력으로다 절 치대길 때 물에 들어
갈려고 합쑤과?"

아까 이벤트 부스로 해녀 할머니들을 모시고 온 50대의 해녀가
딱하다는 듯 혀를 찼다. "여기 바다가 지형상 위험해서 저희 해녀 중
에서도 상군 할망이나 되어야 들어갈까 말까. 중군이나 하군이 어쭙
잖게 들어갔다가는 큰일 나요."

상군 해녀는 그중에서도 연령이 높은 60대 후반과 70대 초반의
해녀들이었다. 아까 차경의 화장품 이벤트 부스에서는 회전판을 돌
리며 소녀처럼 까르르 웃던 분들이었다. 이제 그분들의 얼굴에는 자
신의 일을 잘 아는 사람이 아니라면 가질 수 없는 자신감이 떠올라
있었다. 차경은 고개를 숙이고 수언의 손을 잡고 구석으로 물러섰다.

준비를 마친 해녀들은 기운차게 외쳤다.

"자, 재기재기 합서."

사람들이 떠내려가는 바다로 헤엄쳐 가는 그들은 차경이 처음에
본 그저 햇볕에 그을린 할머니들이 아니었다. 수십 년을 바다에서
살면서 단련된 신체, 이 바다의 깊고 얕음, 위험과 극복을 모두 외우
는 프로였다.

벌들이 맴도는 지점까지 다가간 그들의 머리가 하나둘 바닷속으

461

로 사라졌다. 긴 시간처럼 느껴지는 3분이 흐른 후, 그들의 머리가 다시 수면으로 올라왔을 때는 그 숫자가 하나 더 늘어 있었다.

절벽 위에서는 그동안 참았던 숨이 동시에 터졌다. 누군가 와아 하는 탄성을 지르자 사람들은 약속이라도 한 듯 동시에 박수를 치기 시작했다. 그때, 뒤에서 목소리가 들려왔다.

"저, 괜찮으신 분들은 저 좀 도와주실래요?"

사람들의 고개가 동시에 뒤로 돌아갔다. 몸부림치는 필현을 제압하느라 얼굴이 벌겋게 달아오른 화철이 애처롭게 말했다.

"누가 저 좀, 저 좀……."

수언과 차경은 손을 잡은 채로 동시에 얼굴을 마주 본 후, 화철을 도우러 뛰어갔다.

15장

벌들은 이제 잠들고

늦가을까지 열심히 일하는 벌들은

날씨가 추워지면 집 밖에 나오지 않습니다.

벌들은 여왕벌을 중심으로 모여서

양쪽 날개를 엇갈려 날갯짓을 해서 열을 냅니다.

밖이 아무리 추워도

서로의 온기가 있으면 춥지 않습니다.

여자 형사는 수미의 진술을 받아 적는 동안 아무 표정이 없었다. 얼마나 힘들었냐고 동정하지도 않았고, 어쩌다 멍청한 짓을 했냐고 비난하지도 않았다. 형사는 그저 퇴원 후에 다시 경찰서로 나오셔야 할 거라는 말과 함께 몸조리 잘하라는 말만 남기고 병실을 나섰다.

수미는 한숨을 쉬고, 다시 침대에 누우려다가 가슴의 통증 때문에 얼굴을 찡그렸다. 의사는 갈빗대가 부러져서 한참은 안정을 취해야 할 거라고 했다. 한 팔을 이마에 올리고 머리를 베개에 댔다.

물에 빠진 가방은 해녀들이 건져 왔다고, 경운에게 들었다. 경운도 수미를 비난하지 않았다. 거기 뭐가 쓰였는지 이제 알 수 없게 되었는데도.

"아내의 실험 노트와 미국 대학에 가서 받아 온 실험 보고서라고, 경찰에서 그쪽이 말했답니다. 슈퍼비의 개발과 관련한 사업에 넘기기로 했다고."

수미는 혜영이 처음으로 그 사실을 자신에게 말했던 날을 떠올렸다. 봄, 혜영의 양봉장에서 두 사람은 햇빛 아래 반짝이는 푸른 바다를 내려다보았었다. 슈퍼 여왕벌을 육종하는 데 성공했어요. 혜영은 조용히 말했다. 모든 해충에 강하고, 무엇보다도 빠르고, 강력한 벌을 키워낼 수 있는 여왕벌. 여왕벌 페로몬, QMP의 추출 실험도 거의 완성 단계예요. 혜영은 여기서 살짝 쑥스럽게 웃었다. 나 엄청 유명해지는 거 아닐까? 노벨상 타나? 하지만 이 슈퍼비의 페로몬을 이용해서 다른 약물을 만들 수도 있다는 얘기를 할 때는 목소리를 낮추었다. 꿀벌 페로몬으로는 처음으로 이를 소량 이용해서 강력한 최음제성 약물로 합성 생산이 가능할 수도 있다고 했다. 위험한 기술이었다. 악용될 수도 있고, 노리는 사람도 있다며 혜영은 걱정스러운 표정을 지었다.

사실 수미도 혜영이 하는 말을 다 이해한 건 아니었다. 남편이 식사 때마다 늘어놓는 양봉 수업을 들었어도 마찬가지였다. 그녀는 양봉에 단 한 번도 흥미를 가진 적이 없었다. 남편에게도 마찬가지였다. 그가 건축을 그만두고 제주로 가자고 할 때, 그러니까 너도 은행을 그만두라고 했을 때 이혼했어야 했다고, 수미는 게스트하우스에서 청소하고 빨래할 때마다 이를 악물고 생각했었다. 그때는 그런 이유로 이혼한다는 생각을 하지 못했다. 그들의 결혼 생활에는 아무런 새로움이 없었고, 제주 이주가 삶의 새 국면을 가져다줄지도 모른다고 기대했다. 서울의 친구들은 제주 사니까 얼마나 좋겠냐고 말했지만, 여행이나 1년 살기 정도의 낭만을 꿈꾸었지, 수미처럼 살고 싶어 하진 않았다. 유명인의 제주 생활을 다룬 방송이나 아름다운 글들이 가득한 에세이에서 뭐라고 해도, 수미 본인은 제주살이에서 크게 즐거웠던 일은 없었다. 제습기를 돌려도 책장의 책들이 눅눅해지는 습기나 여름이면 창으로 찾아드는 벌레들도 싫었다. 가끔 산 너머로 해가 질 때 퍼지는 평화로운 빛깔이나 혼자 찾아간 이른 아침 고요한 바닷가의 파도 소리만이 위안이었다.

경운 부부는 지역 모임을 통해서 알게 되었다. 수미는 그들은 자기들 과는 다른 부부라고 생각했다. 경운은 혜영의 좋은 동료이고, 좋은 남편 이었다. 수미는 열정을 공유하는 것이 결혼을 하기 위한 필수 요소라는 생각은 하지 않았지만, 같은 열정은 결혼을 유지하는 데 중요한 요소라 는 걸 깨달았다. 하지만 수미는 혜영을 만나고 처음으로 알았다. 다른 사 람과는 공유하고 싶지 않았던 열정을 나눠 갖고 싶다고 생각하는 게 사 랑임을.

혜영은 한동안 그저 남편 지인의 부인일 뿐이었다. 5년 전의 여름, 남 편이 없을 때 게스트하우스를 찾아온 외지인이 수미가 있던 주방으로 무 작정 들어와 추근거렸던 사건이 있었다. 남자는 처음에는 손님인 척하다 가 게스트하우스에 아무도 없는 걸 알고 돌변했다. 남편을 만나러 혜영 이 들르지 않았더라면, 어떤 일이 벌어졌을지 몰랐다. 혜영이 소리치는 바람에 남자는 게스트하우스에서 도망쳤다. 충격에 놀라 그 자리에 앉아 우는 수미를 혜영이 위로해주었다. 제주에 온 후 누군가가 처음으로 손 을 잡아주었다. 혜영의 손도, 수미의 손만큼이나 거칠었다. 그렇지만 손 에 닿는 그 거친 느낌이 수미가 세상에서 만난 모든 것 중에 제일 부드러 웠다.

어두운 병실 밖에서 "코드 블루, 코드 블루"라는 긴급한 호출음이 들 리더니, 사람들의 다급한 발소리가 복도를 울리다 사라졌다. 누군가가 방금 죽음의 문턱에 이르렀다는 뜻이었다. 혜영이 떠난 후, 수미는 신문 이나 텔레비전에서 사고 기사를 읽을 때마다 늘 혜영의 마지막을 생각했다. 밤에 남편 옆에 누워서도 어둠 속에 그녀의 얼굴 윤곽을 그렸다. 마음 모든 자리에 혜영의 흔적이 남지 않은 곳이 없는데, 이상하게도 얼굴의 기억만은 희미해져갔다.

그래서 이전에 혜영의 연구에 관심을 가지고 접촉해왔던 사람을 다시 찾아 거래를 다시 시도한 것이었다. 인생에서 처음으로 수미가 적극적으로 나섰던 일이었다. 3년 전, 두 사람이 외국에서 새로운 삶을 시작하려면 돈이 있어야 했다. 혜영은 연구를 지키고 싶어 했지만, 당장은 다른 도리가 없었다. 그렇지만 결국은 마지막에 흔들렸고, 수미는 그녀를 설득했다. 혜영은 경운을 배신하는 게 싫다고 말했지만, 그래도 수미와 함께 있고 싶다고 했다. 누군가를 배신하지 않고서 함께 있을 수 없는 관계라면 시작하지 않았어야 한다. 하지만 그런 관계를 일단 시작해버린 후에는 이미 배신한 것이었다.

그 마지막 날, 혜영은 문자를 보냈다. 연구 결과를 팔지 않기로 결정했다고 했다. 대신, 미국 대학에서 박사과정을 이어가려고 입학 허가와 장학금을 받았다고. 같이 가자고, 새롭게 시작할 수 있다고 했다. 그리고 그 사실을 남편에게 말하겠다고 했다. 그러나 그 문자만 남기고 혜영은 세상을 떠났다.

그 후로 3년, 혜영의 기억을 더 잃기 전에 이곳을 떠나고 싶었다. 매일이 견디기가 어려웠다. 방법이 없었다. 다행인지, 불행인지 3년 전의 남자는 여전히 거래에 관심을 보였다. 경운이 기억상실증인 것도 다행이라고 생각했다. 남자는 여왕벌의 샘플을 요구했고, 수미는 혜영이 키웠던 벌들이 산속의 양봉장에 살아 있다는 것도 알았다. 준비는 다 했다고 생각했다. 로미의 주변을 맴도는 수상한 남자를 보지 않았더라면, 로미가 어떻게 되든 간에 그 사람과 있도록 놔두고 떠났더라면. 그 남자의 어둡고 위험한 눈빛을 모른 척했더라면.

로미와 경운의 관계를 처음 알았을 때는 로미가 미웠다. 이상한 기분이었다. 혜영이 있을 때 경운이 다른 여자를 만났다고 생각하면 적개심이 들기도 했다. 경운을 먼저 떠난 건 혜영인데도 그가 떠나는 건 참을 수 없었다. 세상에서 혜영을 기억하는 사람이 점점 줄어들고, 누군가 그 자리를 대체한다는 것이 싫었다. 위험한 남자가 로미에게 접근하는 이유를 몰랐지만 경고해주고 싶지 않았다. 하지만 야외 전시장에서는 로미를 지나칠 수 없었다. 자기가 떠나면 로미가 위험하다는 걸 알았기에. 왠지 모르게 자기를 도와주었던 혜영의 기억을 생각해서라도 모른 척할 수 없었다.

코드 블루 상황이 끝나고 병실 복도는 다시 정적에 잠겼다. 이 고요의 의미는 무엇일까. 위험에 처한 환자는 어떻게 되었을까. 위기의 끝은 삶과 죽음 어느 쪽일 수도 있었다. 수미는 그 가는 선을 생각했다. 자기는 그 선의 이편에, 혜영은 저편에 있었다. 그 선은 평행선은 아닐 것이었다. 우리 둘은 그 선을 따라 평행선처럼 걷는 것 같아도 언젠가 다시 만날 거야. 수미는 어둠 속 침대 위에서 눈 뜨고 있을 때면 언제나 그랬듯이 다시 혜영의 얼굴을 그려보았다. 어떤 기억은 떠올리는 것이 괴롭기 때문에 좋았었다는 걸 깨닫게 된다. 또한 아무리 괴롭다고 해도 그 기억이 완전히 사라지는 건 바라지 않기 때문에 정말 좋았다는 걸 알게 된다. 수미는 혜영이 자신이 이룬 큰 성취를 처음으로 말해주던 양봉장의 그날을 기억했다. 햇살이 끊어진 진주 목걸이의 알처럼 굴러다니던 바다, 음악처럼 들리던 벌들의 소리. 그리고 혜영이 종이달, 노란 등을 들고 자기에게 오던 날을 기억했다. 그 빛을 받은 혜영의 얼굴, 밤하늘 속으로 울려 퍼지던 두 사람의 웃음소리. 시간이 지나면서 집 안 거실에 놓인 노란 등처럼 먼지에 덮일지 모르지만, 두 사람의 선이 만날 때까지 함께할 기억.

「서칭 포 허니맨」 프로젝트 제9일 밤, 서귀포

"찬민 씨가 결국 자백했어요. 슈퍼비의 샘플과 육종 실험 결과를 돈을 받고 팔려고 했다고요. 물론 경운 씨의 부인이 개발한 기술은 자신의 이름으로 발표해서 학계의 명예를 얻고, 그쪽에서는 그 기술을 돈 들여 사들이고. 현대 양봉 산업의 위기를 해결할 수 있는 획기적인 신기술이라고 하더라고요. 외국 조직 쪽은 단순히 그것 때문에만 낀 것 같진 않은데, 양봉하자고 총을 든 조직원을 보내다니. 뭔가 다른 게 있어도 그건 말할 것 같지가 않아요."

경찰서로 간 찬민은 처음에는 진술을 거부하려고 했다. 하지만 수미가 자백했다는 말에 결국 포기했다. 수미의 동기는 모호했지만, 이전에 경운의 부인과 친하게 지냈기에 슈퍼비의 존재를 알았다고 했다. 3년 후에 찬민이 다시 거래를 시도해왔고, 수미는 받아들였다. 경운의 기억상실은 그들에게는 유리하게 작용했다. 여왕벌을 먼저 훔친 후 나중에 벌 떼를 유도해서 근처에 숨겨놓은 벌통으로 옮겨서 찬민과 접선할 계획이었다고 했다. 그러면 찬민은 그걸 배에서 대기하는 쪽에 넘긴다. 누구에게도 크게 해롭지 않을 거라고 생각했다고 수미는 털어놓았다. 어차피 경운은 기억을 못 하고, 실험을 보강해서 살짝 바꾸면 실험 보고서의 원래 작성자가 누구였는지는 영원히 묻힐 것이었다. 총을 든 검은 양복만 달고 오지 않았어도 사태가 이 정도는 되지 않았을 텐데. 아니, 겨우 벌 도둑 주제에 왜 총은 들고 오나? 차경은 딱하다는 생각이 들었지만 자신이 개입할 수 있는 일이 아니었다. 찬민의 억대 도박 빚도, 아버지 사업이 어려워진 일도 몰랐다. 둘은 인생을 함께할 계획을 세웠지만, 서로의 문제는 공유하지 못하는 사이였다. 차경은 이제까지 자기가 보아온 찬민이라는 사람은 누구였는지, 돌이켜보았다. 어떤 발견은 한 사람을 지워버린다. 이제 차경이 알던 과거의 찬민은 지워지고 있었다. 두 사람의 관계와 상관없이 한 사람의 인생이 과거를 부인하는 방향으로 흐른다는 사실만은 안타까웠다.

차경은 이런 얘기를 로미에게 다 하고 싶지는 않았다. 상군 해녀들이 물에서 건져낸 로미를 수언이 인공호흡으로 구했다. 경찰은 그 직후에 바로 도착했고, 로미도 일단 병원에 실려 갔지만 상태가 크게 나쁘진 않았다. 경찰 진술이 끝나고 로미가 고집해서, 일단은 다시 놀로 돌아왔다. 지금은 방 안 침대에 누워서 이야기를 듣고 있었다. 로미는 이제 안정이 되었으니 차경과 하담과 함께 내일 서울로 올라가겠다고 했다. 하지만 차경이 보기에, 로미가 안정되기까지는 생각보다 오래 걸릴 수도 있었다.

"다행히…… 찬민 씨랑 따라와서 총을 쏜 사람의 행적 같은 게, 하담 씨의 놀라운 기술로 다 기록되어서 수사가 수월하게 진행되고 있어요."

저녁이었고, 거리가 좀 있었지만 드론은 그럭저럭 알아볼 수 있는 장면을 전송했다. 재웅은 오랜만의 촬영이었지만 제대로 영상을 따냈다.

"로미 씨에게 정말 할 말이 없네요. 필현…… 선배, 아니 그 새끼가 로미 씨를 오래 괴롭힌 스토커인 줄도 모르고 끌어들이다니."

하담은 본인이 잘못한 양 두 손으로 양 무릎을 짚고 고개를 숙였다. 로미는 두 손을 저었다.

"무슨 말이에요. 하담 씨한테 소개받기 전부터 저를 괴롭혔던 사람인데."

"일단 폭행과 납치로 감금 수사를 받고 있지만, 서울 쪽에도 연락해서 여죄를 알아낸다고 해요."

화영의 과거 고발 건을 포함, 사건은 더 복잡해졌다. 며칠 전부터 수상한 차가 양봉장에서부터 따라오거나 주위를 맴돌았다는 경운의 말에 경찰은 블랙박스를 조사하기로 했다. 어차피 들킬 거라고 생각한 건지 자포자기한 건지 필현은 3년 전에 경운과 혜영이 탄 차를 뒤쫓아 사고 현장에 있었다는 사실도 자백했다. 로미가 만난 남자가 어떤 차에 타고 있는지 몰라서 되는대로 따라가서 분풀이했다, 사고가 날 줄은 몰랐다, 그다음에는 자기와 사고와의 연관성을 추궁당할 것 같아서 곧 제주를 떴다고 했다. 경운이 기억을 잃어버렸다는 건 몰랐으니까. 경운은 애조 띤 목소리로 덧붙였다. "수미 씨가 혜영이의 복수를 해준 셈이 됐네요."

경운의 부탁을 받고, 하담은 이 얘기는 로미에게 전하지 않기로 했다. 사실을 전하는 것도, 기억을 되살리는 것도 경운이 결정할 일이었다. 경운은 로미가 받아들일 수 있을 시점에 이야기하겠다고 했다. 자신들이 어떻게 할 수 없었던 일에 이제 와 두 사람이 죄책감을 갖는다면 너무 가혹했다. 설사 죄책감을 갖는대도 그것 또한 각자의 몫이었다.

로미는 생각에 잠겼다.

"그런 사람인 줄은 몰랐지만…… 그 사람의 속사정까지 제가 알아야 할 이유는 없었으니까요. 죄나 말끔하게 밝혀지면 좋겠네요."

"자신이 마음에 둔 여자를 집요하게 따라다니면서 자기에게 관심을 보이지 않으면 분노로 바뀌어 폭력적으로 변하는 전형적인 스토커 타입이니 다른 죄도 있을지 모르죠."

하담은 오랫동안 안다고 믿었던 사람에 대해 이렇게 건조한 어투로 서술하게 될 줄 전혀 몰랐다. 하지만 필현 정도의 관계라면 안다고 할 수도 없을 것이었다. 우리는 그렇게 잘 모르는 사람들과 느슨하게 연결되어 살아가니까. 그런데 그 느슨한 끈만으로도 안다고 믿는다.

로미는 약간 피로하게, 전적으로 무관심하게 말했다.

"관심을 보이고 말고 할 게 없었는데……. 존재를 알아야 관심을 갖죠."

이것이 스토커들의 버튼이겠지. 하담은 알았다. 음험한 그늘 속에 숨어 있으면서도, 자기를 발견해주기를 바라는 모순적인 괴물.

하지만 우리는 너희를 모른다. 알고 싶지도 않다. 너희는 우리 인생에 중요한 존재가 아니야. 아무리 폭력으로 자기 존재를 증명하려한다고 해도.

문을 두드리는 소리가 들리자 차경이 나가보았다. 문을 연 차경은 로미를 돌아보았다.

"로미 씨, 경운 씨가⋯⋯."

차경이 문을 잡은 채로 눈짓을 하자, 하담이 자리에서 일어났다.

"저희가 나갈 테니까, 두 분 얘기 나누세요."

경운은 한쪽 어깨를 떨어뜨리며 두 여자에게 길을 열어주었다. 그사이에 로미는 재빨리 손바닥으로 머리카락을 매만지고, 허리를 꼿꼿하게 폈다. 경운은 머리를 숙이고 조심스레 들어와서는 어색한 표정을 지으며 아까 하담이 앉았던 의자에 앉았다. 그는 부드러운 목소리로 물었다.

"몸은 어때요?"

"지금 이렇게 환자 코스프레하는 게 민망할 정도로 건강해요."

로미는 두 손을 들어서 힘을 과시하는 동작을 해 보였지만, 분위기만 더욱 딱딱해졌다. 두 사람은 왠지 서로 눈을 맞추지 못했다. 로미가 깍지 낀 손가락을 꾸물거렸다.

"저를 구하러 물에 뛰어드셨다면서요."

"하지만 구하지 못했는걸요." 경운은 천천히 말했다.

"그래도 미안하네요. 이런 소동을 겪게 해서."

"아닙니다. 제가 미안합니다. 저의 벌 때문에 일이 커졌어요."

"아니, 아니라니까요. 제가 미안하죠. 저 때문에 여왕벌도 익사하고……."

로미가 손을 마구 휘저었다. 경운의 입가에 옅은 미소가 어렸다.

"그런 거 신경 쓰지 마세요."

"아니, 그래도 주위 사람들에게 민폐를 끼치고, 처음 있는 일도 아니지만, 또 새삼스럽게 부끄러워서……."

로미가 계속 손을 흔들며 말을 쏟아붓자, 처음에는 긴장한 듯 보였던 경운의 눈매가 살짝 부드러워졌다. "왜 우리끼리 서로 사과하고 있죠? 잘못한 사람은 따로 있는데."

"그거야 그렇네요. 저야 피해자이지만, 지금 사과 말고는 딱히 할 말이 생각나지 않아서."

얼결에 속마음이 나와버렸다. 두 사람의 눈이 마주쳤다. 왠지 동시에 두 사람은 풋 웃음을 터뜨렸다.

"따지려는 건 아니고, 여긴 왜 오신 거예요? 로열젤리를 도로 가져가려고?"

로미는 손가락으로 테이블에 놓인 쇼핑백을 가져갔다.

"나야말로 물어보러 왔는데." 경운이 두 손을 깍지 껴 무릎에 놓은 후 몸을 앞으로 숙였다. "그 밤에 컨벤션센터까지, 전시장까지 왜 온 거예요?"

항상 진지하게 할 말만 하는 경운이 오늘은 왠지 다르게 느껴졌다. 그러나 지금 이 순간도 다른 방식으로 진지한 것일 수 있었다.

뭐였더라, 로미는 그때의 기분을 돌이켜보았다. 당시에는 급했지만 지금은 단어로 만들 수 없는 어떤 말을 하러. 마음은 그대로지만, 말이 나오지 않았다.

"생각이 안 나네요."

경운과의 거리가 너무 가까워서 심장이 달리기를 시작했다. 이번에는 100미터 세계 기록에 도전하기라도 하려는 것처럼.

"그렇군요." 경운의 얼굴이 다시 멀어졌다. "그럼 편히 쉬십시오."

경운이 의자에서 일어서려는 순간, 로미가 벌떡 몸을 일으켜 그의 왼팔을 잡았다.

"뭐예요! 그냥 이렇게 가고!"

팔의 근육이 긴장하는 것이 로미의 손바닥으로 느껴졌다. 뭐야, 새삼스럽게, 몸이 닿은 게 처음도 아니면서. 하지만 이번은 달랐다. 그가 도로 자리에 앉을 때 목소리는 한층 낮아져 있었다. "그냥 가지 않으면요?"

준비된 말은 없었지만, 로미는 팔을 놓지 않았다. "얘기, 얘기를 해야죠."

"어떤?"

"몰라요! 아무 얘기라도."

"음……."

경운의 오른손이 자기 팔에 얹힌 로미의 손을 잡았다. 경운은 그 손을 끌어 내린 후, 도로 부드럽게 잡아 손깍지를 꼈다.

"사실 하고 싶은 말이 있긴 해요. 어색하긴 하지만……."

로미는 말없이 눈을 크게 뜨고 귀를 기울였다.

"지금 제 처지에 이런 말을 로미 씨에게 해도 되는지 모르겠지만……."

무슨 말을 하려는지 알지도 못했지만, 로미는 고개를 세차게 끄덕였다. "돼요. 아주 돼요!"

"기억이 조금씩 돌아오고 있어요." 경운이 부드럽게 말했다. 막 달리던 로미의 심장이 노란불을 본 것처럼 브레이크를 밟기 시작했다.

"아내의 얼굴도 떠오르고, 사고, 그날의 일도 조금씩 생각나고."

"그렇군요……."

"로미 씨." 경운은 맞잡은 손에 힘을 주었다. "전에 태풍이 불던 날 말했죠. 이게 다 로미 씨가 나를 찾아와줘서라고."

심장이 이제 정지선 앞까지 와 있었다. 로미는 풀이 죽어 고개를 떨구었다. "하지만 저는 사실 잘못된 착각으로……."

경운은 고개를 흔들었다. "이제 과거는 어찌해도 돌릴 수 없어요. 아내의…… 진실을 알았던 만큼 그 사람을 이해할 수도 있게 됐어요. 아내에 대한 기억을 찾았기에 그 사람을 보내줄 수도 있게 됐어요. 그리고 그만큼 나도 과거에서 벗어날 수 있죠."

"제가 바보같이 여왕벌도 잃어버렸는데……."

"벌은 또 태어날 겁니다." 경운은 말했다. "계절이 돌아오면 다시 태어나요. 슈퍼비라는 것 있었는지도 몰랐으니 잃어버리지도 않았죠. 이제 다시 그렇게 키우면 돼요. 로미 씨가 없었다면 저는 그 존재를 몰랐을 수도 있어요." 이 말과 함께 경운은 잡은 손을 놓고 로미의 얼굴을 빤히 보다가 꾸벅 고개를 숙였다. "고마워요. 나 아닌 나를 찾아줘서. 다시 나아갈 수 있게 해줘서."

그가 고개를 들었을 때는 잠시 침묵이 흘렀다. 신호등 없는 교차로에서 만난 차들이 달려가도 되나 눈치를 볼 때와 비슷한 침묵이었다. 로미가 입을 열었다.

"제 하찮은 기억력이 누군가에게 도움이 되었다니 기쁘네요." 말과는 달리 마음은 순도 100퍼센트의 기쁨은 아니었다. "저도 경운 씨에게 고마운 게 있어요."

"뭐가요? 설마 로열젤리?"

이번에는 경운이 손가락으로 쇼핑백을 가리키며 농담조로 말했다. 평소 같으면 남들보다 먼저 깔깔 웃었을 로미지만 지금은 웃음이 나오지 않았다. 로미는 평소의 진지함을 다 끌어모아 말했다.

"저는 이전에는 원하는 게 있어도 누군가 가져다주기를 기다리기만 했어요. 가만히. 먼저 연락이 오기만. 하지만 이제는 알아요. 떠나야만 가질 수 있다는 걸."

목에서 뭔가 치밀어서 말을 잇기가 힘들었다. "그런데 떠난다고 원했던 그걸 찾을 수는 없더라고요."

경운의 눈가에 그늘이 스쳤다. "로미 씨, 내가 로미 씨가 원한 사람은 아니겠지만……."

"그런데 떠나면 원하는 걸 찾지 못해도, 뭔가 다른 걸 찾아낼 수 있었어요. 전혀 기대하지 않았던 무엇. 더 좋은 무엇. 그런 걸 얻을 수 있다는 걸 배웠어요."

로미는 용기를 내어 경운을 바라볼 수 있었다. 하지만 자기도 모르게 눈물이 넘쳐 제대로 보이지 않았다.

"어머, 이게 뭐야. 또 창피하게. 제가 원래 자주 그래요."

경운이 한 손을 들어 손등으로 로미의 눈물을 닦아주며 웃었다. "울 일이 아닌데."

눈물이 걷잡을 수 없이 흘러 훌쩍거림으로 바뀌었다. "그러게요.

기쁜 일인데, 왜 눈물이 나지. 오늘 제주 마지막 날이라고 생각해서 그런가."

"오늘은 마지막 날이 아니에요." 경운의 목소리는 그의 손만큼이나 젖어 있었다.

"저는 내일 서울 가는데……." 로미는 지금 자기가 무슨 말을 하는지도 이제는 알 수 없었다.

"서울로 간다고 해도 마지막은 아니죠. 서울 가서 나를 또 잊어버리는 게 아니라면."

경운의 목소리가 떨린 건 웃음 때문인지, 불안 때문인지 알 수 없었다. 눈물이 갑자기 나온 것만큼이나 쏙 들어갔다. 로미는 주먹 쥔 손으로 눈을 비빈 후에 그를 쳐다보았다. 경운은 또다시, 낯선 얼굴로 로미를 쳐다보고 있었다. 하지만 괜찮았다. 이제 로미는 매 순간 낯선 그의 얼굴이 좋았다. 사랑스러운 낯선 순간이 모여서 익숙한 사람이 된다. 로미는 정색하며 말했다.

"그럴 리가 없잖아요."

경운의 얼굴에는 이제껏 보지 못한 웃음이 떠올랐다. 상냥하지만 힘이 있고, 어떤 면에서는 결연하기도 한 미소. 또다시 낯선 얼굴이었다. "어떻게 믿죠?"

"뭐, 키스라도 할까요?" 로미는 대뜸 뱉어놓고 자기가 먼저 당황했다. "아니, 설마 키스까지 해놓고 잊어버리진 않을 거니까……."

"그 말이 사실이라면 한번 해보죠." 경운의 얼굴이 다시 가까이 다가왔다.

그의 입술이 닿으려 할 때 로미는 자기도 모르게 중얼거렸다. "어

480

쩌면 키스만으로는 안 될지도……. 워낙 휘발성 기억력이라…….”

로미의 입술에 그의 웃음이 숨결이 되어 스쳐 갔다. “그럼 잊어버리지 않을 때까지 하죠.”

“오늘 달은 노란 프렌치 네일 같네요.” 차경의 시선이 하늘로 올랐다가 다시 뚝 떨어졌다. “그러고 보니 네일을 할 때가 지났네요. 벗겨지고 있어.”

하담도 두 손을 들어 오므리고 자기 손톱을 점검했다. “저도 서울에 가면 네일이나 받을까 봐요. 회사 다닐 때는 한 번도 하지 못했는데. 손톱 길어봤자 귀찮아서.”

두 사람이 앉아 있는 잔디밭 뜰의 벤치 위로 바람이 불자 손톱 모양 달도 떨리는 것 같았다. 하담의 어깨가 살짝 움츠러들었다.

“우리 언제 올라가면 좋을까요?”

차경이 생각에 잠겼다. “두 사람 마음 편하게 우리가 호텔로 가는 편이 낫지 않을까 싶기도 하고…….”

“그래도 짐은 챙겨야죠.” 하담이 걱정스레 말했다.

“그건 그렇네요.” 차경이 후드 점퍼 주머니에서 전화기를 꺼냈다. “그럼 전화를 해서 살짝 분위기를 보고…….”

전화기는 먼저 선수를 치듯 핑 울렸다. 하담이 반색하며 물었다. “로미 씨예요?”

차경은 골치 아픈 일을 만날 때의 습관대로 코를 찡그렸다. “아니, 회사예요.”

“이 시간에? 설마 개진상 상무 건?”

한숨이 대답보다 먼저 나왔다. "아니겠어요?"

골프 다 마쳤으면 서울이나 갈 일이지, 김 개진상 무는 비껴간 태풍을 핑계로 휴가를 연장했다가, 일하는 척하려고 제주 행사장에 들른 모양이었다. 차경이 행사 시간 끝났는데도 괜한 선심을 베푸느라 임의대로 아르바이트를 연장했다고 전화로 진상을 부린 것이 그날 아침의 일이었다. 제주 뉴스에 어제 사건이 보도되면서, '근처 화장품 이벤트'에 참여했던 해녀들이 인명을 구조했다고 뉴스가 나갔다는 사실도 그의 심기를 건드린 모양이었다. 좋은 일이었다고 설명해도, 형사사건과 연관된 일에 회사가 언급되었다고 펄펄 뛰었다. 차경은 지긋지긋한 나머지, 자신이 모두 책임지겠다고 말해버렸다. 하지만 이 말만은 이제 눌러 담을 수 없었다.

"아르바이트 건은 제가 사비로라도 추가 비용을 부담하겠습니다. 그 부분에 대해서도 시말서를 쓰겠습니다. 하지만 상무님이 초과근무에 그렇게 민감하신 분인지는 몰랐네요." 차경은 이렇게 말했다. 개진상은 당연히 펄펄 뛰었지만, 차경은 평생 조직형 인간으로 살아온 자신의 타협 정신을 이번에는 버렸다. 이미 물 잔은 엎어졌다. "저의 초과근무에 대해서도 보고할 수밖에 없겠네요. 상무님이 시키신 사적인 심부름에 대해서도요. 몇 년 동안을 다 헤아려보면 적지 않네요."

출장을 빙자해서 골프를 치러 다닌 거, 워크숍 때마다 성희롱성 발언을 남발한 건 아직 말도 안 꺼냈다고. 차경은 전화를 끊으며 이를 악물었다.

지금 온 문자는 회사의 윤경원 이사가 보낸 것이었다. 차경은 개진상에게 선전포고를 한 후에 윤 이사에게도 보고했다. 윤 이사는 다음에 상무 승진 순번이었다. 빈자리가 난다면. 어떤 동기가 되었든 윤 이사는 차경의 편을 들어줄 것이었다. 아무리 윤 이사가 옆에 서준다고 해도, 회사가 임원에게 반기를 든 직원을 좋게 볼 리는 없는 것이었다. 차경은 윤 이사의 걱정 어린 문자를 보기 전에 이미 각오했다.

답장을 보내고 전송을 눌렀을 시점, 하담이 차경의 팔을 톡톡 쳤다. 전화기에서 고개를 들어, 하담의 손가락이 가리키는 쪽으로 눈을 돌렸다. 주방에서 이어지는 중앙 정원의 환하게 밝힌 유리창 너머로 테이블에 앉아 강아지와 노는 수언의 모습이 보였다.

"가보세요." 하담이 부드럽게 말했다. 차경이 약간 머뭇거리자 하담이 먼저 벤치에서 일어났다. "저는 드라이브라도 좀 하고 올까 봐요."

수언은 차경이 중앙 정원의 문으로 들어오는데도 놀라지 않았다. 미리 알고 있었던 사람 같았다. 작별 인사도 하지 않고 헤어질 사이가 될 수는 없으니까.

차경은 곧장 그가 앉아 있는 테이블로 걸어갔다. 아까 개진상에게 선전포고를 할 때보다 가슴이 더 두근거렸다.

수언의 모습은 차경이 처음 본 그대로였다. 하지만 지금은 더 자세히 알고 있었다. 가만히 있을 때도 웃고 있는 눈, 높지만 끝이 동그랗게 보이는 코, 각이 있지만 날카롭게 보이지 않는 턱. 지난 9일 동안 수언은 낯설고도 익숙하고 늘 새삼스러운 얼굴이었다. 그렇게 헤어지면 다시 낯설어질 수도 있는 시간, 이렇게 이어지면 익숙해질 수 있는 시간 동안 알게 된 사람.

차경은 미리 할 말을 준비해 왔다. 서론도 없이 쏟아낼 만큼 마음이 급했다.

"저, 날리를 데려갈 수 없어요."

개는 벌써 이름에 익숙해졌는지, 자기 이름이 나오자 귀를 쫑긋 세웠다. 수언의 눈꼬리가 처지면서 얼굴이 흐려졌다. 수언은 조용히 강아지 머리 위에 손을 댔다.

"그렇군요. 그러면 얘는 내가……."

차경이 바로 한 손을 들며 그의 말을 막았다. "잠깐요. 끝까지 들어주세요. 지금 당장은 데려갈 수 없다는 거예요."

수언이 말없이 그녀의 얼굴을 올려다보았다.

"당분간만 맡아주세요."

차경은 말을 이었다. 수언과 날리의 눈 두 쌍이 동시에 그녀에게 꽂혀 있었다.

"저한테 이 순간의 진심이 아닌 다음의 진심을 생각하면 앞으로 나갈 수 없다고 말했죠."

그날 밤 이후로 심장에 얼음 조각처럼 박혔던 말이었다. 이제는 그걸 빼낼 수 있었다. 뜨거운 심장이 녹여낼 수 있었다.

"그래서 이 순간의 진심에 충실해서, 다음 순간도 진심이 되는 계획을 세우려고요."

누구든 자기의 기질을 벗어난 연애는 할 수 없다. 차경은 그랬다. 현재의 마음이 뜨거워도 계획 없이는 나아갈 수 없다. 차경은 평생 그렇게 살아왔다. 하고 싶은 일을 계획하면서. 물론 어그러진 계획은 나중에 수정할 수 있다. 하지만 좋아하니까 계획도 세우는 것이었다. 언제나 그렇게 행동해왔다. 이제 와서 바꾸지는 못한다.

"저의 향후 계획은 이래요. 1번, 집에서 나온다. 결혼……할 거라고 생각해서, 그때까지는 부모님과 같이 살려고 했어요. 이젠 어머니, 아버지에게 결혼하지 않는다고 설명도 해야 해요. 물론 이런 일이 생겼으니 부모님도 쉽게 설득이 되겠죠. 그렇다고 찬민 씨, 그 사람이 그 모양이 된 게 잘됐다는 건 아니지만, 나한테 안된 것도 아니고. 아무튼 그건 중요한 게 아니고. 우리 집에는 알레르기 있는 식구도 있어서 당장은 개를 데려가지 못해요. 그래서 다른 계획이 필요해요. 2번. 나와서 서울에 집을 구한다. 서울이 너무 비싸면 경기도라도. 이건 길어야 한 달 걸리려나? 그러면 날리랑 둘이 충분히 살아갈 수 있을 거예요. 강아지를 받아주는 집으로 구해야죠. 3번은 직장인데, 이게 문제네요. 지금은 직장도 어떻게 될지 모르지만, 그것도 제가 해결할 거예요. 나 왜 이렇게 횡설수설하고 있지. 제 일생에서 정말 최고로 엉망진창인 프레젠테이션이네요."

차경은 평생 어떤 때에도 이런 식으로 두서없이 말한 적이 없었다. 수언에게도 깔끔하고 조직적으로 말하려고 열심히 준비했다. 하지만 점점 계획을 말하고, 그의 표정을 살피고, 그의 반응을 기다리면서 말이 감정을 따라가기가 벅찼다. 수언이 이 피티를 어떻게 생각할지, 이제까지 만났던 어떤 클라이언트보다도 짐작할 수 없었다. 수언은 잠깐 고개를 숙였다가 다시 들고는 가슴에 한 손을 얹었다. 그의 입에서 숨이 훅 빠져나왔다. 그는 자리에서 일어섰다. "괜찮은데요. 제 일생 중 정말 최고로 근사한 프레젠테이션이에요."

이제는 차경이 그를 올려다보아야 했다. 차경은 처음 그를 마주서서 보았던 순간들을 기억했다. 그때의 감정들을 떠올렸다. 매번 마주 설 때마다 좋았다. 차경은 그 순간과 미래의 진심을 동시에 담아서 말했다.

"저 다시 돌아올 거예요. 날리를 데려갈 거고, 당신과 우리 얘기를 할 거예요."

수언의 두 손이 차경의 손목을 잡을 때, 그의 눈가가 부드럽게 휘어졌다. "그래요."

"내가 수언 씨를 데려가도 좋고. 아, 물론 원한다면. 내가 수언 씨 있는 데로 가야 한다면, 무슨 준비를 해야 할지 알아보고……."

수언이 한 손을 들어 그녀의 입을 막았다. "이제 피티는 그만해도 돼요." 그가 키를 낮춰서 차경과 눈을 맞추었다. "나도 열심히 생각할 거니까. 내가 뭘 할 수 있는지. 가서 학교를 졸업해야 하면, 학업도 마치고……."

차경은 화들짝 놀라 뒤로 물러섰다. 그러고 보니 그동안 인적 사항을 물어볼 겨를이 없었다. "에? 설마 학생이에요? 대학생?"

수언의 눈썹이 장난스럽게 위로 솟았다. "아니, 대학원생이에요. 하와이대학에서 해양학을 전공하고 있었어요. 지금은 휴학 중이었지만…… 왜, 학생은 싫어요?"

차경은 가슴을 쓸며 안도의 한숨을 내쉬었다.

"아, 그럼 괜찮아요. 이 나이에 대학생과 사귄다고 생각하니 좀 놀랐을 뿐……. 하지만 대학생이라도 상관없죠."

수언이 다시 한 발 다가왔다. 그는 허리를 굽혀 차경의 눈을 들여다보며 말했다. "그러면 우리 이미 사귀는 거네요."

사귄다는 말은 대학생 때 이후로 써본 적이 없어, 차경은 떠올렸다. 그렇지만 그보다 더 잘 표현할 말이 없었다. 그 말에도 가슴이 대학생 때처럼 뛰었다. "네, 수언 씨만 괜찮다면."

수언의 머리가 다시 그녀에게로 내려왔다. "저는 처음 본 순간부터 괜찮았는데."

차경은 두 손을 그의 허리에 둘렀다. "비행기 안에서 구질구질하게 쓰러져 있었는데도?"

수언의 한 팔이 그녀의 목을 잡고, 다른 팔이 등을 감았다. 코가 그녀의 뺨을 쓸었다. "구질구질한 모습을 본 기억은 안 나는데. 영원히 볼 수 있을 것 같지도 않고." 입술이 살짝 닿았다 떨어졌다. 그의 목소리가 입술 사이로 들어왔다. "그래도 앞으로 볼 수 있을 때까지 같이 있어요."

차경은 대답할 필요가 없었다. 다음 순간 또다시 입술이 닿았고 차경은 이미 말할 수가 없었으니까. 두 사람을 올려다보던 날리가 총총 걸어와 두 사람 사이의 다리를 비집고 들어가 앉았다.

제주에 와서 바다는 물리도록 봤네. 늘 다른 모습의 바다를.

하담은 차에 기대어 어선들의 불빛을 세어보았다. 하나, 둘, 다섯, 먼 바다까지 치면 일곱일까. 해녀 선생님들이 뭐라고 했더라? 가까운 바다는 앞바르, 먼 바다는 난바르. 어디까지가 가깝고, 어디부터가 먼 것일까? 하담은 바다에는 멀고 가까움을 가르는 확실한 기준

487

이 있을 테니 검색해봐야겠다고 생각했다. 하지만 사람 사이의 멀고 가까움을 가르는 기준은 검색해도 확실히 나오지 않을 것이었다.

여기 포구로 달려오는 동안, 재웅에게서 메시지가 왔다. '생각해 봐줘, 기다릴게.' 전화를 하려고 멈춘 건 아니었다. 하담은 생각을 하기 전엔 일단 멈춰야 했다.

경찰서에서 진술하고 나올 때 재웅을 만났다. 각자의 차를 타고 근처에서 가장 가까운 스타벅스로 갔다.

"그 사람하고는 완전히 정리할 것 같아. 내가 책임질 수 있는 대로 다 하고. 일 정리되면 양쪽 부모님 찾아가서 사과도 드리려고."

재웅의 표정은 굳어 있었지만 눈에서는 감정이 일렁였다. 하담은 잠깐 뜸을 들인 후에 말했다.

"그렇구나."

하담은 여전히 이건 자기 때문에 생긴 게 아니라 재웅과 그 약혼녀의 문제라고 생각하기로 마음을 다잡았다. 이전에 한 번 자기 뜻을 전했으므로 굳이 이 말을 또 꺼내진 않았다.

하담이 견딜 수 없는 건 재웅이 침묵해서 자기를 속였다는 사실만이 아니었다. 재웅의 침묵 때문에 자기가 누군가, 다른 여성에게 상처를 주는 입장에 놓이게 되었다는 것이었다. 자신의 의도와 상관없이. 설사 상대에게 상처를 주게 되더라도 하담 본인의 판단과 선택으로 할 수 있게 했어야 했다. 그런 기회조차 주지 않았다. 그는 하담의 입장을 묻지 않았다.

"결혼 전 옛 추억으로 잠깐 감상적이 되었다거나, 여행지에서의 불장난으로 생각하지 않았으면 좋겠어. 나는 너를 다시 만나서, 내가 어떤 사람인지 알게 된 것 같았어. 그렇게 다시 살아갈 수 있겠다고 생각했어."

재웅은 엄밀히 말하면 거짓말을 한 건 아니었다. 그저 사실을 말하지 않은 것이지. 하지만 사실이 감춰진 상태에서 하담이 재웅에게 느꼈던 감정은 현실이 아니었다. 그가 그 누구와도 약속하지 않은 가상의 세계에만 존재하는 감정일 뿐이었으니까. 이제 그걸 깨달은 하담은 할 말이 없었다. 재웅은 말을 이었다.

"너 기다릴게. 이번에는 내가."

누군가에게 이렇게 간절하게 들리는 말을 들은 게 언제였는지 기억도 나지 않았다. 하담은 살아가면서 대체로 자기가 간절한 쪽이라고 생각했었다. 그러나 누군가 자기에게 간절하다고 해서 그게 즐겁다거나 의기양양하다거나 하는 기분은 들지 않았다. 오히려 서글픈 쪽이었다.

하담은 이렇게만 대답했다. "로미 씨 찾을 수 있게 도와줘서 고마워. 다른 건…… 모르겠다."

그 말만은 진실이었다. 고마움 외에 다른 건 잘 알 수가 없었다.

차들도 주위를 돌아보지 않고 똑바로 앞을 향해 달려가는 밤이었다. 검게 출렁이는 바다를 아무리 열심히 쳐다봐도 거기서 물거품처럼 생각이 솟아날 리는 없었다. 이런 경우의 생각이란 머리도 아니고 가슴에서 나와야 하는 것이었다.

일단은 떠나야 했다. 거리를 두고 봤을 때만 알 수 있는 사실들이 있다.

하담이 다시 차에 올라타려고 할 때, 전화기가 다시 핑 소리를 냈다. 전화기를 힐끔 들여다보았다. 이번에는 재웅이 아니었다.

'내일 서울 올라가신다고 들었습니다. 인사도 못 드리고 아쉽습니다. 제가 필요한 일 있으면 연락 주세요.'

하담은 화철의 둥근 얼굴과 그만큼 부드러운 인상을 떠올렸다. 기절한 자신을 안고 날랐던 강한 팔도 나중에야 알아챘다. 로미가 자신의 허니맨을 찾았듯이, 하담도 그럴 수 있었다. 하지만……. 하담은 메시지를 보냈다.

'여러 가지로 정말 감사했습니다. 다큐멘터리 양봉 자문 건 때문에 연락드릴 수도 있겠네요. 나중에 말씀드리겠습니다.'

전화기를 들고 기다렸는지 답장이 금방 돌아왔다.

'꼭요.'

하담은 더는 답하지 않고 전화기를 주머니에 도로 넣었다.

모든 여행이 로맨스라는 결말로 끝나야 하는 건 아닐걸. 하담은 생각했다. 또, 모든 이야기의 끝에서 커플이 키스하고 카메라가 빙글빙글 돌아야 하는 건 아니잖아. 많은 사람이 그런 결말을 만든다고 해서, 나도 그러란 법은 없어. 어떤 이에게는 로맨스인 사건이 어떤 사람에게는 다큐멘터리이기도 하다. 똑같은 풍경이 모두에게 같은 영상인 건 아니다. 그래서 편집이라는 게 있는 거잖아. 내 삶을 좀 더 솜씨 좋은 편집자가 맡아주었으면 좋았을걸. 그래도 큰 아쉬움은 없었다.

하담은 차에 올라탔다. 다들 각자의 자리로 갔을 시각이었다. 아니라면 해안 도로를 더 돌고 가도 되리라.

시동을 걸자 차 안의 블루투스 스피커가 전화기와 자동적으로 연결되더니 풍성한 사운드가 차를 채웠다. 이전에 듣던 플레이리스트가 이어서 나오는 모양이었다. 공교롭게도 재웅과 태풍 속 차 안에 갇혔을 때 들었던 유명 뮤지션의 곡이었다. 여름을 환영한다는 내용의 곡. 그 후에 유튜브에서 찾아보았다.

'우리 둘만의 서머 나이트…… 돌아올 땐 나로 가득 채워줄게.' 왜 이런 노래를 들었을까. 여행이라면 누구나 혼자 떠났다가 둘이 되어 돌아오는 만남에 대한 기대가 있는 것일까. 생각해보았지만 기대를 갖는 것 자체가 나쁘지는 않다. 어딘가 떠날 때는 우리 모두 기대를 가진 척해야만 한다. 그래야 여행이 즐겁다. 그렇지만 기대가 이루어지지 않았다고 아쉬워할 필요도 없는 여행이었다. 인생을 바꾸리라는 기대, 그 기대의 좌절, 하지만 여행의 좋은 점은 무너진 기대의 잔해도 밟고 떠나올 수 있다는 것이다.

하담은 전화기 화면에서 그 노래를 끊고 다음 곡으로 가기를 눌렀다. 스피커에서는 기타와 베이스가 일정한 리듬으로 울려 퍼졌다.

'곧 지나갈 여름밤의 소리 여기 어리고 새푸른 두 눈.'

노래 제목이 서서히 떠올랐다. 그 노래의 제목은 늦여름에서 가을, 계절이 바뀌면 돋아나는 새의 깃털이라고 했었다. 번식을 위한 것이라 이 시기의 깃털이 제일 아름답다. 여름은 지나간다. 사람들도 지나가버린다. 기억조차 지나갈 것이다.

내 망친 작품을 비웃어달라는 가사가 마음을 찔렀다. 아니야. 하담은 고개를 흔들었다. 제주 로맨스는 망했는지 몰라도 내 작품은

망하지 않았어. 아직은. 많은 일들이 있었던 만큼 할 얘기도 많아. 다큐멘터리 「서칭 포 허니맨」은 허니맨을 찾았는가 아닌가에서 끝나는 이야기로 기획하지 않았다. 여전히 진행형으로 자신만의 허니맨을 찾는 사람들에 관한 영화를 만들고 싶어서 시작한 프로젝트였다. 아직 찾고 있다. 아직 만들고 있다.

여름은 스톱, 가을로 포워드. 스피커에서 울리는 기타 리프를 들으며 하담은 바다를 뒤로하고, 도로 위에 올라섰다. 제주에 와서 처음으로 내비게이션에 갈 곳을 입력하지 않았다. 당장 갈 곳도 모르지만, 그리고 앞으로는 어떻게 이어질지 모르지만, 지금은 이런 결말이 마음에 들었다.

참고문헌

1장

『꿀벌』 보이치에흐 그라이코브스키 글, 피오트르 소하 그림, 이지원 옮김, 풀빛, 2017년

2장

『경이로운 꿀벌의 세계: 초개체 생태학』 위르겐 타우츠 글, 헬가 R. 하일만 사진, 유영미 옮김, 최재천 감수, 이치사이언스, 2009년

「애니멀 피플: 박진의 벌떼극장―꿀벌들의 '진한 뽀뽀'는 고된 노동이었네」 박진(어반비즈서울 대표), 『한겨레』, 2017년 8월 1일

http://www.hani.co.kr/arti/animalpeople/wild_animal/805093.html

3장

「Scientists Finally Figure Out How Bees Fly」 Sara Gourdazi, 『라이브 사이언스』, 2006년 1월 9일

https://www.livescience.com/528-scientists-finally-figure-bees-fly.html

「How Do Bees Fly?」 『포브스』, 2018년 5월 11일

https://www.forbes.com/sites/quora/2018/05/11/how-do-bees-fly/#1612a24e5464

「How fast can honey bees fly?」 『영국양봉협회』

https://www.bbka.org.uk/faqs/how-fast-can-honey-bees-fly

『벌: 그 생태와 문화의 역사』 노아 윌슨 리치 글, 김승윤 옮김, 연암서가, 2018년

4장

『꿀벌이 없어지면 딸기를 못 먹는다고?』 김황 글, 최현정 그림, 창비, 2012년

Ferrari, E. (2014) Magnets, magnetic field fluctuations and geomagnetic disturbances impair the homing ability of honey bees (Apis mellifera), Journal of Apicultural 53:4, 452-465, DOI: 10.3896/IBRA.1.53.4.15

「Are Honeybees Losing Their Way?」 Christy Ullrich Barcus, 『내셔널지오그래픽 뉴스』, 2013년 2월 14일

https://www.nationalgeographic.com/news/2013/2/130213-honeybee-pesticide-insect-behavior-science/

5장

「꿀벌은 꿀을 채집하는 꽃을 어떻게 선택하는가?」 후지요시 히로히토, 『야마다 양봉장』
http://www.3838.com/korean/mitsubachi_park/frombeefarm/10/
「벌들은 꽃의 미세한 전기장도 감지한다」 오철우 기자, 『한겨레 사이언스온』, 2013년 2월
    22일
http://scienceon.hani.co.kr/84462
「벌들은 꽃의 전기장 감지한다는데… 어떻게?」 오철우 기자, 『한겨레 사이언스온』, 2016년
    6월 2일
http://scienceon.hani.co.kr/405363

6장

『우주, 일상을 만나다: 도시에서 즐기는 22가지 천문학 이야기』 플로리안 프라이슈테터
    글, 최성웅 옮김, 김찬현 감수, 반니, 2015년

7장

「If You Swat, Watch Out: Bees Remember Faces」 Sindya N. Bhanoo, 『뉴욕 타임스』,
    2010년 2월 1일
https://www.nytimes.com/2010/02/02/science/02bees.html
Chittka, L. & Peng, F. (2016) Caffeine Boosts Bee's Memories, Science 08 Mar
    2013: Vol. 339, Issue 6124, pp. 1157-1159

8장

「More light shed on orchids that deceive bees」 Rebecca Morelle, 『BBC』, 2010년 4월
    21일
http://news.bbc.co.uk/2/hi/science/nature/8632814.stm
『거짓말쟁이는 행복하다』 데이비드 리빙스턴 스미스, 정명진 옮김, 부글북스, 2007년

9장

『벌레 문화지』 오니시 마사야스 글, 아사히신문사, 1992년 (『야마다 양봉장』에서 재인용)
https://www.3838.com/korean/mitsubachi_park/surprise/story.html
「Telling the Bees」 Colleen English, 『Jstor Daily』, 2018년 9월 5일
https://daily.jstor.org/telling-the-bees/
「Telling the Bees」(시) John Greenleaf Whittier

10장

『자연은 몸으로 날씨를 말한다』 반기성 글, 다미원, 2004년

11장

『벌들의 전쟁―작은책: 꿀 훔쳐가는 도둑벌, 우리네 인생사와 닮은꼴』 이순이(벌 농사꾼),
『프레시안』, 2016년 12월 23일
http://www.pressian.com/news/article/?no=146731

12장

『'여왕벌이 위험하다?' 세종시 도심에 수천 마리 벌떼 출현』 김소연 기자, 『연합뉴스』, 2018년
6월 20일
https://www.yna.co.kr/view/AKR20180620112000063

14장

『Why bees are disappearing』(영상) Marla Spivak, 『TED』, 2013년
https://www.ted.com/talks/marla_spivak_why_bees_are_disappearing/transcript
『The first 21 days of a bee's life』(영상) Anand Varma, 『TED』, 2015년
https://www.ted.com/talks/anand_varma_a_thrilling_look_at_the_first_21_days_of_
a_bee_s_life
제주특별자치도청 홈페이지 제주방언
https://www.jeju.go.kr/culture/dialect/dictionary.htm

15장

『양봉 사계절 관리』 조도행 원저, 조성봉, 이명렬 편저, 오성출판사, 2018년
『장이권의 자연생태탐사기: 꿀벌의 월동』 장이권(이화여대 교수), 『경향신문』 2017년 12월
11일
http://news.khan.co.kr/kh_news/khan_art_view.html?art_id=201712112052005
『도시인의 양봉분투기: 겨울잠을 잘 자려면』 최우리 기자, 『한겨레 21』, 2016년 12월 8일
http://h21.hani.co.kr/arti/culture/culture_general/42788.html

서청 포 허니맨

양 봉 남 을 찾 아 서

초판 1쇄 인쇄 2019년 11월 1일 초판 1쇄 발행 2019년 11월 10일

지은이 박현주
펴낸이 연준혁

출판 2본부 이사 이진영
출판 7분사 분사장 최유연
편집 최유연
디자인 조은덕 **본문 그림** 도대체

펴낸곳 (주)위즈덤하우스 미디어그룹 **출판등록** 2000년 5월 23일 제13-1071호
주소 경기도 고양시 일산동구 정발산로 43-20 센트럴프라자 6층
전화 031)936-4000 **팩스** 031)903-3893 **홈페이지** www.wisdomhouse.co.kr

ISBN 979-11-90305-97-6 03810
값 15,000원

이 도서의 국립중앙도서관 출판시도서목록(CIP)은 서지정보유통지원시스템 홈페이지(http://seoji.
nl.go.kr)와 국가자료공동목록시스템(http://www.nl.go.kr/kolisnet)에서 이용하실 수 있습니다. (CIP
제어번호: CIP2019043062)